황금비늘

이외수 장편소설

황금
비늘

해냄

| 차례 |

1 수리법 _ 9

2 마지막 면담자들 _ 12

3 보육원 일지 _ 26

4 탈출 동기 _ 35

5 거지냐 도둑이냐 _ 46

6 생존법 _ 56

7 외로운 자들의 왕국 _ 57

8 장마전선 _ 68

9 폭음의 세월 _ 77

10 맹도견 _ 88

11 맹인의 눈 속보다 캄캄한 세상 _ 97

12 귀가를 기다리며 _ 114

13 지옥은 없다 _ 122

14 태풍경보 _ 130

15 번개손 _ 131

16 정통 소매치기 교본 _ 140

17 안전수칙 _ 150

18 아무런 구원의 목소리도 들리지 않았다 _ 159

19 도시락 _ 161

20 상부상조 _ 171

21 꽃피는 일요일에 _ 180

22 개인전 _ 189

23 연쇄반응 _ 198

24 토끼발 _ 211

25 손바닥에 쓰는 일기 _ 217

26 무어(霧魚)라는 물고기를 아시나요 _ 218

27 격외선당(格外仙堂) _ 229

28 조행기(釣行記) _ 237

29 점령군들 _ 252

30 세상이라는 이름의 낚시터 _ 265

31 환경변이 _ 274

32 내부수리중 _ 278

33 부처편 예수편 _ 291

34 결빙의 계절 _ 303

35 방패연 _ 314

36 특별보좌관 _ 321

37 조양제(朝陽堤) _ 328

38 동류항 _ 336

39 쓰레기에 관한 보고서 _ 337

40 금일봉 _ 345

41 단소 소리 _ 354

42 물고기는 눈을 뜬 채 잠을 잔다 _ 360

43 내 마음의 빈 낚싯대 _ 371

44 점심시간 _ 377

45 나쁜 놈 _ 387

46 통화 _ 394

47 마음 안에 촛불 켜기 _ 396

48 몰락의 가을 _ 397

49 지렁이 _ 406

50 하늘이 내리신 선물 _ 415

51 소망과 욕망 _ 426

52 선당문답(仙堂問答) _ 432

53 무원동설화(霧源洞說話) _ 441

54 꼬물이 _ 453

55 일체유심조(一切唯心造) _ 460

56 칼새파 _ 461

57 고해성사 _ 470

58 회귀(回歸) _ 476

작가 약력 _ 480

1
수리법

영아원 시절이었다. 나는 어른들과 판이하게 다른 수리법을 쓰고 있었다.

123

어른들은 백이십삼이라고 읽었고, 나는 일이삼이라고 읽었다.

4+5=9

4+5=45

어른들은 사 더하기 오는 구라고 계산했고, 나는 사 더하기

오는 사오라고 계산했다.

    45-4=41

    45-4=5

어른들은 사십오 빼기 사는 사십일이라고 계산했고, 나는 사오 빼기 사는 오라고 계산했다.

    7-3=4

어른들의 계산이었다.

내 수리법으로는 성립되지 않는 뺄셈이었다.

칠 하나만 있는데 삼을 어디서 빼느냐고 물으면 칠 속에 삼이 들어 있다는 것이었다. 그러나 나는 아무리 자세히 들여다보아도 칠 속에 들어 있다는 삼이 보이지 않았다. 뿐만 아니라 사는 어디에 숨어 있다가 돌연히 나타나서 뻔뻔스러운 모습으로 정답의 자리를 차지하게 되었는지도 의문이었다. 그러나 어른들은 사도 칠 속에 들어 있다는 설명이었다. 나는 칠이라는 숫자가 뱃속에 다른 숫자들을 품고 있다는 사실을 도저히 납득할 수가 없었다.

    처녀+총각=처녀총각

처녀총각-총각=처녀

내가 사용하는 수리법을 낱말로 바꾸어 공식화시켜 보면, 그 수학적 합리성이 분명하다는 사실이 절로 드러나 보였다.

어른들은 내 수리적 둔감함에 걱정스러운 표정을 짓곤 했지만, 나는 아무런 불편함도 느낄 수가 없었다. 내 수리법대로 계산해도 손가락이 줄어들거나 발가락이 늘어나는 불상사는 생기지 않았다. 설사를 하거나 두통을 앓는 부작용도 생기지 않았다. 단지 어른들이 내 수리법을 자기들 방식대로 뜯어고치기 위해 성가시게 굴지만 않는다면 생활에 아무런 불편함도 느낄 수가 없었다.

2

마지막 면담자들

"차돌처럼 야무지게 생긴 아이로군요."

어느 토요일 오후였다.

원장실에 들어서자 사십대 중반의 남자가 나를 보며 호의적인 목소리로 그렇게 말했다. 기품 있는 풍모를 지니고 있었다. 성격도 원만해 보였다. 그러나 나는 아직도 긴장을 풀지 못하고 있었다. 남자 곁에는 그의 부인으로 보이는 여자가 동석하고 있었다. 냉담하면서도 지적인 분위기를 풍기고 있었다. 금테 안경을 끼고 있었다. 금테 안경 속에서 여자의 분석적인 눈초리가 예리하게 나의 전신을 탐문하고 있었다. 나는 조립형 장난감 변신 로봇처럼 부품별로 차례차례 분해되고 있는 듯한 기분이었다. 나는 더욱 긴장이 고조되고 있었다.

"이름이 뭐지."

남자가 물었다.

"김동명이요."

내가 대답했다.

목소리가 기어들고 있었다. 면담자들이 질문을 하면 낭랑한 목소리와 명확한 발음으로 대답해야만 총명한 아이로 인정받을 수 있다고 원장이 몇 번이나 일러주었는데도 아무 소용이 없었다.

"크면 어떤 사람이 되고 싶으냐."

"발명가요."

"제일 먼저 무얼 발명하고 싶지."

"개미처럼 쬐그만 동물을 공룡처럼 커다란 동물로 만드는 약을 발명하고 싶어요."

여전히 기어드는 목소리였다. 그러나 남자는 아직 나를 총명치 못한 아이로는 판단하지 않은 모양이었다.

"미래에는 전인류가 식량문제로 고민할 필요가 전혀 없겠구나."

오히려 대견스럽다는 듯한 어투로 그렇게 감탄까지 해 보였을 정도였다. 하지만 나는 인류의 식량문제를 해결하기 위해서 그런 약을 발명할 생각은 아니었다. 단지 체구가 너무 작다는 이유로 놀림감이 되는 것이 싫었을 뿐이었다. 그런 약을 발명하면 제일 먼저 나부터 복용해야 될 입장이었다.

"며칠 전 전화를 걸어주셨을 때도 말씀드렸습니다만, 정말로 비상한 기억력을 가지고 있는 아이지요. 백여 장의 낱말 카드를 이삼 초 간격으로 한 번씩만 보여주어도 순서 하나 틀리지 않고 모조리 기억해 낼 수가 있습니다. 그러나 이상하게도 계산에는 매우 약한 편이지요. 지극히 초보적인 덧셈이나 뺄셈도 못하는 실정입니다. 그토록 비상한 기억력을 가지고 있는 아이가 둘에다 하나를 더하거나 빼는 문제도 풀지 못한다면, 도대체 누가 믿을 수 있겠습니까. 아무리 생각해도 이해할 수가 없는 일입니다.”

원장의 말이었다.

원장은 변화를 별로 좋아하지 않는 성품을 가지고 있었다. 면담자들에게 나를 양자로 천거할 때마다 똑같은 선전문구를 고장난 레코드판처럼 되풀이해서 들려주고 있었다. 그러나 지극히 초보적인 덧셈이나 뺄셈도 못한다는 부분에 대해서는 어떤 착오가 있음이 분명했다. 내가 단지 어른들과 전혀 다른 수리법을 사용하고 있다는 사실을 원장은 간과하고 있었다. 아무리 생각해도 억울한 일이 아닐 수 없었다. 선전문구 중에서 그 부분을 삭제하거나 보완하지 않는 한 나를 양자로 데려가려는 면담자가 아무도 없을 것 같았기 때문이었다.

“학교는 언제부터 다니게 됩니까.”

“내년부터 다니게 됩니다.”

내년이면 나는 영아원을 떠나지 않을 수 없었다. 여덟 살이 되면 영아원에 있던 아이들은 취학연령이 되었다는 이유로 보육원에 이적토록 조처되는 것이 상례였다. 내게 있어서는 이번 면담이 영아원에서의 마지막 면담이 될 것 같았다.

"이왕이면 학교를 들어가기 전에 입양을 시키는 편이 여러 가지로 유리하겠지요."

"물론입니다."

다행스럽게도 대화는 낙관적인 방향으로 진행되고 있는 듯한 분위기였다.

보육원에 가고 싶지는 않았다. 아이들끼리의 정보에 의하면 거기는 엄격한 위계질서와 규칙적인 공동생활만이 존재하는 격리지역이었다. 학교도 마찬가지였다. 성실한 학습태도와 우수한 학과성적만을 강요하는 제한구역이었다. 이제 내 앞길에는 험난한 가시덤불과 가파른 언덕길만이 기다리고 있는 것 같았다. 나는 어떤 난관에 대해서도 자신감이 생기지 않았다. 틀림없이 낙오자로 전락해 버릴 것 같았다.

"성격은 어떻습니까."

"다소 내성적이기는 하지만 붙임성은 좋은 편입니다."

"건강상태는요."

"체구는 작아도 감기 한번 걸려본 적이 없을 정도입니다."

대화는 주로 남자가 질문을 하면 원장이 대답하는 형식으로 진행되고 있었다. 여자는 한마디도 입을 열지 않았다. 시선을 창문 쪽으로 돌린 채 바깥 풍경만 내다보고 있었다. 탁자 위에는 석 잔의 커피가 반쯤 남은 채로 식어가고 있었다. 밖에는 어지럽게 눈발이 흩날리고 있었다. 겨울이 깊어가고 있었다. 흩날리는 눈발 속에서 모든 풍경이 흐리게 지워지고 있었다.

"원장님의 말씀이 모두 사실이라면 별다른 문제점이 없는 아이로군요."

"체구가 작다는 사실과 계산에 약하다는 사실만 빼고 나면 모든 면에서 다른 아이들보다 몇 배나 우수한 자질들을 간직하고 있습니다."

"체구야 나이가 들면 저절로 커지겠지요. 그리고 낱말 카드 백 장을 이삼 초만 보여주어도 순서 한 번 틀리지 않고 모조리 외울 수 있는 두뇌를 가졌다면 계산에 대한 맹점도 언젠가는 보완이 될 겁니다. 일곱 살밖에 안 된 아이에게 전지전능하기를 바란다면 그것이 오히려 비정상이겠지요."

"백번 지당하신 말씀입니다."

"저로서는 별로 마음에 걸리는 부분이 없습니다만, 제 아내의 생각이 어떤지가 의문입니다."

남자의 호의적인 태도는 조금도 변함이 없었다.

나의 긴장감은 이제 절정에 달해 있었다. 세포도 팽창하고 있었다. 혈관도 팽창하고 있었다. 전신이 팽창하고 있었다. 영아원에 있는 내 나이 또래의 아이들은 누구나 양부모의 손을 잡고 영아원 정문을 나서는 날이 오기만을 간절히 기다리고 있었다. 그것이 최대의 소망이었다. 간혹 소망을 성취한 아이들이 양부모의 손을 잡고 영아원 정문을 나서는 모습을 목격한 날은 무슨 놀이를 해도 신바람이 나지 않았다. 모두가 하루 종일 풀이 죽은 모습으로 정문 쪽만 멍하니 바라보는 일이 고작이었다.

"그래도 일곱 살 먹은 아이치고는 체구가 너무 작아요."

여자가 비로소 입을 열었다.

팽창해 있는 내 가슴 복판으로 갑자기 대못 하나가 박혀들고 있었다. 나는 전신이 급격히 오그라들고 있었다.

"성장이 좀 더딜 뿐이지 신체적으로 어떤 결함이 있지는 않습니다."

원장이 말했다.

원장은 신경통 때문에 왼쪽 다리를 약간 저는 오십대 초반의 나이였다. 그럼에도 불구하고 오늘의 면담에 만전을 기하기 위해서 이른 새벽부터 동분서주하는 모습이었다. 나를 목욕탕에 데리고 가서 목욕도 시키고 이발소에 데리고 가서 이발도 시켰다. 백화점에 데리고 가서 옷도 갈아입히고, 중국집에 데리고 가서 짜장면도 시켜주었다. 영아원에 돌아와서는 낱말 카드를 외우는 연습을 한 시간이 넘도록 반복시켰다. 낱말 카드는 원장의 책상 오른쪽 세 번째 서랍 속에 들어 있었다. 나는 그 서랍이 열릴 기회가 오기만을 간절히 기다리고 있었다. 그러나 나의 비상한 기억력을 면담자들에게 보여줄 기회는 좀처럼 도래하지 않고 있었다.

"유전적인 이유에 의해서 작은 체구를 가지고 있다면 나이를 먹는다고 하더라도 마찬가지가 아니겠어요."

여자가 말했다.

"영아원에서 아이들을 면담할 때마다 당신은 지나치게 외모에 신경을 쓰는 경향이 있소. 지금까지 수많은 성인군자들이 지구상에 존재했지만 체구가 커야만 반드시 쓸모 있는 인간으로 성장한다고 주장했던 사람은 아무도 없었소. 나폴레옹도 1미터 50센티밖에 되지 않는 단신이었소. 그렇지만 세상이 다 알고 있는 영웅으로 아직도 그 이름이 회자되고 있지 않소."

남자가 말했다.

"나폴레옹은 프랑스에서 태어났어요. 만약 대한민국에서 태어났다면 그런 체구로는 군대조차도 가지 못하는 신세가 되었을 거예요."

여자의 주장이었다.

"당신은 지금까지 도처의 영아원을 순방하면서 많은 아이들을 면담해 보았소. 하지만 면담을 할 때마다 아이들의 단점만을 찾아내는 일에만 골몰해 있었소. 오늘은 관점을 좀 바꾸어보는 것이 어떻겠소."

남자가 말했다.

"관점을 아무리 바꾼다고 하더라도 메추리알 속에서 코끼리를 끄집어낼 수는 없지 않겠어요."

여자의 대답이었다.

"어차피 우리가 아이를 낳아 기를 수 없는 운명이라면 보다 자비로운 쪽으로 마음을 정해야 한다는 사실에 서로 동의했기 때문에 여기까지 오게 된 것이 아니겠소. 진정한 자비란 욕심을 버리고 희생을 선택할 때만 드러나는 미덕이라는 사실을 당신도 잘 알고 있지 않소. 세상에는 장애자나 정박아를 데려다 애지중지 보살피고 있는 사람들도 부지기수라오. 얼마나 아름답고 숭고한 마음들이오. 당신도 충분히 그럴 만한 자격이 있다고 나는 믿고 있소."

"당신도 아시다시피 저는 아직도 세속의 평범한 여자에 불과해요. 고난을 자진해서 짊어지고 성자의 흉내 따위나 내면서 살아갈 생각은 추호도 해본 적이 없어요."

"나 역시 당신이 아이 하나쯤 맡아서 양육할 만한 능력조차 없는 여자라고는 추호도 생각해 본 적이 없소."

의견이 서로 상반되고 있었다. 이런 경우에는 대개 면담이 결렬되는 것이 상례였다. 남자는 낙담하는 표정으로 담배 한 개비를 꺼내 물었다. 실내에는 무거운 침묵이 흐르고 있었다. 원장도 담배 한 개비를 꺼내 물었다. 나는 곁눈질로 원장의 눈치만 살피고 있었고, 원장은 곁눈질로 여자의 눈치만 살피고 있었다.

세상의 모든 과학자들이나 발명가들은 인간의 체구를 마음대로 조정하는 일이 원자폭탄을 만드는 일보다 몇 배나 시급하고 소중하다는 사실을 왜 아직까지도 자각하지 못하고 있는 것일까. 나는 과학자들이나 발명가들이 곁에 있다면 세차게 정강이라도 한번 걸어차주고 싶은 심정이었다.

"생후 이 개월쯤 되었을 때 청담동 어느 부잣집 대문 앞에 버려져 있었다고 말씀하셨던가요."

여자가 입을 열었다. 내가 영아원으로 오기 전에 있었던 일을 원장에게 묻고 있는 것 같았다. 나도 몇 번의 면담을 통해서 익히 들어 알고 있는 내력이었다.

"일전에 말씀드린 그대롭니다."

"출신성분을 알 수 있을 만한 쪽지나 정표도 일절 없었다면서요."

"그렇습니다."

"왜 그 부잣집에서는 이 아이를 자기들이 양육하지 않고 영아원에다 의탁하게 되었을까요."

"나름대로 그럴 만한 사정이 있었겠지요."

"출신성분이 불분명하다는 점이 마음에 걸려서가 아니었을까요. 강간이나 불륜에 의해서 생겨난 아이일 수도 있으니까요. 만약 그런 아이라면 누구든지 양육하고 싶은 생각이 들지 않겠지요."

"아직까지는 연고자가 한 명도 나타나지 않고 있기 때문에 자세한 내용은 저로서도 전혀 모르고 있는 실정입니다."

원장의 답변이었다.

여자는 나를 양자로 데려갈 의사가 없다는 사실을 확실하게 표명하고 있는 것 같았다. 나의 소망도 불시에 물거품으로 변해 가고 있었다. 그러나 처음 있는 일은 아니었기 때문에 그리 상처가 심하지는 않았다. 양부모의 손을 잡고 영아원 정문을 빠져나간 아이들이 반드시 행복하게 사는 것만은 아니라는 사실도 어느 정도는 치료제의 작용을 하고 있었다. 재작년에 입양된 아이 하나는 양부모의 사랑을 독차지하다 동생이 태어나자 퇴행현상을 일으켜 파양된 적까지 있었다. 대소변을 못 가리고 자주 병치레를 한다는 이유 때문이었다. 퇴행현상이란 입양아들에게서 흔히 나타나는 현상이었다. 동생의 출생에 의해 갑자기 가족들의 애정이나 관심을 받지 못하게 되면 어린애와 같이 미숙한 행동을 나타내 보이게 되는데, 이런 경우에는 대개 양부모들이 복잡한 수속절차를 무릅쓰고라도 파양을 요구하기 마련이었다.

"내 추측대로라면 이 아이의 부모는 비록 가난하게는 살았어도 모진 성품을 가지고 있지는 않았던 것 같소."

남자가 말했다.

남자는 아직도 면담을 결렬시킬 의사가 없는 모양이었다.

"당신은 어떤 점을 근거로 그런 확신을 가지게 되셨나요."

여자가 물었다.

"당신도 알다시피 이 세상에는 차마 입에 올리기도 부끄러운 가혹행위를 자식에게 저지르는 부모들이 산재해 있소."

남자는 아동을 대상으로 저질러진 부모의 끔찍한 가혹행위들을 여자에게 사례별로 간추려서 열거하기 시작했다.

몇 년 전에는 여섯 살 먹은 딸애를 버르장머리가 없다는 이유로 십여 차례나 흉기로 찔러 숨지게 한 아버지가 있었다. 시체를 부엌에다 사흘간이나 방치해 두었는데, 옆집 사람이 발견하고 경찰에 신고를 함으로써 세상에 알려지게 되었다.

작년 여름에는 일곱 살 먹은 아들을 평소 도벽성이 있다는 이유로 안방 다락 속에 가두고 굶겨 죽인 아버지가 경찰에 구속되었다. 아들은 도망가려고 높은 다락에서 뛰어내리다 오른쪽 다리에 골절상을 입었다. 아버지는 더욱 심한 매질을 해서 아들을 다락에다 감금한 채로 음식도 주지 않고 방치해 두었다. 결국 아들은 골절상태에서 고통스럽게 신음하다 뼈만 앙상한 모습으로 굶어죽고 말았다.

몇 달 전에는 전처 소생인 두 살짜리와 네 살짜리 남매를 살해하여 야산에 암매장한 어머니도 있었다. 전신에 멍이 들어 있었고, 손톱 밑에는 바늘에 찔린 흔적이 여러 군데 발견되었다. 귀에는 이빨로 물어뜯긴 자국도 선명하게 남아 있었다. 뿐만 아니라 두개골까지 파열되어 있었다. 쇠망치로 여러 차례 가격했다는 사실이 부검에 의해 드러났다.

"거기에 비하면 가난을 견디지 못해 자기들이 낳은 아이를 부잣집 대문 앞에다 내다 버리고, 부디 아이만은 궁핍하지 않게 살아주기를 바라는 부모의 심정은 얼마나 눈물겹소."

남자는 나를 내다 버린 부모에게 표창장이라도 주어야 한다고 생각하는 사람 같았다. 그러나 남자의 장황한 설득에도 불구하고 여자는 여전히 마음이 내키지 않는다는 표정을 감추지 못하고 있었다.

"저로서는 도저히 결정을 내리기가 쉽지 않군요."

여자가 말했다.

"우선 아이와 몇 마디 이야기라도 나누어보고 나서 결정하는 것이 최소한의 예의가 아니겠소."

남자가 말했다.

여자는 잠시 생각에 잠겨 있었다. 그러다가 다소 미안한 생각이 들었는지 비로소 내게 몇 가지 잡다한 질문들을 던지기 시작했다.

좋아하는 색깔은 무엇이냐. 싫어하는 색깔은 무엇이냐. 좋아하는 음식은 무엇이냐. 싫어하는 음식은 무엇이냐. 좋아하는 사람은 누구냐. 싫어하는 사람은 누구냐.

건성으로 던지는 질문들 같았다. 별로 대답하기 어렵지는 않았다. 따라서 진지해질 수도 없었다.

좋아하는 색깔은 노란색입니다. 싫어하는 색깔은 까만색입니다. 좋아하는 음식은 짜장면입니다. 싫어하는 음식은 잡곡밥입니다. 좋아하는 사람은 홍길동입니다. 싫어하는 사람은 팥쥐 엄마입니다.

나는 정직하게 대답해 주기는 했지만 그리 마음이 개운하지는 않았다. 왜 낱말 카드 맞추기는 하지 않고, 그런 시시껄렁한 질문 따위로 아까운 시간을 허비해 버리는 것일까. 차라리 원망스러울 정도였다. 원장의 책상 오른쪽 세 번째 서랍은 끝끝내 열리지 않았다. 나는 울고 싶은 심정이었다. 그러나 울지는 않았다. 면담자들이 나를 천덕꾸러기로 오판할 가능성을 염려해서였다. 그러나 이번 경우보다 더 비참했던 경험도 얼마든지 있었다.

양부모와 닮은 데가 전혀 없다. 혈액형이 맞지 않는다. 용모가 단정치 못하다. 관상이 궁핍해 보인다. 성격이 명랑치 못하다. 체구가 너무 작다. 출신성분이 불분명하다. 심지어는 앞니가 빠졌다는 사실조차 결격사유가 되었던 적도 있었다.

백여 장의 낱말 카드를 한 번만 보고도 순서 하나 틀리지 않고 모조리 외워버리는 나의 기억력은, 면담자들로 하여금 나를 양자로 데려가고 싶은 충동을 느끼게 만드는 일에 절대적인 영향을 미치지는 못했다. 여섯에다 일곱을 더하면 얼마냐 하는 따위의 질문이 던져지기만 하면, 어김없이 나만의 수리법대로 정답을 산출해 내는 계산력 때문에 그 가치가 상쇄되어 버리기 일쑤였다. 뿐만 아니라 체구가 작다는 단점과 출신성분이 불분명하다는 결점도 매번 크나큰 장애요인으로 지목되고 있었다.

나는 결국 그날부로 영아원에서 양부모를 가지고 싶다는 소망을 포기해 버리는 수밖에 없었다. 나를 양자로 입적시킬 정도로 마음이 자비로운 인격체들은 모조리 월남전에 참전해서 베트콩의 총에 사살되어 버렸는지도 모른다는 생각까지 들었다.

"정말로 죄송스럽습니다."

면담자들은 결국 나를 조립형 장난감 변신 로봇처럼 부품별로 분해만 해놓고 자리에서 일어서고 있었다. 그러나 나는 분해된 자신을 스스로 조립해야 한다는 사실을 누구보다 잘 알고 있었다. 나는 창 밖을 내다보고 있었다. 아까보다 눈발이 한결 기세를 더해 가고 있었다. 원장이 면담자들을 전송하고 돌아올 때까지 나는 그대로 원장실에 남아 있었다. 원장은 나를 오래도록 두 팔로 감싸안은 채 아무 말도 하지 않았다. 나는 마침내 어깨를 들먹거리며 소리 죽여 흐느끼기 시작했다. 온 세상이 적막 속에 함몰하고 있었다.

3

보육원 일지

"창생보육원 어린이 여러분. 오늘도 하나님의 축복 속에서 아름다운 새날이 밝았습니다. 창생보육원 어린이는 부지런합니다. 창생보육원 어린이는 하나님을 사랑합니다. 신속한 동작으로 이부자리를 정돈하고, 새벽 예배에 빠짐없이 참여합시다. 하나님의 은혜로움 속에서 활기찬 하루를 시작합시다."

새벽 여섯시가 되면 어김없이 방마다 설치되어 있는 스피커를 통해 기상시간을 알리는 차임벨이 울리고, 새벽 예배에 참여하라는 방송이 반복되었다.

창생보육원은 독자적으로 부설 예배당을 보유하고 있었다. 새벽 예배는 특별한 경우를 제외하고는 거의가 원장의 주관으로 이루어졌다.

"거룩하고 은혜로우신 하나님 아버지시여."

언제나 원장은 기도의 서두를 그렇게 시작했지만, 원생들은 꼭두새벽부터 단잠을 깨우게 만드는 하나님을 결코 거룩하고 자비롭게 생각하고 있는 표정이 아니었다. 오히려 거북하고 원망스럽게 생각하는 표정이었다.

원장의 기도는 주옵소서와 믿사옵니다 등을 주요 성분으로 하여 조제된 수면제나 다름이 없었다. 아무리 악성 불면증에 시달리는 환자라고 하더라도 경청만 하면 즉각적으로 치유될 수 있을 정도로 탁월한 수면효과를 가지고 있었다. 원생들은 두 손을 모으고 고개를 떨군 자세로 기도에 임하기는 하지만, 이내 깊은 잠 속에 빠져들지 않을 수 없었다.

그러나 원장의 기도가 끝났는데도 잠에서 깨어나지 않은 모습을 보이는 원생은 단 한 명도 없었다. 나지막이 코까지 골아대면서 달디단 잠 속에 빠져 있다가도, 예쑤님의 이름으로 기도드리옵나이다라는 소리가 들리기만 하면 일제히 고개를 쳐들면서 아멘을 복창하는 수면법을 모두가 터득하고 있었다.

새벽 예배가 끝나면 양계장을 돌보는 순서였다. 원생들은 일인당 다섯 마리의 닭들을 소유하고 있었다. 계란을 회수하고, 닭똥을 치우고, 사료를 주는 일이 남아 있었다. 계란을 판매해서 얻어낸 수익금은 사료비와 관리비를 제하고 전액을 개인통장에다 입금시켜 주었다. 통장은 원장이 소유하고 있었고, 도장은 개인이 소유하고 있었다. 그러나 평소에는 한푼도 꺼내 쓸 수가 없었다. 고등학교를 졸업하고 사회로 진출할 때만 전액을 지급 받을 수가 있었다. 자립을 위한 대비책의 일환이었다. 양계장을 돌보는 일이 끝나면 세면을 하고, 식사를 하고, 책가방을 챙기는 일이 남아 있었다. 날마다 허겁지겁 세면을 하고, 날마다 허겁지겁 식사를 하고, 날마다 허겁지겁 책가방을 챙기고, 날마다 허겁지겁 버스 정류장으로 달려가야만 했다. 버스는 언제나 만원이었다. 원생들은 미처 학교에 당도하기도 전에 파김치가 되어 있었다.

"김동명."

학교에서는 선생님이 나를 부르거나 지목할 때만 정식으로 이름이 사용되었다. 나는 전교생을 통틀어 가장 키가 작은 학생이었다.

"김땅콩."

엄연히 명찰에 김동명이라는 이름 석 자가 새겨져 있는데도, 나는 별명으로만 불리워졌다. 하필이면 김땅콩이라니. 그야말로 모욕적인 별명이었다. 남들은 모두 하늘을 향해서 키가 자라는데, 나만은 땅 밑을 향해서 키가 자란다는 이유로 붙여진 별명이었다. 들을 때마다 수치심으로 더욱 키가 줄어드는 느낌이었다.

"김동명이가 가방을 메고 하교하는 모습을 선생님이 뒤에서 본 적이 있는데, 가방이 혼자서 교문 밖으로 걸어 나가는 줄 알았지."

담임선생님은 내게 각별한 관심과 애정을 기울이고 있었다. 정규수업이 끝나면 매일 한 시간씩 내게 따로 산수를 가르쳤다. 나는 수학적인 두뇌를 가지고 있는 아이가 아니었다. 잘못된 수리법을 교정하는 데 한 학기를 꼬박 잡아먹었을 정도였다. 그래도 담임선생님은 한 번도 얼굴을 찡그린 적이 없었다. 언제나 다정다감한 표정이었다. 담임선생님의 그러한 노력으로 이학기 때는 성적이 상위권으로 껑충 뛰어오를 수가 있었다. 학교를 다니면서 유일하게 즐거움을 느낀 경우였다.

"아유 귀여워라."

여자애들은 동급생들까지 나를 막내동생처럼 취급하려 들었다. 나는 귀엽다는 말이 듣기 싫었다. 계집애들한테나 통용되는 표현이기 때문이었다. 나는 남자다운 아이로 인정받고 싶었다. 기사도 정신을 발휘해서 여자애들을 괴롭히는 악동들을 혼내주지는 못할망정, 하다못해 청소시간에 여자애들의 책걸상이라도 가볍게 날라다 주는 존재가 되어보고 싶었다. 그러나 기운을 쓰는 일이라면 그 어떤 일에도 나는 자신이 없었다. 오히려 청소시간에 얼씬거리면 일에 방해가 된다고 귀찮아할 정도였다.

"우리 학교가 유치원인 줄 아니."

"우리 학교가 땅콩밭인 줄 아니."

나는 작은 체구 때문에 하루도 놀림을 받지 않는 날이 없을 지경이었다.

남자애들은 어떤 놀이를 해도 내가 자기편에 예속되는 불상사를 원치 않았다. 내가 예속되기만 하면 패배는 맡아놓은 당상이었기 때문이다.

"김땅콩은 내 간식이야."

내게는 천적이 하나 있었다. 나는 녀석의 이름만 들어도 오금을 펴지 못할 지경이었다. 녀석이 고양이라면 나는 새앙쥐였다. 녀석이 살모사라면 나는 개구리였다. 장차 어른이 되면 대통령이 되겠다는 녀석이었다. 나를 한 번씩 괴롭힐 때마다 지지자도 한 명씩 늘어난다고 생각하는 모양이었다. 날마다 나를 못살게 구는 일에 혈안이 되어 있었다. 강인탁이라는 녀석이었다.

내가 일학년이었을 때 녀석은 삼학년이었다. 쉬는 시간에 녀석과 마주치는 것을 피하기 위해서 운동장에 나가지 않으면 교실에까지 찾아와서 나를 괴롭히고 가는 녀석이었다.

악착스럽고 다부진 성격이었다. 녀석보다 훨씬 힘이 세고 덩치가 큰 상급생들도 싸우기를 꺼려하는 존재였다. 언젠가 오학년짜리 남자애 하나가 멋모르고 녀석을 때렸다가 머리통에 구멍이 뚫어져서 선혈이 낭자한 모습으로 병원에 실려간 적까지 있었다. 하굣길에 기다리고 있다가 뒤에서 각목으로 있는 힘을 다해 머리통을 가격했다는 소문이었다.

"김땅콩, 오늘도 너에게 중대한 명령을 하달하겠다."

"뭔데."

"저기 가죽잠바 입은 자식 보이지."

"보여."

"당장 가서 쟤 대가리에다 꿀밤 한 대만 먹여주고 올 수 있지."

"형은 왜 그런 걸 나한테만 시키는 거야."

"담력을 길러주기 위해서지 짜샤."

"담력이 뭔데."

"깡다구야."

"나는 깡다구 필요 없는데."

"어쭈. 짜식이 장차 대통령이 될 사람의 명령을 우습게 안다 이거지. 네가 대신 꿀밤을 먹어도 좋다 이거지."

"한 개만."

"그건 내가 정하는 거지 짜샤."

녀석은 어떤 구실을 붙여서라도 하루에 열 개쯤은 내게 꿀밤을 먹여야만 직성이 풀리는 습관을 가지고 있었다. 장차 녀석이 정말로 대통령이 된다면 내 머리통에다 원자폭탄을 투하하게 되는지도 모른다는 생각이 들었다. 녀석은 나를 만나기만 하면 의도적으로 수행하기 거북한 명령들만 골라서 하달했다. 어떻게 해서든 폭력을 행사할 구실을 만들기 위함인 것 같았다.

"김땅콩, 저기 갈래머리 땋은 계집애 보이지."

"보여."

"가서 팬티가 보이도록 치마를 높이 쳐들어 올릴 수 있지."

"싫어."

"어쭈. 짜식이 장차 대통령이 될 사람의 명령을 우습게 안다 이거지. 죽사발이 되도록 얻어터져도 좋다 이거지."

꿀밤만으로 직성이 풀리지 않으면 무차별로 주먹질과 발길질을 가해 올 때도 있었다. 특히 여자애들이 보고 있으면 더욱 난폭한 행동을 일삼았다. 나는 숨쉬는 타깃이었고, 말하는 샌드백이었다. 그러나 아무에게도 고자질을 하지는 않았다. 나중에 고자질을 했다는 사실이 알려지면 무슨 보복을 당할는지 알 수가 없었기 때문이었다.

"땅 하고 꿀밤을 먹이면 콩 하고 소리나는 게 뭐어니."

"김따앙코옹."

학교를 마치고 보육원에 가서도 녀석의 마수를 벗어날 수는 없었다. 녀석은 나와 같은 방에 소속되어 있었다. 그야말로 숙명적인 존재가 아닐 수 없었다. 장미실·백합실·민들레실·개나리실·채송화실. 보육원에는 방마다 꽃이름이 붙어 있었다. 내가 기거하고 있는 방은 진달래실이었다. 녀석을 포함해서 나까지 모두 다섯 명의 아이들이 동숙하고 있었다.

"콩은 콩인데 메주도 못 쑤는 콩이 뭐어니."

"김따앙코옹."

아이들은 모조리 녀석과 한패였다. 틈만 있으면 문답식으로 나를 조롱하면서 번갈아 머리통에 꿀밤을 먹이곤 했다. 한결같이 진달래와는 너무나 거리가 먼 감성들을 가지고 있었다.

행동도 거칠었고 말씨도 거칠었다.

"저리 비켜 씹새꺄."

마치 욕지거리를 잘 해야만 존경스러운 인물로 추앙 받을 수 있다고 생각하는 아이들 같았다. 차라리 진달래실이라는 방의 명칭을 엉겅퀴실이나 질경이실로 바꿔놓아야만 제격일 것 같았다.

나는 보육원 후미진 담벼락에다 은밀히 눈금을 표시해 놓고 틈만 나면 남몰래 키를 재보는 습관을 가지고 있었다. 내 별명은 땅콩이었지만 내 소망은 킹콩이었다. 그러나 담벼락의 눈금은 조금도 변화되지 않았다. 땅콩은 영원히 킹콩이 될 수 없는 모양이었다. 나는 하나님이 소문보다는 은혜롭지 않다는 사실을 하루에도 몇 번씩 절감하고 있었다. 차라리 영아원 시절로 되돌아가고 싶은 생각이 간절했다. 그러나 시계를 거꾸로 되돌릴 수는 있어도 시간을 거꾸로 되돌릴 수는 없었다.

나는 아이들에게 조롱을 당할 때마다 탈출을 꿈꾸기 시작했다. 오직 보육원을 떠나는 길만이 유일한 대비책일 것 같았다. 그러나 막연했다. 아직 세상은 내게 공포의 수렁이었다. 무작정 보육원을 탈출했다가는 무슨 일을 당할는지 알 수가 없었다. 어느 정도 세상에 대해 익숙해질 때까지 괴롭더라도 인내심을 가지고 보육원 신세를 지는 수밖에 없다는 생각이 들었다. 조롱과 꿀밤을 견디는 수밖에 없다는 생각이 들었다.

겨울방학 때였다. 사흘째 내 소유의 닭들이 계란을 한 개도 낳지 않고 있었다. 간혹 한두 마리가 계란을 낳지 않는 경우는 있었지만, 다섯 마리가 모두 계란을 낳지 않는 경우는 드물었다. 텅 빈 산란대를 볼 때마다 나는 울고 싶은 심정이었다.

나흘째 되는 날이었다. 나는 새벽 예배에 참석하지 않았다. 양계장에 숨어서 동태를 살피고 있었다. 내 계란은 분명히 다섯 개가 산란대에 고스란히 남아 있었다. 나는 누군가가 내 계란을 훔쳐갔을지도 모른다는 추측을 하고 있었다. 아니나 다를까. 십여 분쯤이 지나자 녀석이 양계장에 나타났다. 그리고 전혀 경계하는 기색도 없이 곧장 내 계란이 있는 산란대로 접근했다. 녀석의 손에는 신발주머니가 들려 있었다.

녀석은 태연히 내 계란을 신발주머니에다 집어넣고, 한 개를 이빨로 깨뜨린 다음 꼴깍꼴깍 빨아먹기 시작했다. 나는 제 정신이 아니었다. 뜨거운 분노가 목구멍까지 치밀어 오르고 있었다. 호흡이 거칠어지고 있었다. 숨통이 막혀왔다. 혈관까지 파열해 버릴 지경이었다.

나는 자신도 알 수 없는 괴성을 지르면서 녀석에게로 돌진했다. 그리고 용수철처럼 퉁겨져 오르면서 녀석의 귀를 물고 늘어진 채 실신해 버리고 말았다.

4

탈출 동기

"일종의 보상심리 때문이 아니었을까. 인탁이도 일학년 때
는 동명이처럼 전교에서 키가 제일 작은 아이였지. 언제나 주
위 사람들의 귀여움을 독차지했어. 그러나 나이가 들면서 차
츰 주위 사람들의 관심이 줄어들기 시작했지. 인탁이는 그 이
유를 나이 때문이라고는 생각지 않았을 거야. 아마도 동명이
가 나타났기 때문이라고 생각했겠지."

양계장에서 녀석의 귀를 물고 실신한 뒤로 양호실에서 이틀
동안 신열을 앓으며 누워 있을 때 누군가 그렇게 말하는 소리
를 들은 적이 있었다. 녀석은 양계장 사건 이후로 진달래실에
서 민들레실로 방을 옮기게 되었다. 그러나 여전히 나에 대한
놀림과 꿀밤만은 중단하지 않았다.

"김따앙코옹."

"꿀바암코옹."

코옹 소리 끝에는 반드시 내 머리통으로 불똥이 한 개씩 떨어져 내렸다. 거룩하고 은혜로우신 하나님은 나를 녀석의 매받이로 이 세상에 내려보내신 모양이었다. 이학년이 끝나갈 무렵에는 머리통에 굳은살이 박혀서 어지간한 강도의 꿀밤에는 감각조차 느낄 수가 없을 지경이었다.

나는 녀석 때문에 몇 번이나 보육원을 탈출하고 싶었으나 차마 실행에 옮기지는 못하고 있었다. 용기가 생겨주지 않아서였다. 지구가 멸망하는 그 순간까지 나는 녀석 앞에서 고양이와 새앙쥐, 또는 살모사와 개구리의 관계로 남아 있어야 할 것 같았다.

그런데 갑자기 전혀 예상치도 못했던 이변이 일어났다. 녀석이 먼저 보육원을 탈출해 버리고 말았던 것이다.

보육사들은 평소 탈출을 미연에 방지하기 위한 개인상담이나 소양교육을 게을리 하지 않았다. 그러나 완벽한 성과를 거두지는 못했다. 도벽이나 오줌싸개나 성행위 등의 발각으로 극심한 수치감을 견딜 수 없는 입장이 되었을 때, 자기가 좋아하는 보육사나 직원이 개인적인 사유로 보육원을 사직하게 되었을 때, 외부세계에 대한 동경심이 애드벌룬처럼 부풀어 올라서 주야로 가슴을 설레게 할 때, 집단적으로 구타를 당하거나 따돌림을 받거나 놀림감이 되었을 때, 짜장면 배달원이나 당구장 종업원이나 오락실 점원 등이 존경의 대상으로 보여질 때, 모험심이나 영웅심이나 자만심이 합세해서 망상을 부추길 때, 원생들은 탈출을 꿈꾸는 성향을 가지고 있었다.

보육원에서 보름치 용돈이 지급되었던 어느 날이었다. 녀석은 야밤을 틈타 옆방으로 침입해 다른 아이들의 호주머니를 털었고, 그 사실이 탄로나자 어디론가 종적을 감추어버리고 말았다. 동시에 나는 통일행진곡의 한 소절처럼 압박과 설움에서 해방된 민족이 되었다. 녀석은 오래도록 아무런 소식도 없었다. 나는 이제야 하나님이 진실로 거룩하고 은혜로운 존재라는 사실을 실감할 수 있게 되었다.

문은숙 선생님이 나타나기 한 달 전에 일어났던 일이었다.

문은숙 선생님은 내가 삼학년이 되던 해의 여름방학 때부터 매주 토요일 오후만 되면 보육원으로 출근해서 원생들에게 그림을 지도해 주던 자원봉사자였다. 미술대학을 졸업하고, 신림동 어딘가에서 개인화실을 경영하는 화가지망생으로 알려져 있었다. 미혼이었다. 언제나 청바지에 티셔츠 차림을 하고 있었다. 자상하면서도 명랑한 성격이었다. 원생들의 기분을 자유자재로 조정할 수 있는 재능도 가지고 있었다. 문은숙 선생님을 좋아하지 않는 원생은 아무도 없었다.

"선생님이 어떤 사람을 제일 싫어한다고 했었지요."

"남을 놀리는 사람이요."

"선생님은 앞으로 김동명이를 김땅콩이라고 부르는 사람과는 절대로 말을 하지 않겠어요."

문은숙 선생님이 그렇게 선포한 다음부터 나를 김땅콩이라고 부르는 원생이 모조리 자취를 감추어버렸을 정도였다. 왜 문은숙 선생님은 녀석이 보육원에서 사라져버린 다음에야 나타났을까. 당연히 나는 문은숙 선생님을 열렬히 추종하는 광신도가 되지 않을 수 없었다. 아침에 눈을 뜨기만 하면 먼저 달력부터 쳐다보았다. 토요일이 며칠이나 남았는가를 확인하기 위해서였다.

"김동명이는 누구 얼굴을 이렇게 드라큘라처럼 그려놓았지."

"강인탁이요."

"강인탁이가 누구지."

"보육원 진달래실에서 같이 살던 형이요."

"날카로운 이빨을 드러내고 지금 무언가를 먹으려는 순간 같은데."

"제 계란을 훔쳐먹고 있어요."

문은숙 선생님이 가장 기억에 남는 사람의 초상화를 그리라고 했을 때였다. 연고자가 있는 아이들은 대부분 자기 누나의 얼굴이나 자기 이모의 얼굴을 그렸고, 연고자가 없는 아이들은 대부분 영아원 보모의 얼굴이나 학교 선생님의 얼굴을 그렸다. 그러나 나는 강인탁의 얼굴을 그렸다. 내가 보기에도 흉물스러운 초상화였다. 망쳐버렸다는 생각이 들어서 아무에게도 보여주고 싶지 않았다. 차라리 찢어버리고 싶었다.

"이 그림 선생님이 가져도 괜찮겠니."

문은숙 선생님이 그 초상화를 가지고 싶어했을 때도 나는 도저히 그 사실을 믿을 수가 없었다. 내게 용기를 주기 위해 그렇게 건성으로 한번 말해 보았을 뿐이라는 생각이 들었다.

"지금 선생님이 다니고 있는 대학원에다 다음주 수요일까지 논문을 제출해야 하는데, 이 그림을 자료로 첨부했으면 좋겠구나. 괜찮겠지."

건성이 아닌 표정이었다. 나는 거절할 이유가 조금도 없었다. 드라큘라 같은 이빨을 드러내고 계란을 집어삼키려는 녀석의 악마적인 얼굴이 그렇게 존엄한 용도로 쓰일 수 있다는 사실이 자못 의아스러울 뿐이었다.

"다른 그림을 그려드리면 안 되나요."

내가 물었다.

꽃밭 위로 나비들이 날아다니는 그림이라면 자신이 있었다. 교내 미술실기대회에 출품해서 입선으로 상장까지 받은 적이 있었다. 그러나 문은숙 선생님은 오로지 녀석의 악마적인 얼굴만을 필요로 하고 있었다.

"어떤 그림도 이보다 적합하지는 않을 거야."

확신에 찬 목소리였다.

나는 다른 아이들이 부러운 눈초리로 나를 바라보고 있다는 사실을 의식하는 순간 전신에 황홀감이 새벽놀처럼 스며들고 있는 듯한 느낌이었다.

"그런데 강인탁이라는 형은 몇 학년이지. 선생님이 한번도 보지를 못한 것 같은데."

문은숙 선생님이 물었다.

"오학년인데 선생님이 오시기 전에 보육원에서 도망쳐버렸어요."

나는 홀가분한 목소리로 대답했다.

이제 천적은 내 곁에 없었다. 문은숙 선생님이 들고 있는 그림 속에만 남아 있었다.

그러나 녀석이 사라져버렸다고 내 체구가 김킹콩으로 변환되지는 않았다. 어떤 마녀가 성장을 억제시키는 마술이라도 걸어놓은 것이나 아닐까. 내 체구는 일학년 때보다 별로 나아진 부분이 없었다. 보육원 담벼락에다 금을 그어놓고 남몰래 키를 재보는 습관도 여전히 버릴 수가 없었다.

나는 체구가 작다는 사실만 빼고 나면 이제 아무런 불평불만도 없었다. 언제나 마음은 천국이었다. 학교에서도 천국이었고, 보육원에서도 천국이었다. 예배당에서도 천국이었고, 양계장에서도 천국이었다. 일주일에 한 번씩은 어김없이 토요일이 돌아왔기 때문이었다. 나는 밤이면 자주 문은숙 선생님이 나를 양자로 데려가는 꿈을 꾸기도 했다.

"종이학을 천 마리만 접으면 소원이 이루어진대."

보육원에는 종이학을 접는 아이들이 많았다. 친부모나 양부모를 만나고 싶은 소망 때문이었다. 정말로 소망이 이루어진 아이들도 더러 있다는 소문이었다. 나도 언제부터인가 종이학을 접기 시작했다. 문은숙 선생님과 영원히 헤어지지 않기를 바라는 마음에서였다.

날씨가 몹시 추운 어느 겨울날이었다.

나는 방학숙제를 하고 있었다. 그런데 갑자기 바깥이 술렁거리기 시작했다. 강인탁이가 돌아왔다고 누군가 복도에서 소리치고 있었다. 나는 순간적으로 가슴이 철렁 내려앉고 있었다. 황급히 창밖을 내다보니 녀석이 정복 경찰관 두 명을 대동하고 원장실 쪽으로 걸어가고 있었다. 멀리서 보기에도 형편없는 몰골이었다. 어딘지 모르게 전과는 판이하게 다른 분위기를 풍기고 있었다. 다음날부터 원생들은 녀석에 관한 소문을 퍼뜨리기에 여념이 없었다.

"처음에는 서커스단에 들어가서 곡예를 배웠다더라."

"좋겠다."

"날마다 채찍으로 얻어맞아서 살가죽이 찢어지고 피가 철철 흘렀다는데 도대체 좋기는 뭐가 좋으냐."

"외발자전거 타는 법도 배웠을까."

"모르지."

소문에 의하면 녀석은 보육원을 탈출해서 어느 서커스단에 들어가게 되었던 모양이었다. 그러나 서커스단은 경영악화로 문을 닫아버렸고, 단장은 심한 학대를 거듭하면서 녀석을 야간업소로 보내 돈을 벌어오도록 종용했던 모양이었다.

"하루도 매를 맞지 않는 날이 없었다더라."

"얼마나 매를 많이 맞았는지, 지금도 온몸이 시커먼 멍투성이라더라."

"정신도 약간 이상해졌다던데."

"살이 찌면 곡예를 못한다고 밥도 하루에 한 끼씩밖에 주지 않았다는 거야."

"간에 옴이 올라 긁지도 못하고 죽을 놈들."

원생들에게 전통적으로 구전되는 욕설이었다. 가장 큰 저주가 담겨 있는 욕설로 인식되고 있었다. 그러나 원생들의 입에서 욕설이 퍼부어지기도 전에 그간에 옴이 올라 긁지도 못하고 죽을 놈들은 모조리 감옥으로 직행을 한 모양이었다. 녀석이 간신히 도망쳐 나와 파출소에 신고를 했기 때문이라는 것이었다. 신문에 보도까지 된 모양이었다. 감옥살이를 하면서 간에 옴이 올라 긁지도 못하고 죽는다면 얼마나 진저리가 쳐질까. 원생들은 모두 통쾌한 표정을 짓고 있었지만, 나는 오히려 불안감을 떨쳐버릴 수 없었다. 다시 녀석에게 시달림을 받게 되리라는 생각 때문이었다.

그러나 기우였다. 나는 화장실 앞에서 녀석과 정면으로 마주치게 되었는데, 녀석은 나를 괴롭힐 만한 기력을 완전히 상실해 버린 모습이었다. 그간에 옴이 올라 긁지도 못하고 죽을 놈들에게 얼마나 모진 학대를 받았는지 피골이 상접해 있는 모습이었다. 뿐만 아니라 기운도 정신도 모조리 상실해 버린 듯한 표정이었다. 녀석은 이제 발톱이 빠져버린 고양이였고, 이빨이 빠져버린 살모사였다. 천적을 앞에 두고도 무기력해 보이는 눈빛이었다.

다음날 녀석은 신경정신과로 후송되었다. 모진 학대로 인한 대인기피증과 피해망상증 등의 정신장애 때문이라는 것이었다.

"거룩하고 은혜로우신 하나님 아버지시여. 악마의 소굴에서 용감하게 탈출하여 당신의 품속으로 다시 돌아온 한 마리 어린양은 지금 고통 속에서 신음하고 있나이다."

원장은 하루도 빼놓지 않고 새벽 예배시간이면 녀석을 위해 기도했다. 나는 갈등에 사로잡혀 있었다. 녀석이 회복되지 않기를 빌자니 양심의 가책을 받지 않을 수 없었고, 녀석이 회복되기를 빌자니 앞으로 시달림을 받게 될 일이 걱정이었다.

"여러분의 간절한 기도를 하나님께서 받아들이신 걸로 저는 확신하고 있습니다."

겨울이 끝나갈 무렵이었다. 녀석이 입원한 지 두 달이 경과하고 있었다. 면회를 다녀온 원장이 새벽 예배시간을 통해 녀석에 대한 소식을 전해 주었다. 상태가 매우 호전되어서 한 달 정도만 시일이 지나면 퇴원하게 되리라는 것이었다. 나는 시일이 지날수록 차츰 불안감이 고조되고 있었다. 녀석은 서커스단에서 모진 시달림을 받았기 때문에 회복되면 전보다 몇 배나 더 성격이 잔인하게 변할 수도 있을 것 같았다. 나는 한 달만 있으면 폭발하도록 장치된 시한폭탄을 끌어안고 하루하루를 보내고 있는 듯한 기분이었다. 밤마다 잠이 오지 않았다.

나는 문은숙 선생님에게 고민을 털어놓는 수밖에 없다는 결론에 도달하게 되었다. 문은숙 선생님이라면 틀림없이 나의 방패가 되어주리라는 생각이 들었기 때문이었다.

그런데 녀석의 퇴원보다 더 두려운 사건이 나를 기다리고 있었다. 토요일 오후가 되었는데도 문은숙 선생님이 나타나지 않았다. 밤중이 되었는데도 아무런 소식이 없었다. 도대체 무슨 변고가 생긴 것일까. 누구에게 물어도 대답해 주는 사람이 없었다. 원장에게도 물어보았고 총무에게도 물어보았다. 직원들에게도 물어보았고 보육사들에게도 물어보았다. 그러나 제대로 알고 있는 사람은 아무도 없었다.

"피치 못할 사정이 있으시겠지."

한결같이 그런 식의 대답들뿐이었다. 주소를 아는 사람도 없었고, 연고를 아는 사람도 없었다. 몇 번 보육원을 몰래 빠져나가 신림동 일대를 헤매어보기도 했으나 아무런 소용이 없었다. 나는 밤낮을 가리지 않고 종이학을 접는 일에 몰두해 있었다. 그러나 천 마리가 넘었는데도 문은숙 선생님은 나타나지 않았다. 다음주에도 나타나지 않았고, 그 다음주에도 나타나지 않았다. 나는 시간이 흐를수록 감당할 수 없는 상실감에 빠져들고 있었다.

"그동안 여러분은 문은숙 선생님에 대해서 몹시 궁금하셨으리라고 생각됩니다. 문은숙 선생님은 프랑스에서 유학중인

청년 화가와 지난달에 결혼을 하시게 되었기 때문에 앞으로
자원봉사를 나오시지 못하게 되었습니다. 그동안 성심으로 여
러분을 보살펴주신 문은숙 선생님의 행복을 축원하는 마음으
로 다같이 하나님께 기도합시다."

　녀석의 퇴원이 일주일 정도밖에 남아 있지 않았을 때였다.
원장이 새벽 예배시간에 문은숙 선생님에 대한 소식을 알려
주었다. 충격적인 내용이었다. 고등학교에 다니는 형들의 말에
의하면, 그런 일이 있을 때는 원생들의 마음에 동요가 생기는
것을 염려하여 어느 정도 시일이 지난 다음에야 알려주는 것
이 상례라는 것이었다. 나는 절망감 때문에 걸음도 제대로 걷
지 못할 지경이었다. 봄이었다. 보육원 담벼락 밑으로 개나리
가 눈부시게 피어 있었다. 나는 다시 원인불명의 신열로 며칠
동안 양호실에 누워 있었다. 아무 생각도 하고 싶지 않았다. 오
직 탈출하고 싶은 충동만이 나를 사로잡고 있었다.

5

거지냐 도둑이냐

나는 보육원을 탈출하면 신문배달원이나 껌팔이로 나설 계획이었다. 그러나 신문배달원은 확실한 거주지와 신원이 보장되어야만 얻어낼 수 있는 직업이었다. 그리고 껌팔이는 최소한 이천 원 정도의 사업자금이라도 확보하고 있어야만 가능하다는 문제점을 가지고 있었다. 모두 나에게는 여의치가 않았다. 신문배달원은 잘못하면 보육원을 탈출했다는 사실이 들통날 우려가 있었으며, 껌팔이는 사업자금이 턱도 없이 모자라는 실정이었다.

보육원을 탈출할 당시에는 호주머니 속에 보름치 용돈 오백 원이 고스란히 남아 있었다. 그러나 버스비로 백 원을 탕진하고 하루에 빵 한 개씩을 사 먹고 나니, 이틀 만에 호주머니 속에는 땡전 한푼도 남아 있지 않게 되었다. 잠은 아무 교회로나 들어가 적당히 해결할 수가 있었다. 교회는 시내에 지천으로 널려 있었다.

그러나 끼니는 아무 데서도 해결할 수가 없었다. 사흘째 되는 날부터 나는 물로 배를 채우는 수밖에 없었다. 나는 당혹감에 빠져들기 시작했다. 어디로 갈까. 막막했다. 자동차가 가야 할 방향을 지시하는 화살표는 길목마다 그려져 있었지만, 내가 가야 할 방향을 지시하는 화살표는 어디에도 그려져 있지 않았다. 허기진 배만 채울 수 있다면 차라리 불량배들의 마수에 걸려들어도 좋다는 생각까지 들었다. 나는 날마다 하루 종일 정처없이 걷기만 했다. 나흘째가 되는 날은 허기로 길바닥에 쓰러질 지경이 되어 있었다. 먹을 건 사방에 널려 있었지만, 돈이 없으면 굶어죽더라도 내 입 속으로는 들어올 수가 없었다. 이 세상의 모든 동물이 먹지 않으면 죽어버린다는 사실을 떠올리면서 나는 공포심에 사로잡히고 있었다.

나는 어느새 서울의 낯선 외곽지대에 당도해 있었다. 보육원과는 상당히 먼 거리였다. 하늘이 흐려 있었다. 바람도 불고 있었다. 바람 속에 비 냄새가 섞여 있었다.

나는 거지가 되어 돈을 구걸하느냐, 도둑이 되어 음식을 훔치느냐로 오래도록 고심하고 있었다. 거지보다는 도둑이 나을 것 같았다. 이름난 도둑이 있다는 소리는 들어본 적이 있어도 이름난 거지가 있다는 소리는 들어본 적이 없었다.

나는 도로변의 조그만 구멍가게 앞에서 걸음을 멈추었다. 주인은 보이지 않았다. 열 명의 포졸이 한 명의 도둑을 잡지 못한다는 속담이 어느 정도는 자신감을 부추기고 있었다. 사흘 굶어 도둑질하지 않을 놈 없다는 속담도 어느 정도는 죄책감을 덜어주고 있었다. 배가 터지게 음식을 먹고 난 다음이라면 감옥을 간다고 하더라도 상관이 없을 것 같았다. 그러나 막상 결행을 하려니 가슴이 뛰고 다리가 후들거려서 한 발자국도 움직일 수가 없었다. 그때였다.

"꼬마야."

등뒤에서 갑자기 굵직한 남자의 음성이 내 덜미를 움켜잡고 있었다. 심중을 들켜버린 느낌이었다. 등골에 식은땀이 흐르고 있었다. 그러나 도망치지는 않았다. 도망을 치면 오히려 의심을 받을 것 같았기 때문이었다. 주인일지도 모른다는 생각이 들었다. 애써 태연함을 가장하며 천천히 고개를 돌려보니 휠체어를 탄 사내 하나가 바퀴를 굴리며 내게로 다가오고 있었다.

"저 말인가요."

"다른 사람은 없지 않니."

"왜 그러시는데요."

두 다리가 절단된 마흔 살쯤의 사내였다. 절단된 두 다리 사이에 소주병이 끼워져 있었다. 뚜껑은 닫혀 있었지만 술은 반 밖에 남아 있지 않았다. 사내의 얼굴은 술에 검게 절어 있었다. 의복도 후줄그레한 편이었다. 그러나 많이 취해 있는 목소리는 아니었다.

"저기 언덕배기 공중전화 부스까지 아저씨의 휠체어 좀 밀어줄래."

사내가 가리키는 손가락 끝에는 공중전화 부스 한 대가 설치되어 있었다. 제법 가파른 언덕배기였다. 음산한 날씨 때문인지 행인들은 별로 눈에 띄지 않았다.

"택시를 불러야겠는데, 하필이면 공중전화 부스가 언덕배기에 설치되어 있구나."

사내가 난감한 표정을 지어 보이고 있었다.

"밀어드리겠어요."

나는 탈진상태였지만 그렇게 대답해 버리고 말았다. 별로 인상이 고약해 보이지는 않았다. 휠체어를 타고 있는 것으로 보아 불량배 노릇도 할 수 없을 것 같았고, 서커스 단원도 할 수 없을 것 같았다. 그러나 아무래도 상관은 없었다. 누군가 말을 걸어주었다는 사실이 반가울 뿐이었다. 어쩌면 빵이라도 한 개 얻어먹을 수 있는 계기가 되어줄는지도 모른다는 생각이 들었다.

"나이가 몇 살이냐."

언덕배기를 오르며 사내가 내게 물었다.

"열한 살이요."

나는 힘겨운 목소리로 대답했다.

"이름은."

"김동명이요."

보육원에서는 벌써 신고처리를 해두었을 것 같았다. 아무에게나 신분을 노출시켜서는 안 된다는 생각이 들었다. 그러나 적당한 가명이 금방 생각나지 않아서 얼떨결에 본명을 말해 버리고 말았다.

"넌 집이 어디냐."

"아저씨, 공중전화를 걸 동전은 준비해 두셨나요."

"언제나 준비해 가지고 다니지."

"동전만 집어삼키고 벙어리가 되어버리는 공중전화가 많거든요."

"부모님은 무얼 하시는 분들이시냐."

"자꾸만 말을 시키면 입 속으로 바람이 들어가서 밀기가 힘들어진다구요."

사내는 왜 대답하기 난처한 질문들만 내게 던지는 것일까. 나는 바람을 빙자해서 사내의 질문을 봉쇄해 버리고 말았다. 그런 쓸데없는 질문을 던지는 대신에 동전이나 몇 푼 쥐어준다면 얼마나 좋을까. 나는 그런 생각을 하면서도 장애자의 휠체어를 밀어주고 어떤 대가를 기대하는 자신에 대해 혐오스러움을 금할 수가 없었다. 그러나 지독하게 배가 고팠으므로 기대감은 언덕배기를 다 오를 때까지도 의식 속에서 완전히 사라져버리지 않고 있었다. 수고했다는 말 한마디로 때워버리면 어떻게 하나 은근히 걱정까지 될 지경이었다. 굶주림이 인간을 얼마나 치사하게 만드는가를 나는 처음으로 뼈저리게 절감하고 있었다.

"힘들지."

사내는 두 손으로 휠체어 바퀴를 힘주어 굴려대고 있었다.

"아니요."

나는 씩씩하게 대답하고 싶었으나 여의치가 않았다. 숨이 턱에 차오르는 목소리였다. 공중전화 부스 앞에까지 당도했을 때는, 나는 탈진해서 걸음조차 제대로 걷지 못할 지경이었다.

"정말로 고맙구나."

"괜찮아요."

언덕배기에는 바람이 폭도들처럼 몰려다니고 있었다. 바람의 발길질에 걷어채인 휴지들이 나지막이 비명을 지르며 혼비백산 언덕배기 아래로 도망치고 있었다. 사내의 기름기 없는 머리카락도 난폭하게 쥐어뜯기고 있었다.

"비가 올 것 같은데."

사내는 근심 어린 표정으로 하늘을 쳐다보았다. 음산한 회색 하늘이 무겁게 침잠하고 있었다. 비가 오면 어떻게 하나. 나는 마음이 어두워지고 있었다.

"이왕 도와주는 김에 한 가지만 더 도와주지 않겠니."

"뭔데요."

"휠체어를 타고 전화를 걸기가 불편해서 그러니까, 네가 대신 좀 걸어주면 고맙겠구나."

사내는 내게 전화번호를 일러주고 백 원짜리 동전 한 개를 내밀었다. 공중전화 부스는 장애자용이 아니었다. 동전을 넣고 번호를 누르니 발신음이 떨어졌다. 나는 나선형 전화선을 최대한으로 늘여서 송수화기를 사내에게로 건네주었다. 사내는 택시회사와 통화를 하고 있었다. 아주 짤막한 내용의 통화였다. 무려 팔십 원이나 요금이 남아 있었다. 나는 재발신 버튼을 누르고 사내에게서 건네받은 송수화기를 받침대 위에다 뉘어놓았다. 남아 있는 팔십 원에 자꾸만 눈길이 가고 있었다. 국화빵 여덟 개를 사 먹을 수 있는 거금이었다. 그러나 뱉어내게 할 수는 없었다.

"정말로 고맙구나. 이제 잠시만 기다리면 모범택시가 이리로 오겠지."

사내가 말을 끝내기가 무섭게 후둑후둑 빗방울이 떨어지기 시작하더니 이내 거센 장대비로 변해 버렸다. 불시에 사방이 어두워지고 있었다. 매캐한 먼지 냄새가 맡아져 왔다. 나는 서둘러 사내를 공중전화 부스 옆에 서 있는 플라타너스 밑으로 피신시켰다. 그리고 점퍼를 벗어 우산처럼 머리 위로 펼쳐 들었다.

"여러 가지로 신세를 지게 되는구나."

사내는 한 손을 안주머니 속으로 밀어 넣고 있었다. 순간적으로 나는 기대감에 부풀어 오르고 있었다. 틀림없이 어떤 보상이 있을 것만 같았다. 그러나 아니었다. 사내는 어이없게도 한 장의 명함판 사진을 내게 내밀어 보이고 있었다. 영화배우처럼 예쁜 여자 사진이었다. 희고 가지런한 이를 반쯤 드러낸 채 화사한 표정으로 웃고 있었다.

"너 혹시 어디서 이런 여자 본 적이 있니."

사내가 내게 물었다.

"아니요."

내가 고개를 가로저어 보였다.

"내 마누란데 삼 년 전에 도망쳐버렸다."

사내는 허탈한 표정으로 사진을 다시 안주머니 속에다 집어넣었다. 그리고 소주병 뚜껑을 열고 남아 있는 술을 단숨에 모조리 마셔버렸다. 사내가 택시를 타고 떠나버리면 나는 어떻게 해야 할는지 알 수가 없었다. 생각할수록 난감했다. 비는 아까보다 더욱 기세를 더해 가고 있었다. 점퍼를 우산처럼 펼쳐 들고 있기는 했지만 비를 완전히 피할 수는 없었다. 전신이 이미 축축해져 오고 있었다. 으슬으슬 한기도 느껴져 왔다. 그러나 무엇보다도 배가 고파서 더 이상은 견딜 수가 없을 지경이었다.

"너 고아원에서 탈출한 아이지."

갑자기 사내가 은밀한 눈빛으로 내게 물었다. 어떻게 알았을까. 나는 깜짝 놀라서 뒤로 나자빠져버릴 지경이었다. 마치 감전이라도 당해 버린 듯 전신이 굳어지고 있었다. 그러나 나는 강경한 어조로 황급히 사내의 추측을 부정하고 있었다.

"아니에요."

나는 당장이라도 도망쳐버리고 싶은 심정이었다.

"내 눈을 속일 수는 없단다."

사내가 말했다.

"아니라니까요."

나는 화난 목소리로 소리치고 있었다.

"정직하게 말해도 괜찮단다. 나도 너 만한 나이 때 고아원을 탈출했지. 사흘을 굶고 나니까 눈알이 뒤집혀서 길바닥에 굴러다니는 돌멩이들까지 구운 감자로 보였단다. 세상에서 제일 서러운 게 배고픔이라는 사실을 너도 이제는 잘 알고 있겠구나. 너는 며칠이나 굶었니."

"저는 지금 하나도 배가 고프지 않아요."

나는 부인하고 나서도 자신을 원망하고 있었다. 이러다가는 결국 굶어죽고 말 거라는 생각까지 들었다.

"택시가 오면 식당으로 직행하자. 어떤 음식을 먹을까. 불고기가 좋겠지. 너한테 신세를 진 보답으로 한턱내는 거니까 조금도 부담을 느낄 필요는 없단다. 사양하면 오히려 내가 몹시 미안해질 거야. 알겠니."

부드러운 목소리였다.

나는 이제 부정할 의지도 상실하고 있었고, 도망칠 의지도 상실하고 있었다. 거센 빗줄기를 헤치며 모범택시 한 대가 가파른 언덕길을 기어오르고 있는 광경이 보였다.

"택시가 오는구나. 이제 불고기를 먹으러 가자. 불고기가 괜찮겠지."

나는 대답하지 않았다. 갑자기 견딜 수 없는 서러움만 복받치고 있었다. 택시가 도착하자 사내가 한쪽 팔로 다정하게 내 허리를 감싸안았다. 나는 그만 자제력을 잃어버린 채 으아앙 큰 소리로 울음을 터뜨리고 있었다. 비는 쉽사리 그칠 것 같은 기세가 아니었다.

6
생존법

인간+돈=인격체

인간-돈=산송장

내가 보육원을 탈출해서 뼈저리게 절감한 공식이었다.

7

외로운 자들의 왕국

"나를 아버지라고 부를 수 있겠니."

사내가 물었다.

나는 처음에 무슨 소리인지 잘 알아들을 수가 없었다. 육신도 혼곤해져 있었고, 의식도 혼곤해져 있었다. 불고기에 의한 식곤증 때문이었다. 사내의 집이었다. 아직도 비는 그치지 않고 있었다. 날이 저물고 있었다.

"두 다리가 모두 잘려나간 불구자를 아버지로 삼고 싶지는 않겠지."

사내가 혼자 소주잔을 기울이며 자탄조로 그렇게 말했다.

"아니에요."

나는 황급히 사내의 자탄을 부인하고 있었다.

순식간에 식곤증이 사라져버리면서 명료한 의식이 되살아나고 있었다. 나는 발육부진의 왜소한 체구와 불분명한 출신 성분을 가진 고아였다. 아무도 나를 양자로 삼으려 들지 않았다. 사내가 무슨 말을 하고 있는지 알아차리고 나서도 진실이라고 믿기에는 약간의 시간이 필요했다. 몇 분간 장애자의 휠체어를 밀어주었다는 선행 때문이라면 불고기로 충분한 보상이 되었다는 생각을 하고 있었다.

"너만 좋다면 지금부터 나를 아버지라고 불러도 좋다."

사내의 표정은 진지해 보였다.

얼마나 간절했던 소망인가. 나는 지금까지 원장이라는 이름을 가진 직책상의 아버지들 밑에서만 살아왔다. 그 아버지들은 너무나 많은 자녀들을 소유하고 있었기 때문에 오로지 나만을 사랑해 줄 수 있는 여유를 가지고 있지는 않았다. 언제나 나는 목말라 있었다. 오로지 나만을 사랑해 줄 수 있는 양부모가 나타나기만을 학수고대하고 있었다. 나는 사내의 말을 믿을 수가 없었다. 살이라도 꼬집어보고 싶은 심정이었다.

"저, 정말이세요."

나는 다짐을 받듯 사내에게 묻고 있었다.

"정말이지."

사내는 확고부동한 의지가 담긴 목소리로 대답하고 있었다. 나는 밤이 깊어 사내가 잠에 곯아떨어진 다음에도 눈을 감을 수가 없었다. 눈을 감게 되면 잠을 자게 되고, 잠을 자게 되면 일체의 상황이 바뀌어버릴 것 같은 두려움 때문이었다. 잠에서 깨어났을 때 모든 것이 꿈이었다는 사실을 알게 되면 얼마나 허망할까. 그런 생각을 하면서도 나는 자꾸만 감겨오는 눈꺼풀을 들어 올릴 수가 없었다.

그러나 꿈이 아니었다. 일주일이 지나도 아버지는 사라지지 않았다. 분명한 현실이었다. 꿈이 일주일 동안이나 지속될 수는 없었다.

"여기도 서울인가요."

"여기는 광명이다."

서울만 아니라면 안심이었다. 탈출한 지 육 개월 정도만 지나면 보육원에서 잠정적으로 제적처리된다는 사실쯤 원생이라면 누구나 알고 있는 상식이었다. 그때까지만 집 안에 조용히 은신하고 있으면 붙잡혀 갈 확률은 거의 없었다. 나는 차츰 새로운 환경에 익숙해져 가고 있었다.

"저건 무슨 산이에요."

"구름산이다."

내가 살고 있는 집은 구름산 밑에 외따로 자리잡고 있었다. 단층 양옥집이었다. 대문 앞까지 자동차가 드나들 수 있도록 길이 잘 닦여져 있었다. 대문의 열쇠구멍도, 방문의 손잡이도 휠체어 높이에 맞추어 설계되어 있었다. 집 안팎의 어느 문에도 문지방은 보이지 않았다. 주방의 싱크대도 야트막한 높이였다.

우리는 모두 세 식구였다. 건넌방에 할머니 한 분이 몸져누

워 있었다. 아버지는 눈을 뜨면 제일 먼저 할머니에게 문안인
사부터 드리는 습관을 가지고 있었다.

"오늘은 병환이 좀 어떠십니까."

지난 겨울 행려병자로 떠돌다가 길바닥에 쓰러져 신음하고
있는 할머니를, 아버지가 병원에 입원시켜 치료해 드리고 어머
니로 모시게 되었다는 것이었다.

할머니는 아직도 완쾌되지 않은 상태였다. 뼈만 앙상하게
남아 있었다. 숨을 가쁘게 몰아쉴 때마다 목구멍에서 가느다
란 고양이 울음소리가 들리고 있었다. 이따금 격렬하게 기침
을 연발할 때도 있었다. 한번 기침이 터지기 시작하면 거의 탈
진상태에까지 이르고야 말았다. 방 안의 모든 사물들까지 진
저리를 칠 지경이었다.

"동명이를 호적상의 아들로 입적시킬 방도가 있는지 시청에
한번 들러보려고 합니다. 제가 외출하더라도 파출부에게 부탁
을 해두었으니까 아마 잘 보살펴드릴 겁니다."

아버지는 한동안 나의 입양문제와 학교문제로 바쁘게 동분
서주하는 모습이었다. 그러나 좀처럼 일이 잘 풀리지 않는 모
양이었다. 귀가하면 언제나 암울한 표정으로 소주잔만 기울이
고 있었다.

"제가 너무 많은 결격사유를 가지고 있기 때문에 불가능하
다는 겁니다. 아무런 해결책도 없었습니다. 입양문제가 해결되
지 않으면 학교문제도 해결되지 않습니다. 결국 다른 양부모를

알선해서 정상적인 교육과정을 이수토록 만들든지, 제가 걸어온 방식대로 초지일관 독학으로 검정고시를 패스해서 대학까지 들어가도록 배려해 주는 방법밖에는 없습니다."

어느 날 아버지가 할머니에게 최종적인 경과보고를 드리고 있었다. 실의에 가득 찬 목소리였다.

"저는 죽을 때까지 이 집에서 아버지하고 같이 살 거예요."

나는 기어드는 목소리로 아버지에게 말했다.

아버지는 고개를 깊이 떨군 채 아무 말도 하지 않았다. 나는 울음보라도 터뜨려서 아버지의 확고한 대답을 받아내고 싶었다. 그러나 갑자기 할머니가 격렬한 기침을 터뜨리는 바람에 내 계획은 무산되고 말았다.

그날 밤 나는 좀처럼 잠이 오지 않았다. 방 안에는 짙은 어둠이 누적되어 있었다. 책상 위에 놓여 있는 사발시계가 야광충 같은 눈을 빛내며 째깍째깍 어둠을 갉아먹고 있었다. 아버지도 좀처럼 잠이 오지 않는 모양이었다. 자주 몸을 이리저리 뒤척이고 있었다. 사방이 고요했다. 나는 새벽 세시경이 되어서야 가까스로 잠이 들었다. 보육원에 재입적되어 양계장에서 닭똥을 치우다가 강인탁과 정면으로 마주쳤다. 녀석은 표독스러운 눈초리로 나를 노려보고 있었다. 나는 식은땀을 흘리면서 잠에서 깨어났다. 꿈이었다. 해가 중천에 떠 있었다.

아버지의 모습은 보이지 않았다. 꿈속에서 보았던 녀석의 눈초리가 자꾸만 나를 불안감에 사로잡히게 만들고 있었다.

할머니에게 물어보니 아버지는 시내에 볼일이 있어서 이른 아침부터 외출했다는 대답이었다. 나는 초조해서 견딜 수가 없었다.

"아버지가 선물을 사가지고 왔는데 무언지 한번 알아맞혀 보지 않겠니."

아버지는 점심때가 되어서야 돌아왔다. 그러나 나는 선물을 사왔다는 소리에 가슴부터 어두워지고 있었다. 다른 양부모에게 나를 알선해 주기 전에 우선 마음부터 달래놓을 심산이라고 판단했기 때문이었다.

"저는 죽을 때까지 이 집에서 아버지하고 같이 살 거예요."

나는 어제 했던 말을 다시 한번 되풀이했다. 마음속으로는 단호한 어조로 말할 작정이었다. 그러나 생각과는 정반대였다. 여전히 기어드는 목소리였다.

"아버지도 죽을 때까지 이 집에서 동명이하고 같이 살기로 작정했다."

아버지가 말했다.

활기가 넘치는 목소리였다. 전혀 가식은 느껴지지 않았다. 그래도 나는 안심이 되지 않았다.

아버지가 전자오락기를 꺼내 보였을 때도 별로 달가운 기분은 들지 않았다. 독학에 필요한 책들을 꺼내놓았을 때야 비로소 아버지를 믿을 수가 있었다.

"오늘부터 아버지와 같이 열심히 공부해 보자."

아버지는 우선 내게 천자문부터 외우라고 지시했다. 천자문을 열 자씩 외울 때마다 전자오락기를 한 번씩 만질 수 있다는 조건도 제시되었다. 나는 그날부터 죽어라 하고 천자문만 외우기 시작했다. 전자오락기를 만지고 싶어서가 아니라 아버지를 기쁘게 해드리고 싶어서였다.

눈을 뜨기가 바쁘게

"하늘천. 따지. 검을현. 누를황."

밥을 먹을 때도

"집우. 집주. 넓을홍. 거칠황."

오줌을 누면서도

"날일. 달월. 찰영. 기울측."

나중에는 천장의 사방연속무늬도 천자문이 배열되어 있는 것처럼 보였고, 변기에 오줌 떨어지는 소리도 천자문을 외우는 소리처럼 들렸다. 날마다 아버지가 얼마나 외웠는가를 점검해 보기는 했지만, 나는 일부러 하루에 서너 자씩밖에 외우지 못하는 것처럼 위장하고 있었다.

아버지는 공부에 관해서만은 엄격했다. 반드시 열 자를 넘길 때에만 전자오락기를 만질 수 있도록 허락했다. 한자는 한글보다 몇 배나 복잡한 구조를 가지고 있었다. 그러나 나는 영아원 시절부터 낱말 카드 백 장을 이삼 초 간격으로 한번만 보여주어도 순서 한번 틀리지 않고 모조리 외울 수 있는 기억력을 가지고 있었다. 천자문도 예상보다는 별로 오랜 시일이

걸리지 않았다. 나는 한 달 만에 천자문을 깡그리 외울 수가
있었다.

"천자문을 다 외웠는데요."

"쓸 줄도 알아야지."

"쓸 줄도 알아요."

"어제까지만 하더라도 겨우 백 자밖에 넘어서지 못했었잖니."

아버지는 전혀 믿으려 들지 않았다.

그러나 내가 진짜 실력을 보여드렸을 때 아버지의 놀라움은
이만저만이 아니었다. 마치 도깨비에라도 홀려버린 듯한 표정
이었다.

"천재다."

아버지는 신음처럼 한마디를 내뱉고는 숨도 제대로 쉬지 못
하고 있었다.

"어머니. 어머니. 어머니."

아버지는 휠체어를 타고 정신없이 건넌방으로 달려가서는
장황하게 사태를 설명하기 시작했다.

"도, 동명이가 말입니다. 처, 천자문을 말입니다. 하, 한 달
만에 모조리 독파해 버리고 말았습니다. 처, 천잽니다."

아버지는 심하게 말까지 더듬거리고 있었다.

"오늘부터 전자오락기를 삶아먹든지 볶아먹든지 네 마음대
로 가지고 놀아도 좋다."

아버지는 몹시 상기된 목소리로 그렇게 말했다.

그러나 나는 날마다 배달되는 학습지를 모조리 풀고 난 다음에야 전자오락기에 한눈을 팔았다. 아버지를 기쁘게 만들어드리기 위한 작전이었다. 시간이 흐를수록 공부에 대한 재미도 배가되고 있었다.

"오늘은 날씨가 흐렸으니까 술을 마시지 않을 수 없구나."

아버지는 단 하루도 술을 마시지 않는 날이 없었다.

"날씨가 흐리면 왜 술을 드셔야 하는데요."

"교통사고로 절단된 두 다리가 쑤셔서 견딜 수가 없으니까."

아버지는 어떤 핑계를 대서라도 술을 마시고야 말았다.

"어제는 날씨가 맑았는데도 술을 드셨잖아요."

"날씨가 맑은 날에도 가슴은 쑤시거든."

"교통사고를 당할 때 가슴도 다치셨나요."

"아니다. 가슴은 나한테서 도망쳐버린 여자 때문에 쑤시는 거다."

"진통제를 드시면 되잖아요."

"술이 제일 좋은 진통제야."

아버지는 교통사고를 당하고 난 다음부터 주량이 늘어나기 시작했는데, 설상가상으로 혼자 살게 되면서부터 더욱 절제가 어려워지더라는 것이었다. 그러나 이제는 어머니도 생기고 아들도 생겼으니까 조금씩 절제를 하겠다는 것이었다.

"날씨가 흐린 날은 네 병을 마시고, 날씨가 맑은 날은 두 병을 마시겠다."

"날씨가 흐린 날은 두 병을 드시고, 날씨가 맑은 날은 한 병만 드세요."

아버지는 술에 만취되어도 주정을 하지는 않았다. 다만 잘려나간 무릎에다 얼굴을 파묻고 소리 죽여 흐느끼는 것이 주정의 전부였다.

"내가 제일 두려워하는 게 뭔지 아니."

"신경통이요."

"아니야."

"교통사고요."

"아니야."

"그럼 뭐예요."

"고독이지."

아버지는 대부분의 시간을 나와 함께 보내려고 노력하는 것 같았다. 각자가 단독으로 시간을 보내는 경우는 거의 없었다. 음식도 함께 만들었고, 마당도 함께 쓸었다. 만화책도 함께 보았고, 문제지도 함께 풀었다. 그러나 세대차이는 어쩔 수가 없었다. 전자오락과 술만은 예외였다. 내가 전자오락을 할 때는 아버지가 관객이 되는 수밖에 없었고, 아버지가 술을 마실 때는 내가 관객이 되는 수밖에 없었다. 아버지는 때로 내가 어디론가 홀연히 사라져버리지나 않을까 몹시 불안해지는 모양이었다. 혼자 화장실에라도 들어가 있으면 큰 소리로 내 이름을 불러 소재를 확인한 다음에야 안심하는 기색이었다.

봄이 끝나가고 있었다. 날씨가 더워지고 있었다. 화단에는 눈부신 꽃들이 만개해 있었다. 이따금 나비들이 날개를 팔랑거리며 담벼락을 넘나들고 있었다. 집 뒤 구름산의 나무들이 짙은 초록빛으로 변해 가고 있었다.

8

장마전선

할머니는 여름에 돌아가셨다.

매미들이 극성스럽게 울어대기 시작하면서 태양은 발작을 일으키기 시작했고, 태양이 발작을 일으키기 시작하면서 바람은 어디론가 종적을 감추어버리고 말았다. 몇 달째 비가 내리지 않고 있었다. 초목들이 난사되는 햇살에 전신을 내맡긴 채무기력한 모습으로 질식해 가고 있었다.

밤마다 모기들이 극성을 부렸다. 창문마다 방충망을 설치해 놓았지만 공습을 피할 수는 없었다. 어딘가에 비밀통로가있는 모양이었다. 아침에 일어나면 어김없이 피부에 공습을 당한 흔적이 남아 있었다. 식구들 중에서도 아버지가 공습을 당한 흔적이 가장 많았다. 그러나 아버지는 모기향을 피우지 못

하게 했다. 모기향을 피우면 할머니의 기침이 심해지기 때문
이라는 것이었다. 날이 저물기가 바쁘게 모기장 속으로 들어
가는 일만이 안전을 도모하는 최선의 방책이었다.

"모기를 잡아먹는 동물은 없나요."

"틀림없이 있을 거다. 아무리 강한 동물이라도 천적은 반드
시 있기 마련이니까."

"어떤 동물이 모기를 잡아먹을까요."

"그걸 알아서 어디다 쓸 건데."

"방에다 기르려구요."

"기발한 아이디어다. 하지만 실용성이 있다면 벌써 누군가
가 양식을 해서 팔아먹고 있겠지."

모기는 왜 그토록 많은 먹이들 중에 하필이면 다른 동물의
피를 빨아먹는 벌레로 태어났을까. 손바닥으로 때려죽여도 전
혀 불쌍하다거나 죄스럽다는 생각은 들지 않았다.

"할머니도 고아 출신인가요."

"아니다."

할머니는 고아 출신이 아니라 이북 출신이라는 것이었다. 월
남중에 남편은 머리에 파편을 맞아 즉사하고, 스물두 살에 청
상과부가 되어 오늘날까지 온갖 뼈저린 고통을 감내하면서 살
아왔다는 것이었다.

"친척들은 아무도 없나요."

"아니다."

남편이 죽은 지 몇 달 후에 유복자를 낳아서 그야말로 금지옥엽처럼 키워놓았더니, 나이가 들자 막돼먹은 여자 하나를 데리고 와서 결혼을 시켜달라고 떼를 쓰더라는 것이었다.

"할머니는 처음부터 극구 반대를 하셨나 보더라."

"왜요."

"마음에 드는 여자가 아니었겠지."

그러나 아들은 그 여자와 결혼시켜 주지 않으면 자살해 버리겠노라고 으름장을 놓더라는 것이었다.

"그래서요."

"결혼을 시켜주었더니 예상대로 며느리의 성깔 때문에 날마다 가정불화가 끊이지를 않았단다."

급기야는 며느리의 구박을 참아내지 못하고 할머니는 집을 뛰쳐나와버린 모양이었다.

"죽는 한이 있더라도 상면을 하지 않겠다는 결심으로 일 년 가까이 문전걸식을 하다가 병까지 얻게 되셨지. 마지막으로 자식의 얼굴이나 한번 보고 죽겠다는 일념으로 찾아가보니, 아들 내외는 집을 팔고 미국으로 이민을 떠나버렸더라는 거야."

나는 할머니가 불쌍해서 견딜 수가 없었다. 어떻게 해서든지 할머니를 기쁘게 해드리고 싶었다. 그러나 마땅한 방법이 생각나지 않았다. 열심히 팔다리를 주물러드리거나 오래도록 부채질을 해드리는 것이 고작이었다.

텔레비전에서는 연일 폭염에 대한 보도로 열을 올리고 있었다. 어느 날은 바닥이 완전히 말라버린 저수지와 떼죽음을 당한 물고기들을 시청자들의 아침 식탁 위에 올려놓기도 했고, 어느 날은 전염병으로 폐사가 된 양돈장과 떼죽음을 당한 돼지들을 시청자들의 저녁 식탁 위에 올려놓기도 했다. 논바닥이 갈라지고 있었다. 벼포기가 타 죽어가고 있었다. 상수도가 고갈되고 있었다. 단수지역이 늘어나고 있었다. 아스팔트가 녹고 있었다. 불쾌지수가 높아지고 있었다. 집에서 폭염을 견디고 있으면 재산을 몰수한다는 법령이라도 공포되었는지, 고속도로는 피서객들의 정체된 차량들로 주차장을 방불케 하고 있었다. 뉴스 시간마다 해수욕장은 인산인해를 이루고 있었다.

"아버지는 직업이 뭐예요."

"지금은 무직이다."

"그런데 무슨 돈으로 먹고 살아요."

"옛날에 벌어놓았던 돈으로 먹고 살지."

"옛날에는 직업이 있었나요."

"있었지."

"어떤 직업인데요."

"재산분배업이라는 직업이었다."

"사장이었나요."

"회장이었지."

우리 식구들은 줄곧 집 안에만 틀어박혀 있었다. 필요한 물건들은 대개 전화만 걸면 신속하게 배달되었다. 생활에 별로 불편함을 느낄 수가 없었다. 나는 친구가 없었지만 절대로 무료하지는 않았다. 아버지와 방 안에서 조립식 장난감을 가지고 놀거나, 마당에서 다트게임 따위를 하고 있으면 시간 가는 줄을 모를 지경이었다. 공부를 할 때도 마찬가지였다. 내가 조금만 진전을 보여도 아버지는 감탄과 칭찬을 아끼지 않았기 때문에 학교에서처럼 공부가 결코 지겹게 느껴지지는 않았다. 이 세상에 있는 학교들을 모조리 불태워버린다면 아이들은 얼마나 행복해질까. 나는 학교를 다니지 않는다는 사실을 크나큰 축복으로 받아들이고 있었다. 놀림을 받을 염려도 없었으며, 시달림을 받을 염려도 없었다.

단지 더위만이 문제였다. 아버지는 선풍기조차도 자주 사용하려 들지 않았다. 할머니의 건강을 해칠 우려가 있다는 이유에서였다. 아버지는 부채질을 열심히 해드리는 방법만이 할머니의 건강을 해치지 않는 유일한 피서법이라는 주장이었다. 아버지는 냉장고에다 얼음을 얼려 자주 수박화채를 내게 만들어주기도 했다.

"이런 날씨에는 물이 가득 담긴 대야에 발을 담그고 소주를 마시면 제격인데, 아버지는 발이 없으니 소주만 마셔야겠다. 발은 동명이가 대신 담그고 있거라."

아버지는 어떤 구실을 붙여서든 술을 거르는 날이 없었다. 나는 빈 소주병을 담벼락 밑에다 보초병들처럼 일렬횡대로 도열시켜 놓았다. 보초병들은 날마다 증원되었으며, 불과 두 달 만에 집 주위를 세 겹으로 철통같이 에워싸게 되었다. 보초병들은 땡볕 속에서도 영악스럽게 눈알을 번뜩거리며 경계태세에 만전을 기하고 있었다. 그러나 침입자는 아무도 없었다. 우리 식구들은 고립되어 있었다.

"아버지는 이제 세상이 싫어졌다."

"왜요."

"아버지는 세상이 갈수록 따스해지기를 바라지만 정작 세상은 갈수록 냉랭해지고 있기 때문이지."

나는 어린 소견으로도 아버지의 심중을 충분히 헤아릴 수가 있을 것 같았다. 아버지는 술을 마실 때면 언제나 세상으로부터 버림받은 사람처럼 고적한 모습이었다. 그런 모습을 볼 때마다 나는 마음이 울적해져서 그토록 재미있는 전자오락조차도 시들하게만 느껴질 뿐이었다. 세상이 된장찌개라도 된다면 당장 가스레인지에 올려놓고 아버지가 바라시는 대로 따스하게 만들어드릴 수가 있겠지만 세상은 결코 된장찌개가 아니었다. 지금의 나로서는 불가항력적인 존재일 뿐이었다. 아무런 영향력도 미칠 수가 없었다.

오래도록 가뭄이 계속되고 있었다.

단수로 인해 수돗물이 나오지 않는 시간이 점차로 많아져 갔다. 화장실에서 물을 아껴 씁시다. 목욕탕에서 물을 아껴 씁시다. 조리대에서 물을 아껴 씁시다. 각 가정마다 물을 아껴 쓴다면 연간 오천억 원 정도의 돈을 절약할 수 있으며, 대청댐

규모의 인공댐 하나를 신설할 수가 있습니다. 방송국마다 캠페인이 벌어지고 있었다. 마치 각 가정마다 물을 아껴 쓰지 않았기 때문에 가뭄을 초래한 것 같은 죄책감까지 느껴지게 만들 정도였다. 화장실 물탱크에 벽돌을 넣어두는 법. 욕탕에서 목욕 시간을 단축시키는 법. 조리대에서 물을 받아놓고 쓰는 법. 여러 가지 절수법들도 소개되고 있었다. 그때까지만 하더라도 집 안에는 아무런 변화도 일어나지 않았다.

그런데 며칠간 날씨가 흐려지기 시작하면서 재앙도 차츰 고개를 쳐들기 시작했다. 매미들의 울음소리가 뜸해지더니 종적을 감추었던 바람이 회색구름을 몰아오고 있었다. 담벼락 밑으로 개미들이 줄지어 어디론가 이동하고 있었다. 나비들도 보이지 않았다. 하늘이 무거운 회색으로 낮게 내려앉아 있었다. 텔레비전에서는 다시 장마에 대한 대비책에 대해 이구동성으로 떠들어대기 시작했다. 그러나 아직 비는 내리지 않고 있었다. 후텁지근한 날씨 속에서 습기 찬 바람만 마당가의 화초들을 흔들어대고 있었다.

날씨가 변하면서 할머니의 병세도 급작스럽게 악화되기 시작했다. 아버지가 몇 번 병원에 모시고 가기는 했지만 병세는 호전되지 않았다. 호흡도 가빠져 있었고, 기침도 격렬해져 있었다. 한번 기침이 터지기 시작하면 금방이라도 숨이 넘어가 버릴 것 같았다. 음식도 제대로 소화하지 못했고, 거동도 몹시 불편한 상태였다. 이따금 경련을 일으키며 사지가 뒤틀리는 수도 있었다. 한참 동안 전신을 주물러드려야만 겨우 진정이 되었다. 할머니는 밤새도록 고통스러운 신음소리를 연발했다. 차츰 말도 하지 못하고, 사람도 알아보지 못하는 때가 많아져 갔다. 불과 며칠 사이에 생겨난 일이었다.

"생명에는 지장이 없겠습니까."

"병원에 가면 박사님들이 최선을 다해 드릴 겁니다."

"김 선생이 그쪽을 약간만 낮추세요."

"이제 밖으로 나갑시다."

어느 날 밤이었다. 나는 사람들이 술렁거리는 소리에 잠을 깼었다. 방 안에는 심상치 않은 긴장감이 감돌고 있었다. 아버지의 표정은 경직되어 있었다. 하얀 가운을 걸친 사람들이 민첩하고 능숙한 동작으로 할머니를 앰뷸런스에 옮겨 싣고 있었다. 할머니는 인사불성이었다. 앰뷸런스가 마당까지 들어와 시동을 걸어놓은 채 비상등을 깜빡거리고 있었다. 외부인이 마당까지 들어온 것은 이번이 처음이었다.

"동명이가 혼자 집에 남아 있어야 되겠다. 아버지가 병원에 도착하면 전화로 경과를 알려줄 터이니 너무 걱정하지 말아라. 동명이는 사내 대장부니까 혼자서도 집을 지킬 수 있겠지."

아버지는 애써 당혹감을 감추고 있는 기색이 역력했다.

"문제없어요, 아버지."

나는 일부러 용감한 목소리로 아버지를 격려해 드렸다. 아버지가 조무사들의 도움을 받아 휠체어와 함께 앰뷸런스에 탑승하고 있었다. 문이 닫혔다. 앰뷸런스는 서둘러 마당을 빠져나가기 시작했다. 불시에 온 집 안이 무거운 어둠에 짓눌린 채로 정적 속에 잠겨들었다. 마당 귀퉁이에 서 있던 노간주나무가 어둠 속에서 도둑처럼 성큼성큼 내게로 걸어오고 있었다. 나는 황급히 방 안으로 들어와 모든 문들을 걸어 잠그고 날이 새기만을 기다리고 있었다.

한 시간쯤 지나서야 아버지로부터 전화가 걸려왔다. 할머니는 지금 입원치료 중이지만 경과가 어떻게 될는지는 확실히 알 수가 없다는 내용이었다. 나는 좀처럼 잠이 오지 않았다. 새벽이 되자 억수 같은 비가 쏟아지기 시작했다. 텔레비전을 틀어보았으나 말소리를 하나도 알아들을 수 없는 미군방송만 잡혔다. 다른 방송국 화면에는 아무런 영상도 잡히지 않았다. 채널을 돌릴 때마다 빈 화면 속에서 쏴아 하는 빗소리만 범람하고 있었다.

"조금 전에 할머니가 돌아가셨다."

아침에 아버지로부터 할머니의 죽음을 알리는 전화가 걸려왔다. 울먹이는 목소리였다. 바깥에는 여전히 억수 같은 비가 쏟아지고 있었다. 유리창 너머로 도시가 물안개에 잠겨서 흐리게 지워지고 있었다.

9

폭음의 세월

"아버지는 무슨 대학을 나오셨어요."

"대학을 들어가기는 했는데 나오지는 못했다."

"왜요."

"아버지에게는 대학이 너무 과분하다는 생각이 들었기 때문이지. 이학년까지 다니다가 중퇴해 버렸다. 삼류대학이었지. 졸업을 했더라도 별로 신통한 대접은 받지 못했을 거야. 그때는 일류대학을 나오고도 취직자리를 구하지 못해서 백수건달로 지내는 사람들이 많았으니까."

"아버지는 어릴 때 어른이 되면 뭐가 되고 싶으셨는데요."

"전투기 조종사가 되고 싶었지."

아버지는 전투기에 관해서라면 어떤 질문에도 막힘이 없었다. 모든 기종들의 운동성·고도성·돌진력·탑재력을 수치까지 정확하게 제시할 수가 있었으며, 발달과정과 실전사례를 연도별로 소상하게 열거할 수도 있었다. 한마디로 아버지는 전투기의 과거와 현재와 미래가 빠짐없이 수록되어 있는 인간 백과사전이었다. 전투기 전문 제작회사나 공군 사관학교에서 특별 자문위원이나 전문교수직을 맡긴다고 하더라도 전혀 하자가 없을 정도로 해박한 지식을 가지고 있었다.

그러나 아버지는 지겹도록 열차를 타보기는 했지만 비행기는 한번도 타본 적이 없다는 고백이었다.

"열차는 어릴 때 내 생활의 전부였다. 열차에서 눈을 뜨고, 열차에서 밥을 먹고, 열차에서 구걸을 하고, 열차에서 잠을 자는 생활이 한동안 계속되었지. 날마다 비참했다. 먹고 살기 위한 명목으로 더러는 나쁜 일도 불사했지. 어쩌다 무지막지한 불량배나 성질 더러운 역무원에게 초주검이 되도록 얻어터지는 수도 있었다. 하지만 나는 가난을 물리칠 만한 기술도 가지고 있지 못했고, 폭력에 대적할 만한 능력도 가지고 있지 못했다. 언제부터인가 나는 전투기 조종사를 꿈꾸기 시작했지. 열차가 나의 현실이었다면 전투기는 나의 이상이었다. 내 잠재의식 속에는 현실에 무자비한 폭격을 가하고 싶은 충동만 가슴에 팽대해 있었다."

그때는 올라가지도 못할 나무는 쳐다보지도 말라는 속담이나, 송충이는 솔잎만 먹고 살아야 한다는 속담 따위는 전혀 귀에 들리지도 않았다는 것이었다. 그러나 꿈이란 대개 현실을 망각한 몽상의 언덕 위에 번성하는 오아시스로서 세월이 지나면 점차로 선명해지는 현실감에 짓눌려 절로 사멸해 버리는 신기루가 되고 만다는 것이었다.

"이제 아버지도 주어진 현실에 만족하면서 살아가는 방법밖에 없다는 결론에 도달하게 되었다. 내게 있어서 꿈과 현실 사이의 거리는 휠체어와 전투기의 거리만큼 요원한 것이었다."

아버지는 할머니가 돌아가시기 전과는 많이 달라져 있는 것 같았다. 할머니가 돌아가시기 전에는 내가 전자오락으로 전투기를 조종하면 지대한 관심을 가지고 곁에서 진두지휘에 열을 올리는 습관을 가지고 있었다. 아버지는 구두로만 전투기를 조종하는 편대장이었다. 현재 점수 십만점 돌파. 열한 시 방향에 적기 출현. 미사일 발사. 불발. 불발. 고도를 낮추어라. 에그. 당했다.

"아버지도 한번 조종해 보세요."

"오락기 만든 사람이 욕하지 않을까."

아버지는 몇 번 도전을 시도해 본 적까지 있었다. 물론 그때마다 십 초를 넘기는 적이 거의 없었다. 대개 버튼을 황급히 더듬다보면 순식간에 게임오버가 되고 말았다. 그래도 아버지는 편대장 역할만은 포기한 적이 없었다. 그러나 할머니가 돌아가시고부터는 매사에 의욕을 상실한 표정이었다.

"아버지의 시대는 한물갔다. 인생은 풍선껌이야. 씹다 보면 단물이 빠져버리고, 불다 보면 풀썩 꺼져버리는 풍선껌이지. 오직 변하지 않는 것은 술밖에 없다."

아버지는 허무주의자로 변해 있었다. 몇 달 동안 인사불성으로 술을 마셨다. 아무리 만류해도 소용이 없었다. 만취되면 화장실까지 낮은 포복으로 기어가 고통스럽게 구토를 연발하고, 진정되면 다시 술상까지 낮은 포복으로 돌아와 병나발을 불었다. 아침이면 냉수를 한 사발씩이나 벌컥벌컥 들이켜면서도 정작 다른 음식물은 한 숟가락도 목구멍에 넘기지 못하는 실정이었다. 맨정신에는 어떤 음식물이든 입에 대기만 하면 구역질을 해버리기 일쑤였다. 가을이 끝나갈 무렵에는 수전증까지 생겨나서 제멋대로 손이 떨리는 바람에 맨정신에는 술잔조차 제대로 잡을 수가 없는 형편이다. 그러나 술만 마시면 거짓말처럼 상태가 달라졌다. 식욕도 왕성해졌고, 수전증도 사라져버렸다.

"요양원에서 몇 달간 치료를 받아야 한다는구나."

어느 날 외출에서 돌아온 아버지가 우울한 목소리로 말했다. 병원을 다녀온 모양이었다. 그러나 아버지는 며칠 동안 전화기를 붙들고 요양원에서 치료를 받지 않고도 완치될 수 있는 방법이 있는가를 백방으로 수소문해 보고 있었다.

그러던 어느 날이었다.

낯선 방문객 하나가 아버지를 찾아왔다. 초인종 소리를 듣고 밖으로 나가보니 검은색 선글라스를 낀 삼십대 중반쯤의 맹인 하나가 대문 밖에 서 있었다.

"지압사가 필요하시다고 해서 왔습니다."

결국 아버지는 맹인 지압사에게 치료를 의뢰하기로 작정한 모양이었다.

나는 처음에 그가 정상적인 시력을 가지고 있는 것으로 착각했다. 대문을 열어주자 알루미늄 지팡이를 더듬거리며 마당 안으로 들어오기는 했지만,

"아직도 국화가 피어 있구나."

잠시 걸음을 멈추고는 담벼락 쪽으로 고개를 돌린 채 그렇게 말했기 때문이었다. 사실이었다. 담벼락 밑에는 국화만 아직도 선명한 빛깔을 유지하고 있었다. 다른 꽃들은 이미 져버린 지 오래였다.

"보이시나요."

"보이지 않는다."

"그런데 국화가 피어 있는 걸 어떻게 아셨어요."

"꽃이 있는 곳에는 당연히 향기도 있는 법이니까."

나는 은근히 경외감을 느끼지 않을 수 없었다.

다음날부터 지압사는 정확하게 오후 두시만 되면 대문에 도착해서 초인종을 눌렀다. 그는 아버지의 수전증이 술 때문이라고 진단했다. 아버지는 알콜중독 상태라는 것이었다. 간도 심하게 기능이 저하되어 있다는 것이었다.

"쉽게 피로감을 느끼십니까."

"그렇습니다."

"음식물의 냄새를 맡았을 때 구역질이 자주 납니까."

"그렇습니다."

"소변이 탁합니까."

"그렇습니다."

"혹시 전보다 시력이 현저하게 저하되지는 않았습니까."

"그렇습니다."

"약주를 끊으시지 않는 한 병세는 절대로 호전되지 않습니다."

지압사는 하루에도 몇 번씩이나 술을 끊어야 한다는 말을 되풀이했다. 아버지의 간은 지금 위험상태에 육박해 있다는 것이었다. 그래도 아버지는 완전히 술을 끊지 못하고 있었다. 단지 양만 조금 줄였을 뿐이었다. 지압사는 하루 두 시간씩 혼신을 다해서 아버지를 지압해 드렸다. 지압이 끝나면 언제나 전신이 땀으로 범벅이 되어 있었다.

"힘드시지요."

"물론 힘들기는 하지요. 그래도 배울 때를 생각하면 신선놀음이나 다름이 없습니다."

"배울 때는 어떠셨는데요."

"통나무를 상대로 삼 년 동안 지압을 했고, 바위를 상대로 삼 년 동안 지압을 했습니다. 손톱 밑에서 수십 번이나 피를 흘리고 나서야, 비로소 사람을 지압해도 좋다는 허락을 받아 낼 수가 있었습니다."

"누구한테 배우셨습니까."

"강원도 정선에서 토굴을 파고 은거해 계시는 어떤 어르신께 배웠습니다. 물론 전문기관에서 실시하는 자격심사도 거쳤습니다."

그가 돌팔이가 아니라는 사실만은 분명한 것 같았다. 아버지의 수전증이 두 달 만에 감쪽같이 자취를 감추어버리고 말았기 때문이었다. 신통한 일이었다.

"지압으로 키를 크게 만들 수도 있나요."

내가 물었다.

아버지의 치료가 완전히 끝나던 날이었다.

"키를 말이냐."

지압사가 설명하기 시작했다.

"지압이란 노인들에게서 전수되어진 양생법의 일종이란다. 손을 주된 시술기구로 사용해서 신체적 결함을 보완하거나 질병을 치유하는 의술이지. 하지만 손 이외의 의료기구를 사용하지 않는다고 적응범위가 좁은 것은 결코 아니란다. 나를 가르쳐주신 어르신은, 이 세상에 난치병은 있어도 불치병은 없노라고 말씀하셨지만 아직 내 재주는 거기에 미칠 수가 없단다. 체중을 늘이거나 줄일 수 있는 방법은 알고 있어도 신장을 늘이거나 줄일 수 있는 방법은 모르고 있단다."

전후좌우는 조정할 수가 있는데 상하는 조정할 수가 없다는 것이었다. 애석한 일이었다.

"간에 병이 생겼을 때 우선 유념해야 할 점은, 무리한 운동을 삼가고 안정을 취하는 일입니다."

지압사는 아버지에게 약이 되는 음식물과 독이 되는 음식물을 소상하게 가르쳐주었다.

"특히 술은 독약 중에서도 가장 급격히 간을 파괴시키는 독약임을 유념해 주시기를 바랍니다."

술을 계속 마시게 되면 수전증도 재발할 우려가 있다는 것이었다. 재발하게 되면 치료는 지금보다 몇 배나 힘들어지게 된다는 것이었다. 그러나 지금 간에 내려져 있는 위험신호에 비하면 수전증의 재발 따위는 걱정거리도 아니라는 경고였다. 그대로 방치해 두면 급속히 악화되어서 생명에 지장을 초래할 수도 있다는 것이었다. 심각하고도 간곡한 목소리였다.

"그동안 정말 물심양면으로 저를 보살펴주셔서 대단히 고맙습니다."

아버지가 두툼한 봉투 하나를 지압사의 손에 쥐어주었다. 지압사는 봉투를 받아들자 손가락으로 내용물을 확인해 보고 있었다.

"저는 이 돈을 다 받을 수가 없습니다."

지압사가 봉투를 다시 되돌려주고 있었다.

"적다는 말씀이신가요."

"너무 많기 때문입니다."

"제 성의입니다."

"그래도 제가 요구했던 액수보다 배나 많은 돈입니다. 절대로 받을 수가 없습니다. 받게 되면 저를 가르쳐주신 어르신의 말씀을 거역하는 것이 됩니다. 성의는 정말로 고맙게 받아들이겠습니다만 돈만은 절반을 덜어주시기 바랍니다. 올바른 치료사는 환자의 보상에 기쁨을 두는 것이 아니라 환자의 완치에 기쁨을 두는 것이라고 저는 배웠습니다."

"그래도."

아버지는 난색을 표명하고 있었다. 봉투 하나를 사이에 두고 아버지와 지압사는 상당히 오래도록 의견을 절충하고 있었다. 그러나 아버지는 지압사의 고집을 꺾을 수가 없었다. 결국 봉투 속의 돈은 반으로 액수가 줄어든 상태로 지압사에게 전달되었다.

"그 대신 제 부탁을 한 가지만 들어주십시오."

봉투를 받아들자 지압사가 조심스럽게 말했다.

"무슨 부탁인지 한번 말씀해 보시지요."

아버지는 자신의 힘으로 가능한 일이라면 최선을 다해 보겠노라고 지압사에게 말했다. 그래도 지압사는 잠시 머뭇거리다가 가까스로 입을 열었다.

"부담스러운 부탁인지는 모르겠습니다만, 건넌방이 비어 있는 것 같은데 특별한 용도가 없으시다면 제게 전세로 주셨으면 하는데요. 물론 부탁을 계산에 두고 치료비를 반으로 줄였던 것은 아닙니다."

만약 부탁을 들어주기만 한다면 영원히 은혜를 잊지 않겠노라는 말을 몇 번이나 되풀이했다.

"제 마누라도 정상인은 아닙니다."

그의 부인도 장애자나 다름이 없는 입장이라는 것이었다. 한때 원인 모를 질병을 심하게 앓았다는 것이었다. 수족마비와 언어장애와 지능저하 상태에서 꼼짝달싹도 못한 채 자리에 누워 있을 때 그를 만나게 되었다는 것이었다.

"식물인간이나 조금도 다름이 없었습니다."

가난한 집안에서 치료비만 수년간 축내고 있었으므로 차라리 빨리 죽기만을 기다리고 있었는데, 그가 지극정성으로 장기치료를 해주었다는 것이었다. 어떤 병원에서도 속수무책이었는데, 그가 치료를 시작하면서부터 차츰 경과가 좋아져서 이제는 거의 정상인에 가깝게 생활할 수가 있게 되었다는 것이었다.

"그것을 인연으로 작년에 결혼을 하게 되었습니다. 아직도 적지 않은 부분들이 장애상태로 남아 있기는 합니다만, 생활에는 별로 불편을 느끼지 않을 정도입니다. 그러나 당장 주거 문제가 걱정입니다."

결혼을 하고 방을 구하기 위해 몇 달 동안이나 발이 부르트도록 산지사방을 헤매다가 천우신조로 수완 좋은 복덕방 영감을 만나 가까스로 전세를 하나 얻기는 했지만, 줄곧 눈총과 수모를 감내하면서 살아왔다는 것이었다. 그런데 얼마 전 설상가상으로 주인이 사업을 벌이다 망해 버리는 바람에 집까지 날려버리게 되어, 그나마도 쫓겨날 운명에 처해지고 말았다는 것이었다. 정상인들은 대개가 장애인들과 한 지붕 아래서 살기를 꺼려하기 때문에 새로 방을 얻어야 한다고 생각하니 밤마다 잠을 이룰 수가 없다는 것이었다. 이럴 때는 차라리 애완용 동물로 태어나지 못한 자신들이 한스러울 지경이라는 것이었다.

"어렵지 않은 부탁이로군요. 그런데 건넌방이 비어 있다는 사실은 어떻게 아셨습니까."

"맹인들은 몸 전체가 눈이니까요."

아버지도 세상이 따스해지기를 바라면서 살아온 장애인이었다. 불쌍한 사람을 보면 절대로 그냥 지나쳐서는 안 된다고 내게도 몇 번이나 당부했던 적이 있었다.

며칠 후 지압사 부부는 밝은 얼굴로 건넌방에 이삿짐을 풀어놓게 되었다. 마당가의 국화들은 이미 져버린 지 오래였다. 기온이 영하로 떨어지고 있었다. 유리창 가득 성에도 번성하고 있었다. 이제는 겨울이었다.

10

맹도견

"조 선생은 어쩌다 실명을 하게 되시었소."

"태어나면서부터 지금까지 줄곧 한밤중입니다."

"부모님은 아직도 생존해 계시는가요."

"모두들 제가 어릴 때 세상을 뜨시고 말았습니다."

아버지는 맹인 지압사를 조 선생이라고 불렀다. 처음부터 사용했던 호칭은 아니었다. 수전증을 치료하러 다닐 때는 조 지압사라는 호칭을 쓰고 있었다. 상례대로 성씨와 직업을 합쳐서 만든 호칭이었다. 그러나 이사를 하고 며칠이 지난 다음에 조 지압사라는 호칭은 폐기되었다. 조 지압사. 잘못하면 좆이 압사되었다는 뜻으로 해석되어 성 불구자를 연상시킬 우려가 있기 때문이라는 것이었다.

"김 선생님."

조 선생은 아버지를 처음부터 김 선생님이라고 불렀다. 아버지는 우연히도 나와 같은 성을 가지고 있었다. 그러나 본관은 정확하게 알 수가 없었다. 언젠가 아버지에게 물어보았더니 아마 김유신 장군하고 같은 김 씨일 거라고만 대답해 주었다.

"오늘도 약주를 많이 하셨군요."

"하루 종일 눈이 내리고 있는데 어찌 맨정신으로 견딜 수가 있겠소."

그해 겨울에는 유난히 눈이 많이 내렸다. 때로는 적설량이 허리까지 차오르는 폭설 때문에 통행이 두절되고, 온 식구가 며칠씩 새하얀 눈의 감옥 속에 갇혀 지낸 적도 있었다. 겨울이 되면서 아버지가 술을 마시는 시간이 더욱 많아져 가고 있었다. 조 선생이 아무리 만류를 해도 듣지 않았다.

"금주는 못하시더라도 절주는 하셔야 합니다."

"매일 똑같은 소리만 되풀이하지 말고 오늘은 조 선생도 내술 한잔 받으시오."

"저는 천지신명들과 약속한 바가 있기 때문에 사양하겠습니다."

"도대체 천지신명들과 무슨 약속을 했단 말이오."

"자동차 운전면허를 따기 전까지는 절대로 술을 마시지 않기로 약속했습니다."

"조 선생이 정말로 자동차 운전면허에 도전해 볼 생각이라면, 나도 국가대표 축구선수로 한번 출전해 보아야겠소. 우리 의지의 배달민족끼리 서로 결의를 다지는 의미에서 같이 한잔 하시자니까."

"아직 자동차 운전면허는 가지고 있지 않지만 지팡이 운전 면허는 가지고 있습니다. 비록 지팡이라고는 하더라도 음주운 전은 금물입니다."

조 선생은 농담을 좋아하는 편이었다. 항시 착용하고 다니는 검은색 선글라스를 제외하고 나면 어디에서도 어두운 기색을 찾아볼 수가 없었다. 대체로 낙천적인 성격을 가지고 있었다. 그러나 술에 대해서는 매우 부정적인 견해를 가지고 있었다.

"술이 금지된 나라에서 있었던 일입니다. 변호사가 경찰관에게 따졌습니다. 당신은 내 의뢰인이 도로 한복판에 엎드려 있었다는 사실만으로 어떻게 술에 만취되었다고 단정할 수가 있단 말이오. 그러자 경찰관이 확신에 찬 목소리로 대답했습니다. 그렇지만 당신의 의뢰인은 도로 한복판에 엎드려 한사코 중앙선을 뜯어내려고 안간힘을 쓰고 있었단 말입니다."

가끔 아버지에게 그런 유머들을 들려주면서 은근히 술을 절제해 주기를 바라는 눈치였다.

"어떤 술꾼이 대문 앞에서 열심히 열쇠구멍을 찾고 있었습니다. 지나가던 방범대원이 물었습니다. 제가 열쇠구멍을 대신 찾아드릴까요. 그러자 술꾼이 대답했습니다. 열쇠구멍은 내가 찾을 테니까, 당신은 집이 흔들리지 않게 좀 붙잡아주시오."

술이란 인간을 가장 빨리 천치로 만들어버리는 백해무익의 마약이라는 것이었다.

"하루만 술을 마시지 않아도 목구멍에 가시가 돋는다고 생각하는 술꾼이 있었습니다. 어느 날 그가 존경하는 은사로부터 책 한 권을 선물로 받았습니다. 그는 밤을 새워 그 책을 모두 읽었습니다. 그 책에는 술이 인체에 얼마나 해로운 극약인가가 상세히 기술되어 있었지요. 그는 깊은 충격을 받지 않을 수 없었습니다. 마침내 그는 단단히 결심하게 되었습니다. 앞으로는 절대로 책을 읽지 않겠노라고 말입니다."

조 선생은 유사 이래로 물에 빠져 죽은 사람보다는 술에 빠져 죽은 사람이 더 많을 거라는 주장이었다.

아버지의 건강을 염려해서 조 선생이 그런 이야기들을 들려준다는 사실쯤 아버지도 잘 알고 있는 표정이었다. 그러나 술만은 끊을 수가 없는 모양이었다. 조 선생이 있을 때는 애써 절제하는 기색을 보이다가도 조 선생이 출타하면 으레 술병을 집어 들기 마련이었다.

"술. 을. 드. 시. 지. 않. 도. 록. 하. 라. 고. 말. 씀. 하. 셨. 는. 데. 요."

아버지가 술을 마시는 장면을 목격하게 되면, 조 선생 부인도 근심 어린 표정으로 절주에 대한 당부를 소홀히 하지 않았다.

부인은 아직 신체기능이 완전히 정상적으로 회복된 상태가 아니었다. 말할 때는 발음이 부정확해서 처음에는 쉽사리 알아들기가 힘이 들었다. 안면근육도 약간 일그러져 있었고, 걸음걸이도 몹시 불편해 보였다. 그러나 매우 부지런한 편이었다. 하루 종일 온 집 안을 쓸고 닦아서 어디를 둘러보아도 티끌 한 점 없었다.

"김 선생님은 개를 좋아하지 않으십니까."

어느 날 조 선생이 아버지에게 물었다.

"보신탕 말인가요."

"음식으로서의 개가 아닙니다."

"그럼 가축으로서의 개 말인가요."

"가축으로서의 개가 아니라 가족으로서의 개 말입니다."

"예전에는 좋아했지요. 하지만 몇 번의 경험을 통해 알게 되었소. 개들은 불구자만 보면 쓸데없이 경계심을 드러내고, 유난히 포악스럽게 덤벼드는 영민성을 가지고 있다는 사실을 말이오. 그 사실을 알고부터 절로 개들이 싫어지기 시작했소."

나는 얼마 전에 아버지에게 개를 한 마리 키우자고 졸라본 적이 있었다. 그러나 아버지는 반대였다. 거추장스럽다는 이유에서였다. 나는 아버지의 거추장스럽다는 말을 어느 정도 납득할 수는 있었지만 개에 대한 미련을 완전히 떨쳐버릴 수는 없었다.

"맹도견에 대해서 들어보신 적이 있으십니까."

"진도견이 있다는 말은 들어보았는데 맹도견이 있다는 말은 들어본 적이 없소. 원산지가 어디요."

"맹도견은 맹인들을 위해서 특별히 훈련된 안내견을 지칭하는 말입니다."

"조 선생은 개를 무척 좋아하는 모양이로군요."

"맹인들치고 일반적인 개를 좋아하는 사람은 거의 없을 겁니다. 그러나 맹도견은 다릅니다. 일반적인 개들에게는 적의와 공포심을 느끼고 있는 맹인들이라도 맹도견이라면 누구나 한 마리쯤 소유하고 싶은 소망을 가지고 있을 겁니다."

조 선생에게 있어서 맹도견은 결코 짐승이 아니었다. 절대적 신앙이었다. 일단 맹도견에 대해서 입을 열기만 하면 며칠이라도 밤을 새울 수가 있는 사람이었다. 조 선생의 말에 의하면 최초의 맹도견은 독일산 호신용 셰퍼트였다. 한 의사가 맹인 부상병을 동반하고 병원의 정원을 걷던 중 응급 연락으로 자리를 뜨게 되었는데, 돌아왔을 때 자신의 개가 비를 피해서 맹인 부상병을 건물로 안내하는 광경을 목격하게 되었다. 그것이 맹도견의 시초였다.

"오늘날은 래브라도 리트리버라는 종자가 가장 우수한 맹도견으로 선택되고 있습니다. 맹도견은 무조건 주인의 명령에 복종만 하지는 않습니다. 만약 명령을 수행해서 주인에게 위험이 초래될 경우에는 명령을 거부합니다. 다른 개들은 도저히 그런 영민성을 가질 수 없습니다. 그래서 맹도견으로 선택되지 못합니다. 주인과의 유대가 긴밀해지면 텔레파시적 접촉단계에 이르기도 합니다."

아버지가 전투기에 대해서 백과사전급이라면, 조 선생은 맹도견에 대해서 백과사전급이었다.

"맹도견에 대한 조직적인 훈련은 독일에서 처음으로 시작되었습니다. 일차대전 중 부상으로 실명하게 된 병사들을 돕기 위한 방편으로 착안되었지요. 생후 약 일 년이 되면, 주인의 장애상태에 맞추어 행동할 수 있도록 철저히 훈련을 시킵니다. 교통이 혼잡한 도시에서도 맹도견만 있으면 안전하게 활동할 수가 있습니다. 건널목에서나 횡단보도에서도 일단 걸음을 멈추고 안전을 확인한 다음 주인을 인도해 줍니다. 버스나 지하철을 타도 주인의 발 밑에 가만히 앉아만 있습니다. 식당에 가도 음식을 달라고 보채지 않으며, 명령 없이 자리를 이탈하지도 않습니다. 또 지나가는 사람이 실수로 맹도견의 꼬리나 발을 밟더라도 절대 짖는 법이 없습니다. 뿐만 아니라 아무 데서나 버르장머리 없이 실례를 범하지도 않습니다. 일반인들에게는 일체의 해를 끼치지 않지요. 어찌 짐승이라고 할 수가 있겠습니까. 외국에서는 식당이나 열차나 호텔 출입이 자유롭게 허용됩니다. 뉴질랜드의 경우에는 출입을 거부하면 일 년 이하의 징역에 처하기도 합니다."

조 선생은 맹도견이야말로 지구상에서 가장 존재가치가 높은 동물이라고 생각하는 사람 같았다. 맹도견에 대해서 이야기할 때는 절로 목소리가 높아졌다. 심지어는 검은색 선글라스까지 생기를 발하는 것 같았다.

"우리나라에는 아직 맹도견을 훈련시키는 전문센터가 없는 것으로 알고 있습니다. 그렇다고 외국에서 맹도견을 구입하기도 여의치가 않습니다. 구하기도 힘들고 수속도 복잡하기 때문입니다. 한 나라에서 일 년에 겨우 몇십 마리밖에는 배출되지 않기 때문입니다. 자국의 장애인들에게 보급하기도 모자라는 실정이지요."

조 선생은 조련사들에 대해서도 절대적인 신앙심을 간직하고 있었다. 맹도견 조련사들이야말로 신이 보내준 성자적 인간들이라는 것이었다.

"맹도견 조련사들은 개들하고만 동고동락을 같이하는 것이 아니라, 기증하고 나면 주인이 되는 맹인과도 한 달여 동안 동고동락을 같이해야 합니다. 자신의 삶이란 일절 존재하지 않는 셈이지요. 맹도견의 삶과 맹인의 삶을 자신의 삶으로 생각하면서 살아가는 사람들입니다."

어떤 종교인들도 맹도견 조련사들만큼 헌신적일 수는 없다는 것이었다.

조 선생은 집에 붙어 있는 시간이 별로 없었다. 단골들이 많기 때문이라는 것이었다. 때로는 꼭두새벽에 집을 나갔다가 다음날 아침이 되어서야 귀가하는 적도 있었다.

"살다 보니 눈이 없어서 불편할 때보다는 돈이 없어서 불편할 때가 더 많았습니다."

조 선생은 고객이 꼭두새벽에 전화로 호출을 해도 결코 거절하는 법이 없었다. 그렇지만 돈이라면 사족을 못 쓰는 성품은 아니었다. 간혹 한가로운 시간이 생겨도 편히 쉬지는 않았다. 아버지를 지압해 드리기 때문이었다. 물론 아버지는 극구 사양했지만 조 선생은 막무가내였다. 보증금도 없이 아주 싼 값에 세를 들었기 때문에 그렇게라도 하지 않으면 마음이 부담스러워서 견딜 수가 없다는 것이었다.

"제가 진맥해 본 바에 의하면 선생님은 지금 간경화증을 앓고 있는 상태입니다. 그런데도 약주를 드신다는 건 자살행위나 조금도 다름이 없습니다. 이제부터라도 금주를 단행하시고 병원에 입원하셔서 전문적인 치료를 받으셔야 합니다."

조 선생은 거의 날마다 아버지의 건강에 대해 지대한 우려를 표명해 보이고 있었다. 아버지는 알콜중독 상태이기 때문에 술을 끊기가 몹시 힘들겠지만 그대로 방치할 수가 없는 상태라는 것이었다. 결단력과 인내심이 절실하게 필요한 시기라는 것이었다. 만약 계속해서 술을 마시게 되면 급속도로 간세포가 파괴되고, 그 자리에 섬유성 결합조직이 들어차서 종국에는 목숨까지 위태로워진다는 것이었다. 그러나 아버지는 목숨을 끊을 수는 있어도 술을 끊을 수는 없는 모양이었다. 하루도 술을 거르는 날이 없었다.

11

맹인의 눈 속보다 캄캄한 세상

밖에는 추적추적 진눈깨비가 내리고 있었다. 결빙되었던 시간이 녹고 있었다. 겨울이 끝나가고 있었다.

아버지는 새벽까지 술을 마시다가 기진해서 잠들었기 때문에 도무지 일어날 기미가 보이지 않았다. 다음 글을 읽고 문제의 정답을 고르시오. 나는 혼자서 조금 전에 배달된 학습지의 국어문제를 풀고 있었다. 그때였다. 대문의 초인종 소리가 들리고 있었다. 집 안에는 거동이 불편한 어른들뿐이었으므로 대문을 열어주는 일은 전적으로 나의 책임소관이었다. 나는 연필을 놓고 자리에서 일어섰다. 누굴까. 외출했던 조 선생이 돌아오기에는 아직 이른 시각이었다. 신문대금을 받으러 온 사람일까. 천자문을 익히고 난 다음부터 아버지는 나에게 한자에 대한 응용력을 길러주기 위해 매일 신문을 읽는 습관을 가지도록 권장하고 있었다. 그러나 신문대금은 월말에나 받으러 오는 것이 상례였다. 누굴까. 음식배달을 시킨 기억도 없었고, 파출부를 부른 기억도 없었다. 나는 밖으로 나가보았다. 대문 앞에 진눈깨비를 맞으며 조 선생이 처연한 모습으로 서 있었다. 어딘지 모르게 종전과는 다른 분위기를 느끼게 만들어주고 있었다.

"안녕히 다녀오셨어요."

인사를 했으나 조 선생은 아무 대답도 하지 않았다. 전혀 안녕히 다녀오신 표정이 아니었다. 평소의 낙천적인 분위기는 어디에서도 찾아볼 수가 없었다. 부인이 불편한 거동으로 황급히 달려 나오고 있는 모습이 보였다. 남편의 모습을 멀찍이서 보고도 심상치 않은 느낌을 받은 모양이었다. 부인은 긴장과 근심이 뒤섞인 표정을 감추지 못하고 있었다.

"무. 슨. 일. 이. 있. 었. 어. 요."

부인이 현관 앞에 이르러 무슨 일이 있었느냐고 한 음절씩 끊어서 힘겨운 발음으로 물어보았으나, 조 선생은 아무 대답도 하지 않았다. 비닐우산 하나를 사서 쓸 만한 마음의 여유조차도 없었던 모양이었다. 전신이 진눈깨비에 젖어 있었다. 조 선생은 고개를 깊이 떨군 채 건넌방으로 들어가고 있었다.

다음의 낱말들을 소리나는 대로 적으시오. 해돋이. 똑같이. 삼천리. 꽃망울. 나는 안방으로 들어와 다시 국어문제를 푸는 일에 몰두하고 있었다. 그러나 조 선생의 모습이 떠올라서 정신집중이 되지 않았다. 해도지. 또까치. 삼철리. 꼰망울. 애써 정신집중을 하며 낱말들을 소리나는 대로 적고 있는데, 건넌방에서 울음소리가 들리기 시작했다. 나는 연필을 놓고 건넌방에다 신경을 곤두세우기 시작했다. 울음소리는 조금씩 고조되고 있었다.

조 선생이 울고 있는 것 같았다. 설움을 억제하지 못한 채 토해 내는 오열 같았다. 좀처럼 그칠 것 같지 않았다. 온 집 안이 비통한 분위기에 휩싸이기 시작했다. 나는 어떻게 처신해야 좋을는지 알 수가 없었으므로 아버지를 깨우는 도리밖에 없었다. 아버지는 곤하게 코를 골며 깊은 잠에 빠져 있었다.

"아버지. 아버지."

몇 번을 세차게 흔들었지만 아버지는 잠에서 깨어나지 못하고 있었다. 코 고는 소리만 기세를 약간 죽였을 뿐이었다. 나는 아버지를 계속해서 세차게 흔들면서 일어나시라는 소리만 연발하고 있었다. 한참 만에야 아버지는 가까스로 잠에서 깨어날 수 있었다. 그러나 아버지는 어리둥절한 표정이었다.

"내가 심하게 잠꼬대를 하더냐."

아버지의 목소리는 아직도 잠에 흠씬 절여져 있었다.

"조 선생님이 울고 있어요."

내가 난감한 목소리로 사태를 알려주었을 때야 아버지는 약간 현실감을 되찾은 듯한 기색이었다.

"속이 쓰려서 못 견디겠구나. 동명아, 냉수 한 사발만 떠가지고 오너라."

아버지는 고통스럽게 미간을 찌푸리면서 배를 쓸어내리고 있었다. 나는 재빨리 냉수 한 사발을 떠다 드렸다. 아버지는 단숨에 벌컥벌컥 들이켜서 바닥까지 말끔히 비워버렸다. 그러나 냉수 한 사발 정도로는 지난밤 주독을 완전히 씻어낼 수가 없는 모양이었다. 여전히 아버지의 몸에서는 지독한 술 냄새가 가시지 않고 있었다.

"조 선생이 어떻다는 거냐."

"울고 있는 것 같아요."

"울고 있다니. 그게 무슨 소리냐."

"저도 잘 모르겠어요."

아버지는 의아한 눈빛으로 잠시 건넌방 쪽에다 귀를 기울여 보고 있었다. 울음소리는 아까보다 더욱 고조되고 있었다. 아버지가 이내 긴장하는 표정으로 휠체어를 끌어당기고 있었다.

"조 선생, 무슨 일이오."

아버지가 건넌방을 두드리자 부인이 문을 열어주었다. 부인도 울고 있었음이 분명해 보였다. 눈언저리에 물기가 번들거리고 있었다. 조 선생은 방바닥에 앉아 망연자실한 표정으로 허공을 쳐다보고 있었다. 선글라스를 끼지 않은 두 눈은 움푹 들어간 채로 감겨져 있었고, 거기서 끊임없이 눈물이 흘러내려 두 볼을 적시고 있었다.

"무슨 영문인지 나한테 말씀해 주면 안 되겠소."

아버지가 조심스러운 목소리로 조 선생에게 물었다. 그러나 조 선생은 침묵 속에서 오열만 참아내고 있었다.

"어려운 일이 있으면 서로 힘을 합쳐서 해결해 보도록 합시다."

아버지가 조 선생의 손목을 잡으며 부드러운 목소리로 말했다. 그래도 조 선생은 아직 마음을 진정시키지 못하고 있는 표정이었다. 아버지는 부인에게 자초지종을 물어보고 있었다.

"회. 원. 들. 한. 테. 서. 모. 은. 돈. 을. 소. 매. 치. 기. 당. 했. 대. 요."

부인이 안면근육을 일그러뜨리며 힘겨운 목소리로 한 음절씩 전달해 준 사건의 요지였다.

"조 선생이 말입니까."

아버지는 믿을 수가 없다는 표정을 지어 보이고 있었다. 아무리 세상이 험악해졌다고는 하더라도 설마 맹인의 돈을 소매치기하는 놈들이 생겨날 정도로 말세가 되지는 않았을 거라고 생각하는 기색이 역력해 보였다. 그러나 아니었다. 부인이 조 선생의 벗어놓은 점퍼 주머니를 들추어 보이고 있었다. 점퍼 주머니에 예리한 면도날 자국이 선명하게 그어져 있었다.

"이런 짐승만도 못한 놈들이 있나."

아버지가 신음처럼 중얼거리고 있었다. 아버지의 얼굴이 노기로 사납게 일그러지고 있었다. 나는 일찍이 아버지의 그토록 무서운 얼굴을 한번도 본 적이 없었다. 아버지는 오래도록 입술을 깨문 채 애써 격분을 억누르고 있었다.

"액수는 얼마나 되오."

한참 만에야 아버지가 다소 감정이 억제된 목소리로 조 선생에게 질문을 던지기 시작했다.

"현찰로만 이백만 원입니다."

조 선생의 대답이었다.

"어디서 당했는지 대충이라도 짐작되는 부분이 있으면 한번 말해 보시오."

"신촌에서 버스를 타고 광명까지 오는 도중에 당했다는 사실만 확실하지 그 외에는 전혀 짐작조차 할 수가 없습니다."

조 선생은 아직도 마음이 혼란한 상태 같았다. 목소리가 약간 떨리고 있었다.

"처음부터 소상하게 한번 기억을 되살려봅시다. 처음 조 선생의 호주머니에 돈이 들어갔던 장소가 어디오."

"신촌의 천산루라는 중국집이었습니다."

"홀에서였나요."

"방에서였습니다."

조 선생의 말에 의하면, 그날은 신촌의 천산루라는 중국집에서 견우회(犬友會)가 정기적으로 모임을 가지는 날이었다. 견우회는 맹도견학교 설립을 추진하자는 취지에서 결성된 모임이었다. 조 선생이 회장직을 역임하고 있었다. 회원들은 생활이 건실하고 사상이 건전한 맹인들이었지만 한결같이 연고자가 없다는 공통점을 가지고 있었다. 그러나 다른 맹인들보다는 몇 배나 열심히 피땀을 흘리면서 살아간다는 자부심을 가지고 있었다. 역술인도 있었고, 안마사도 있었다. 연주자도 있었고, 조율사도 있었다. 도합 이십 명이었다. 그중에서 조 선생이 가장 나이가 많았다. 회비는 한 달에 십만 원씩이었다. 회원들에게는 다소 벅찬 금액이었다. 그러나 한번도 회비를 거르는 회원은 없었다. 매달 모아진 회비는 조 선생이 은행에 예치시켜 관리하고 있었다.

"회원 이외에 조 선생이 돈을 소지하고 있다는 사실을 알 만한 사람은 없었나 곰곰이 한번 생각해 봅시다."

"없었던 것 같습니다."

"중국집 종업원이 방 안에 들어왔던 적은 없었나요."

"주문을 받을 때와 음식을 나를 때 방 안에 들어왔었습니다."

"그때는 돈이 어디에 있었소."

"아직 모금되지 않은 상태였습니다."

"식대는 누가 지불했소."

"총무가 걷어서 지불했습니다."

"중국집에서 조 선생이 돈을 소지하고 있다는 사실을 남에게 알릴 만한 행동을 했던 적은 없었나요."

"제 기억으로는 없었습니다."

나는 아버지가 왜 조 선생에게 그런 질문들을 던지는가를 도무지 이해할 수가 없었다. 조 선생도 영문을 모르고 있는 것 같았다. 그러나 아버지는 아직도 알고 싶은 사항들이 많이 남아 있는 모양이었다.

"돈이 없어져 버렸다는 사실을 안 것은 언제였소."

"버스에서 내렸을 때였습니다."

"파출소에 신고는 하셨소."

"버스에서 내려 가까운 파출소에 신고를 하기는 했지만 자기네 관할에서 일어난 사건이 아니기 때문에 접수하지 않겠다는 것이었습니다. 몹시 귀찮아 하는 어투들이었습니다. 신촌에서 광명까지의 전구간에 소재해 있는 파출소를 모조리 찾아가보는 도리밖에 없다는 생각이 들었지만 엄두가 나지 않았습니다. 너무나 불친절했기 때문에 하소연도 해볼 겨를이 없었습니다. 잃어버린 놈이 죄인이라는 단정을 내리고 집으로 돌아오는 수밖에 없었습니다."

조 선생은 이제 마음이 많이 진정되어 있는 목소리였다. 그러나 부인은 아직도 마음이 진정되지 않는 모양이었다. 소매 끝으로 눈물을 닦아내는 일을 멈추지 않고 있었다.

"아직 포기하기에는 이르오. 세심하게 자초지종을 점검해보면 놈들을 추적할 수 있는 일말의 단서라도 찾아낼 수 있을지 모르오. 너무 상심하지 마시고 내가 묻는 말에 사실대로만 대답해 주시오."

아버지가 말했다.

하지만 아무도 돈을 되찾을 수 있다는 기대감을 가지고 있는 표정들이 아니었다. 셜록 홈즈나 콜롬보 형사가 오더라도 아무 소용이 없을 것 같았다. 그러나 아버지는 무슨 생각이 들었는지 조 선생이 벗어놓은 점퍼를 다시 한번 주도면밀하게 검색해 보고 있었다.

"면도날 자국으로 보아 전문적인 소매치기 밑에서 적어도 삼 년 이상의 수업을 거친 다음에야 현장에 배출된 기술자의 솜씨요. 제법 오래된 조직의 일원 같소. 단서가 잡히면 신흥조직의 초짜보다는 오히려 추적하기가 수월할 거요."

검색을 끝낸 아버지의 소견이었다. 확신에 차 있는 목소리였다.

"어떻게 그걸 알 수가 있습니까."

조 선생이 물었다.

"면도날 자국이 그 사실을 뒷받침해 주고 있소. 우선 면도날 자국의 각도를 한번 생각해 봅시다. 현찰 이백만 원은 분명히 비스듬히 기울어진 각도로 안주머니에 들어 있었을 거요. 지금 이 면도날 자국은 안주머니에 들어 있던 돈의 각도와 일치하고 있소. 그 다음에 길이를 한번 생각해 봅시다. 현찰 이백만 원이 빠져나오기에 가장 적당한 길이로 그어져 있소. 이런 각도와 길이를 유지해서 면도날 자국을 만들어주기만 하면, 돈은 손으로 끄집어내지 않아도 무게에 의해 저절로 미끄러져 나오게 되어 있소. 특히 흔들리는 버스 안에서는 더욱 순조로울 수밖에 없소. 각도와 길이가 정확하지 않으면 돈을 꺼내는 일에 쓸데없이 시간을 낭비하거나, 피해자가 돈을 잃어버렸다는 사실을 빨리 알아차릴 우려가 있기 때문에 그만큼 위험성이 따르기 마련이오. 위치와 깊이도 중요하오. 만약 위치와 깊이가 정확하지 않으면 속옷이나 현찰에 손상을 입힐 우려가 있기 때문이오. 따라서 여러 가지 정황으로 미루어보건대 이놈은 절대로 초짜가 아니오."

아버지의 설명이었다.

"그렇군요."

조 선생이 탄복을 금치 못하고 있었다. 얼굴에는 일말의 기대감까지 떠오르고 있었다. 부인도 마찬가지였다. 놀라움에 가득 찬 눈초리로 아버지를 한참 동안 쳐다보고 있었다.

"동명아, 냉수 한 사발만 떠가지고 오너라."

아버지가 말했다.

나는 재빨리 냉수 한 사발을 떠다 드렸다. 아버지는 단숨에 냉수 한 사발을 벌컥벌컥 들이켜고는 잠시 호흡을 진정시키고 있었다. 숙취 때문에 몹시 고통스러운 모양이었다. 이마에 식은땀이 내비치고 있었다.

"제. 가. 술. 국. 을. 끓. 여. 드. 리. 지. 요."

조 선생 부인이 자리에서 일어서고 있었다. 괜찮습니다. 아버지는 사양의 뜻을 표명해 보였지만 부인은 서둘러 싱크대 쪽으로 걸음을 옮겨놓고 있었다.

"회원들은 어디서 헤어졌소."

"천산루 앞에서 각자 뿔뿔이 흩어졌습니다."

다시 아버지의 집요한 탐문이 시작되고 있었다. 단순히 조 선생의 딱한 처지를 위로해 주기 위해서 시간을 할애하고 있는 입장이 아닌 모양이었다. 반드시 소매치기를 찾아내어 조 선생에게 돈을 되돌려주고야 말겠다는 결심이 확고부동하게 서 있는 모양이었다.

"회원들과 헤어진 다음부터의 일들을 가급적이면 소상하게 말해 주시오."

"앞을 보지 못하는 처지라 소상하게 말씀드린다고 하더라도, 그저 지팡이를 짚고 버스 정류장으로 갔다는 정도에 지나지 않습니다."

"버스 정류장으로 가는 동안에 누구를 만나서 시간을 지체했던 기억은 없소."

"없습니다."

"어딘가에 걸려서 넘어졌거나 누군가와 부딪쳐서 시비를 벌였던 기억은 없소."

"역시 없습니다."

"대개의 맹인들에게는 흔히 일어날 수 있는 일이겠지만, 혹시 누군가에게 잠시만이라도 부축을 받았던 기억은 없소."

"그건 있습니다."

그때였다. 갑자기 아버지의 눈이 예리하게 광채를 발하기 시작했다.

"그게 어디였소."

목소리까지 생기가 넘치고 있었다.

"신촌에서 버스에 오를 때였습니다."

"그 사람이 혹시 좌석까지 안내해 주지는 않았나요."

"안내해 주었습니다."

아버지는 비로소 회심의 미소를 떠올리고 있었다. 이제야 일말의 단서를 잡게 되었다는 표정이었다.

"부축해 주었던 사람에 대해서 기억할 수 있는 것이라면 무엇이라도 좋으니 낱낱이 한번 열거해 보시오."

아버지의 말을 듣고 조 선생이 잠시 생각에 잠겨 있다가 몇 가지 기억들을 되살려내기 시작했다.

"목소리로 짐작건대 이십대 초반의 젊은이 같았습니다. 키는 저보다 약간 큰 편이었습니다. 입에서 담배 냄새가 나기는 했지만 종류까지는 알 수가 없었습니다. 이발소에서 사용하는 방향제 냄새가 풍기고 있었기 때문입니다. 말수가 적고 성격이 침착한 편이었습니다."

"일행이 있는 것 같던가요."

"처음에는 세 사람 정도의 발자국이 같이 움직이고 있는 것 같아서 일행인 줄 알았는데, 버스를 타자 각기 흩어져 행동하는 것 같아서 일행이 아니라고 생각하게 되었습니다."

"돈이 안전한가를 확인해 본 것은 언제였소."

"신촌에서 버스가 출발할 때 한 번 확인해 보았고, 문래동에서 버스가 정차했을 때 한 번 확인해 보았습니다."

"그때까지는 돈이 안주머니에 그대로 들어 있었소."

"그렇습니다."

"버스가 가장 붐빌 때는 언제였소."

"영등포와 개봉동을 경유할 때였습니다."

"그때 별다른 일은 없었나요."

"글쎄요."

"혹시 승객들끼리 심하게 다투는 소리를 듣지는 않았소."

"그런 소리는 듣지 못했습니다."

"누군가 안기듯 쓰러져 오지는 않았소."

"그런 일도 없었습니다."

"분명히 무슨 변화가 있었을 텐데."

그러자 조 선생이 갑자기 정색을 하며 소리쳤다.

"있었습니다."

얼마나 목소리가 큰지 가스레인지 위에 올려져 있던 냄비가 뚜껑을 들썩거리며 깜짝 놀랐다는 시늉을 해 보일 정도였다. 조 선생 부인도 일손을 멈추고 궁금한 표정으로 조 선생을 응시하고 있었다.

"어떤 일이 있었소."

아버지가 긴장된 목소리로 조 선생을 재촉하고 있었다.

"버스가 개봉동 어느 정류장에 정차하기 위해 속도를 늦추었을 때였습니다. 누군가 황급히 출입구 쪽으로 이동하다 제

지팡이를 발로 걸어찬 적이 있습니다. 지팡이는 잠시 제 손을 이탈해 있었지요. 잠시였지만 몹시 당황했었습니다. 맹인들에게 있어서는 지팡이야말로 길이요 진리요 생명이라고 해도 과언이 아닐 정도로 소중한 존재니까요."

"누가 그 지팡이를 집어주었소."

"신촌에서 저를 친절하게 좌석까지 부축해 주었던 바로 그 젊은이였습니다. 죄송합니다. 제 친구가 너무 성미가 급해서 이런 실수를 저질렀습니다. 지팡이를 제 손에 쥐어주면서 정중하게 사과하는 목소리를 듣고 알았습니다."

"아무런 의심도 하지 않았겠군요."

"물론입니다."

"그 젊은이가 조 선생에게 안내해 준 자리는 출입구에서 그리 멀지 않은 위치였지요."

"출입구에서 두 번째쯤으로 기억합니다."

"범인은 바로 그놈들이오."

아버지가 확신에 찬 목소리로 말했다. 소매치기들은 대개 출입구에서 가까운 자리의 승객들을 목표물로 정하는 습관들을 가지고 있다는 것이었다. 범행을 저지르고 도망치기가 용이하기 때문이라는 것이었다. 아버지는 소매치기들이 돈 냄새를 맡고 미행을 하다가, 조 선생이 버스를 타려고 하자 자기들이 범행을 저지르기 좋은 최적의 장소에다 조 선생을 안내했을 거라는 추측이었다.

"범행은 지팡이가 손에서 이탈했다가 다시 돌아오는 사이에 이루어졌음이 분명하오."

"그렇다면 그 젊은이가 범인이었단 말입니까."

"그놈은 범인이 아니라 바람잡이였소."

소매치기들은 대개 바람잡이를 대동하고 다니는데 범행 시에 목표물의 신경을 다른 데로 쏠리게 만들거나, 주위 사람들의 시선을 차단시켜 주거나, 발각되면 추적을 방해하는 역할을 담당하고 있다는 것이었다. 조 선생은 교양 있는 말씨와 친절함 때문에 그 젊은이를 전혀 의심하지 않았다는 사실을 그제서야 뼈저리게 후회하고 있는 눈치였다.

"어쩌면 오늘 중으로 그 돈을 찾을 수 있을지도 모르겠소."

아버지가 말했다. 대부분의 소매치기들이 조직을 가지고 있으며, 소매치기한 금품들은 왕초에게 집결되어 재분배가 이루어진다는 것이었다. 그러나 금품들 중에는 사회적으로 말썽을 일으키는 사례도 적지 않아서 한동안은 재워두었다가 뒤끝을 보아 분배하는 것을 원칙으로 삼고 있다는 것이었다.

"이제 돈이 사라진 구역의 소매치기 왕초를 찾아가서 오늘 이발소에서 머리를 손질한 놈을 바람잡이로 거사를 벌였던 놈들을 알아내는 일만 남았소."

아버지의 결론이었다.

"전직이 수사관이셨습니까."

조 선생이 아버지에게 묻고 있었다.

"수사관보다는 한 수 위였지요."

아버지의 대답이었다.

"검찰계통이셨군요."

"좋을 대로 생각하시오."

아버지는 전직에 대한 궁금증을 확실하게 풀어주기를 회피하고 있었다.

"어느 기관에다 신고를 하면 되겠습니까."

조 선생이 물었다.

"이번 일은 내가 직접 한번 나서볼 작정이오."

아버지의 대답이었다.

나는 갑자기 아버지가 위대해 보이기 시작했다.

이제 나도 세상이 썩어가고 있다는 사실쯤은 알 수가 있는 나이였다. 정치도 썩어가고 있었고, 종교도 썩어가고 있었다. 예술도 썩어가고 있었고, 학문도 썩어가고 있었다. 이제 세상은 비틀거리고 있었다. 개인도 비틀거리고 있었고, 단체도 비틀거리고 있었다. 가정도 비틀거리고 있었고, 사회도 비틀거리고 있었다. 날마다 세상은 붕괴되고 있었다. 도덕도 붕괴되고 있었고, 양심도 붕괴되고 있었다. 영혼도 붕괴되고 있었고, 정신도 붕괴되고 있었다. 아무도 책임지려 들지 않았고, 아무도 개선하려 들지 않았다. 오직 세상에는 황금만이 절대적인 종교로 숭배되고 있었다. 전국민이 신도로 변해 가고 있었다. 인간을 보기를 돌같이 하고, 황금을 보기를 신같이 하는 시대가 도래해 있었다. 그러나 아버지만은 거기에서 제외되어 있는 사람 같아 보였다.

"우선 술부터 한잔 마셔야만 기운을 차리고 일을 진행시킬 수가 있을 것 같소."

아버지는 이제 더 이상 술을 참아내기 힘들다는 어투로 그렇게 말했다. 아무도 만류하지 않을 것 같은 분위기였다. 나는 술을 대령하지 않을 수 없었다. 때마침 조 선생 부인이 술국을 차려 왔다. 아버지는 고맙다는 인사와 함께 술국을 안주 삼아 소주를 마시기 시작했다. 밖에는 아직도 추적추적 진눈깨비가 내리고 있었다.

12

귀가를 기다리며

"무얼 하고 계세요."

조 선생이 거실 탁자 위에 생면부지의 제본물을 펼쳐놓고 손가락으로 신중하게 지면을 더듬어나가고 있었다. 두터운 부피의 제본물이었다.

"독서를 하고 있는 중이지."

하지만 조 선생이 손가락으로 신중하게 더듬어나가고 있는 그 제본물이 내게는 책으로 여겨지지 않았다. 글자도 없었고, 그림도 없었기 때문이었다.

"무슨 책이 이렇게 생겼어요."

"맹인들을 위해서 만들어진 점자책이란다."

자세히 보니 지면에는 깨알 같은 점들이 빼곡하게 찍혀 있었다.

"소설책인가요."

"소설책이 아니라 야사집이야."

"야사집이 뭔데요."

"민간인들에 의해 씌어진 일종의 역사책인데, 조선시대의 맹인들에 관해서도 언급되어 있지."

조선시대에는 명통시(明通寺)라는 맹인보호기관을 설치하여 가뭄이 있을 때는 맹인들로 하여금 기우제를 지내게 하고, 공불축복(供佛祝福)의 명목으로 곡식과 재물을 지급해 주기도 했다는 설명이었다.

"조선시대에도 맹인들이 선글라스를 쓰고 다녔나요."

"선글라스를 쓰고 다니지는 않았지만, 내전에서 주악을 담당했던 맹인들은 연회가 있을 때 눈이 그려진 종이를 얼굴에 붙이고 악기를 연주했다는 기록이 있지. 선글라스는 중국에서 처음으로 개발했는데, 일반 안경에다 그을음을 입혀서 검게 착색한 것이었단다. 주로 법정에서 재판관들이 증거의 진위에 대한 판결을 내색하지 않을 목적으로 착용했던 위장물이었지. 하지만 현대의 선글라스는 원래 조종사들의 시력을 보호하기 위해서 개발되었기 때문에, 따지고 보면 맹인들과는 아무런 상관도 없는 물건이란다. 맹인들은 아예 시력이라는 걸 소유하고 있지 않으니까."

"그런데도 맹인들은 왜 선글라스를 쓰고 다니나요."

"시력을 소유하고 있는 사람들에게 혐오감을 주지 않기 위해서지."

아버지는 아직도 종무소식이었다. 거실의 벽시계는 이미 자정을 넘어서고 있었다.

"조선시대에도 점자책이 있었나요."

"없었다."

"그럼 맹인들은 어떻게 과거시험을 보았나요."

"맹인들은 과거시험을 볼 수가 없었지."

"과거시험을 볼 수가 없었다면 암행어사도 될 수가 없었나요."

"그렇단다. 맹인이란 언제나 암행을 할 수 있는 조건은 갖추고 있었지만, 어사가 될 수 있는 자격은 부여받지 못했단다."

조 선생의 말에 의하면, 조선시대의 맹인들은 주로 역학을 배워 점을 치거나 도경이나 불경으로 사람들의 병을 고쳐주었는데, 비록 품계가 높은 재상이라도 맹인을 만나면 함부로 하대하여 부르지는 않았으며 중인과 같은 대우를 해주었다는 것이었다. 맹인들을 천시하거나 무관심한 상태로 방치해 두지는 않았다는 것이었다.

"조선시대에는 독경을 하거나 축수를 하거나 화복을 점치는 맹인들이 많았단다. 두 눈을 멀쩡하게 뜨고 있는 사람들이 한 치 앞도 내다보지 못하는 맹인들에게 장래를 묻는다는 사실이 우습기는 하지만, 어쨌든 맹인들이 지금보다는 천대를 받지 않고 살았지. 관서에서는 맹인들을 통칭 판사라고 부르기도 했는데, 판사란 각사의 장관을 이르는 관명이었지. 임금의 능침이나 거둥이 있을 때 도포를 입고 전송영접하는 광경을 보면, 대신이나 무장의 반열과 조금도 다름이 없는 위세를 가지고 있었단다. 독경을 하는 맹인들은 삭발을 하여 선사나 도승으로 불리어졌고, 매년 정초에는 사대부 집안에 초빙되어 수복을 빌어주거나 재앙을 물리쳐주고 사례조로 적지 않은 금품을 받아내기도 했지."

조 선생은 타임머신을 구할 수만 있다면 당장이라도 조선시대로 되돌아가서 살고 싶다는 표정으로 점자책을 덮고 있었다. 나는 졸음이 오기 시작했으나, 아버지가 올 때까지 참아야 한다는 생각으로 애써 눈꺼풀을 치켜뜨고 있었다.

"왜. 아. 직. 까. 지. 안. 오. 실. 까. 요."

건넌방에 있던 조 선생 부인이 거실로 나오며 걱정스러운 목소리로 말했다. 다른 날 같으면 모두가 깊이 잠들어 있을 시간이었다. 그러나 오늘은 아버지가 나타날 때까지 아무도 잠을 자지 않을 듯한 태세들이었다.

"당신도 한번 생각해 보시오. 단지 눈먼 소경의 진술만을 토대로 그 넓은 서울천지에서 놈들을 찾아내기가 어디 그리 쉬운 일이겠소."

조 선생이 말했다.

아버지는 과연 성공할 수 있을까. 세상은 극도로 살벌하게 변해 가고 있었다. 범죄도 극도로 흉포하게 변해 가고 있었다.

소매치기들도 범행을 저지르다 들키면 난폭하게 흉기를 휘두르는 만행을 서슴지 않고 있었다. 요행히 아버지가 놈들의 덜미를 잡았다고는 하더라도 돈을 되돌려 받기는 쉽지 않을 것 같았다. 예기치 못했던 위험이 도사리고 있을지도 모르는 일이었다. 그러나 아버지는 자신만만한 표정이었다.

"그 바닥에는 아직도 나의 신화가 시퍼렇게 살아서 숨쉬고 있을 거요."

놈들을 만나면 반드시 따끔하게 혼쭐을 내주겠다는 것이었다. 아무리 소매치기라고는 하더라도 장애인들의 호주머니에 면도날이나 갖다대는 인간 이하의 행동을 하지 못하도록 단단히 정신교육을 시키고 오겠노라는 것이었다. 평소보다 많이 취한 모습은 아니었다. 술의 힘을 빌어서 늘어놓는 호언장담은 아닌 것 같았다.

"놈들을 경찰서에다 인계하고 제반 사무적인 일들을 마무리 짓고 오시느라고 늦어지는지도 모르지."

조 선생의 추측이었다. 조 선생은 아버지의 전직이 수사계통과 연관되어 있다고 생각하는 모양이었다. 하지만 아버지는 내게 전직이 분명히 재산분배업이라고 말한 적이 있었다. 모르기는 해도 수사계통과는 아무런 상관이 없는 직업일 것 같았다. 하지만 나는 조 선생에게 아버지의 전직이 재산분배업이라는 사실을 말해 주지는 않았다. 밖에는 어느새 진눈깨비가 그쳐 있었다.

"맹도견학교를 지으려면 얼마나 많은 돈이 있어야 해요."

내가 조 선생에게 물었다.

"우리가 모으는 돈으로 맹도견학교를 지을 계획은 아니란다. 일반인들이 맹도견학교 설립에 관심을 가질 수 있도록 홍보하는 일에 쓰일 돈을 모으고 있는 중이란다."

"맹도견을 살 수는 없나요."

"맹도견은 무상으로만 기증된단다. 한 마리를 훈련시키는 데 소요되는 경비만 하더라도 약 사천여만 원이 소요된다니까 사려고 든다면 아마 엄청난 금액일 거다."

조 선생의 대답이었다.

"회비는 많이 모았나요."

"겨우 맹도견의 목줄이나 회원들 전부에게 마련해 줄 수 있을 정도란다."

"목줄이 비싼가요."

"처음에는 목줄도 기증되겠지만 낡으면 주인이 구입해야겠지. 아마도 다른 개의 목줄보다는 비싸지 않을까."

그러나 텔레비전도 없는데 리모컨이 무슨 소용이 있으며, 자동차도 없는데 차고가 무슨 소용이 있단 말인가. 그래도 조 선생은 희망을 버리지 않겠다는 결의가 역력해 보였다.

"선진국일수록 맹도견 보급이 활발하게 이루어지고 있단다."

영국에서는 약 사만 명 정도의 맹인들이 맹도견을 소유하고 있으며, 미국에서는 약 십만 명 정도의 맹인들이 맹도견을 소유하고 있다는 것이었다. 그러나 우리나라에는 대략 십만 명 정도의 맹인들이 살고 있는데도, 맹도견을 소유하고 있는 맹인들은 몇 명 되지 않는 실정이라는 것이었다. 외국에서 특별한 경로를 통해 기증 받게 된 경우라는 것이었다. 나머지 맹인들은 목줄조차도 소유하고 있지 않다는 것이었다. 그런 상황에서 목줄이라도 살 수 있는 자금을 확보하고 있다는 사실이 얼마나 다행스러운 일이냐는 것이었다.

"그럼 우리나라는 선진국이 아닌가요."

"범죄수준은 이미 오래전에 선진국을 능가했지만, 문화수준은 아직 후진국을 면치 못하는 실정이라고 보아야겠지."

거실의 벽시계는 이제 새벽 두 시를 넘어서고 있었다. 조 선생 부인이 라면이라도 끓여야겠다면서 자리에서 일어서고 있었다. 그때였다. 갑자기 조 선생이 입술에 손가락을 갖다대면서 조용히 하라는 시늉을 해보이고 있었다.

"무슨 소리가 들리는 것 같지 않소."

긴장된 표정이었다. 그러나 내게는 아무 소리도 들리지 않았다. 부인도 별다른 소리를 듣지 못했다는 표정이었다. 고요했다. 오직 벽시계의 초침 소리만 명료하게 계속되고 있었다. 한참 동안 침묵이 이어지고 있었다.

"택시 소리 같은데."

조 선생이 말했다.

나는 온 신경을 집중시켜 귀를 기울여보았지만 아무런 소리도 포착되지 않았다. 부인이 거실의 창문을 열고 바깥을 내다보고 있었다. 잠시 후 내 귀에도 희미하게 택시의 엔진 소리가 들려오기 시작했다. 엔진 소리는 점차 가까이로 다가오고 있었다. 그제서야 실내는 기대와 흥분으로 술렁거리기 시작했다. 나는 황급히 바깥으로 달려나갔다. 부인도 조 선생을 부축하고 뒤따라 나오고 있었다.

"안녕히 다녀오셨어요."

내가 인사를 하며 대문을 열자, 아버지보다 술 냄새가 먼저 마당 안으로 울컥 한 발을 들이밀고 있었다. 아버지는 나갈 때보다 만취되어 있었으나 아무런 이상도 없는 모습이었다. 나는 비로소 안도감에 휩싸이고 있었다. 아버지는 마당 안으로 들어서며 한쪽 손을 높이 쳐들어 보이고 있었다.

"찾았습니다."

마치 아버지는 장애자 올림픽의 메인 스타디움으로 들어서는 마지막 성화봉송 주자처럼 위풍당당한 모습이었다. 높이 쳐들고 있는 한쪽 손에 무엇인가가 쥐어져 있었다. 돈뭉치였다. 아버지가 손을 흔들 때마다 돈뭉치는 성화처럼 펄럭거리고 있었다.

13

지옥은 없다

봄이 시작될 무렵이었다.

조 선생이 염려했던 대로 아버지는 어느 날 급작스럽게 쓰러지고 말았다.

처음에는 가까운 개인병원에 입원해 있었으나 정확한 진단을 내릴 수가 없다는 소견이었다. 그래서 응급치료만 받고 서울에 있는 종합병원으로 후송되었다.

종합병원은 입원실이 부족할 정도로 환자들이 들끓고 있었다. 아버지는 근처 여관에서 사흘을 기다린 끝에야 가까스로 입원실을 배정 받을 수 있었다. 각종 검사를 거쳐 정확한 진단을 내리는 데도 일주일이라는 시간이 경과되었다. 아버지가 입원해 있는 동안에 조 선생이 줄곧 보호자의 역할을 담당하고 있었다. 조 선생은 단골들의 호출도 묵살한 채 하루 종일 병상을 지키고 있는 경우도 적지 않았다.

"조기에 발견했더라면 외과적 절제수술로 완치가 가능했을 겁니다. 그러나 지금은 간경변증을 동반하여 기능이 절망적으로 심하게 저하되어 있으므로 수술은 불가능한 상태입니다."

아버지의 병명은 간암이었다.

아버지는 전신이 극도로 쇠약해져 있었다. 뼈만 앙상하게 남아서 마치 미이라를 연상시킬 정도였다. 항암제가 투여된 이후로 머리카락까지 모조리 빠져서 낯선 사람처럼 느껴질 정도였다. 음식도 제대로 먹을 수가 없는 상태였고, 잠도 제대로 잘 수가 없는 상태였다. 아버지는 하루 종일 혈관주사를 매달고 침대만 지키고 있었다. 때로는 교통사고를 당한 환자가 전신에 붕대를 싸바른 모습으로 입원을 하는 수도 있었고, 때로는 인사불성으로 누워 있던 환자가 싸늘한 시체가 되어 영안실로 옮겨지는 수도 있었다. 아버지의 병세는 별다른 변화를 보이지 않고 있었다. 나는 하루 종일 병상을 지키고 있었다. 아버지의 잠든 모습을 보고 있으면 자꾸만 눈물이 앞을 가렸다. 아버지는 입원한 지 두 달 만에 퇴원이 결정되었다. 가망이 없다는 결론에 도달했기 때문이었다. 앞으로 삼 개월을 넘기기가 힘들 거라는 진단이었다.

"고치지도 못했으면서 치료비는 엄청나게 뜯어내는군요."

퇴원수속을 끝내고 병원문을 나서며 조 선생이 말했다.

"치료비라고 생각하지 말고 숙박비라고 생각합시다."

아버지는 초연한 목소리였다.

"그렇다면 서비스는 최하급인데 숙박비는 최고급인 여인숙에서 두 달 동안이나 유숙하신 셈이로군요."

우리는 택시를 잡아타고 종합병원을 빠져나오고 있었다. 어느새 봄이 절정에 달해 있었다. 거리마다 햇빛이 눈부시게 쏟아지고 있었다. 행인들의 옷차림도 화사해져 있었다. 집으로 돌아오자 마당에는 라일락이 한창이었다. 향기가 너무 짙어서 현기증이 느껴질 정도였다.

"난치병은 있어도 불치병은 없다는 말이 있습니다."

다음날 조 선생은 지압을 가르쳐준 노인에게 비방이 있을지도 모른다는 생각으로 정선행을 서두르고 있었다. 그러나 기대만큼의 성과를 거두지는 못했다. 노인이 어디론가 종적을 감추어버린 채 행방이 묘연했기 때문이었다. 그래도 조 선생은 포기하지 않았다. 백방으로 수소문을 해서 간암에 효험이 있다는 약들을 구해 오는 일에 온갖 노고를 게을리 하지 않았다.

"가미소요산이라는 처방입니다. 간에 질병이 생겨 체력이 급격히 저하되고 피로감이 누적되어 전신이 나른할 때, 또는 맥박이 가늘고 빠르며 미열이 계속될 때, 또는 간이 굳거나 부어서 압통이 느껴지고 식욕이 떨어질 때 특히 효험이 있다고 합니다. 간기능 검사가 호전되지 않을 때나, 간경변으로 신경증이나 노이로제 증세가 있으며, 배에 물이 나타나지 않는 경우에 사용해도 효험이 아주 뛰어나다고 합니다."

조 선생은 날마다 부인을 시켜 한약을 달이게 했다. 간암에 좋다는 음식도 만들게 하고, 간암에 좋다는 차도 달이게 했다. 그리고 자기는 틈만 있으면 아버지를 지압하는 일에 열의와 정성을 아끼지 않았다.

"기. 운. 을. 내. 세. 요. 모. 두. 들. 저. 도. 죽. 으. 리. 라. 고. 생. 각. 했. 었. 지. 만. 지. 금. 이. 렇. 게. 살. 아. 있. 잖. 아. 요."

부인의 격려였다.

아버지는 병원에 있을 때보다 한결 마음이 평온해져 가고 있는 것 같았다. 수면 시간도 조금씩 늘어나고 있었고, 식사량도 조금씩 늘어나고 있었다. 이제 술은 망각의 강물 저 멀리로 완전히 떠내려가버린 모양이었다. 아버지는 가급적이면 내게 약한 모습을 보이지 않으려고 애를 쓰고 있는 기색이 역력해 보였다.

"생명을 가지고 태어난 이상 언젠가 한 번은 죽는 법이다. 나는 교통사고를 당했을 때 이미 죽었어야 할 목숨이었는지도 모른다. 그런데 하나님이 동명이를 만날 인연을 만들어주려고 살려주었다는 사실을 요즘은 날이 갈수록 확연하게 절감하면서 살아가고 있다. 처음부터 각본은 짜여져 있었지. 숙명이라고 이름 지어진 각본이었다. 지금까지 그 각본 바깥으로 한 걸음도 빠져나가본 적이 없었지. 앞으로도 그럴 수밖에 없다는 사실을 나는 잘 알고 있다. 나는 특출한 재능 한 가지를 가지고 있었지. 그렇지만 세상 사람들에게 내놓고 자랑할 수 있는 재능은 아니었다. 하지만 숙고해 보건대, 그 재능을 동명이에게 전수해 주는 일이 가장 핵심적인 요소로 각본에 명기되어 있는지도 모르겠다. 그러나 시간이 그만큼 충분할까. 물론 최선을 다해 보겠지만, 각본에는 내가 어디쯤에서 퇴장하도록 명기되어 있는 것일까. 각본을 쓰신 하나님 외에는 아무도 모르는 일이겠지. 그래도 나는 가급적이면 오래 살아남을 수 있도록 각본을 수정해 달라고 간곡히 기도해 볼 심산이다. 절대로 이 세상에 대한 미련이 남아 있기 때문은 아니다. 단지 동명이가 혼자 살아갈 수 있는 자신감을 얻을 때까지만이라도 곁에 있고 싶다는 소망이 간절하기 때문이다."

아버지는 날이 갈수록 초연해지고 있었다.

그러나 나는 결코 초연해질 수가 없었다. 사내 대장부는 함부로 눈물을 보이지 않는 법이라고 아버지는 몇 번이나 충언했지만, 아무리 이를 악물어도 눈물이 나오는 건 어쩔 수가 없었다. 나는 이제 아무도 몰래 담벼락에 금을 그어놓고 키를 재보는 습관을 버리게 되었다. 그 대신에 아무도 몰래 담벼락에 이마를 기대고 눈물을 흘리는 습관을 얻게 되었다. 아버지가 완치될 수만 있다면 한평생 난쟁이로 산다고 하더라도 하나님을 원망하지 않을 생각이었다.

"오늘부터는 이 차를 식후마다 한 잔씩 드십시오. 담죽엽을 달여서 만든 차입니다. 잎이 무성한 담죽엽의 끝부분만 잘라서 약재로 만들었습니다. 제가 지리산까지 내려가서 친분이 두터운 스님을 통해 얻어온 것인데, 특히 간암에 효과가 있다고 합니다."

조 선생은 아버지의 주치의나 다름이 없었다. 아무리 가까운 친척이라고 하더라도 조 선생만큼 헌신적으로 신경을 써주지는 못할 거라는 생각이 들었다. 하지만 나는 아버지에게 아무런 도움도 주지 못하고 있다는 생각이 들었다. 단지 존재 여부조차 불분명한 하나님께 아버지를 살려달라고 기도만 열심히 되풀이하는 일이 고작이었다.

"정말로 하나님이 있을까요."

나는 어느 날 조 선생에게 물어보았다.

"있겠지."

조 선생의 대답이었다.

"하나님이 있다는 걸 증명할 수 있나요."

"증명할 수 있지."

"어떻게요."

"네가 이 세상에 태어났다는 사실이 그 첫번째 증거이고, 내가 맹인으로 살아가고 있다는 사실이 그 두 번째 증거이며, 누구나 때가 되면 죽는다는 사실이 그 세 번째 증거란다."

조 선생의 말에 의하면, 이 세상에 존재하는 모든 것들이 하나님이 있음을 증명하고 있다는 것이었다. 아침이면 태양이 떠오르는 것도 하나님이 있다는 증거이며, 밤이면 별들이 반짝이는 것도 하나님이 있다는 증거라는 것이었다. 봄이면 복사꽃이 만발하는 것도 하나님이 있다는 증거이며, 겨울이면 함박눈이 내리는 것도 하나님이 있다는 증거라는 것이었다. 하늘이 매연으로 흐려지는 것도 하나님이 있다는 증거이며, 한강이 폐수로 오염되는 것도 하나님이 있다는 증거라는 것이었다. 원자폭탄이 발명되는 것도 하나님이 있다는 증거이며, 천둥번개가 치는 것도 하나님이 있다는 증거라는 것이었다.

"천국과 지옥이 있다는 사실도 믿으세요."

"천국이 있다는 사실은 믿지만 지옥이 있다는 사실은 믿지 않는다."

"왜 지옥이 있다는 사실은 믿지 않으세요."

"원수를 사랑하라는 하나님의 말씀을 믿기 때문이란다."

독생자를 보내어 일곱 번씩 일흔 번이라도 용서하라고 가르치는 자비의 하나님이, 지옥처럼 끔찍한 장소를 만들어놓았을 리가 만무하다는 것이었다.

"하나님의 말씀은 믿으시면서 왜 교회는 다니지 않으세요."

"나는 이 세상 전체를 교회로 생각하면서 살아가는 사람이기 때문이지."

그러나 나는 조 선생의 말들을 명확하게 이해할 수는 없었다. 단지 조 선생이 매우 박학다식하다는 사실만은 의심할 여지가 없었기 때문에 하나님이 존재한다는 그의 주장도 받아들이지 않을 수 없었다.

날마다 일력이 한 장씩 떨어져나가고 있었다. 일력이 한 장씩 떨어져나갈 때마다 병원에서 진단했던 삼 개월이 하루씩 줄어들고 있었다. 죽음의 그림자도 한 걸음씩 아버지 가까이로 다가서고 있었다.

14

태풍경보

지난 새벽 선잠결에 벽 속으로 떼지어 질주해 가는 바람 소리를 들었다. 새벽열차가 설레임의 세월 저편으로 멀어져가는 소리를 들었다. 유년의 꿈들이 매몰되는 소리를 들었다. 나는 새우처럼 몸을 웅크리고 있었다. 바람 소리가 점차로 높아져가고 있었다. 이따금 창문이 밭은기침 소리를 뱉어내고 있었다. 텅 빈 내 늑골 속으로 절망의 새떼들이 푸득푸득 날아가고 있었다. 나는 하늘을 향해 끊임없이 구조신호를 보내고 있었다.

15

번개손

"아버지의 전직은 소매치기였다."

어느 날 나는 아버지로부터 충격적인 고백을 듣게 되었다.

여름이 시작되고 있었다. 아버지의 건강은 병원에 있을 때보다는 다소 나아져 있는 상태였다. 아버지의 강인한 의지력과 조 선생의 정성 어린 간병 때문인 것 같았다.

아버지는 날짜를 헤아릴 수 있는 도구들을 모조리 방 안에서 제거해 버린 지 오래였다. 텔레비전도 벽장 속에 감금시켜 버렸고, 라디오도 벽장 속에 감금시켜 버렸다. 일력도 벽장 속에 감금시켜 버렸고, 시계도 벽장 속에 감금시켜 버렸다. 신문도 구독하지 않았다.

아버지는 방 안에서만 생활했다. 방 안에서는 도무지 시간의 흐름을 종잡을 수가 없었다. 바깥에 나가야만 태양의 위치나 초목의 푸르름 따위로 시간을 짐작할 수가 있었다.

"어릴 때는 배고픔이 가장 두려운 적이었다."

고백에 의하면, 아버지는 어느 날 배고픔을 견디다 못해 소매치기로 나서야겠다는 결심을 하게 되었다. 다분히 즉흥적인 발상이었다. 그러나 첫번째 시도부터 실패였다.

"아버지는 서울역 대합실에서 어느 노신사의 호주머니를 노리고 있었다."

노신사는 대합실 의자에서 열차를 기다리다가 잠시 졸음에 빠져 있었다. 양복 안주머니 속에 넣어둔 지갑 끄트머리가 아까부터 아버지의 시선을 잡아끌고 있었다. 자꾸만 가슴이 뛰고 있었다. 아버지는 노신사 곁에 바짝 붙어서 아주 조심스럽게 손을 안주머니로 접근시키고 있었다. 아무에게도 배운 적이 없는 솜씨였다. 긴장 때문에 숨이 멎어버릴 것만 같았다. 마침내 지갑 끄트머리가 손에 닿는 감촉이 느껴져 왔다. 아버지는 지갑 끄트머리를 집게손가락으로 가만히 잡아당겨보았다. 그때였다.

"이런 기술로는 송장 호주머니 속에 들어 있는 지갑조차도 꺼내가지 못하겠구나."

어느새 노신사는 아버지의 손목을 다부지게 움켜잡고 있었다. 뿌리쳐 보았으나 꼼짝달싹도 하지 않았다.

"그 노신사가 바로 천도척이라는 사람이었지."

본명은 천영두(千榮斗)였으나 세인들에게는 천도척이라는 별명으로 더 잘 알려져 있었다. 장안의 소매치기들에게는 우상으로 추앙 받는 인물이었다. 그러나 활약상을 알고 있는 사람은 많아도 얼굴을 알고 있는 사람은 드물었다. 아버지는 그날 있었던 일을 계기로 천도척의 수하가 되어 전문적인 소매치기 교육을 받게 되었다.

"도척은 장자라는 책에 등장하는 도적의 이름이지."

그 유명한 공자님이 도척을 설득하러 갔다가 호되게 욕만 얻어먹고 혼비백산해서 허겁지겁 도망치고 말았다는 아버지의 설명이었다.

아버지의 설명에 의하면, 도척은 공자님을 털끝만큼도 존경하지 않았다는 것이었다. 적당히 말을 만들어 문왕이나 무왕을 함부로 칭찬하고, 머리에는 요란하게 장식된 관을 쓰고 있으며, 허리에는 쇠가죽으로 만든 띠를 두르고 수다스럽게 지껄여대는 인물. 농사를 짓지 않고도 음식을 먹거나, 옷감을 짜지 않고도 의복을 입으며, 입술과 혀를 움직여 제멋대로 시비를 만들고, 천하의 군주를 미혹케 하거나 천하의 학자를 본성으로 되돌아가지 못하게 하며, 부귀한 신분이나 탐하는 인물이라는 것이었다. 네 죄는 크고 네 벌은 무거우니 당장 꺼져버리도록 하라. 그러지 않으면 점심때 네 간으로 반찬을 만들어 먹고야 말겠다. 도척은 공자님에게 그렇게 호통까지 쳤다는 것이었다. 공자님은 빠른 걸음으로 도망쳐서 수레에 오르기는 했으나 세 번이나 고삐를 놓쳤고, 눈에는 아무것도 보이지 않았으며, 안색은 잿빛으로 질려 있었다는 것이었다.

도척은 도둑에게도 도(道)가 있다고 주장했는데, 방 안에 무엇이 있는지 잘 알아맞히는 게 성(聖)이고, 들어갈 때 선두에 서는 것이 용(勇)이며, 나올 때 맨 뒤에 있는 것이 의(義)이며, 되는지 안 되는지를 아는 것이 지(知)이고, 분배를 공평하게 하는 것이 인(仁)이며, 뒤주 속에 한 끼를 남겨두는 것이 예(禮)라는 것이었다.

그러나 아버지의 진단에 따르면 오늘날의 도둑들은 지가 무엇인지도 모르고 있었으며, 용이 무엇인지도 모르고 있었다. 의가 무엇인지도 모르고 있었으며, 인이 무엇인지도 모르고 있었다. 오직 알고 있는 것은 재물뿐이었다.

"공자님을 호령했던 도척이 오늘날 앞 못 보는 장님의 호주머니나 면도날로 찢고 다니는 소매치기를 보면 도대체 어떤 표정을 지을까."

분명히 벌레 취급도 받지 못하리라는 것이 아버지의 판단이었다. 아버지의 스승격인 천도척이 활동하던 시대만 하더라도, 그런 소매치기는 서울 장안에 발을 붙일 수가 없었다는 것이었다. 소매치기에게는 갖추어야 할 세 가지의 덕목과 지켜야 할 네 가지의 덕목이 있는데, 이를 일컬어 삼감사수(三感四守)라고 한다는 것이었다. 삼감은 예감(豫感)·육감(肉感)·쾌감(快感) 세 가지였고, 사수는 분배엄수(分配嚴守)·정의준수(正義遵守)·의리

사수(義理死守)·비밀고수(秘密固守) 네 가지였다.

"소매치기는 예감으로써 그날의 재수를 알며, 육감으로써 고객의 빈부를 알며, 쾌감으로써 재물의 가치를 알아야 한다. 뿐만 아니라 절대로 금품을 혼자 독식하지 않는 분배엄수와 절대로 가난한 자의 호주머니를 털지 않는 정의준수와 절대로 동지를 고발하지 않는 의리사수와 자신이 소매치기임을 자신조차도 모르게 하는 비밀고수의 원칙을 지켜야 한다."

그러나 아버지의 시대에도 삼감이 발달하지 못한 초보자들 때문에 가끔 오바이트를 하는 경우가 있었다는 것이었다.

"소매치기해 온 돈을 되돌려주는 일을 오바이트라고 하지."

아무리 비정한 소매치기라고 하더라도 일가족의 생계가 막연해지는 결과만은 초래하지 않는다는 불문율을 가지고 있던 모양이었다. 시골 농부가 소를 팔아서 마련한 아들의 등록금. 가난한 아낙네가 곗돈을 부어서 장만한 남편의 사업자금. 어린 여공이 푼푼이 모아서 마련한 노모의 병원비 따위는 사연을 알기만 하면 되돌려주는 것을 원칙으로 삼았다는 것이었다.

"아버지의 별명은 번개손이었다."

아버지는 천도척의 수하에서 철두철미하게 소매치기 교육을 이수했고, 가장 장래가 촉망되는 소매치기로 군림하게 되었다. 천도척이 노환으로 세상을 하직할 무렵쯤에는 기술이 최고조에 달해 있었다. 번개손은 아직도 소매치기들 사이에서 신화적인 존재로 기억되고 있었다.

"아버지는 아무런 도구도 사용하지 않는다."

아버지는 오로지 맨손으로만 승부를 겨루는 정통파 소매치기였다. 절대로 면도날 따위로 양복이나 핸드백에 손상을 가하는 야만적 행동은 저지르지 않았다.

"핸드백을 만드는 기술도, 양복을 만드는 기술도 하루아침에 얻어지는 것이 아니다. 뼈저린 고통과 쓰라린 눈물을 몇 년 동안이나 감래한 다음에라야 얻어지는 것이다. 그들이 핸드백을 재단하거나 양복을 바느질할 때 쏟아 부은 정성을 생각하면, 절대로 면도날 따위로 그것을 난도질할 엄두가 나지 않을 것이다. 그것을 난도질하는 행위는 그들의 가슴을 난도질하는 행위나 다름이 없기 때문이다."

아버지는 맨손으로만 승부를 겨루는 소매치기를 공수요원(空手要員)이라고 지칭했고, 면도날 따위를 사용하는 소매치기를 무장공비(武裝共匪)라고 지칭했다. 그러나 금세기에 이르러서는 무장공비만 기승을 부리고 있다는 것이었다. 공수요원은 멸종위기에 놓여 있다는 것이었다. 아버지가 마지막 생존자라는 것이었다.

"아버지는 언제나 단독으로만 행동했었지."

일반 소매치기들은 대개 구역과 조직을 가지고 있었지만 아버지는 예외였다. 어떤 구역에서도 제약을 받지 않았으며, 어떤 조직에게도 간섭을 받지 않았다. 확고부동한 명성 때문이었다.

"현장에서 범행을 발각당한 적은 한번도 없었다."

아버지는 그만큼 신묘한 기술을 가지고 있었다. 어느 장물아비가 익명으로 경찰에 정보를 제공하기 전까지는 용의선상에도 오른 적이 없었다.

"몇 번 귀중품을 거래한 적이 있는 장물아비였지."

그러나 아버지는 경찰에서 끝까지 범행을 부인했다. 경찰은 물증을 확보하기 위해 백방으로 노력을 기울였으나 결국 실패하고야 말았다.

"증거 불충분으로 풀려나 집에 돌아와보니 마누라가 없었다."

경찰에 정보를 제공했던 장물아비와 어디론가 종적을 감추어버렸다는 소문이었다. 그때부터 아버지는 술에 절어 살게 되었고 어느 날 새벽 만취된 채로 건널목을 건너다 교통사고를 당하고 말았다. 하루아침에 다리와 직업을 몽땅 잃어버린 셈이었다. 차츰 아버지는 소외되어 가고 있었다. 차츰 세상도 변해 가고 있었다.

"이제 유전무죄 무전유죄라는 말이 관습처럼 당연한 사실로 받아들여지고 있다."

아버지는 일부 몰지각한 소매치기들이 상대의 빈부 여하를 가리지 않고, 무분별하게 면도날을 휘두르면서 천방지축으로 만행을 저지르는 풍토에 대해서 지독한 혐오감을 표명해 보였다.

"정통파 소매치기는 상류층의 호주머니가 아니면 절대로 눈길을 주지 않는다. 상류층의 재물은 수문이 고장나버린 저수지의 물과 같아서 좀처럼 하류층으로 방류되지 않는 특성을 가지고 있다. 논바닥이 마르고 벼들이 타죽어 아우성을 쳐도 수문은 열리지 않는다. 그러나 상류층에 고인 채로 순환되지 않는 물은 하류층의 생명계에만 치명적인 영향을 미치지는 않는다. 시간이 지날수록 악취를 풍기는 폐수로 변하고, 종국에는 거기에서도 아무런 생명체가 살아남을 수 없는 결과를 초래하고야 만다. 정통파 소매치기는 상류층에 고여 있는 저수지의 물을 얼마간이라도 하류층으로 흘러보내는 존재들이다. 그렇기 때문에 재산분배업자라고 자처할 수가 있는 것이다."

아버지의 시각대로라면 세상은 종말을 향해 숨가쁘게 내달아가고 있었다. 진정한 사랑도 소멸되어 있었고, 진정한 용기도 소멸되어 있었다. 진정한 우정도 소멸되어 있었고, 진정한 의리도 소멸되어 있었다. 돌아서면 모두가 적이었다. 정치가는 정치가를 잡아먹고, 사업가는 사업가를 잡아먹었다. 지식인은 지식인을 잡아먹고, 종교인은 종교인을 잡아먹었다. 배반이 현명한 처사로 인식되고, 신의가 우매한 소치로 평가되는 시대가 도래해 있었다.

도처에서 국적불명의 문화 쓰레기들이 홍수처럼 범람하고 있었다. 그 속으로 역사가 매몰되고 있었고 전통이 매몰되고 있었다. 낭만이 매몰되고 있었고, 추억이 매몰되고 있었다.

"삼감사수만 사라져버린 것이 아니라 삼강오륜까지 사라져버렸다."

군신이 서로 총부리를 겨누고, 부자가 서로 주먹질을 해대며, 부부가 서로 칼부림을 해대는 세상이었다. 재물을 탐하여 친구를 모함하고, 권력을 탐하여 스승을 비방하는 사례도 빈번했다.

"악덕은 재물에 가려서 보이지 않고 미덕은 빈곤에 가려서 보이지 않는다는 말이 있다."

아버지의 지론대로라면 이제 세상은 거꾸로 돌아가고 있었다. 사기협잡을 일삼는 모리배들은 호화주택을 차지하고 고급 승용차를 굴리면서 살아가고, 청렴결백을 고수하는 선량들은 전세방 신세를 면치 못한 채 콩나물 버스에 시달리면서 살아가는 세상이었다. 가짜가 우대 받고, 진짜가 천대 받는 시대였다. 인간의 가치는 점차로 낮아져 가는 데 돈의 가치만 점차로 높아져 가고 있었다. 모두가 정도(正道)를 상실하고 있었다. 모두가 혼란에 빠져 있었다.

16

정통 소매치기 교본

"이번에는 얼마일까."

"오십만 원쯤이요."

"틀렸다."

"그럼 얼마예요."

"빈털터리다."

아버지가 휠체어를 타고 내 앞을 통과하면 수중에 얼마의
금액이 들어 있는가를 알아내는 훈련이었다. 처음에는 적중률
이 형편없었다. 열 번 중에 겨우 한두 번밖에 알아내지 못할
정도였다. 그것도 순전히 우연에 의해서였다. 그러나 아버지는
놀라운 적중률을 가지고 있었다. 역할을 바꾸어 시험해 보면
한 번도 틀리는 경우가 없었다.

"집중력을 길러야 한다."

어느 날 아버지는 벽에다 만 원짜리 지폐 한 장을 붙여놓고 그 위를 검은색 종이로 발라버렸다.

"만 원짜리 지폐가 선명하게 투시될 때까지, 정신을 집중해서 검은색 종이를 응시하는 습관을 기르도록 하여라."

아버지의 지시였다.

나는 하루에도 몇 시간씩 정좌한 자세로 검은색 종이를 응시하는 일에 몰두해 있었다. 때로는 바로 곁에서 아버지가 내 이름을 불러도 전혀 의식하지 못할 지경이었다.

나는 날이 갈수록 잡념이 줄어들면서 의식이 증류수처럼 투명해지고 있었다. 몇 달이 지나자 검은색 종이 위에 만 원짜리 지폐가 희미하게 형체를 드러내는 현상도 체험하게 되었다. 이따금 아버지가 몰래 만 원짜리 지폐를 제거해 버려도 나는 대번에 알아낼 수가 있었다.

"지금 내 수중에는 얼마쯤의 현찰이 들어 있을까."

"백만 원쯤이요."

"어디에 들어 있을까."

"왼쪽 안주머니요."

"역시 천재는 다르구나."

나는 날이 갈수록 적중률이 높아져 가고 있었다. 아버지는 놀라움을 금할 수가 없다는 표정이었다.

"우수한 공수요원이 되려면 필수적으로 네 가지의 기초과정을 이수해야만 한다."

그 첫째가 심법(心法)인데 마음으로써 공격대상을 선별하는 방법이며, 그 둘째가 안법(眼法)인데 눈으로써 적정장소를 선택하는 방법이며, 그 셋째가 수법(手法)인데 손으로써 목적물을 탈취하는 방법이며, 그 넷째가 보법(步法)인데 발로써 자기 안전을 도모하는 방법이었다.

"심법을 터득하지 않은 무장공비는 선인이건 악인이건 수중에 금품만 소지하고 있으면 무조건 공격대상으로 간주하지만, 심법을 터득한 공수요원은 수중에 아무리 많은 금품을 소지하고 있다고 하더라도 결코 선인을 공격대상으로 간주하지는 않는다."

아버지는 심법을 터득하려면 우선 욕심부터 버려야 한다는 것이었다. 선인을 알아보려면 자신의 마음을 선인으로 가꾸는 방법밖에 없기 때문이라는 것이었다.

아버지의 가르침에 의하면, 아직도 세상에는 불쌍한 사람들이 부지기수로 널려 있었다. 동생들을 부양하기 위해 학업을 포기하고 직업전선에 뛰어든 고등학생도 있었고, 반신불수인 홀어머니를 모시고 꼭두새벽에 신문을 배달하며 생계를 이어가는 초등학생도 있었다. 자식이 질병으로 죽어가고 있어도 집안이 가난해서 병원 문턱에도 가보지 못한 어머니도 있었고, 무허가 판잣집이 헐리는 바람에 처자식을 친척집에 맡겨놓고 날품팔이를 하러 다니는 아버지도 있었다. 자식들에게 버림을 받아 굴신도 못하는 육신으로 문전걸식을 하며 목숨을 부지해 가는 할아버지도 있었고, 행상 보퉁이를 머리에 이고 신경통으로 욱씬거리는 다리를 절름거리며 주택가를 순례하는 할머니도 있었다.

"공수요원은 절대로 그런 사람들을 공격대상으로 삼아서는 안 된다."

그런 사람들은 공격대상이 아니라 보호대상이라는 것이었나. 자신의 사리사욕을 채우기 위해서 금품을 필요로 하는 무장공비가 그런 사람들을 공격대상으로 삼는다는 것이었다.

"탐관오리들은 대부분 사리사욕을 채우는 일에만 혈안이 되어 있고, 불쌍한 사람들을 구제하는 일에는 관심조차 기울이지 않는 특성을 미덕인 양 간직하고 있지."

그런 사람들이야말로 공수요원의 적합한 공격대상이라는 것이었다.

아버지의 소견에 의하면, 그들은 사치를 인격도야에 필요한 선택과목으로 채택하고, 허영을 정신수양에 필요한 필수과목으로 채택해서 인생을 살아가는 사람들이었다. 수십억 원짜리 주택과 수천만 원짜리 승용차와 수백만 원짜리 의상과 수십만 원짜리 식사를 향유하면서도 탐욕을 멈추지 않는 습성들을 가지고 있었다. 동해물과 백두산이 마르고 닳도록 재물을 긁어모으는 일에만 전심전력을 기울이고 있었다.

"그런 사람들의 마나님은 대개 핸드백 속에서 백만 원쯤의 돈뭉치가 감쪽같이 사라져버려도 눈썹 하나 까딱하지 않는다."

심법을 터득하게 되면 저절로 그런 마나님들이 식별된다는 것이었다. 그러나 심법을 터득했다고 아직 절대안전을 보장할 수는 없다는 것이었다. 안법과 수법과 보법을 겸비해야 한다는 것이었다.

"공격대상이 완전히 경계심을 풀고 어떤 대상에 몰두해 있는 장소를 작전지점으로 선택해야 한다."

감시카메라나 대형거울이나 주변인물들에게 자신의 모습이 포착되지 않는 위치, 발각당했을 경우 붙잡히지 않고 신속하게 도주할 수 있는 공간적 조건. 임무수행에 도움이 되거나 방해가 되는 지형지물의 선별. 모두가 안법에 의해서 결정되는 요소들이었다.

"무장공비들조차도 공격대상이 목표물과 같은 방향으로 시선을 돌리고 있을 때는 작전을 감행하지 않는다. 실패할 확률이 높기 때문이지. 무장공비들은 바람잡이를 이용해서 공격대상의 신경을 목적물의 반대편으로 쏠리도록 유도하는 수법을 상용하지. 가령 어떤 여자가 오른쪽 손에 핸드백을 들고 있다고 가정하자. 그 속에 들어 있는 금품을 탈취하려면 바람잡이는 우선 그 여자의 왼쪽 어깨에 강한 충격을 가하는 따위의 수법을 상용한다. 또 어떤 남자의 왼쪽 상의 주머니에 들어 있는 금품을 노리고 있다면, 바람잡이는 그 남자의 오른쪽 발등에 강한 충격을 가하는 따위의 수법을 상용한다. 당연히 공격대상은 충격을 받은 부분에 온 신경을 집중시키지 않을 수 없겠지. 그 순간에 기술자는 전광석화처럼 목적물을 탈취해 버린다."

그러나 단독으로 행동하는 공수요원은 그런 수법을 쓸 수가 없었다. 공격대상이 목적물의 반대편에 신경을 집중시키는 순간이 와줄 때까지 인내심을 가지고 끈질기게 기다리는 수밖에 없었다.

"안전제일이라는 말이 있다. 지극히 흔해 빠진 말이지만 지극히 교훈적인 말이기도 하지. 공수요원에게 필요한 네 가지 기초과정 중에서 심법은 작전개시 이전에 쓰여지는 항목이고, 나머지는 모두 작전개시 이후에 쓰여지는 항목들이다. 그리고 작전개시 이후에 쓰여지는 항목들은 한결같이 안전에 그 주안점을 두고 있다는 사실을 명심해야 한다. 그중에서도 수법은 가장 실질적인 항목이지."

어느 날 조 선생의 장모님이 병환중이라는 연락을 받고 부부가 건넌방을 비운 사이, 아버지의 주문에 의해 몇 가지의 물품들이 집으로 배달되었다. 여러 종류의 핸드백과 여러 명의 마네킹과 여러 개의 방울들이었다. 핸드백들은 각기 다른 유형의 잠금장치를 가지고 있었다. 지퍼형도 있었고, 호크형도 있었다. 접착형도 있었고, 밴드형도 있었다. 고리형도 있었고, 물림형도 있었다. 주머니형도 있었고, 비틀림형도 있었다.

"절대로 소리가 나지 않도록 유념해야 한다."

아버지는 방 한쪽에다 마네킹들을 적당히 배치해 놓았다. 마네킹들은 저마다 방울들이 주렁주렁 매달려 있는 의복과 핸드백을 착용하고 있었다.

"자신의 몸 전체를 안개처럼 만들어서 스며드는 느낌으로 목적물을 탈취하는 감각을 익히도록 해야 한다."

아버지가 마네킹에 접근해서 핸드백을 열고 목적물을 탈취한 다음 다시 핸드백을 잠글 때까지, 방울들은 전혀 소리를 내지 않았다.

"핸드백을 다시 잠그는 일을 소홀히 하면, 예민한 사람일 경우에는 의외로 사태를 빨리 눈치채게 되어 도망칠 시간이 충분치 않은 결과를 초래하기도 하지. 매사에 완벽을 기하는 습관을 가지도록 해야 한다."

그러나 아직 나는 핸드백을 닫는 단계에까지 생각할 겨를이 없었다. 미처 손을 대기도 전에 방울들이 요란한 소리로 비명을 질러대기 때문이었다. 방울들은 결코 무생물이라는 생각이 들지 않았다. 그 어떤 생명체보다도 민감한 감각능력을 가지고 있었기 때문이었다. 조금만 접촉을 해도 즉각적으로 신경질적인 반응을 나타내는 특성을 가지고 있었다.

"요즘은 자주 안방에서 방울 소리가 들리던데 무슨 일입니까."

어느 날 조 선생이 물었다.

"동명이에게 여러 종류의 동물인형들을 사주었는데, 모두 모가지에 방울들이 매달려 있어서 그것들을 가지고 놀 때마다 딸랑거리는 소리가 났던 거요."

아버지의 태연한 대답이었다.

조 선생은 전혀 의심을 하지 않는 표정이었다.

"나를 보호하기 위한 거짓말은 하더라도 남을 해치기 위한
거짓말은 하지 말아야 한다."

조 선생이 자리를 뜨고 난 다음에 아버지가 내게 들려준 말
이었다.

비밀고수의 원칙을 지키기 위해서 필연적으로 거짓말을 할
수밖에 없지만, 그로 인해 상대편이 물질적으로 피해를 당하
거나 정신적으로 상처를 입지 않도록 세심한 주의를 기울여야
한다는 당부였다.

"기술과 요령을 터득하고 응용하는 속도가 나보다 몇 배나
빠르구나."

아버지는 수시로 나를 칭찬해 주었다. 나는 절로 기분이 좋
아져서 아버지의 비술들을 전수 받기 위해 거의 식음을 전폐
할 정도로 열성을 나타내 보였다. 시간이 흐르면서 차츰 방울
소리가 줄어들고 있었다. 내가 생각하기에도 신기한 일이었다.

"이번에는 한 개의 방울 소리도 울리지 않았다."

어느 날 마침내 나는 한 개의 방울 소리도 울리지 않고 핸
드백을 닫는 과정까지 통과할 수가 있었다. 그러나 아버지는
아직 완벽한 솜씨라고는 생각할 수 없다는 것이었다.

"방울 소리가 들리지 않았기 때문에 무조건 성공을 거두었

다고 생각하면 오산이다. 현장에서 사람들이 실지로 마네킹들과 똑같은 거리와 각도를 유지하고 있었다면 너는 틀림없이 세번째 여자에게 발각당하고 말았을 것이다. 앞으로 안전각도를 찾아내는 감각에 더욱 주력해야겠다."

아버지는 하루에도 몇 번씩 마네킹들의 위치를 바꾸어놓고 가장 안전한 공격대상을 선별하는 방법을 터득하도록 만들어주었다.

"만약 들켰을 경우에는 목적물을 본래의 장소에 도로 집어넣는 방법도 알아야 한다. 목적물을 본래의 장소에 도로 집어넣을 만한 시간적 여유가 없을 때는 다른 사람의 수중으로 이전시키는 방법을 쓰기도 한다."

나는 많은 묘법들을 터득하게 되었고 많은 결함들을 보완하게 되었다. 그리고 마침내 아버지가 나를 실전에 임해도 손색이 없는 공수요원으로 인정하는 날이 오게 되었다. 몇 달만 실전경험을 익혀도 천도척을 능가할 수 있을 정도의 실력을 갖추게 되었다는 것이었다.

"보법은 공격대상을 선별해서 미행하는 순간부터 임무를 수행하고 귀가하는 순간까지 안전에 절대적으로 필요한 요소라는 사실을 잊지 말아야 한다."

나는 하루에 오백 번 이상 줄넘기를 해야 했다.

때로는 달팽이처럼 여유롭게 때로는 물고기처럼 민첩하게 때로는 두더지처럼 은밀하게 때로는 너구리처럼 교활하게 전후좌우 종횡무진으로 자신을 이동시키는 방법도 숙달시켜야 한다는 것이었다.

나는 전적으로 아버지의 명령에 순종했다. 아버지를 기쁘게 해드릴 수만 있다면 무슨 일이든지 불사하겠다는 각오였다. 바깥에 나가 보면 구름산의 나무들이 하루가 다르게 초록빛을 잃어가고 있었다. 하늘도 차츰 높아지고 있었다. 바람도 차츰 서늘해지고 있었다. 어느새 가을이 당도해 있었다.

17

안전수칙

아버지는 계절의 변화 따위에는 일절 관심이 없었다. 오직 나를 공수요원으로 육성시키는 일에만 전심전력을 기울이고 있었다. 가을이 당도해도 두문불출이었고, 겨울이 당도해도 두문불출이었다. 아버지는 병원에서 예고했던 기간보다 무려 일 년이나 더 죽음을 연장시키고 있었다. 다시금 화창한 봄이 도래해 있었다.

"오늘은 조 선생의 수중에 있는 돈을 한번 소매치기 해보아라."

어느 날 아버지가 내 기술의 척도를 가늠하기 위해 하달한 특명이었다. 조 선생은 외출중이었다. 아버지는 조 선생이 정상인보다 신경이 예민한 장애자일 뿐만 아니라, 한 번 소매치기를 당한 경험이 있기 때문에 경계심이 강화되어 수월치 않으리라는 추측이었다.

"이제야 나타나시는구나."

초인종 소리가 들린 것은 자정이 조금 지나서였다.

"긴장을 풀어야지."

자리에서 일어서자, 아버지가 공연한 우려를 표명해 보였다. 그러나 나는 조금도 긴장하지 않고 있었다. 아무리 조 선생이 예민할지라도 방울만큼은 예민하지 않으리라는 생각 때문이었다.

"안녕히 다녀오셨어요."

나는 습관적인 인사를 건네며, 조 선생이 대문 안으로 들어서기를 기다리고 있었다. 달빛 속에서 짙은 라일락 향기가 맡아져 오고 있었다.

"별일은 없었겠지."

조 선생은 아무런 경계심도 없이 대문 안으로 들어서고 있었다. 나는 태연히 조 선생의 한쪽 팔을 부축하고 마당을 가로지르고 있었다.

"아버지는 오늘 좀 어떠시더냐."

"저녁때 죽을 한 공기쯤 드셨어요."

"다행이로구나."

나는 마당을 가로지르며 작전을 수행할 수 있는 시간이 너무 짧다는 생각을 하고 있었다. 기회를 기다릴 수가 없는 상황이었다. 나는 온 신경을 집중시켜 조 선생의 전신을 탐색하고 있었다. 조 선생의 양복 안주머니로부터 약한 전율감이 느껴지고 있었다. 전율감의 강도로 보아 대략 십오만 원 정도의 현찰이 들어 있으리라는 추정을 하고 있었다. 나는 기회를 기다려서는 안 된다는 결론에 도달하게 되었다. 기회를 기다려서는 안 된다면 기회를 직접 만드는 방법밖에 없다는 생각이 들었다.

"바지에 껌이 붙어 있는 건가요."

마당을 가로질러 현관 가까이에 도달했을 때였다. 나는 호들갑을 떨며 조 선생의 오른쪽 바지 하단을 손으로 문지르기 시작했다.

"뭐가 묻어 있냐."

조 선생이 허리를 숙여 손으로 바지 하단을 만져보고 있었다.

"종이조각이었어요."

내가 천연덕스럽게 말했다.

조 선생은 이내 안심하는 표정으로 상체를 일으키고 있었다. 목격자는 아무도 없었다. 현관문을 열자 조 선생 부인이 잠에서 덜 깬 표정으로 건넌방에서 모습을 드러내고 있었다.

"힘. 드. 셨. 지. 요."

"김 선생님 병환이 어떠신가 궁금하니, 당신은 먼저 들어가 주무시도록 하시오."

조 선생은 부인을 건넌방으로 들여보내고, 안방 쪽으로 걸음을 옮겨놓고 있었다.

"차도가 좀 있으십니까."

"덕분에 현상유지는 되고 있소이다."

여기까지는 날마다 반복되는 장면이었다.

"약은 거르지 않으셨지요."

"물론이오."

"지압을 좀 해드릴까요."

"괜찮소이다."

아버지는 조 선생과 대화를 나누면서도 내게로만 관심을 집중시키고 있었다. 자꾸만 눈짓을 보내면서 결과가 어떻게 되었는지를 물어보고 있었다. 나는 한쪽 손으로 습득물을 쳐들어 보이면서 다른 손으로 동그라미를 만들어 보였다. 아버지는 그제서야 입가에 회심의 미소를 떠올려 보였다.

"그럼 이만 건너가보겠습니다."

조 선생이 자리에서 일어서고 있었다. 아버지는 황급히 내게 손짓을 해보였다. 습득물을 되돌려주라는 신호였다. 나는 다시 한쪽 손으로 동그라미를 만들어 염려 말라는 신호를 보내주었다. 그러나 이번에도 시간은 너무 촉박했다. 나는 아버지가 보고 있다는 사실이 다소 부담스럽기는 했지만, 당장 작전을 개시하는 도리밖에 없다는 판단을 내리게 되었다. 조 선생을 부축해서 방문 쪽으로 돌아서는 척하면서 의도적으로 조 선생의 발목에 걸려 쓰러지듯 비틀거렸다. 예상대로 조 선생이 다급하게 허리를 굽히며 두 팔로 내 몸을 감싸안았다. 성공이었다. 그 순간에 모든 작전은 신속하게 종료되었다.

"꺼낼 때는 어떤 방법을 썼는지 말해 보아라."

조 선생이 자리를 뜨고 나자 아버지가 내게 물었다. 나는 바깥에서 있었던 일을 소상하게 들려주었다.

"그만하면 나보다 한 수 위로구나."

아버지는 매우 만족스러운 표정이었다.

"최상의 기술만이 최대의 안전을 보장할 수 있다."

내게 기술을 전수할 때의 아버지는 언제나 엄격했다. 귀신도 눈치채지 못할 기술이라고 감탄을 연발하면서도, 조금만 긴장이 흐트러지는 기색이 보이면 절대로 용납하지 않았다. 때로는 매질도 불사했다. 나는 하루의 모든 시간을 수련에만 전념했다. 심지어는 꿈속에서까지 마네킹 사이를 누비며 핸드백을 뒤적거릴 정도였다. 그러나 조 선생의 수중에 들어 있는 돈을 탈취하는 일에 성공한 그날부터 아버지는 마네킹과 핸드백들을 모조리 폐기해 버렸다. 증거인멸이 생활화되어 있음을 직접 보여주는 행동이었다.

"가급적이면 백화점을 거점으로 활동하도록 해라."

아버지가 선택해 준 나의 주무대는 백화점이었다. 백화점은 상류층이 가장 많이 들끓는 황금어장이라는 것이었다. 그러나 감시카메라나 공안원이나 구역 무장공비에게 노출되지 않도록 각별히 유의해야 한다는 사실을 아버지는 몇 번이나 내게 주지시켜 주었다.

"분배는 삼칠제를 원칙으로 한다."

불쌍한 사람에게 칠을 나누어주고, 내가 삼을 가지라는 지시였다. 나는 아버지가 그동안 어째서 더 많은 사람들을 공수요원으로 양성하지 않았는지 불만스러울 지경이었다. 공수요원이 많으면 많을수록 불쌍한 사람은 그만큼 줄어들 거라는 생각 때문이었다. 나는 기회가 주어진다면 전국민의 공수요원화에 전심전력을 기울일 작정이었다.

그러나 아버지는 반대였다. 가급적이면 성년이 되기 이전에 다른 직업을 물색해서 은퇴하도록 계획을 세우고, 만약 피치 못할 인연으로 누구에게 기술을 전수해야 할 때가 오더라도 세 명을 초과하지 않도록 유념해야 한다는 것이었다. 아무리 공수요원이 무장공비와는 다르게 행동한다고 하더라도 일반적으로는 남의 재산을 도둑질하는 죄인임을 부인할 수가 없으며, 항시 감옥으로 직행할 위험성이 도사리고 있기 때문이라는 것이었다. 그리고 기술을 전수해야 할 때 세 명을 초과하지 않도록 하는 것은, 공수요원의 전통적인 불문율이라는 것이었다.

"검거되는 순간에 자동적으로 공수요원의 자격은 상실된다."

단 한번이라도 실형을 받게 되면 자진해서 은퇴를 하라는 명령이었다. 아버지는 하루에도 수십 번씩 안전이라는 단어를 주입시키는 일에 골몰해 있었다. 내 두개골을 절단하면 뇌세포보다 안전이라는 단어가 더 많은 수량을 차지하고 있을 것 같았다.

"문제없어요."

나는 자신이 있었다. 몇 달 전 아버지의 호주머니 속에 들어 있는 지폐와 마네킹이 들고 있는 핸드백 속의 지폐를 몇 번이나 바꾸어서 옮겨놓아 본 적이 있는데, 달인의 경지에 달해 있는 아버지조차 한번도 눈치를 채지 못했을 정도였다.

"경계심은 성공의 아버지고, 자만심은 실패의 어머니라는 사실을 항시 명심해야 한다."

아버지는 귀중품이나 수표에는 절대로 손을 대지 않도록 하라는 사실도 거듭해서 당부해 두었다.

"귀중품은 처분할 때 장물아비가 개입되어야 하고, 필연적으로 완벽한 보안이 유지되지 않는다. 수표도 처분하고 나서 여러 가지 방식으로 추적당할 염려가 있기 때문에 위험부담이 따르기는 마찬가지다."

현찰이 가장 안전하다는 요지였다.

"붙잡히면 무조건 감옥살이를 하게 되나요."

"그 정도의 실력이라면 절대로 붙잡힐 염려는 없겠지만, 만약 붙잡히게 되면 신속하게 증거부터 인멸시키는 일이 중요하다."

증거를 확실하게 인멸한 뒤에는 끝까지 오리발을 내밀도록 하라는 지시였다. 법무부 장관보다 더 강력한 빽은 오리발이고, 오리발보다 더 강력한 빽은 토끼발이라는 것이었다.

"토끼발이 뭔데요."

"도망치는 거지."

만약 신분이 노출되었을 경우에는 시골로 피신해서 몇 달 동안 은신해 있도록 하라는 지령이었다.

"강원도 홍천에 가면 김상훈이라는 사람이 경영하는 양화점이 있다."

아버지의 설명에 의하면, 김상훈이라는 사람은 공수요원의 족보로 따지자면 내게 삼촌뻘이 되는 사람이었다. 칼새라는 별명을 가지고 있었다. 한때는 아버지에게 기술을 전수 받아 공수요원으로 활약했지만, 아버지보다 먼저 은퇴해서 지금은 평범한 서민으로 살아가고 있었다. 아버지와는 호형호제하는 사이로 나이는 일곱 살이나 아래였다.

"그동안 과거에 대한 기억을 일깨워주고 싶지 않아서 아버지 쪽에서 의도적으로 연락을 끊고 있었는데, 네 신변에 무슨 일이 있을 경우를 생각해서 며칠 전에 전화로 당부를 해두었으니 여차하면 그리로 가보도록 하여라."

아버지는 김상훈이라는 사람의 주소와 전화번호를 내게 가르쳐주었다. 주소와 전화번호는 어디에 적어두지 말고 머릿속에 입력시켜 두도록 하라고 일러주었다. 보안에 만전을 기하기 위해서였다.

봄이 끝나갈 무렵 아버지의 병세는 급격히 악화되었다. 호흡도 가빠져 있었고, 가래도 심해져 있었다. 몸에서는 심한 악취도 풍기고 있었다. 진통으로 잠을 이루지 못하고 새도록 신음하며 몸부림치는 경우도 많아져 갔다. 언어소통도 제대로 되지 않을 정도였고, 대소변도 제대로 가리지 못할 정도였다. 아버지의 의지력은 한계점에 도달해 있는 것 같았다. 온 집 안에 먹장구름이 끼어들고 있었다.

18

아무런 구원의 목소리도 들리지 않았다

"운명하셨습니다."

아버지는 여름이 시작될 무렵에 종합병원 중환자실에서 숨을 거두었다. 운명을 알리는 의사의 목소리가 내게는 환청 같았다. 의사의 지시에 따라 아버지의 몸에 부착되어 있던 의료 설비들이 차례로 제거되고 있었다. 혈관주사가 제거되고 있었고, 산소마스크가 제거되고 있었다. 심전도 모니터의 전류곡선이 냉엄하게 평행선으로 고정되어 있었다.

지극히 사무적인 동작으로 일을 끝마친 의사가 일행들을 데리고 황망히 병실을 빠져나갈 때까지도 나는 아버지의 죽음을 믿지 않았다. 아버지는 두 손을 가슴에 단정히 포개고 입을 약간 벌린 채로 깊은 잠에 빠져 있었다. 그러나 숨소리는 들리지 않았다. 미동도 보이지 않았다.

조 선생은 소리내어 울고 있었다. 아버지의 가슴에다 얼굴을 파묻고 짐승처럼 울고 있었다. 그러나 나는 울지 않았다. 아버지의 죽음은 절대로 현실이 아니었다. 나는 환각 속에 빠져 있었다. 만약 울기라도 하면 환각이 현실로 환치되어 버릴지도 모른다는 두려움 때문에 숨조차도 제대로 쉬지 못할 지경이었다.

나는 창 밖을 내다보고 있었다. 밤이었다. 도시의 어두운 하늘 위로 핏빛 십자가들이 숲을 이루며 무성하게 자라 오르고 있었다. 도시는 발광하고 있었다. 건물마다 휘황한 네온들이 어둠을 향해 발악적으로 빛살을 난사하고, 도로마다 수많은 차량들이 눈알을 부릅뜬 채 어디론가 떼지어 진군을 계속하고 있었다. 취객들이 뇌를 절제당한 유인원처럼 허청거리는 걸음걸이로 거리를 방황하고 있었다.

나는 도시가 유난히 낯설어 보였다. 모든 것들이 나와는 무관해 보였다. 핏빛 십자가들도 나와는 무관해 보였고, 휘황한 네온들도 나와는 무관해 보였다. 수많은 차량들도 나와는 무관해 보였고, 허청거리는 취객들도 나와는 무관해 보였다.

나는 고립되어 있었다. 아무런 구원의 목소리도 들리지 않았다. 아무런 희망의 건덕지도 보이지 않았다. 오직 거대한 절망만이 나를 지배하고 있었다. 오직 처절한 슬픔만이 나를 지배하고 있었다. 나는 유배당해 있었다.

19

도시락

가을이었다.

일기도 청명했고, 예감도 상쾌한 날이었다.

나는 백화점으로 가기 위해 지하도 계단을 올라가고 있었다. 어린애를 안고 웅크린 모습으로 앉아 있는 거렁뱅이 여자 하나가 내 눈길을 끌었다. 행색이 남루해 보였다. 얼굴은 한평생 세수를 하지 않은 사람처럼 땟국물로 덕지덕지 얼룩져 있었고, 머리카락은 한평생 빗질을 하지 않은 사람처럼 엉망으로 얼기설기 헝클어져 있었다. 도무지 나이를 짐작할 수 없는 모습이었다. 안고 있는 어린애는 팔뚝 바깥으로 모가지를 축 늘어뜨린 채 잠들어 있었다. 피골이 상접해 있는 얼굴이었다.

행인들은 한결같이 여자를 외면한 채 무표정한 모습으로 계단을 오르내리고 있었다. 여자는 무릎 앞에 플라스틱 바구니 하나를 비치해 놓고 있었다. 바구니 안에는 스무 개 정도의 동전밖에는 들어 있지 않았다. 계단을 오르내리는 행인들은 그토록 많은데 자비심을 가진 사람들은 스무 명 정도밖에 되지 않는 모양이었다.

일요일이었다.

백화점은 고객들로 인산인해를 이루고 있었다. 거의가 여자들이었다. 나는 우선 화장실에 들러 나오지도 않는 소변을 억지로 찔끔찔끔 배설했다. 배설은 백화점에 들어서면 제일 먼저 시행하는 예비업무로 정해져 있었다. 막상 작전을 개시하려는 순간에 소변이라도 마려워지면 정신이 산만해질 우려가 있기 때문이었다.

나는 일층에서부터 모든 촉수를 곤두세우고 공격대상을 물색하고 있었다. 그러나 마땅한 공격대상은 눈에 뜨이지 않았다. 가급적이면 무장공비들이 출몰하지 않는 시간에 공격대상을 물색해서 작전을 종료토록 하라는 아버지의 가르침을 상기했다. 그러나 아직 무장공비는 출몰하지 않은 상태였다. 주된 활동 시간이 아니기 때문이었다. 무장공비들은 백화점이 가장 붐비는 오후에나 출몰하는 것이 통례였다. 나는 에스컬레이터를 타고 이층으로 이동했다. 한군데서 오래 시간을 지체하면 조금도 이로울 건덕지가 없었다.

이층은 숙녀용 캐주얼 코너가 주류를 이루고 있었다. 그러나 마땅한 공격대상은 역시 발견되지 않았다. 내 감각기관은 최소한 삼 미터 이내의 거리에 공격대상이 실재해 있을 때는 자동적으로 전율감이 느껴지도록 훈련되어 있었다. 나는 이층을 한 바퀴 순례해 보았다. 일층과 마찬가지로 공격대상은 포착되지 않았다. 아무런 전율감도 느낄 수가 없었다.

나는 삼층으로 이동하기 위해 에스컬레이터에 한 발을 올려놓았다. 그때였다. 등줄기로 서늘한 전율감이 전해져 오기 시작했다. 삼 미터 이내의 거리에 공격대상이 실재해 있다는 신호였다. 나는 촉각을 곤두세우고 주변을 유심히 살펴보기 시작했다. 전율감은 전방에 서 있는 한 여자로부터 전해져 오고 있었다.

커피색 계열로 단장된 여자였다. 모자도 구두도 핸드백도 짙은 커피색이었다. 커피에 프림을 탄 색조의 투피스를 착용하고 있었다. 균형 잡힌 체형이었다. 뒷모습만 보였다. 전율감의 강도로 보아 확실한 공격대상임을 의심할 여지가 없었다. 나는 아주 가까운 거리까지 접근해서 구체적인 상황들을 점검해 보기 시작했다.

오만하고 부유해 보이는 사십대 초반의 여자였다. 보석으로 전신을 치장하고 있었다. 핸드백은 악어가죽으로 만들어져 있었고, 잠금장치는 버튼형이었다. 예감대로라면 여자는 사치와 허영을 정신적 지주로 삼고 소비와 향락을 일용할 양식으로 탐닉하면서 살아가는 부류임이 틀림없었다.

여자는 에스컬레이터가 삼층에 도착하자 아무런 망설임도 없이 걸음을 옮겨놓기 시작했다. 다행스럽게도 동행은 딸려 있지 않았다. 이미 목적지가 정해져 있는 것 같았다. 한눈조차 팔지 않았다. 나는 적당한 거리를 유지하면서 공격대상을 미행하기 시작했다.

삼층은 숙녀복 전문매장이었다. 코너마다 고급의류들이 진열되어 있었다. 가나레포츠. 스캉달. 샤를 쥬르당. 디자이너 부띠끄. 피에르 가르뎅. 크리스챤 오자르. 엘레강스. 레이디 캐주얼. 랑콤. 타운웨어. 니나리치, 반도닥스. 막스마라. 니트웨어. 지방시. 영레이디. 매장의 간판은 온통 외래어로 범람하고 있었다.

공격대상은 여러 매장들을 지나 피에르 가르뎅 코너에서 걸음을 멈추었다. 약속이라도 되어 있었는지 판매원들이 반색을 하며 달려 나오고 있었다. 판매원들은 허리뼈를 고무로 갈아 끼운 접대용 인형들처럼 유연하게 허리를 굽실거려 보이고 있었다. 나는 판매원들과 감시카메라의 시선이 미치지 못하는 사각위치에서 공격대상이 볼일을 모두 끝마칠 때까지 끈질기게 기다리고 있었다. 고문 같은 시간이 흐르고 있었다. 지루하기 짝이 없었다. 그러나 나는 시선조차 다른 데로 돌리지 못하고 있었다.

공격대상은 한참 만에야 피에르 가르뎅 코너를 나왔다. 공격대상의 손에는 피에르 가르뎅 의류백 두 개가 새로 들려 있었다. 나는 알고 있었다. 틀림없이 한푼도 깎지 못했을 거라는 사실을.

백화점에서 물건을 구입하는 사람들은 절대로 에누리를 하지 못하는 특질을 가지고 있었다. 남대문 시장에서 삼만 원이면 살 수 있는 숙녀복 한 벌을 삼십만 원에 사는 바보짓을 하고서도 도무지 억울해 하는 기색을 보이는 적이 없었다. 억울해 하기는커녕 오히려 자부심에 들떠 있는 표정이었다. 바가지를 씌운다고 항의하는 사람은 아무도 없었다. 남대문 시장에서 판매하는 상품과 똑같은 재질, 똑같은 색상, 똑같은 모양인데도 왜 백화점에서 바가지를 쓰고 구입하면 자부심에 들뜨게 되는지 아무리 생각해도 납득이 되지 않았다.

"피에르 가르뎅이 아니면 이런 분위기를 창조해 낼 수가 없다니까. 미스 윤이 이제야 내 취향을 제대로 파악한 거야. 다음에도 신상품이 나오면 제일 먼저 나한테 연락해야 한다는 거 알고 있겠지."

공격대상은 행복감에 충만해 있는 얼굴이었다. 의상 한 벌로 전 인생을 구원받았다고 생각하는 모양이었다. 판매원 전체가 성은이 망극하옵나이다를 연발하는 자세로 머리를 조아리며 배웅하고 있었다.

"마음에 드신다니 저희들도 여간 기쁘지 않아요. 신상품이 출고되면 즉시 또 연락드리겠습니다."

판매원 한 명은 에스컬레이터 앞까지 따라나와 배웅을 해주고 있었다. 나는 미행을 하며 기회가 오기만을 기다리고 있었다. 육감대로라면 공격대상은 피에르 가르뎅 코너에서 숙녀복을 사고도 상당한 액수의 거액을 소지하고 있었다. 핸드백에 시선이 닿을 때마다 느껴지는 전율감이 그 사실을 증명해 주고 있었다.

공격대상은 하강하는 에스컬레이터에 탑승했다. 나는 비로소 목적물에 가까이 접근하고 있었다. 공격대상은 악어가죽 핸드백보다 피에르 가르뎅 의류백에 더 신경을 쓰고 있었다. 이런 경우에는 실패할 가능성이 전혀 없었다. 나는 결정적인 순간이 오기만을 침착하게 기다리고 있었다. 에스컬레이터는 미끄러지듯 하강하고 있었다. 계단이 하나씩 접히면서 아래층과의 거리가 점차로 짧아지고 있었다. 나는 남아 있는 계단의 수를 헤아리기 시작했다. 작전을 개시할 순간이 다가오고 있었다.

내가 악어가죽으로 만든 핸드백의 잠금장치를 열었을 때는 계단이 네 개밖에 남아 있지 않을 때였다. 그때가 되면 누구나 착지에 대한 준비를 하기 때문에 핸드백 따위에는 신경을 쓰지 않기 때문이었다.

그러나 결정적인 기회는 마지막 계단이 접혀 들어가는 순간이었다. 그 순간에는 아무리 예민한 감각을 가진 사람이라도 방울을 제거해 버린 마네킹이나 다름이 없었다. 모든 신경이 착지하는 발끝으로만 쏠려 있기 때문이었다.

백만 원.

나는 촉감만으로도 목적물의 액수를 정확하게 가늠할 수 있었다.

마지막 계단이 접히고 있었다. 나는 핸드백을 원래대로 잠그고 있었다. 성공이었다. 공격대상이 계단을 내려섰을 때는 목적물이 이미 내 허리춤으로 옮겨진 뒤였다. 아무도 눈치챈 사람은 없었다. 눈 깜짝할 사이에 이루어진 일들이었다. 이제 더 이상 백화점에 머물러 있을 필요가 없었다.

나는 백화점을 나와 지하도로 들어섰다. 미행자는 없었다. 지하상가로 가서 알루미늄 도시락 하나를 구입한 다음 화장실에 들어가 습득물을 확인해 보았다. 예상했던 대로 백만 원이었다. 나는 그중에서 칠십만 원을 알루미늄 도시락 속에다 집어넣고, 삼십만 원은 다시 허리춤에다 찔러 넣었다.

화장실을 나와 곧장 지하도 계단을 향해 걸음을 옮겨놓았다. 아까 보았던 거렁뱅이 여자는 아직도 그 자리를 고수하고 있었다. 무릎 앞에 놓여 있는 플라스틱 바구니 속에는 열 개 정도의 동전이 더 늘어나 있었다. 아이는 이제 잠에서 깨어나 있었지만 여전히 모가지는 팔뚝 바깥으로 축 늘어져 있었다. 기운이 하나도 없는 표정이었다. 허기진 얼굴로 눈만 멀뚱히 뜨고 있었다.

"이거 우리 아버지가 아줌마한테 갖다 드리래요."

나는 알루미늄 도시락을 거렁뱅이 여자의 손에다 쥐어주고는 재빨리 돌아서서 한달음에 버스 정류장까지 줄행랑을 놓았다. 작전종료였다. 이제 집으로 돌아가 비밀장소에다 삼십만 원을 감추어두고, 오전에 배달된 학습지를 푸는 일만 남아 있었다.

"오. 늘. 은. 학. 원. 에. 서. 어. 떤. 그. 림. 을. 그. 렸. 니."

집으로 돌아오니 조 선생 부인이 내게 물었다.

조 선생 부부는 내가 미술학원을 다니는 줄로만 알고 있었다. 백화점을 거점으로 소매치기를 하러 다닌다는 사실은 전혀 모르고 있는 눈치였다.

"지하도에 있는 거렁뱅이 아줌마의 모습을 그렸어요."

나의 대답이었다.

하지만 나는 미술학원에 등록만 해놓고 며칠 동안 다니는 둥 마는 둥 하다가 때려치워버린 지 오래였다. 하나도 재미가 없었기 때문이었다.

"그. 림. 도. 구. 는. 왜. 가. 지. 고. 다. 니. 지. 않. 니."

"학원에 있는 사물함에 보관해 두었어요."

내가 생각하기에도 너무 거짓말에 능숙해져 있는 것 같았다. 그러나 아버지는 나를 보호하기 위한 거짓말은 하더라도, 남을 해치기 위한 거짓말은 하지 말라고 말한 적이 있었다. 나는 결코 조 선생 부인을 해치기 위해서 거짓말을 한 것은 아니었다.

"그. 림. 도. 구. 는. 모. 자. 라. 지. 않. 니."

"아직 많이 남아 있어요."

"필. 요. 한. 것. 이. 있. 으. 면. 언. 제. 든. 지. 말. 해. 주. 어. 야. 한. 다."

조 선생 부부는 나를 친자식 이상으로 보살펴주었다. 이틀이 멀다 않고 용돈을 쥐어주었고, 사흘이 멀다 않고 학용품을 사다 주었다. 가지고 싶은 것이 있으면 언제든지 말하라는 당부도 잊지 않았다. 아무리 비싸더라도 사줄 용의가 있다는 것이었다. 하지만 경제적인 면으로 따지자면 나는 그 어떤 재벌도 부럽지 않은 입장이었다.

서울 시내의 유명 백화점들을 애용하는 상류층 고객들이 모두 나의 움직이는 사설금고나 다름이 없었다. 백화점들은 도처에 산재해 있었다.

개포동과 신촌과 강서의 그랜드 백화점. 반포와 잠원동과 과천의 뉴코아 백화점. 남대문과 상계동과 청량리의 미도파 백화점. 충무로와 영등포와 미아동의 신세계 백화점. 소공동과 잠실과 청량리의 롯데 백화점. 압구정동과 강남의 현대 백화점. 논현동과 광명의 나산 백화점. 노원동과 광명의 한신코아 백화점. 신촌의 그레이스 백화점. 남창동의 새로나 백화점. 구로동의 애경 백화점. 서초동의 삼풍백화점. 출동만 하면 언제든지 각양각색의 핸드백들이 나를 기다리고 있었다.

나는 공안과 직원들의 배치상태와 경계방식을 백화점별로 소상하게 파악하고 있었으며, 감시카메라의 설치상황과 감시범위도 소상하게 파악하고 있었다. 뿐만 아니라 그것들의 맹점을 이용하는 방법에도 매우 익숙해져 있었다. 직원들의 시선을 유도할 만한 차림새나 기억에 남을 만한 행동거지를 제공하지 말아야 한다는 사실도 언제나 유념하고 있었다.

그러나 나는 출동하더라도 한 건 이상은 절대로 작전을 수행하지 않았다. 속담대로 꼬리가 길면 밟히게 되고, 밟히게 되면 끝장이었다. 나는 도마뱀이 아니었다. 꼬리를 끊고 도망치는 재주가 없었다.

나는 아침이면 조간신문을 모조리 탐독했고, 저녁이면 석간신문을 모조리 탐독했다. 소매치기에 관한 기사가 있는가를 알아보기 위해서였다. 밤에도 텔레비전을 통해 매시간 뉴스를 시청했다. 역시 소매치기에 관한 보도가 있는가를 알아보기 위해서였다. 그런 기사나 보도가 있으면 한동안 근신하라는 아버지의 가르침을 실천하기 위해서였다.

그러나 아직까지는 한번도 그런 기사나 보도는 없었다. 작전지역에서 위기상황에 처해본 경험도 없었다. 작전은 언제나 성공이었다.

20

상부상조

며칠 동안 혹한이 계속되고 있었다. 나는 한동안 출동을 자제하고 있었다. 연말연시를 기하여 검찰과 경찰이 합동으로 각종 범죄를 예방 단속한다는 보도가 있었다. 예감도 매우 좋지 않았다. 크리스마스가 열흘 앞으로 다가와 있었다.

나는 그 즈음 한태양이라는 우상을 만나기 위해 날마다 외출하는 습관을 가지고 있었다. 한태양은 붕어빵 장사를 하는 홀어머니와 살고 있었다. 단신의 체구였지만 스포츠는 만능인 소년이었다. 어떤 종목이라고 하더라도 패배를 모르는 무적의 기량을 가지고 있었다. 상대편이 아무리 야비한 계략과 부정한 수법을 동원해도 한태양을 침몰시킬 수는 없었다. 경기는 언제나 악조건 속에서 불리하게 진행되었다. 그러나 상대편은 한태양의 기발한 작전과 절묘한 기술 앞에서 언제나 무릎을 꿇지 않을 수 없었다. 유도편. 검도편. 권투편. 축구편. 농구편. 야구편. 배구편. 한태양은 시리즈로 발간되는 스포츠 만화의 주인공이었다.

나는 날마다 아침식사를 끝내기가 바쁘게 만화방으로 달려가곤 했다. 한 달 전쯤에 개설된 만화방이었다. 평수도 넓은 편이었고, 시설도 안락한 편이었다. 단골들이 많았다. 순정만화에 심취되어 수시로 눈물을 찔끔거리는 여중생도 있었고, 명랑만화에 동화되어 끊임없이 배꼽을 움켜잡는 초등학생도 있었다. 무협소설에 골몰해서 하루 종일 끼니까지 거르는 재수생도 있었고, 기업만화에 몰두해서 바지에 컵라면 국물이 쏟아지는 줄도 모르는 실업자도 있었다.

주인은 마흔 살쯤 되어 보이는 남자였다. 체격은 보통이었다. 언제나 허름한 차림새에 뿔테 안경을 쓰고 있었다. 손님들에게는 비교적 친절한 편이었으나 대체로 고지식한 성격을 가지고 있었다. 아무리 뻔질나게 드나드는 단골이라도 백 원 한 장을 깎아주는 법이 없었고, 아무리 눈빠지게 만화책을 읽어주어도 콜라 한 잔을 거저 주는 법이 없었다.

나는 그날도 만화방의 구석진 의자에서 한태양의 태권도편에 심취해 있었다. 한태양이 일본 나고야에서 열리는 세계 격투기 경기에 출전해서 태권도로 각국 선수들을 물리치는 내용이었다. 결승전은 일본의 가라데와 태권도의 대결이었다. 그

러나 일본 가라데 감독에게 매수당한 호텔종업원이 한태양의
음료수에 수면제를 타는 장면을 끝으로 만화는 다음호에 계
속이었다. 다음호는 태권도편 최종회였다.

한태양은 어떻게 되었을까. 수면제가 들어 있는 음료수를 마
셨을까. 마셨다면 결승전은 어떻게 될까. 만화의 주인공들은
누구나 정의를 표방하고, 정의는 반드시 이기도록 각본이 짜여
져 있다는 사실을 잘 알면서도 궁금증을 억누를 길이 없었다.

나는 서둘러 한태양의 태권도편 최종회를 펼쳐 들었다. 그
순간이었다. 갑자기 출입문을 세차게 여닫는 소리가 들리면서
건장한 체구를 가진 세 명의 청년들이 만화방 안으로 들어서
는 모습이 보였다. 단정치 못한 차림새에 험악한 인상들을 가
지고 있었다. 외모만으로도 만화책을 보러온 손님들이 아니라
는 사실을 대번에 간파할 수가 있었다.

"싸장님 되심까."

청년들 중의 하나가 주인에게로 다가서더니 그렇게 물었다.
거만스러운 태도였다. 야구모자를 깊게 눌러쓰고 있었는데, 왼
쪽 눈 밑으로 칼자국이 징그러운 벌레의 꼬리처럼 감추어져
있었다.

"장사가 제법 짭짤하시구만."

손가락이 없는 가죽장갑을 낀 청년이 껌을 질겅질겅 씹으며
공연히 서가에 꽂혀 있는 만화책들을 주먹으로 가볍게 툭툭
건드려보고 있었다.

"무슨 일로 오셨습니까."

주인이 다소 경직된 목소리로 묻고 있었다. 침입자들이 결코 우호적인 목적을 가지고 나타나지 않았다는 사실을 충분히 인지하고 있는 듯한 표정이었다.

"바쁘실 텐데 빨리 용건부터 말씀드려라."

팔짱을 낀 채 출입문 앞에 버티고 서 있던 청년이 냉담한 목소리로 말했다. 스포츠형 머리에 깡마른 얼굴이었다. 눈매가 날카롭고 성격이 표독스러워 보였다. 가죽점퍼를 걸치고 있었다.

"그러지요, 형님."

야구모자가 스포츠형 머리를 향해 허리를 구십 도로 숙여 보이고는 주인에게로 돌아서고 있었다.

"우선 싸장님께 인사부터 드리겠슴다. 우리는 이 지역 업소들의 안전과 번영을 위해 물심양면으로 힘쓰고 있는 달건이들임다. 앞으로 많은 지도편달을 바라겠슴다."

야구모자가 손을 내밀어 주인에게 악수를 청하고 있었다.

"달건이라니오."

주인이 야구모자의 손을 잡으며 어정쩡한 표정으로 묻고 있었다.

"건달이란 말도 아직 못 알아들으시는 걸 보면 싸장님도 해외에서 오래 살으신 모양이네요."

가죽장갑이 이죽거리는 어투로 대화에 끼어들고 있었다.

"단도직입적으로 용건부터 말씀드리겠습다. 우리는 이 지역 업소들의 안전과 번영을 보장하는 대가로 매달 얼마간의 격려금을 지원 받고 있습다. 서로 상부상조하면서 살아가는 게 현명하지 않겠습가. 싸장님도 협조해 주시면 대단히 고맙겠습다. 오늘 준비가 안 되신다면 내일 다시 들르겠습다."

마치 자신들이 대단히 건전한 사회운동에라도 참여하고 있다는 듯한 어투였다. 그러나 내가 판단하기에도 침입자들은 여기저기 업소들을 순방하면서 터무니없는 명목으로 돈이나 뜯어내는 불량배들임이 분명해 보였다.

"취지는 잘 알겠습니다만 저로서는 협조해 드릴 수가 없습니다."

주인의 대답이었다.

의외로 침착한 목소리였다. 표정이 다소 경직되어 있기는 했으나 겁을 집어먹고 있는 상태로 보이지는 않았다. 나는 만화책에서 잠시 눈길을 떼고 사태의 추이를 관망하고 있었다.

"우리를 구걸이나 하러 다니는 거지로 취급하시면 곤란합다."

"그럴 리가 있겠습니까."

갑자기 실내의 공기가 긴장감 속에서 서늘하게 냉각되고 있었다. 손님들은 태연하게 독서에 열중해 있는 듯한 표정들이었지만, 가급적이면 침입자들과 눈길이 마주치지 않으려고 내심 애를 쓰고 있는 모습들이었다. 한결같이 어깨들이 움츠러들고 있었다.

"싸장님, 불초소생이 귀가 어두워서 싸장님의 말씀을 확실하게 알아듣질 못했는데 한 번만 더 확실하게 말씀해 주시겠습니까."

가죽장갑이 시비조로 주인에게 다가서고 있었다.

"저도 지금 곤궁에 처해 있는 입장입니다. 몇 달 전에 직장에서 밀려나 여러 방면으로 먹고 살 길을 모색하다가 전재산을 투자해서 이 만화방을 차리게 되었습니다. 하루에 손님이 오십 명 이상 들어오더라도 일 년이 지나야만 투자한 금액을 뽑을 수가 있습니다. 노모님과 처자식을 합해서 일곱 식구의 생계가 이 만화방에 달려 있습니다. 어제 파출소에서도 격려금 때문에 오신 분이 있었습니다. 그렇지만 땡전 한푼도 협조해 드릴 수가 없었습니다."

주인의 답변이었다.

"죽기 아니면 까무러치기로 나오시겠단 말씀이십까."

야구모자가 엄지손가락으로 차양을 밀어 올리고 있었다. 은근한 협박조였다. 차양을 밀어 올렸기 때문에 눈 밑에 감추어져 있던 칼자국이 전체적으로 선명하게 드러나 있었다. 몹시 흉측해 보였다.

"평화적으로는 전혀 말이 통하지 않을 싸장님 같으신데."

가죽장갑이 쓰레기통을 향해 질겅질겅 씹고 있던 껌을 투우 하고 뱉어내었다. 그러나 어림없는 슈팅이었다. 껌은 미처 쓰레기통까지 가지도 못하고 시멘트 바닥에 굴러 떨어졌다.

"어떤 방법을 쓰신다고 하더라도 지금의 저로서는 협조가 불가능하다고 말씀드릴 수밖에 없습니다."

주인이 말했다.

"정말입까."

"죄송합니다."

"정말입까."

"죄송하다고 말씀드리지 않습니까."

주인은 절대로 생각을 바꾸지 않겠다는 태도였다. 야구모자가 어처구니없는 상대를 만났다는 표정으로 한참 동안 주인의 얼굴을 쳐다보고 있었다.

"말로는 도무지 씨가 먹히지 않는 분이신데 어떻게 할까요, 형님."

가죽장갑이 스포츠형 머리에게 묻고 있었다. 스포츠형 머리는 아까부터 출입문 앞에서 팔짱을 낀 채 시종일관 침묵 속에서 사태만 관망하고 있었다.

"여기서 장사를 하실 생각이 없다는데 우린들 어쩌겠냐. 그만 퇴장해야지. 원체 똥고집이 세신 분이라 말로는 통하지 않을 거다."

스포츠형 머리가 내린 결론이었다. 표정과 목소리에 싸늘한 냉기가 감돌고 있었다. 스포츠형 머리는 결론을 내리고는 지체없이 돌아서 퇴장해 버리고 말았다.

"씨팔, 잘해 보쇼."

"하루도 못 가서 후회하게 될 거다."

가죽장갑과 야구모자도 저마다 한마디씩을 내뱉고는 스포츠형 머리를 따라 퇴장하고 있었다.

"미친놈들."

침입자들이 모두 퇴장하자 출입문을 향해 주인이 답례처럼 퉁명스럽게 내던진 말이었다. 사건이 너무 싱겁게 끝나버렸다는 생각이 들었다. 나는 비로소 한태양의 태권도편 최종회에 눈길을 주기 시작했다.

잠깐.

한태양이 수면제가 들어 있는 음료수를 마시려는 찰나였다. 황급히 아키코가 뛰어들면서 한태양이 들고 있는 음료수를 가로채고 있었다. 아키코의 출현을 나는 생각조차 해본 적이 없었다. 일본 가라테 감독의 외동딸이자 한태양과 대결할 요시무라의 애인이기 때문이었다. 그러나 아키코는 요시무라를 비겁한 무도인으로 만들 수가 없었다. 결국 일본의 가라테를 태권도로 굴복시킨 한태양이 서울행 비행기에 오르면서 태권도편은 대단원의 막을 내리고 있었다. 이제 내가 섭렵하지 않은 한태양의 스포츠 시리즈는 마라톤편과 탁구편뿐이었다. 나는 배고픔을 참을 수가 없어서 다음날을 기약하면서 만화방을 나오고야 말았다.

그러나 다음날 내가 만화방으로 달려갔을 때, 거기에는 이미 아무것도 남아 있지 않았다. 만화방은 시커먼 잿더미로 화해 있었다. 충격적인 장면이었다. 사람들의 말에 의하면, 간밤에 원인 모를 화재가 발생했는데 주인은 인근 불량배들의 소행이라고 강력히 주장하고 있지만, 경찰은 들은 척도 하지 않고 주인의 과실에 의한 화재로만 사건의 초점을 맞추고 있다는 것이었다.

21

꽃피는 일요일에

"김땅콩."

자연농원에서였다. 누군가 내 별명을 부르는 소리를 들었다. 보육원 시절에 지겹게 들었던 별명이었다. 아직도 나는 신장에 대한 열등감을 떨쳐버리지 못하고 있었다. 나이는 중학교 일학년생인데 신장은 초등학교 사학년생이었다. 그러나 환경의 변화로 인해 나를 김땅콩이라고 부르는 사람은 아무도 없었다. 매몰된 기억 저편에 오래도록 사장되어 있던 별명이었다.

"김땅콩."

몇 년의 세월이 지나가버린 지금 자연농원에서 그 별명을 듣다니 등골이 오싹해지는 일이었다.

나는 요즘 교외에서 소일하는 시간이 차츰 많아져 가고 있었다. 이제는 오락실도 재미가 없었고, 만화방도 재미가 없었다. 날이 갈수록 도시가 삭막하고 답답하게만 느껴졌다. 나는 누구와도 친해질 수가 없었다. 자신조차도 소매치기라는 사실을 모르도록 신분을 위장해야 한다는 방어본능이 나를 언제나 외톨이로 만들었다.

"김땅콩."

나는 조금 전에 날으는 양탄자라고 이름 붙여진 놀이기구에서 내렸기 때문에 정신이 혼미해져 있었다. 사방이 어지럽게 선회하고 있었다. 나는 땅바닥에 엎드려 메스꺼움을 참아내기 위해 안간힘을 쓰고 있었다.

날으는 양탄자는 놀이기구가 아니라 고문기구였다. 엄청난 속도와 변화를 가지고 있었다. 난폭한 바람이 끊임없이 머리카락을 쥐어뜯고 있었다. 날카로운 굉음이 쉴 새 없이 고막을 후벼파고 있었다. 날으는 양탄자가 급격히 각도를 바꿀 때마다 탑승객들은 비명을 지르며 자지러지고 있었다. 하늘도 뒤집어지고 있었다. 태양도 뒤집어지고 있었다. 세상도 뒤집어지고 있었다. 나도 뒤집어지고 있었다. 도무지 정신을 차릴 겨를이 없었다. 금방이라도 심장이 파열해 버릴 지경이었다.

날으는 양탄자가 작동을 멈추었을 때는 탑승객 모두가 초주검이 되어 있었다. 그제서야 나는 확연히 깨달을 수가 있었다. 다른 아이들과 내가 어떤 차이점을 가지고 있는가를. 다른 아이들은 과장된 엄살을 떨어대면서 보호자의 품속으로 뛰어들어 위안을 구할 수가 있었지만, 나는 한동안 어지럽게 선회하고 있는 땅바닥에 엎드려 혼자 메스꺼움을 참아내는 수밖에 없었다.

"어이, 김땅콩. 내가 누군지 모르겠냐."

나는 간신히 정신을 수습하면서 고개를 쳐들었다. 강인탁. 별명을 불렀던 인물이 누구였는가를 확인하는 순간 즉각적으로 오금이 저려오면서 한꺼번에 수많은 단어들이 선명한 감성으로 되살아나고 있었다. 보육원. 김땅콩. 꿀밤. 대통령. 새벽예배. 양계장. 계란. 문은숙 선생님. 인물화. 겨울방학. 서커스. 앰뷸런스. 신경정신과. 퇴원. 가출.

강인탁은 보육원 시절보다 몇 배나 거대한 공포의 대상으로 내 앞에 버티고 서 있었다. 많이 변해 있는 모습이었으나 몰라볼 정도는 아니었다. 나는 어떻게 대처해야 할는지 갈피를 잡지 못하고 있었다. 어떤 괴로움을 당하기 전에 도망쳐버리는 것이 상책이라는 생각이 들었다. 그러나 막상 실행에 옮기지는 못하고 있었다.

"어디 아프냐."

강인탁이 물었다. 변성기에 접어든 목소리였다. 나는 대답하지 않고 고개만 가로저어 보였다. 강인탁이 나를 일으켜 세우고는 바지에 묻은 흙을 털어내 줄 때까지도 두려움은 여전히 남아 있었다.

"날으는 양탄자를 탄 모양이로구나. 좆나게 어지럽지. 저기서 조금만 쉬면 괜찮아질 거야."

강인탁이 벤치를 가리키고 있었다. 부랑아 같은 차림새였다. 한쪽 손에 검은색 가방을 들고 있었다. 영화 속에서 흔히 첩보요원들이 들고 다니는 가방이었다.

"재작년에 다시 보육원을 뛰쳐나와버렸지. 지금은 처지가 비슷한 형들하고 같이 산동네에서 방 한 칸을 얻어서 난장을 꿀리고 있다."

우리는 벤치에 나란히 자리를 잡았다. 햇빛이 화창한 봄이었다. 사방에 꽃들이 만개해 있었다. 일요일이었으므로 자연농원은 나들이를 나온 가족들로 인산인해를 이루고 있었다.

"너는 그동안 어디서 무얼 하면서 살았냐."

나는 대답하지 않았다.

강인탁은 시종일관 부드러운 목소리로 말하고 있었다. 그러나 나는 여전히 경계심을 떨쳐버리지 못하고 있었다. 아직도 고양이를 만난 새앙쥐였고, 살모사를 만난 개구리였다.

"짜아식. 신수가 괜찮은 걸 보니까, 양부모라도 만난 모양이로구나. 그렇지."

나는 대답 대신 고개만 끄덕거려 보였다.

"축하한다."

강인탁이 한쪽 팔로 내 어깨를 감싸안으며 그렇게 말했다. 왠지 기운이 없는 목소리였다. 아이들이 가족들의 손목을 잡고 장난감 기관단총을 난사하면서, 오색의 바람개비를 돌리면

서, 달콤한 솜사탕을 핥으면서 끊임없이 우리 앞을 지나가고
있었다.

"그런데 너는 왜 혼자 왔냐."

강인탁이 물었다.

"부모님들이 해외여행을 떠나셨기 때문에 기사 아저씨 하고
같이 왔어."

나는 재빨리 둘러대고 있었다. 보호자가 있다는 사실을 의
식하게 되면 나를 괴롭힐 수 없으리라는 생각에서였다.

"기사 아저씨는 어디 있냐."

"주차장에서 낮잠을 주무시고 계실 거야."

강인탁은 전혀 의심하는 기색이 아니었다. 내 말을 액면 그
대로 받아들이고 있는 눈치였다.

"이 가방 속에 뭐가 들어 있는지 한번 알아맞혀 볼래."

강인탁은 이제야 생각이 났다는 듯 곁에 놓여 있던 가방을
무릎 위에다 올려놓고 있었다. 나는 그 가방의 용도를 전혀 짐
작할 수가 없었다. 거액의 현찰이 들어 있지 않다는 사실만은
확실했다. 아무런 전율감도 느껴져 오지 않기 때문이었다.

"뭐가 들어 있는데."

나는 잠시 생각해 보다가 그렇게 물어보는 수밖에 없었다.

"보여줄까."

강인탁이 경계의 눈빛으로 사방을 두리번거린 다음 가방의
버튼을 누르고 있었다. 철커덕. 가방이 황급히 아가리를 벌리

면서 내장을 깡그리 드러내 보이고 있었다. 시계였다. 알록달록한 시계들이 가방 안에 줄줄이 진열되어 있었다. 미키마우스. 구피. 스머프. 바니. 슈퍼맨. 톰과 제리. 스누피. 백설공주. 손오공. 뽀빠이. 딱따구리. 시계마다 아이들이 좋아하는 만화의 주인공들이 그려져 있었다.

"청계천에서 오백 원씩에 떼다가 이런 장소에서 천오백 원씩에 팔아먹는 거야. 촌닭들을 만나면 삼천 원까지 받아내기도 하지. 지금은 모조리 정확한 시각을 가리키고 있지만, 대개 석 달쯤 지나면 망가져버리는 짜가들이야. 그래도 여기서 한 개만 찍어라."

나는 시계를 차고 있었다. 다양한 기능이 내장되어 있는 디지털 시계였다. 지난 크리스마스 때 조 선생이 선물한 시계였다. 그러나 나는 강인탁이 짜가라고 실토하는 그 시계들을 가능하면 몇 개라도 팔아줄 작정이었다. 나는 우선 뽀빠이를 손가락으로 짚어 보였다. 그러자 강인탁은 재빨리 그 시금치를 좋아하는 괴력의 마도로스를 내 손목에다 결박시켜 주고는 능숙한 동작으로 가방을 닫아버렸다.

"물론 이런 시계를 차고 다닐 수는 없겠지만, 우리가 다시 만난 기념으로 주는 거니까 조금도 부담을 가질 필요는 없어."

내가 돈을 꺼내려고 하자 강인탁은 화를 내는 표정을 지어 보였다. 성격이 많이 달라져 있다는 느낌을 주고 있었다. 어느새 메스꺼움은 완전히 사라져버린 상태였다. 배가 고파오기 시작했다. 점심때가 약간 지난 시각이었다.

"형, 통닭 먹으러 갈까."

"좋지."

우리는 벤치를 떠나 치킨 코너를 향해 걸음을 옮겨놓기 시작했다. 강인탁은 시계를 한 개씩 팔아먹을 때마다 예전의 자신의 포부로 간직하고 있던 대통령에 한 걸음씩 가까이 다가설 수 있다고 생각하는 모양이었다. 정확하게 구매자를 알아보고 기민하게 가방을 열어 보이며 능숙한 언변으로 시계를 팔아 넘기는 데는 채 오 분의 시간도 경과되지 않았다. 치킨 코너까지 가는 동안에 무려 네 개나 팔았을 정도였다. 그러나 한 가지 이해할 수 없는 사실이 있었다. 강인탁은 일단 구매자를 발견하면 가방을 열기 전에 반드시 경계심이 어린 눈빛으로 사방을 한번 은밀하게 둘러보는 습관을 가지고 있었다. 나는 몹시 궁금했지만 물어보지는 않았다.

"미안하지만 저기 노란색 등산모를 쓴 아줌마한테 혹시 강인탁이를 아느냐고 한번 물어봐줄래."

치킨 코너에 들어서기 직전이었다. 강인탁이 스넥 코너 쪽으로 가고 있는 아줌마 하나를 손가락으로 가리키고 있었다. 노란색 등산모를 쓰고 있었다. 나는 아무 생각 없이 아줌마에게로 달려가 혹시 강인탁이를 아느냐고 물어보았다.

"모르겠는데."

아줌마는 생경한 이름이라는 표정을 지어 보였다. 치킨 코너로 돌아왔을 때야 나는 비로소 알게 되었다. 이미 통닭값이 강인탁에 의해 지불되어 있음을. 전혀 예상치 못했던 일이었다.

"오늘은 유난히 촌닭들이 많이 와서 벌이도 제법 짭짤한 편이야."

우리는 치킨 코너를 나와 독수리 요새 쪽으로 가고 있었다. 여전히 강인탁은 대통령으로 한 걸음씩 다가서는 일을 게을리 하지 않고 있었다.

"이번에도 너는 여기 잠깐만 서 있어라."

강인탁이 세 번째 구매자를 발견하고 달려가서 가방을 열려는 찰나였다. 나는 그쪽으로 몇 걸음을 옮겨놓다가 불시에 온몸이 응고되는 충격에 사로잡혔다. 어디서 나타났는지 관리인 하나가 강인탁의 멱살을 움켜잡고 전후좌우로 사정없이 흔들어대고 있었다.

"이노무시키. 이노무시키. 여기서 그 따위 장사를 하다가 한번만 더 걸리면 내가 가만두지 않겠다고 분명히 말했지. 혼쭐이 나봐야 정신을 차리겠어. 이노무시키. 이노무시키."

강인탁은 한참 동안을 전후좌우로 무참하게 흔들리고 있었다. 나는 무슨 방법으로든 강인탁을 구출해 주어야 한다는 강박관념에 사로잡혀 있었다. 그러나 아무런 방법도 떠오르지 않았다. 사람들의 시선이 일제히 그쪽으로 쏠리고 있었다. 그런데 갑자기 관리인이 악 하는 비명 소리를 지르며 사타구니를 감싸안고 새우처럼 허리를 구부리는 장면이 연출되고 있었다. 급소를 걷어채인 모양이었다. 강인탁이 용수철처럼 튕겨져 나가더니 내 쪽으로 가볍게 손을 한번 흔들어 보이고는 인파 속으로 빠르게 사라져가는 모습이 보였다.

나는 그런 일이 있고 나서도 뽀빠이 시계를 차고 몇 번이나 자연농원을 찾아가보았다. 그러나 강인탁을 만날 수는 없었다. 뽀빠이 시계가 수명이 다해서 절명해 버릴 때까지도 강인탁의 모습은 보이지 않았다.

22

개인전

조 선생님께.

오로지 선생님의 헌신적인 노력으로 정상적인 건강을 되찾게 되어 마침내 삼십 년 동안 소망하던 개인전을 열 수 있게 되었습니다. 저는 선생님을 알고 나서부터 시각장애자도 나름대로의 방법으로 그림을 감상할 수 있으리라는 확신을 가지게 되었습니다. 모름지기 예술이란 육신의 눈보다는 영혼의 눈을 필요로 하는 분야가 아니겠습니까. 저는 선생님이 누구보다 깊은 영혼의 심미안을 가지고 계시다는 사실을 잘 알고 있습니다. 부디 오셔서 제 그림들을 감상해 주신다면 죽는 날까지 더 없는 영광으로 가슴에 아로새겨 두겠습니다. 시간과 장소는 동봉한 팸플릿을 참조해 주시길 바라겠습니다.

조 선생이 어느 무명화가로부터 받은 개인전 초대장의 내용이었다. 친필로 씌어져 있었다. 개인전을 준비하다가 뇌졸중으로 쓰러져 오른쪽 수족을 못 쓰는 상태였는데, 조 선생이 오랜 시일에 걸쳐 지압으로 정상적인 기능을 되찾아주었다는 것이었다. 어릴 때부터 화가지망생이었지만 집안이 원체 가난해서 미술대학을 중퇴하고, 아직까지 개인전도 한번 열어보지 못한 무명화가 신세라는 것이었다.

"괜. 찮. 으. 시. 겠. 어. 요."

부인은 맹인이 전시장에 가게 되면 행여 남들에게 조롱이라도 받지 않을까 적이 염려하는 기색이었으나, 조 선생은 오히려 행복해 하는 표정이었다.

"생애 처음으로 내 시력의 건재함을 인정해 주는 사람을 만나게 되었는데, 그까짓 조롱쯤 무슨 문제가 될 수 있겠소."

조 선생은 조금도 망설이지 않고 참관을 결정해 버리고 말았다. 그러나 부인은 나를 대동하는 방법을 선택하도록 조 선생에게 적극 권장하고 있었다. 미술학원을 다니는 내게 그림을 보여주기 위해 전시장에 데리고 왔다는 사실을 알려주면, 아무도 조 선생을 조롱하지 않을 거라는 배려였다. 조 선생은 타인들의 시선에 대해 거의 무관심한 편이었으나 부인은 지나칠 정도로 신경을 쓰는 편이었다.

"내가 본 그림들을 마음속에 그대로 소장해 가지고 와서 당신에게도 보여드릴 테니 기다려주시오."

결국 조 선생은 나를 데리고 전시장으로 가게 되었다.

전시장은 인사동에 소재해 있었다. 우리가 들어서자 무명화가의 부인이 먼저 입구 쪽에 설치되어 있는 안내석에서 반색을 하며 달려 나오고 있었다. 황송해서 어찌할 바를 모르겠다는 태도였다. 부인은 큰 소리로 무명화가를 부르면서 우리의 출현을 알리고 있었다. 무명화가는 전시장 한쪽 공간에 설치되어 있는 다탁 앞에서 검은색 베레모를 쓴 사내와 담소를 나누고 있었다. 마흔 살쯤 되어 보이는 나이였다. 그림 밑으로 빨간색 리본이 매어져 있는 몇 개의 화분들이 진열되어 있었고, 네 명 정도의 관람객들이 한가롭게 전시장을 배회하고 있었다. 무명화가가 우리를 발견하자마자 황급히 자리에서 일어나 허겁지겁 달려 나오고 있는 모습이 보였다. 역시 황송해서 어쩔 줄을 모르겠다는 태도였다.

"진심으로 축하를 드립니다."

"모두가 조 선생님의 은덕입니다."

"동명아, 인사드려라."

조 선생은 내가 조카뻘 되는 아이인데, 미술학원을 다니기 때문에 공부를 시키고 싶어서 대동했노라는 부인의 처방전을 덧붙이고 있었다.

"안녕하세요."

나는 무명화가에게 정중한 태도로 허리를 숙여 보이면서, 제발 미술학원에 대한 관심 따위는 표명하지 말아주기를 간절히 바라고 있었다. 다행스럽게도 무명화가는 나이만 물어본 다음 더 이상의 질문은 하지 않았다. 인사가 대충 끝나자 우리는 검은색 베레모를 쓴 사내 앞으로 안내되었다. 사내는 무명화가보다 몇 살 정도 나이가 많아 보였는데 얼굴에 불콰하게 취기가 감돌고 있었으며, 약간 권위주의적인 인상을 풍기고 있었다.

"서로 인사들 나누시지요. 이분은 제가 다니던 미술대학 선배님이시고, 또 이분은 저를 치료해 주신 조 선생님이십니다."

무명화가의 간략한 소개에 따라 두 사람은 악수를 나누며 통성명을 하고 있었다.

"조형운입니다."

"노명철입니다."

사내는 통성명이 끝나자 습관적으로 조 선생에게 명함을 한 장 내밀었다. 잡다한 직함들이 앞뒤로 빼곡하게 인쇄되어 있는 명함이었다. 그러나 조 선생은 그 명함을 정중한 태도로 받아들기는 했으나 당연히 눈여겨보지는 않았다. 받는 즉시 상의 주머니 속에다 찔러 넣어버렸다. 내 짐작에 의하면, 사내는 조 선생의 그러한 태도를 몹시 불쾌하게 받아들인 낯빛이었다. 부인이 차를 다탁 위에 올려놓고 안내석으로 되돌아가고 있었다. 그러나 아직 관람객은 한 명도 늘어나지 않고 있었다.

"내가 보기에는 연세가 자네보다 훨씬 아래인 것 같은데 체통도 없이 너무 굽실거리는 게 아닌가."

사내는 조 선생을 대하는 무명화가의 태도가 몹시 못마땅하다는 표정을 노골적으로 지어 보였다. 혀는 아직 꼬부라진 상태가 아니었지만 취기로 다소 분별력을 상실해 버린 것만은 분명해 보였다. 조 선생이 맹인이라는 사실을 전혀 의식하지 못하고 있는 것 같았다.

"나이는 저보다 몇 년 아래시지만 인품은 저보다 몇 배나 위이십니다."

무명화가의 답변이었다.

"그토록 인품이 고매하신 양반이 선글라스를 끼고 전시장엘 들어온단 말인가. 나는 동서고금을 통해서 그런 사례가 있다는 소리는 한번도 들어본 적이 없구만."

사내는 필요 이상으로 언성이 높아져 가고 있었다. 그러나 조 선생은 침묵만 지키고 있었다. 입가에 가느다란 미소까지 떠올리고 있어서 표정만으로는 마치 농담이라도 경청하고 있는 듯한 느낌을 불러일으키고 있었다.

"조 선생님은 시각장애자십니다."

무명화가는 당혹감을 감추지 못하고 있었다.

"시각장애자라니."

"제가 몇 번이나 조 선생님 말씀을 드리지 않았습니까. 수족을 쓰지 못하는 저를 거의 무료로 수개월간 치료해서 완치시켜 주신 맹인 한 분이 계신다고 말입니다. 선배님이 제 예술의 길잡이가 되어주신 분이라면, 조 선생님은 제 인생의 길잡이가 되어주신 분입니다."

이제 무명화가는 이마에 식은땀까지 흘리고 있었다.

"아무리 그렇기로소니 맹인을 전시장에 초대한다는 건 미술에 대한 일종의 모독일세."

사내는 권위주의적인 베레모를 쓰고 권위주의적인 표정을 지으며 권위주의적인 편잔을 늘어놓고 있었다. 사내가 술 때문에 분별력을 잃어버린 상태라고는 하지만 분위기는 점차로 곤혹스러워지고 있었다. 마침내 조 선생 부인이 우려했던 사태가 현실로 눈앞에 전개되고 있었다. 그때였다. 조 선생이 침착한 어조로 입을 열었다.

"시각장애자는 그림을 볼 수가 없다고 생각하십니까."

사내에게 던지는 질문이었다.

"당연지사가 아닙니까."

사내의 반문이었다.

"그렇다면 청각장애자도 음악을 들을 수가 없다고 생각하시겠군요."

"보청기가 없다면 들을 수가 없겠지요."

"하지만 베토벤은 청각장애자였는데, 어떻게 보청기도 없었던 시대에 그토록 복잡한 교향곡을 완벽하게 지휘할 수가 있었을까요. 혹시 육신의 귀로 소리를 들었던 것이 아니라 영혼의 귀로 소리를 들었던 것은 아닐까요."

사내는 답변하지 못했다. 조 선생은 나를 데리고 조용히 일

어나 그림 쪽으로 가고 있었다. 무명화가가 사내를 버려두고
황급히 조 선생의 뒤를 따르고 있었다.

"첫번째 그림에게로 나를 안내해 주겠니."

조 선생이 내게 부탁했다. 그림은 모두 유화였다. 크기는 각
양각색이었다. 사절지만 한 크기에서 전지만 한 크기까지였다.
도합 스물다섯 점이 전시되어 있었다. 나는 조 선생을 첫번째
그림 앞으로 안내해 주었다. 조 선생은 첫번째 그림 앞에서 조
각처럼 굳어진 자세로 온 신경을 집중시키고 있는 표정이었다.
숨조차도 쉬고 있지 않는 것 같았다. 오래도록 침묵이 흐른 다
음 이윽고 조 선생이 입을 열었다.

"슬픈 그림이로구나."

무명화가가 놀라운 표정을 지어 보이고 있었다.

"무엇이 그려져 있냐."

조 선생이 내게 물었다.

"나만한 어린애가 해지는 강가에 혼자 앉아 있어요."

내가 대답했다.

사절지만 한 크기였다.

하늘 언저리로 노을이 사위어가고 있었다. 그 밑으로 산들
이 지워지고 있었다. 강물 위로 자디잔 물비늘이 쓸려가고 있
었다. 텅 빈 강가에 아이 하나가 웅크린 모습으로 울고 있었다.
누나의 죽음이라는 제목이 붙어 있었다.

"다음 그림으로 가자."

나는 조 선생을 두 번째 그림 앞으로 안내해 주었다. 역시 사절지만 한 크기였다.

개울이었다. 징검다리가 개울을 가로지르고 있었다. 비가 내리고 있었다. 새벽녘인지 저물녘인지 알 수가 없었다. 개울 건너편은 자욱한 물안개로 흐리게 지워져 있었다. 징검다리도 흐리게 지워져 있었다. 물안개 저편에서 누군가 이쪽으로 걸어오고 있었다. 아니다. 물안개 때문에 걸어오고 있는지 걸어가고 있는지 불분명해 보였다. 기억 저편이라는 제목이 붙어 있었다.

"시간이 젖어들고 있구나."

"비가 내리고 있어요."

"못 견디는 그리움의 정체가 무엇인지 모르겠구나."

전체적으로 무채색에 가까운 색조의 그림들이었다. 대부분이 유년의 기억들과 연루된 내용으로 이루어져 있었다. 다른 그림 앞에 설 때마다 조 선생은 매우 감동을 받은 표정으로 탄성을 발하곤 했다. 조 선생이 전시장을 반쯤 돌았을 때는 관람객들이 모두 숨을 죽이고 조 선생의 뒤를 따르고 있었다. 조 선생이 마지막 그림에서 발길을 돌렸을 때는 이미 날이 어두워져 있었다.

"조 선생님, 정말로 고맙습니다. 오늘 저는 비로소 조 선생님 덕분에 제 그림에 대한 자신감을 가지게 되었습니다. 조 선생님은 예술이 손끝에 의해서 만들어지는 것이 아니라 영혼에 의해서 만들어지는 것이라는 사실을 제게 새삼 확인시켜 주셨습니다. 정말로 고맙습니다. 정말로 고맙습니다."

무명화가는 눈물까지 글썽이고 있었다. 그의 부인도 곁에서 손수건으로 눈물을 닦아내고 있었다. 관람객들이 숙연한 모습으로 그 광경을 지켜보고 있었다. 검은색 베레모를 쓴 사내는 보이지 않았다. 이미 오래전에 어디론가 사라져버린 모양이었다.

23

연쇄반응

예감이 좋지 않은 날이었다.

집을 나설 때만 하더라도 괜찮았는데, 백화점 화장실에서 오줌을 누고 이층으로 올라가려 했을 때 갑자기 좋지 않은 예감이 전신을 엄습해 오고 있었다. 공수요원에게 있어서 예감이란 안전경보와 조금도 다름이 없었다. 무시하면 틀림없이 재앙을 면치 못한다는 사실을 아버지로부터 철두철미하게 교육받은 바가 있었다. 나는 임무수행을 포기해 버리는 수밖에 없었다.

나는 식당가 제과 코너로 올라갔다. 이 백화점의 식당가는 오층에 위치해 있었다. 나는 팥빙수나 하나 먹고 집으로 돌아갈 작정이었다.

"지금 우리 백화점 매장마다 형사들이 설치고 다니는 거 모르고 있지."

"그거 가르쳐주고 싶어서 만나자고 했니."

내가 제과 코너에서 팥빙수를 먹고 있을 때였다. 유니폼을 입은 여직원 두 명이 바로 내 옆자리로 오더니 누가 들을세라 주위를 살피며 은밀한 목소리로 속삭이기 시작했다. 나는 갑자기 불안해지기 시작했다. 내게 있어서 형사라는 단어는 독사라는 단어보다 몇 배나 소름이 끼치는 단어였다. 비록 형사가 사회정의를 구현하는 직업이라고는 하지만, 소매치기인 나로서는 무조건 접근을 금지해야 할 천적이었다. 팥빙수가 차츰 냉각수에 버무려놓은 왕모래처럼 껄끄러운 감촉으로 느껴지고 있었다.

"무슨 일로 형사들이 백화점 매장마다 설치고 다니는지 너는 궁금하지도 않니."

"설마 나를 붙잡으러 오지는 않았겠지."

"너는 어쩌면 그렇게 매사에 무사태평일 수가 있니."

"이건 비밀이지만 나는 거대한 역사의 소용돌이에 한번 휘말려본 적이 있는 여성으로서, 후세에 애국충절의 대명사로 길이 전해질 인물이야. 형사 정도의 직급은 도저히 내 관심의 대상이 될 수가 없다는 사실을 언젠가는 너도 알게 되겠지."

방학 때였다. 제과 코너에는 내 또래의 아이들도 많이 들어와 있었다. 그러나 나처럼 혼자 팥빙수를 먹고 있는 아이는 아무도 없었다. 모두가 곁에 보호자를 대동하고 있었다. 하지만 부럽지는 않았다. 부러움에는 이미 만성이 되어 있었다. 나는 한눈을 팔면서도 여직원들의 대화만은 한 단어도 놓치지 않으려고 애를 쓰고 있었다.

"네가 무슨 역사의 소용돌이에 휘말려본 적이 있는 기념비적 인물이라는 거니."

"알고 싶니."

"알고 싶어."

"비밀이라고 했잖아."

"너도 과거에는 운동권의 핵심요원이었다고 말할 작정이지."

"겨우 그 정도니."

"그럼 더 거창하단 말이니."

"말해 주면 아이스크림 사줄래."

"오늘도 날보고 사라는 거야."

"궁금하면."

차라리 나라도 빨리 아이스크림을 사주고 나머지 이야기를 재촉하고 싶은 심정이었다.

"빨리 말해."

"아이스크림을 얻어먹으려면 비밀을 누설하는 수밖에 없겠지, 너 혹시 최경회라는 이름 들어본 적이 있니."

"너네 매장 단골이니."

"무식하기는. 임진왜란 때 병마절도사를 지내신 분이야."

"밑도 끝도 없이 병마절도사는 왜 들먹거리는 거야."

"나는 전생에 전라도 장수라는 마을에서 태어났지. 용모는 흠잡을 데가 없었지만, 팔자는 기구하기 이를 데가 없어서 기생이라는 천직으로 살아가게 되었어. 그런데 황공하게도 병마절도사로 계시던 최경회 어르신의 눈에 들어 총애를 받기에 이른 거야. 어르신은 선조 때 식년 문과에 급제하시고 영해 군수까지 지내신 분으로, 임진왜란 때는 의병장이 되어 무주·금산 등지에서 크게 전공을 세우셨고, 이듬해는 경상우도 병마절도사에 오르셨지. 그해 진주성 싸움에서 아홉 주야를 싸우시다 전사하셨어. 성이 함락되자 왜장들은 촉석루에서 주연을 벌이고 있었는데, 나는 그때 기생으로 참석했다가 울분을 참지 못해 어르신의 원혼이라도 달래고자 계략을 세우고 있었지. 손가락마다 반지를 끼고 왜장놈을 유인한 다음, 허리를 껴안은 채 남강 깊은 물 속에 장렬하게 투신하는 계략이었어. 내가 성공했다는 사실은 너도 국사 시간에 들은 바가 있을 거야. 비밀을 누설하고 나니 왠지 아이스크림이 먹고 싶구나."

"너 지금 조선왕조 오백년 연속극 쓰고 있니."

나는 여직원들의 입에서 형사들에 대한 정보가 누설되기를 끈질기게 기다리고 있었으나 엉뚱하게도 논개 이야기만 지루하게 전개되고 있었다. 나는 공수요원이 되고 나서 처음으로 어떤 위기감에 사로잡혀 있었다.

나는 이제 세상을 보는 눈만은 내 나이 또래의 다른 아이들보다 몇 배나 명확하다는 자부심을 재산으로 간직하고 있었다. 나는 세상이 부패해질 대로 부패해져 있다는 사실도 알고 있었고, 인간이 비정해질 대로 비정해져 있다는 사실도 알고 있었다. 세상은 생존을 위한 전쟁터라는 사실도 알고 있었으며, 타인은 모두 적병이라는 사실도 알고 있었다. 나를 보호해 줄 수 있는 가장 견고한 방패가 황금이라는 사실도 알고 있었고, 적을 쓰러뜨릴 수 있는 가장 강력한 무기가 황금이라는 사실도 알고 있었다. 불행은 빈곤의 아들이며, 황금은 행복의 아버지였다. 혼자 떠돌이로 세상을 살아가는 내게 어른들은 하루에도 몇 번씩 직간접적으로 그러한 사실들을 학습케 만들었다. 습관적으로 백화점을 드나드는 사람들은 대부분 생존을 위한 전쟁터에서 살아남은 승리자들이었다. 패잔병이나 낙오병은 별로 보이지 않았다. 내 앞에 놓여 있는 백화점 제과 코너의 팥빙수도 내 나이 또래로서는 승리자의 자제들만이 부담 없이 즐길 수 있는 기호식품이었다. 그러나 아직 나는 완전한 승리자의 가계에 속해 있다고 장담할 수 없는 상태였다. 어쩌면 형사들이 백화점에 나타남으로써 불시에 패잔병이나 낙오병으로 전락하게 될지도 모르는 입장이었다.

"너는 형사들이 백화점에 쇼핑이라도 하러 온 줄 알고 있니."

"아무려면 어떠니. 형사들이 근무 시간에 백화점에서 쇼핑을 하든, 휴식 시간에 편의점에서 점핑을 하든 우리가 걱정할 필요는 없잖아. 간부급들이야 소화불량증에 걸릴 수도 있겠지만 말단직원들이야 언제나 영양결핍증에 걸려 있는 실정이잖아. 퇴근할 때마다 몸수색까지 당하면서 살아왔는데 털어봐야 먼지밖에 더 나오겠니."

"지금까지 무슨 일이 생기면 백화점 보안과에서 해결했었지, 형사들이 직접 출동한 적은 없었잖아."

나는 심상치 않다는 느낌에 사로잡혀 있었다. 내가 공수요원으로 활동하기 시작한 이래로 형사들이 직접 백화점에 나타나기는 이번이 처음이었다. 백화점 내부의 일 때문이 아닐 거라는 추측이 더욱 나를 불안하게 만들어주고 있었다.

"그렇기는 하지만 우리가 걱정할 건덕지가 없다니까. 혹시 상품개발부에서 형사들의 필수상품이라도 개발해서 신문에 대문짝만 하게 광고를 게재했는지도 모르잖아. 예를 들자면 저희 백화점에서는 건수를 올리지 못하는 수사관들을 위해 여름 흉악범 실물 대바겐세일을 실시합니다 하는 식으로 말야. 특별 코너를 개설해서 우선 우리 백화점 간부급부터 즐비하게 진열해 놓았는지도 모르지. 만약 그렇다면 엄청난 액수의 정찰표가 붙어 있을 거야. 아마 형사들의 봉급 정도로는 할부라 하더라도 구입할 엄두조차 내지 못하겠지."

"무사태평이 네 등록상표구나."

"내가 세속적인 일들에 대해서는 통일신라시대 때부터 신물이 나 있다는 거 모르고 있었니."

이때 여직원들 앞에 아이스크림이 날려져 왔다. 통일신라시대 때부터 세속적인 일들에 신물이 나 있다는 여직원이 나무 숟가락으로 우아하게 아이스크림을 떠먹기 시작했다. 나의 팥 빙수는 아직도 반쯤 남아 있었다.

"전직원에게 보안을 철저히 하라는 지시가 내려졌대. 우리 부장은 낌새가 좋지 않다고 판단했는지 잽싸게 부산으로 출 장을 떠나버렸지. 골치 아픈 일이 생기면 만병통치약처럼 써먹 는 수법이야. 그러니까 별명이 기름종개지."

"살인사건이라도 발생했다는 거니."

"그러면 벌써 소문이 파다했겠지."

"아니면."

"그저께 어느 고위층 사모님이 우리 백화점에서 소매치기를 당했다는 거야."

"그 정도의 사건을 가지고 너는 지금까지 숨이 넘어가버릴 듯한 표정을 짓고 있었단 말이니. 그리고 너네 부장은 몸을 사 리느라 부산까지 출장을 떠났단 말이니. 너네 부서는 상하가 모조리 피해망상증 환자들뿐이구나. 너 지금 아이스크림 먹 을 수 있겠니."

"그건 왜 묻니."

"피해망상증 환자는 아이스크림을 먹으면 얼어죽는다고 생 각할지도 모르니까."

나는 이제 자리를 떠야겠다는 생각을 하고 있었다. 예감에 의하면 위기는 그리 멀지 않은 장소에까지 도래해 있었다. 그러나 아직 전율감까지는 느껴지지 않았다. 급박하지 않다는 증거였다. 다행스럽게도 내가 너무 어려 보였기 때문인지 여직원들은 전혀 나를 의식하지 않고 있었다.

"형사들을 부른 건 누구래니."

"고위층 사모님이래. 단골이라서 어지간하면 시끄럽지 않게 넘어갈 수도 있었는데 이번이 세 번째래. 넉 달 전에는 며느리가 한 번 당하고, 두 달 전에는 친구가 한 번 당하고, 이번엔 또 자기가 한 번 당했다는 거야. 당할 때마다 백만 원이 넘는 액수였다는 거야. 고위층 사모님이 직접 관할 경찰서에다 신고를 했기 때문에 형사들이 다른 때보다 철저를 기하고 있는 눈치더라."

내 나름대로 줄곧 안전에 철저를 기하기는 했지만, 그런 연쇄반응이 생기리라고는 생각조차 해본 적이 없었다.

"붙잡을 수 있을까."

"절도범들을 붙잡은 적은 많이 있어도 소매치기를 붙잡은 적은 거의 없잖아."

"어디 소매치기 전문학원 같은 데라도 있으면 당장 수강신청을 해두고 싶은 심정이네."

내 예감대로였다. 형사들은 바로 나를 검거하기 위해서 출동했음이 틀림없었다. 서서히 전율감이 느껴지기 시작했다. 머지않은 장소에 위험이 도사리고 있다는 신호였다. 나는 이제 더 이상 팥빙수를 탐닉하고 있을 만큼 한가로운 입장이 아니라는 결론에 도달하게 되었다. 반쯤 남아 있는 팥빙수가 못내 아쉽기는 했지만, 나는 슬그머니 플라스틱 숟가락을 내려놓지 않을 수 없었다.

"엄마가 왜 아직 안 오시는 거지."

나는 자리에서 일어서며 여직원들이 충분히 알아들을 수 있는 크기의 목소리로 걱정스럽게 중얼거렸다.

하지만 엄마 같은 건 기억에도 없었다. 그래도 지금부터 대리엄마를 하나 물색해야 안전하리라는 판단이 내려졌다. 나는 생필품 코너에서 쇼핑을 모두 끝낸 듯이 보이는 삼십대 초반의 주부 하나를 대리엄마로 선택해서 곁에 바싹 따라붙기 시작했다. 예상했던 대로 대리엄마는 내용물로 배가 불룩해진 쇼핑백을 들고 나를 의식하지 못한 채 곧바로 하강하는 에스컬레이터에 몸을 실었다.

그런데 에스컬레이터가 겨우 세 계단쯤 하강했을 때였다. 갑자기 강한 전율감이 내 전신을 엄습하고 있었다. 심장까지 빠르게 박동하기 시작했다. 그건 분명히 적이 가까이에 있다는 위기신호였다. 나는 박동하는 심장을 애써 진정시키며 주도면밀하게 주위를 살펴보기 시작했다. 에스컬레이터는 몹시 붐비고 있었다. 시선을 멀리에서 가까이로 근접시킬수록 위기감이 강하게 느껴지고 있었다. 최악의 사태 같았다.

알고 보니 바로 밑계단에 서 있는 두 명의 사내에게서 느껴지는 전율감이었다. 틀림없는 형사들이었다. 침착해야 한다. 침착해야 한다. 나는 습관처럼 스스로에게 타이르고 있었다. 독사에게는 물려죽는 한이 있어도 형사에게는 붙잡히지 말아야 한다는 결의가 차츰 나를 대범하게 만들어주고 있었다. 형사들은 아직 한번도 내 얼굴을 본 적이 없으며, 신원조차 모르고 있을 거라는 생각도 불안감을 어느 정도 해소시켜 주는 요인이 되어주고 있었다.

역시 형사들은 전혀 나를 의식하지 못하고 있음이 분명해 보였다. 그들은 심각한 표정으로 자기들끼리 무슨 이야기인가를 주고받고 있었다. 나는 그들 뒤에 바싹 붙어서서 온 신경을 집중시켜 이야기에 귀를 기울이기 시작했다.

"현찰이 있는 것을 확인한 장소가 귀금속 코너이고, 현찰이 사라진 것을 확인한 장소가 숙녀복 코너랍니다. 우선 피해자가 거쳐 간 경로를 따라 각 코너별로 그 시간대의 감시카메라 필름을 점검해 보는 것이 어떨까요."

"아마 소용없을 걸세."

"그렇게 속단하시는 이유라도 있습니까."

"소매치기는 대부분 조직화되어 있는데 체계는 일반회사와 흡사하다네. 범행에 필요한 경비 일체를 전담하는 사장이 있고, 수익과 지출을 관리하는 경리가 있고, 범행대상의 정신을 산만케 만드는 외무사원이 있고, 금품을 갈취하는 기술자가 있지. 그런데 피해자와 직원들의 진술을 토대로 하면, 이번 소매치기의 경우에는 어디에서도 외무사원의 역할이 드러나 있지 않다는 점이 특색이라네. 쉽게 말하자면 바람잡이가 바람을 잡은 흔적이 전혀 없단 말일세. 뿐만 아니라 도대체 어떤 수법으로 핸드백 속의 내용물을 골라서 꺼내갈 수 있었는지조차도 드러나 있지 않네. 핸드백 속에는 현찰로 백만 원씩 세 묶음이 들어 있었고, 귀금속 코너에서 산 반지와 고액권의 수표도 여러 장 들어 있었네. 그런데 현찰 한 묶음만 감쪽같이 사라져버린 걸세. 핸드백에는 아무런 손상도 가하지 않았네. 뒤끝이 시끄러워지는 경우를 최소화시킨 소행일세. 귀금속에 손을 대지 않았다는 사실도 마찬가질세. 장물아비와의 연계를 회피함으로써 최대의 안전을 도모하고 있음이 분명하네. 이토록 주도면밀한 소매치기가 감시카메라에 잡힐 만큼 어리숙하지는 않을 걸세."

비교적 정확한 추리였다. 역시 형사가 다르다는 생각이 들었다.

"신종입니까."

"요즘은 아무도 쓰지 않는 구닥다리 수법일세."

"나이가 많은 소매치기겠군요."

형사들은 에스컬레이터에서 내려 다음 아래층으로 하강하는 에스컬레이터에 탑승했다. 나는 그들의 뒤를 바싹 미행하면서 대화를 엿듣는 일에 온 신경을 집중시키고 있었다.

"핸드백에 손상을 가하지 않고 물건을 꺼내가는 수법은 번개손과 흡사하지만, 현찰만을 표적으로 삼는다는 사실이 번개손과는 다른 부분일세. 번개손이라면 수표도 귀금속도 몽땅 챙겼을 걸세."

형사의 입에서 번개손이라는 아버지의 별명이 튀어나왔을 때, 나는 쇠망치로 뒤통수를 얻어맞은 듯한 기분이었다.

"수법을 보다 안전한 쪽으로 보완한 것이 아닐까요. 한번 수배해 보지요."

"소용없네. 놈은 교통사고로 두 다리를 절단하고부터 그 세계에서 완전히 은퇴해 버렸어. 나도 혹시나 하는 마음으로 아침에 컴퓨터 조회를 해보았는데, 번개손은 작년 여름에 간암으로 사망해 버렸더군. 영원히 용의선상에서 사라져버린 거지."

"조직은 없었습니까."

"철저한 단독범행이 놈의 특징일세. 전국을 통틀어 가장 신묘한 기술을 가진 소매치기였지. 절대로 면도칼 따위는 사용하지 않았네. 오직 손으로만 승부를 겨루는 소매치기로 알려져 있었지. 일체의 연고나 증거를 남기지 않는 것으로도 유명하지. 아무도 놈의 기술을 흉내낼 수 없었네. 용의선상에는 올라 있었지만 한번도 수갑을 차본 적은 없는 놈일세. 원체 신출귀몰하는 재주를 가지고 있어서 소문은 파다한데 얼굴을 알고 있는 사람이 드물 정도였네. 신화적인 놈이었지. 철두철미하게 의리를 지킬 뿐만 아니라 몰래 가난한 사람들도 많이 도와준다는 소문이었네."

"그렇다면 이번 사건은 누구의 소행일까요."

"낸들 알겠는가."

나는 전신에 식은땀이 흐르고 있음을 의식했다.

형사들은 에스컬레이터에서 내리자 숙녀복 코너를 향해 바삐 걸음을 옮겨놓고 있었다. 나는 대리엄마 곁에 바싹 붙어서 무사히 백화점을 탈출할 수 있었다.

바깥은 폭염이 쏟아지고 있었다. 나는 지하철에 몸을 실었다. 그제서야 가슴이 좀 진정되었다. 이제 비밀장소에 숨겨두었던 현찰들을 챙겨 홍천이라는 시골로 내려가는 수밖에 없다는 생각이 들었다. 우선 홍천이라는 시골로 내려가 김상훈이라는 사람을 찾는 일이 시급했다. 전직 공수요원. 칼새. 소매치기 족보로는 내게 삼촌뻘이 된다는 사람이었다. 주소와 전화번호는 머릿속에 입력되어 있었다.

24

토끼발

"어쩌면 형사들이 저를 붙잡으러 올지도 몰라요. 그러면 저는 처음부터 여기 없었던 걸로 말씀해 주세요. 그러지 않으면 다시 보육원으로 끌려가야 되거든요."

"무. 슨. 일. 이. 있. 었. 니."

"여기서 어물거릴 시간이 없어요. 빨리 도망쳐야 해요. 자리를 잡으면 전화를 드리겠어요. 누구한테도 제가 여기 있었다는 말씀을 하시면 안 된다는 거 잊어버리지 마셔야 해요. 아시겠지요."

나는 집으로 달려가 증거가 될 만한 흔적들을 모조리 인멸시켜 버린 다음, 조 선생 부인에게 나머지 일들을 당부해 놓고 서울로 가서 시외버스에 몸을 실었다. 필요한 것들은 배낭 하나 속에 모두 들어 있었다. 법무부 장관보다 더 강력한 빽은 오리발이고, 오리발보다 더 강력한 빽은 토끼발이다. 아버지의 가르침이었다.

"꼬마야, 어디까지 가냐."

"홍천까지요."

"홍천에는 뭐하러 가냐."

"삼촌네 집에 놀러 가요."

내 곁에는 군인이 동석하고 있었다. 일등병이었다.

"아저씨는 어디까지 가세요."

"홍천까지 간다."

"부대가 홍천에 있나요."

"홍천에 있다."

"홍천에 있는 슈즈슈즈라는 양화점을 아세요."

"워커만 신고 다니는 군바리가 민간인들의 구두를 만드는 양화점을 어떻게 알겠냐."

초행이었으므로 불안한 마음도 없지 않았으나 동행이 있어서 어느 정도는 다행이라는 생각이 들었다. 최소한 엉뚱한 장소에서 내릴 염려는 하지 않아도 될 것 같았다. 군인은 버스가 출발하자 이내 깊은 잠에 곯아떨어져버렸다. 몹시 피곤해 보이는 기색이었다. 요란하게 코까지 골아대고 있었다.

행락철이었다. 버스는 오늘 중으로 서울을 빠져나가지 못할 것 같았다. 엄청나게 차가 밀리고 있었다. 온 세상의 차들이 모두 서울에 집결해 있는 것 같았다. 차라리 걸어가는 편이 더 빠를지도 모르겠다는 생각이 들었다.

버스는 서울을 완전히 빠져나간 다음에야 속력을 내기 시작했다. 날이 어두워지고 있었다. 군인은 아직도 잠에서 깨어나지 않고 있었다. 여행은 길고도 지루했다.

"자암씨 검문이 있겠슴다."

버스가 어느 검문소에 정차하자 헌병 한 명이 승차하더니 알 수 없는 말을 구령처럼 내뱉으며 승객들에게 거수경례를 올려붙였다. 나는 불안감에 사로잡히기 시작했다. 헌병은 승객들을 한번 휘둘러 본 다음 곧장 내게로 걸어오고 있었다. 불안감이 점차로 고조되고 있었다. 그러나 헌병의 목표는 내가 아니었다.

"신분증 좀 봅시다."

헌병의 목표는 내 옆자리에 동석한 군인이었다. 그때까지도 군인은 기나긴 잠에서 깨어나지 않고 있었다. 헌병이 몇 번 어깨를 흔들었을 때야 비로소 눈을 뜨고는 사태를 인지한 표정이었다. 군인은 재빨리 상의 주머니에서 종이 쪽지 한 장을 꺼내 헌병에게 보여주었다. 헌병은 그것을 눈으로 확인하고는 이내 출입문 쪽으로 되돌아가더니, 다시 한 번 승객들에게 거수경례를 올려붙였다.

"가암싸함다."

버스가 출발한 지 일 분이 채 경과하기도 전에 군인은 다시 깊은 잠에 곯아떨어져버렸다. 부대로 돌아가면 제대할 때까지 한숨도 자지 못하고 보초를 서야 하는 임무라도 부여받은 모양이었다. 다른 승객들도 모두 피로감에 지친 모습들이었다.

차창 밖을 내다보았다. 별들이 뿌려져 있는 하늘 밑으로 끊임없이 산들만 이어지고 있었다. 마을도 나타나지 않았고, 불빛도 나타나지 않았다. 도시로부터 너무 멀리 떠나와 있었다. 아직까지 이토록 긴 여행은 해본 적이 없었다. 왠지 울고 싶은 심정이었다.

"여기가 홍천이다."

홍천에 도착하자 군인은 서둘러 내 곁을 떠나버리고 말았다. 귀대시간이 늦어지면 영창을 가게 될지도 모른다는 것이었다. 나는 공중전화 부스에서 슈즈슈즈라는 양화점에다 전화부터 걸어보기로 작정했다.

그러나 전화는 결번을 알리는 여자의 목소리만 반복하고 있었다. 내가 전화번호를 잘못 암기하고 있었는지도 모른다는 생각이 들었다. 전화번호부에서 슈즈슈즈라는 양화점을 찾아보았다. 내가 암기하고 있던 전화번호 그대로였다. 몇 번이나 전화를 걸어보았으나 여전히 결번을 알리는 여자의 목소리만 반복되고 있었다.

나는 두려움에 사로잡히기 시작했다. 직접 슈즈슈즈라는 양화점으로 찾아가는 수밖에 없다는 생각이 들었다. 행인들에게 슈즈슈즈라는 양화점이 어디에 있는가를 물어보기 시작했다. 서울의 밤거리가 광란의 도가니라면, 홍천의 밤거리는 불 꺼진 절간이었다. 그러나 불꺼진 절간에서 슈즈슈즈라는 양화점을 찾기는 별로 어렵지 않았다. 거의가 다 알고 있었다. 유명한 양화점인 모양이었다.

하지만 일이 제대로 풀리지 않고 있었다. 슈즈슈즈라는 양화점은 간판만 그대로였고, 주인은 달라져 있었다. 달라진 주인의 말에 의하면, 김상훈이라는 사람은 보증을 잘못 서주는 바람에 부도를 내게 되어 서둘러 가게를 처분해 버렸다는 것이었다. 그 후로도 빚쟁이들에게 줄곧 시달리다가 어느 날 아무도 몰래 야반도주를 해버렸다는 것이었다. 벌써 석 달 전의 일이라는 것이었다. 얼마 전에 누군가 춘천에서 얼핏 본 적이 있다는 소리를 듣기는 했지만, 확실한 소재를 알고 있는 사람은 아무도 없다는 것이었다.

"그 사람 처갓집이 춘천으로 이사를 갔다는 소리를 들은 것 같은데, 거기 어딘가에 숨어 있을지도 모르는 일이지."

전혀 예기치 못했던 사태였다. 막막했다. 나는 보육원을 탈출했을 때와 똑같은 심정에 처해 있었다.

이제 버스는 모두 끊어져 있었다. 택시가 있기는 했지만 밤중이라 어디를 가든 처신이 곤란하기는 마찬가지였다. 어차피 홍천에서 일박을 하는 수밖에 없다는 결론에 도달하게 되었다. 나는 시외버스 터미널 부근에 있는 식당에서 허기진 배를 채우고, 눈에 뜨이는 대로 싸구려 여인숙 하나를 찾아들었다.

내일은 춘천으로 한번 찾아가볼 심산이었다. 언젠가 아버지가 칼새는 턱에 칼자국이 나 있다고 말해 준 적이 있었다. 서울에서 김 서방 찾기나 춘천에서 칼자국 찾기나 마찬가지라는 생각이 들었다. 그러나 요행이라도 바라고 싶은 심정이었다. 몹시 근심이 되기는 했으나 너무 피곤했으므로 나는 자리에 눕자마자 배낭을 베개 삼아 깊은 잠에 빠져들고 말았다.

"독립운동을 하기도 바쁜 판국에 집에 들어올 시간이 어디 있다고 여편네가 새벽부터 재수 없는 아가리로 기관단총을 쏘아대고 있는 게야. 빨리 군자금이나 가져오라니까."

"유관순 누나한테나 가서 통사정을 해보시구려. 나는 삶아 먹고 죽을래도 땡전 한푼 없으니까. 당신 같은 백수건달 노름 밑천이나 대주려고 내가 온갖 손님들한테 시달리면서 하루 종일 이 걸레 집합소 같은 여인숙에 처박혀 사는 줄 아슈. 보름 만에 집구석에 기어 들어와서는 식구들 안부도 물어보지 않고 대뜸 군자금 타령이야. 주제에 자존심은 있어서 노름하러 다닌다는 말은 못하고 곧 죽어도 독립운동하러 다닌다누만. 독립투사들이 들으면 복장을 치면서 대성통곡할 노릇이지."

나는 여인숙 아줌마가 악을 써대는 소리 때문에 이른 새벽부터 잠을 깨게 되었다. 밖에는 희뿌연 새벽 안개가 부유하고 있었다. 여인숙을 빠져나와 시외버스 터미널로 향했다. 맑은 공기가 전신을 세척해 주고 있었다. 혈관 속까지 투명해지는 느낌이었다. 매표소에서 춘천행 차표 한 장을 끊었다.

25

손바닥에 쓰는 일기

가벼운 바람에도 허공을 떠돌아야 하는 민들레 홀씨도 땅에 닿으면 뿌리를 내리고 꽃이 되는데, 나는 왜 어디에서도 뿌리를 내리지 못하고 한정없이 떠돌기만 하는 것일까.

26

무어(霧魚)라는 물고기를 아시나요

춘천행 버스가 출발하기를 기다리고 있다가, 나는 갑자기 생경한 전율감에 휩싸이기 시작했다. 백화점에서 거액이 들어 있는 핸드백을 목격했을 때와는 판이하게 다른 성질을 가지고 있었다. 백화점의 전율감이 가슴을 냉각시키는 성질을 가지고 있다면, 지금의 전율감은 가슴을 가열시키는 성질을 가지고 있었다. 한 여자가 버스에 탑승하고 있었다. 그때부터 전율감은 점차로 고조되고 있었다. 스물서너 살쯤 되어 보이는 여자였다. 버스표를 들여다보더니 곧장 내 쪽으로 걸어오고 있었다.

"몇 살이니."

내 곁에 동석한 여자가 나이를 물어보았다. 초면인 사람에게 나이를 묻는 관습은 언제부터 생겨난 것일까. 남들이 나이를 물어올 때마다 나는 곤혹스러움에 사로잡히지 않을 수 없었다. 정직하게 대답해 주면 대부분 믿기지 않는다는 표정을 지어 보였기 때문이었다. 그러나 이번에도 나는 정직하게 대답해 주었다.

"열네 살인데요."

"정말이니."

"나이를 속인다고 키가 커지는 건 아니잖아요."

남들에게 나이를 정직하게 말해 줄 때마다 신장이 일 센티씩만 자라주었어도 지금쯤 나는 틀림없이 킹콩만 한 거구로 성장해 있을 거였다.

"집이 어디니."

"서울이요."

"춘천은 무슨 일로 가는 거니."

"삼촌댁에 놀러 가요."

버스가 출발하고 있었다. 여자는 통로 쪽에 앉아 있었고, 나는 창문 쪽에 앉아 있었다. 전율감은 시간이 지날수록 차츰 소멸되어 가고 있었다. 나는 전율감의 정체를 알아내기 위해 촉각을 곤두세우고 있었다. 그러나 여자는 아무런 귀금속도 착용하고 있지 않았다. 차분하고 소박해 보이는 차림새였다. 무릎에는 헝겊으로 만든 가방 하나가 놓여 있었고, 그 위에 시집 한 권이 놓여 있었다. 표지에 이하윤(李夏潤) 조행시집(釣行詩集) 춘천회상(春川回想)이라고 인쇄되어 있었다. 소지품이라고는 그뿐이었다.

버스는 곡예를 하고 있었다. 모든 길들이 급경사와 급커브로만 이루어져 있었다. 나는 차창 밖을 내다보았다. 언덕을 넘어도 산이 보였고, 모퉁이를 돌아도 산이 보였다. 인가는 별로 보이지 않았다.

"실례하겠습니다."

어디선가 삼십대 초반쯤의 남자 하나가 다가와서는 여자에게 심각한 표정으로 말을 걸어오기 시작했다.

"춘천에 도착하면 저하고 커피나 한잔 하실까요."

남자는 말해 놓고 나서 여자의 대답을 기다리고 있었다. 유명 전자회사의 유니폼을 착용하고 있었다. 건장한 체격을 가지고 있었다. 여자가 차창 밖을 내다보다가 남자에게로 시선을 돌리고 있었다. 서로 모르는 사이 같았다.

"싫은데요."

여자의 대답이었다.

"저는 춘천에서 전자제품 대리점을 경영하고 있는 사람입니다. 아직 미혼이지요. 비록 재벌은 되지 못했지만 마음에 드는 여자에게 커피 한잔쯤 대접해 드릴 만한 경제적 여유 정도는 확보해 놓은 사람입니다."

남자가 말했다. 자신감이 넘쳐흐르는 목소리였다. 쉽사리 물러날 기색이 아니었다. 버스는 여전히 곡예를 하며 산모퉁이를 돌아가고 있었다. 몇 채의 오두막들이 산등성이 밑에 잠들어 있었다. 농부 하나가 소를 몰고 한가롭게 비탈길을 내려오고 있는 모습도 보였다. 춘천에 도착하면 여자와 커피 한잔을 마시기 위해 남자는 일장연설을 시작하고 있었다.

"저는 전자제품이야말로 오늘날 여성해방을 가져오게 만든 일등공신이라고 생각합니다. 전자제품이 세상에 나타나지 않았다면 여성들은 아직도 밥에 묶이고, 빨래에 묶이고, 걸레에 묶여서 날마다 노예처럼 살아야 했을 겁니다. 이제는 첨단 전자시대입니다. 부채의 시대가 아닙니다. 선풍기의 시대도 아닙니다. 바로 에어컨의 시대지요. 에어컨이 부유층이나 구비할 수 있는 사치품이라고 생각하는 시대는 지났습니다. 해마다 여름철이 되면 에어컨 주문이 쇄도해서 물량이 딸릴 지경입니다. 작년에는 서민들이 더 많이 에어컨을 주문한 것으로 집계되었습니다. 험담을 늘어놓기 좋아하는 사람들은 에어컨이 대기를 오염시키는 주범이라고 떠벌려대지만, 그런 사람들이 바로 사촌이 논을 사면 배가 아파지는 심보를 가진 사람들입니다. 평생토록 성냥갑만 한 실내공간에서 팔에 쥐가 날 정도로 부채질이나 하면서 가난에 찌든 채로 살아가야 할 팔자를 타고난 사람들이지요. 에어컨이 설비되어 있지 않은 은행을 보신 적이 있으십니까. 에어컨이 있는 곳에는 언제나 돈이 있고, 돈이 있는 곳에는 언제나 에어컨이 있다는 등식을 증명시켜주는 대표적인 사례입니다."

남자는 마치 에어컨을 국회로 보내기 위해 선거유세라도 하는 사람처럼 열변을 토하고 있었다. 그러나 여자는 이미 주권을 포기해 버린 모양이었다. 계속해서 차창 밖으로만 시선을 고정시켜 놓고 있었다.

"춘천에 도착하면 저하고 커피나 한잔 하실까요."

남자는 반드시 여자와 춘천에 도착하면 커피를 한잔 마셔야만 국가발전을 도모할 수 있다고 굳게 확신하고 있는 사람 같았다. 그러나 여자는 묵묵부답이었다. 나는 남자에게 자리라도 양보해 주어야 할 것 같은 부담감에 사로잡혀 있었다. 남자는 이제 고장난 녹음기처럼 자꾸 같은 대사를 되풀이하고 있었다.

"춘천에 도착하면 저하고 커피나 한잔 하실까요."

정말로 끈질긴 근성을 가지고 있는 남자였다.

"춘천에 도착하면 저하고 커피나 한잔 하실까요."

아직도 목소리는 자신감을 잃지 않고 있었다. 열 번 찍어 안 넘어가는 나무가 있다면 전기톱으로 잘라서라도 넘어뜨리고야 말겠다는 태세였다. 여자는 그제서야 피곤한 표정으로 남자를 향해 고개를 돌리고 있었다.

"무어라는 물고기를 아세요."

여자가 남자에게 물었다.

"문어 말입니까."

남자가 어눌한 목소리로 반문했다.

"문어가 아니라 무어예요."

"그런 물고기도 있습니까."

"모르시는군요. 만약에 무어라는 물고기를 아신다면 커피를 백 잔이라도 같이 마셔드릴 작정이었는데요."

"어떻게 생긴 물고기입니까."

"춘천에만 살고 있는 물고기인데, 평소에는 물 속을 헤엄쳐 다니지만 안개가 짙은 날은 안개 속을 헤엄쳐 다니지요. 아시다시피 춘천에는 세 개의 댐이 축조되어 있어요. 물론 전자제품을 팔아먹는 사람들은 댐을 좋아하시겠지요. 전기를 생산해 내는 축조물이니까요. 하지만 댐은 물고기들의 입장에서 보면 종신형 감옥이에요. 댐이 생기기 전에는 모든 물고기들이 여러 갈래의 강줄기를 상하류로 자유롭게 헤엄쳐 다닐 수가 있었지만, 댐이 생기고 나서부터는 한정된 수역 속에서만 살게 되었죠. 의암호에서 사는 물고기는 종신토록 의암호에서만 살아야 하고, 춘천호에서 사는 물고기는 종신토록 춘천호에서만 살아야 하고, 소양호에서 사는 물고기는 종신토록 소양호에서만 살아야 해요. 하지만 무어는 달라요. 모든 댐을 넘나들면서 살 수가 있지요. 안개 속을 헤엄쳐 다니는 특성을 지니고 있으니까요."

"물고기가 하늘을 날아다닐 수가 있단 말입니까."

남자가 항의조로 말했다.

"물론이죠."

"물고기가 하늘을 날아다닌다면 물총새는 땅 속에서 살아야 하겠군요."

남자는 약간 조소 어린 표정을 지어 보였다.

"바다에도 날아다니는 물고기가 있다는 사실을 모르세요."

"그건 또 이름이 뭡니까."

"날치예요."

"갈치를 잘못 알고 계시는 거 아닙니까."

"갈치가 하늘을 날아다닐 수 있나요."

"없지요."

"분명히 말씀드리지만 날치는 하늘을 날아다닐 수 있어요. 날치는 경골어류로서 동갈치목에 속하는 물고기죠. 가슴지느러미가 특히 발달해 있는데, 수평으로 펼치면 날개와 흡사한 기능을 발휘할 수가 있지요. 수면 위로 삼 미터 정도의 높이를 유지하면서 비행할 수가 있어요. 난류성 물고기로 한국의 바다에도 분포되어 있지요."

아까는 남자가 시종일관 에어컨에 대한 이야기만 하더니, 이제는 여자가 시종일관 물고기에 대한 이야기만 하고 있었다. 두 사람의 대화는 춘천에 도착할 때까지 서로 소통되지 않을 것 같은 느낌이었다. 남자는 그만 입을 다물어버리고 말았다.

"춘천은 아직도 멀었나요."

내가 여자에게 물었다.

"이 고개만 넘으면 춘천이 훤히 내려다보이지."

여자가 지금 원창고개를 넘어가고 있는 중이라고 가르쳐주었다. 버스는 이제 해소병 환자처럼 심하게 가래 끓는 소리를 뱉어내며 언덕길을 힘겹게 기어오르고 있었다. 어느 때보다도 가파른 경사였다. 버스는 가쁘게 숨을 헐떡거리고 있었다. 금방이라도 절명해 버릴 것 같았다.

"춘천은 어디 있어요."

나는 다시 여자에게 물었다.

버스가 마루턱에 당도했는데도 춘천은 보이지 않았다. 삽시간에 짙은 우윳빛 농무(濃霧)가 사방에서 버스를 에워싸고 있었다. 한치 앞도 내다볼 수가 없었다.

"안개가 춘천을 삼켜버렸어."

여자가 차창 밖을 내다보며 경외감에 찬 목소리로 나지막이 탄성을 발하고 있었다. 차창 밖은 아무것도 보이지 않았다. 하늘도 보이지 않았고, 땅도 보이지 않았다. 길도 보이지 않았고, 가로수도 보이지 않았다. 모든 사물이 실종되어 있었다. 오직 짙은 안개만이 포화상태를 이루고 있었다. 처음 보는 농무였다. 세상 전체가 마법에 걸려 있는 것 같았다. 버스는 안개의 군단에 피랍되어 서행으로 어디론가 끌려가고 있었다. 나는 마치 사차원의 세계로 빨려들고 있는 듯한 착각 속에 사로잡히고 있었다.

"이제 춘천 시내로 진입해 들어가고 있는 거야."

여자가 내게 말했다.

다른 승객들은 한결같이 침묵 속에 빠진 채 바깥으로만 시선을 집중시키고 있었다. 바깥에는 아직도 짙은 안개가 포화 상태를 이루고 있었다. 시간이 기화되고 있었다. 공간도 기화되고 있었다. 버스가 종착지에 당도할 때까지 안개는 걷히지 않고 있었다. 안개 저편에 흐리고 둥근 불빛 몇 개가 떠 있었다. 가로등 같았다. 버스는 터미널에 도착하자 잠시 경련을 일으키다가 일순간에 숨이 끊어져버리고 말았다.

"어디 가서 저하고 커피나 한잔 하실까요."

유명 전자회사의 유니폼을 착용한 남자가 여자에게 다시 진드기를 붙고 있었다. 그러나 여자는 아무런 반응도 보이지 않았다.

"재미있게 놀다 가렴."

여자는 내게 인사 한마디를 남기고는 자리에서 일어서고 있었다. 승객들이 꾸역꾸역 통로를 빠져나가고 있었다. 나는 승객들이 모두 하차한 뒤에도 텅 빈 버스 안에 그대로 머물러 있었다. 난감했다. 일단 배낭을 메고 자리에서 일어서는 수밖에 없었다. 그때였다. 어디선가 코 고는 소리가 들리고 있었다. 버스 안을 둘러보니 제일 뒷좌석에 할아버지 하나가 잠에 곯아떨어져 있었다. 남루해 보이는 할아버지였다. 버려두고 혼자 내리기가 죄스럽다는 생각이 들었다.

"할아버지, 춘천이에요. 일어나세요."

나는 할아버지를 흔들어 깨우기 시작했다.

"어디서 나타난 선동이냐."

할아버지가 눈을 떠서는 물끄러미 나를 쳐다보며 묻고 있었다. 나는 무슨 뜻인지 몰라서 대답하지 않았다. 차창 밖을 내다보니 조금 전 버스에서 내린 승객들이 방향감각을 상실한 채 짙은 안개 속을 서성거리고 있었다. 마치 집단최면에라도 걸려 있는 무리들 같았다.

"할아버지도 갈 데가 없으세요."

내가 물었다.

"천하가 다 내 집인데 왜 갈 데가 없겠느냐."

할아버지의 대답이었다. 호기 있는 목소리였다.

할아버지는 자리에서 일어서더니 허청허청 통로를 빠져나가고 있었다. 나는 아직도 아무런 결정을 내리지 못하고 있었다. 버스에서 내리자 안개가 전신을 휘감아오고 있었다. 나는 무작정 할아버지의 뒤를 따라가기 시작했다. 터미널 대합실의 시계는 일곱시 이십삼분을 가리키고 있었다. 춘천은 아직도 잠에서 완전히 깨어나지 않은 상태였다. 안개 때문인 것 같았다. 나는 할아버지의 뒤를 따라가다가 습관적으로 터미널의 신문 가판대에 눈길을 주게 되었다.

백화점 소매치기 극성. 경찰 일제 단속에 나서.

제법 큼지막한 제호의 활자들이 눈을 부릅뜬 채 나를 노려보고 있었다. 소름이 오싹 끼쳤다. 할아버지는 전혀 나를 의식하지 못한 채 짙은 안개 속으로 걸어 들어가고 있었다. 나는 할아버지를 놓칠세라 걸음을 재촉해서 따라붙고 있었다. 갈수록 안개는 농도를 더해 가고 있었다. 지척을 분간할 수가 없을 지경이었다. 마치 환각상태에 빠져 있는 듯한 기분이었다. 한참을 걷고 있는데 어디선가 신선한 물비린내가 맡아져 왔다. 안개 저편 어딘가에 호수가 있는 모양이었다.

27

격외선당(格外仙堂)

그날 나는 할아버지를 미행하다가 도중에 덜미를 잡히고 말았다. 할아버지는 미행을 눈치채고 길모퉁이 농무 속에 잠복해 있었다. 나는 최대한 슬픈 표정을 지어 보이며 자초지종을 장황하게 털어놓지 않을 수 없었다. 그러나 공수요원과 관계된 사실만은 한마디도 누설하지 않았다.

"처지가 딱하게 되었구나."

그날부터 나는 당분간 할아버지와 함께 생활하게 되었다.

할아버지는 격외선당(格外仙堂)이라는 현판이 걸려 있는 암자에 혼자 살고 있었다. 조그만 암자였다. 춘천의 서면 금산리 야산 골짜구니에 외따로 소재해 있었다. 친분이 두터운 어느 노스님이 기거하고 있었는데, 신도들이 절을 지어 주지로 모서가는 덕분에 할아버지 차지가 되었다는 것이었다.

"할아버지는 연세가 어떻게 되세요."

"나는 산을 마주하면 산하고 나이가 같아지고, 강을 마주하면 강하고 나이가 같아지니까 몇 살인지는 네가 계산해 보아라."

내가 던지는 그 어떤 질문에도 할아버지는 명확한 대답을 해주지 않았다. 고향이 어디냐고 물으면 선계(仙界)라고 대답했고, 선계가 어디냐고 물으면 신선(神仙)들이 사는 마을이라고 대답했다. 할아버지는 나를 선동(仙童)이라고 불렀고, 자신을 신선이라고 자처했다.

할아버지가 마시는 모든 술은 신선주(神仙酒)였고, 할아버지가 바라보는 모든 풍경은 신선경(神仙景)이었다. 그러나 나는 할아버지가 자기도취에 빠져 있다고 생각하고 있었다. 내가 아는 바에 의하면 신선은 동화책이나 만화책을 통해서만 접할 수 있는 전설상의 존재였으며, 종착지에 버스가 도착한 줄도 모르고 코나 골아대는 모습의 현실적 존재가 아니었다.

"할아버지도 구름을 타고 하늘을 날아다닐 수 있으신가요."

"진정한 신선은 세속에 몸을 담고 있으면서 술사들처럼 구름을 타고 하늘을 날아다니는 재주 따위를 보여주는 일을 부끄럽게 생각하는 법이니라."

"그러면 할아버지는 구름도 안 타고 하늘을 날아다니시나요."

"하늘을 날아다니는 일이야 새들에게 주어진 풍류이지, 어디 신선에게 주어진 풍류이겠느냐."

할아버지는 아무런 도술도 부리지 못한다는 사실을 인정하면서도, 자신이 신선이 아니라는 사실만은 결코 수긍하려 들지 않았다.

"도술이 신선의 증거가 아니라 마음이 신선의 증거이니라."

비록 하늘을 날아다닐 수 있는 도술을 부리지는 못해도 어디에 있으나 마음이 도원경을 노니는 경지라면 그가 바로 신선이라는 주장이었다. 그러나 나는 결코 할아버지가 신선이라고는 생각되지 않았다. 신선병 환자라고만 생각되었다.

"할아버지는 이 많은 책들을 모두 다 읽으셨나요."

"읽었지."

암자에는 엄청나게 많은 책들이 소장되어 있었다. 할아버지가 암자에 있을 때는 책을 뒤적거리는 일이 유일한 소일거리였다. 대개가 한문투성이의 책들이었다. 천자문을 모조리 외우고 있는 나로서도 도무지 이해가 되지 않는 내용들이었다.

"할아버지는 이 많은 책을 다 읽으시고도 왜 아직까지 출세를 못하셨어요."

"신선이 되었으면 그만이지 더 이상의 출세가 어디 있단 말이냐."

할아버지의 신선병은 치유불능인 중증이었다. 자신은 낚시를 통해 도에 이른 신선으로서, 선계에서는 무간선(無竿仙)이라는 호칭으로 불리어진다는 허언까지 서슴지 않았다. 나는 때로 할아버지가 정신이 약간 이상해져 있는지도 모른다는 의

구심을 떨쳐버릴 수가 없었다.

"할아버지는 왜 텔레비전을 들여놓지 않으셨어요."

"세상만사를 훤하게 알고 있는데 텔레비전이 왜 필요하단 말이냐."

나와는 너무 다른 세계에서 살고 있는 할아버지였다. 도대체 말이 통하지 않는 동숙자였다. 나는 심심해서 숨통이 막혀버릴 지경이었다. 오락기를 가지고 오기는 했으나 한번도 사용해 본 적이 없었다. 전기는 들어왔지만 텔레비전이 없었기 때문이었다.

"할아버지는 친척이 아무도 없으신가요."

"아직도 그런 번거로운 인연에서 풀려나지 못했다면 신선이라고 자처할 수가 없겠지."

바깥에 나가 보면 멀리 호수 건너편에 도시가 있었다. 춘천이었다. 거기 어딘가에 칼새라는 별명을 가진 사내가 빚쟁이들을 피해 몸을 숨기고 있을지도 모르는 일이었다. 격외선당 가까이에는 한 채의 인가도 눈에 뜨이지 않았다. 세상과는 일체 단절되어 있었다. 일주일이 지났지만 아무도 찾아오지 않았다. 다행스럽게도 형사들에 대한 불안감은 조금도 느껴지지 않고 있었다. 내게는 그것만이 유일한 위안이었다.

"할아버지는 직업이 없으신가요."

"천하만물이 모두 내 소유인데 직업 따위가 무슨 소용이 있겠느냐."

"생활비가 생기지 않으면 먹고살 수가 없잖아요."

"저 마타리꽃 위를 날아다니는 호랑나비는 생활비가 없는데 어떻게 먹고 살아가겠느냐."

내가 보기에 할아버지는 아무런 직업도 없이 혼자 살아가는 가난뱅이였다. 방 안에 있는 책을 찢어 국을 끓여먹을 수도 없는 일이었고, 마당에 있는 흙을 파서 밥을 지어먹을 수도 없는 일이었다. 언제라도 내가 백화점에서 실적을 올리게 된다면 분배엄수의 계율대로 칠십 퍼센트의 현찰을 지급해 드리고 싶은 극빈자 중의 하나였다. 그런데도 할아버지는 무사태평이었다.

"오늘은 우리 선동에게 춘천 구경이나 시켜줄까."

날씨가 쾌청한 어느 날이었다. 현기증이 날 정도로 눈부신 햇빛 속에서 매미들이 시끄럽게 울어대고 있었다. 할아버지는 나를 데리고 격외선당을 나섰다. 마타리·부전나비·억새풀·풀무치·오리나무·쓰르라미·엉겅퀴·범나비·물푸레·참매미·찔레덤불·살모사·쑥대풀·참나무·불개미·산나리. 할아버지가 야산을 내려오면서 가르쳐준 이름들이었다.

"풀 한 포기도 벌레 한 마리도 모두 조물주가 저술한 아름다운 책 한 권이니라. 행여 하찮게 여기거나 함부로 손상치 않도록 각별히 유념하여라."

할아버지는 내게 진지한 표정으로 당부하고 있었다.

야산을 내려와 선착장에 당도하니 때마침 발동선이 들어서고 있었다. 바람 한 점 없는 날씨였다. 호수는 거울처럼 잔잔했다. 발동선은 거울처럼 잔잔한 호수를 깨뜨리며 춘천을 향해 달려가고 있었다.

"아무리 감각이 무딘 사람도 춘천에서 삼 년만 살면 시인이 된다는 말도 있느니라."

할아버지의 춘천 예찬이었다.

춘천은 호수에 둘러싸여 있는 아름답고 정갈한 도시였다. 모든 풍경이 한 폭의 수채화처럼 투명해 보였다. 호수 변두리로 푸르른 숲들이 자라 오르고 있었다. 이따금 푸르른 숲들을 가로질러 순백색 날개를 가진 새들이 날아다니고 있었다. 어디선가 끊임없이 음악 소리가 들리고 있었다.

거리는 깨끗하게 단장되어 있었다. 도로변으로 꽃들이 즐비하게 피어 있었다. 아직 아무것도 부패되지 않은 상태 같았다. 자연도 부패되지 않은 상태 같았고, 인간도 부패되지 않은 상태 같았다. 매연도 없었고, 소음도 없었다. 번화가로 들어가보아도 마찬가지였다. 장사꾼의 악다구니 소리도 들리지 않았고, 아무렇게나 방치되어 있는 쓰레기도 보이지 않았다. 서울이 암투의 도시라면, 춘천은 평온의 도시였다.

"춘천에는 백화점이 없나요."

"지금은 없지만 머지않아 생기겠지."

나는 행인들의 턱만 유심히 살피며 걷고 있었다. 칼자국이 보이는 행인은 눈에 뜨이지 않았다. 모두가 정상적인 턱을 보존하고 있었다.

"낚시질을 해본 적이 있느냐."

"없는데요."

"그렇다면 이제부터 내가 천하를 낚는 법을 네게 가르쳐주겠다."

할아버지는 나를 데리고 낚시점으로 들어갔다. 낚시점에는 물고기를 낚는 데 필요한 각종 장비들이 즐비하게 진열되어 있었다. 할아버지는 낚시가방 속에다 간단한 초보자용 채비들을 꾸려서 내 어깨에다 걸쳐주고는 허리춤에서 대금을 꺼내고 있었다. 놀랍게도 십만원권 자기앞수표였다. 나는 직업도 없이 날마다 무위도식을 일삼는 할아버지가 어디서 그런 고액권을 마련했는지 몹시 궁금했다. 그러나 물어볼 수는 없었다.

"이건 무슨 소리예요."

춘천 구경을 마치고 선착장에서 발동선을 기다리고 있을 때였다. 갑자기 천지를 뒤흔드는 굉음이 도시를 난타하고 있었다. 대기가 파열되고 있었다. 호수가 진저리를 치고 있었다. 나는 자신도 모르게 할아버지의 팔소매를 부여잡고 있었다.

"전쟁이 터졌나봐요."

나는 겁먹은 목소리로 소리쳤다. 그러나 내 목소리는 굉음속에 파묻혀버리고 말았다. 굉음은 도시 어딘가에서 돌출되어 하늘로 치솟아 오르고 있었다. 헬리콥터였다. 도시 어딘가에서 헬리콥터들이 차례로 떠올라 일렬종대로 호수를 가로지르고 있었다. 내게는 도발적이면서도 위협적인 광경이었다. 춘천의 모든 평온이 한꺼번에 굉음 속에 함몰되고 있었다.

"신선들이 구름을 타고 하늘을 날아다니지 않는 이유는 꼴사나운 비행기가 생기고 나서 하늘이 천박해져 버렸기 때문이다."

헬리콥터가 멀어져가자 할아버지가 말했다. 바로 뒤편에 미군부대가 주둔해 있다는 설명이었다. 이제는 산천이 모두 서양문물에 잠식당해서 우리의 미풍양속은 시궁창에 버려진 쓰레기 꼴이 되어버렸노라고 할아버지는 탄식을 금치 못하고 있었다.

28

조행기(釣行記)

"낚시질은 물고기를 잡아서 식탁 위에 올려놓기 위한 생계수단이 아니라, 네 마음을 낚아서 우주 속에 방생하기 위한 심신수양이니라."

할아버지의 가르침이었다. 하지만 나는 도무지 이해할 수가 없었다. 먹지도 않을 물고기를 왜 잡아야 하는지도 이해할 수가 없었고, 형체도 없는 마음을 어떻게 낚아서 우주 속에 방생하라는 것인지도 이해할 수가 없었다. 그러나 어른들은 아이들에게 자신들이 소유하고 있는 기술과 지식을 어떻게 해서든 전수하지 않으면, 세상이 당장에라도 멸망의 구렁텅이로 함몰해 버린다고 생각하는 모양이었다. 돌아가신 아버지가 내게 소매치기를 가르치려고 전심전력을 기울였을 때와 마찬가지로, 할아버지도 내게 낚시질을 가르치려고 전심전력을 기울이고 있었다.

"요즘은 대학을 나오지 않으면 인간 대접을 받지 못한다고 생각하는 사람들이 대부분이지만, 나는 그렇게 생각하지 않는다."

할아버지는 이 세상의 모든 대학을 인간이 축조해 놓은 가장 협소한 지식의 감옥으로 생각하고 있었다. 대부분의 대학들이 수많은 젊은이들을 질긴 논리의 창틀 속에 감금시키고, 마음으로써 대우주를 거침없이 넘나들 수 있는 자유를 속박하기 때문이라는 것이었다. 할아버지는 대자연이야말로 이 세상에서 가장 위대한 스승이자 대학이라는 주장이었다. 나는 이 세상에서 가장 위대한 스승이자 대학이라는 대자연 속에서 할아버지에게 낚시질을 배우느라 그해 여름을 모조리 탕진해 버리지 않을 수 없었다.

"물고기에 대한 인간의 탐욕이 낚싯바늘을 발명하게 만들었지."

보기와는 달리 할아버지는 전분야에 걸쳐서 놀라운 지식을 겸비하고 있었다. 특히 낚시에 관계되는 일이라면 동서고금의 모든 지식을 빠짐없이 수집해서 두뇌 속에 입력시켜 놓은 모양이었다.

"한때는 물고기의 뼈로 낚싯바늘을 만들어 물고기를 잡았던 적도 있느니라."

할아버지는 가장 적은 면적에 가장 많은 서적이 소장되어 있는 이동도서관이었다. 프랑스의 브뤼니켈에서 발굴된 골각기(骨角器). 스위스의 호저에서 발굴된 목각바늘. 고대 중국의 강상조어도(江上釣魚圖)에 그려져 있는 조차(釣車). 중석기시대의 유물로 남아 있는 목석바늘. 청동기 시대의 유물로 남아 있는 구리바늘. 현대에 이르러 다양하게 발달되어 있는 강철바늘. 할아버지는 동서고금의 낚싯바늘과 관계되어 있는 지식만을 모조리 열거하는 데도 하루해가 부족할 지경이었다.

"춘천에도 월척이라는 물고기가 사나요."

"월척은 물고기의 이름이 아니다."

"낚시꾼이 월척이라는 물고기를 잡아서 들고 있는 사진까지 신문에 실려 있었는데요."

"얼마나 커보이더냐."

"베개만 한 놈이었어요."

"사진으로는 그만한 놈으로 보일 수도 있겠지."

"그건 무슨 물고기지요."

"붕어라는 물고기겠지. 월척은 물고기의 이름이 아니라 물고기의 치수를 나타내는 말로서, 정통한 낚시꾼들이 한 자가 넘는 붕어를 일컬을 때 상용하느니라."

할아버지의 설명에 의하면, 월척이란 한 자가 넘는 붕어를 지칭할 때만 쓰여지는 낚시용어였다. 특히 정통한 낚시꾼들은 대낚시를 사용해서 붕어를 잡았을 경우에만 월척을 인정한다는 것이었다. 강도낚시로 잡았어도 월척이 아니요, 방울낚시로 잡았어도 월척이 아니라는 것이었다. 그러니까 아무리 대낚시로 집채만 한 물고기를 잡았더라도 붕어가 아니면 월척으로 인정하지 않는다는 설명이었다.

"물고기가 약재로 쓰인다는 말은 들어보았느냐."

"못 들어보았는데요."

"한방에서는 모든 물고기를 약재로 쓰고 있지. 그중에서도 붕어는 오장을 이롭게 하는 데 특출한 효능을 가지고 있다. 허준의 『동의보감』에는 다른 물고기들은 모두 오행의 화에 속하지만, 붕어만이 오직 토에 속한다고 분류되어 있지. 소화기관 속으로 들어가면 위를 편안하게 하고, 창자를 이롭게 하며, 간의 기력을 북돋아주는 효능도 가지고 있다. 뿐만 아니라 어린 아이들의 눈병이나 부스럼에는 붕어의 머리뼈를 태워서, 그 재를 바르면 효험이 있다고도 명기되어 있느니라. 또 서유구의 『임원십육지』 중 「인제지」를 보면 붕어가 치질을 고치고 부기 증의 물을 빠지게 하며, 현기증이나 설사를 다스린다는 사실도 알 수가 있지."

그러나 오늘날은 붕어의 수가 점차로 줄어들고 있다는 것이었다. 배스니 블루길이니 향어니 하는 외래어종들이 알과 치어들을 닥치는 대로 먹어치우기 때문이라는 것이었다. 그것들은 환경에 대한 적응력이 빠르고 번식력이 왕성하며 성정이 난폭하고 탐욕적이어서, 그대로 방치해 두면 머지않아 토착어종들이 멸종하게 될는지도 모른다는 것이었다.

"외래어종들은 바다를 헤엄쳐서 우리나라에까지 들어왔나요."

"비행기를 타고 우리나라에까지 들어왔느니라."

"누가 비행기를 태워주었나요."

"제삼공화국 때부터 높으신 양반들이 앞뒤를 가리지 않고 모셔다가 도처에 방생해 놓았지."

"그때는 높으신 양반들이 신토불이라는 말도 모르는 바보들 이었나요."

"바보들이라면 차라리 그런 짓을 못했겠지."

"바보들이 아닌데도 왜 그런 짓을 했을까요."

"바보들보다 못한 위인들이니까 그런 짓을 했겠지."

할아버지는 낚시꾼들에게 가장 사랑을 받는 수중신선으로 붕어를 추대하고 있었다. 그러나 요즘은 외래어종들 때문에 인공댐호가 세 군데나 존재하고 있는 춘천에서도 붕어의 입질 을 구경하기가 힘들어졌다는 탄식이었다.

그러나 할아버지는 내게 처음부터 호수로 나가서 수중신선 을 친견할 수 있는 자격을 부여하지는 않았다. 우선 낚시꾼이 갖추어야 할 기본지식과 예의범절부터 철두철미하게 숙지시키 는 일에 주력했다. 할아버지의 가르침에 의하면 낚시질은 오락 이 아니라 도락이었다. 오락은 경거망동을 해도 상관이 없지만, 도락은 경거망동을 하면 격조가 떨어지고 만다는 것이었다.

"낚시질은 실전에 임하기 전에 우선 육물의 성질을 알고, 그것들을 조정하는 방법부터 익혀야 한다."

육물(六物)이란 대·줄·찌·봉·바늘·미끼를 종합해서 일컫는 말로서, 예로부터 낚시의 기본채비로 알려져 있었다. 나는 그것들을 결합하거나 분해하는 일을 하루에도 몇 번씩이나 반복하지 않을 수 없었다. 내가 눈을 감고도 그것들을 능수능란하게 다룰 수 있는 솜씨를 가지게 되었을 때야, 할아버지는 비로소 나를 호수로 데리고 나가는 자비심을 베풀었다.

"다른 사람들보다 감각이 좋아서 몇 배나 빨리 익히는구나."

야산을 내려가 도로를 횡단해서 조금만 걸으면 의암호였다. 의암호에 나가면 언제나 신선한 물비린내가 폐부로 스며들었다. 모든 풍경들이 수면 위에 거꾸로 잠겨 있었다. 이따금 바람이 불면 풍경들은 조각조각 흔들리며 사방으로 흩어졌다. 할아버지는 내가 수심에 맞추어 찌와 봉돌을 조정하는 일에 익숙해지자, 비로소 낚싯대를 휘두르는 법을 가르쳐주었다.

앞치기. 내려치기. 밀어치기. 돌려치기. 반돌리기. 할아버지는 그중에서도 앞치기를 가장 도덕적인 휘두르기로 추천하고 있었다. 줄의 행동반경이 축약적이고 동작이 간결하기 때문에 타인의 낚시질에 방해가 되지 않는 휘두르기였다. 뿐만 아니라 미끼를 최대한 묽게 쓸 수가 있으며, 원하는 장소에 대체로 정확하게 투척되는 장점도 가지고 있었다. 그러나 할아버지는 휘두르기에 익숙해질 때까지 결코 미끼의 사용을 허락하지 않았다. 하루 종일 빈 낚싯대만 휘두르게 만들었다.

"미끼도 매달지 않고 어찌 그리 엄청난 대어를 낚았느냐."

때로는 손가락에 낚싯바늘이 박혀 피를 흘리기도 했고, 때로는 나뭇가지에 낚싯줄이 걸려 초릿대를 분지른 적도 있었다. 신경질을 내면 영락없이 낚싯줄이 헝클어졌다. 그러면 낚싯줄을 푸는 일에만 몇 시간을 허비하기 일쑤였다.

"마음이 흔들리면 낚싯줄도 흔들리느니라."

이러다가는 내가 할아버지의 나이가 될 때까지 피라미 한 마리도 잡아보지 못한 채 인생의 종말을 고하게 될 것 같았다. 오직 휘두르기로 한평생을 보내었다는 낚시경력만 남게 될 것 같았다.

"오늘부터는 밑밥을 주는 요령을 배우도록 하자."

내가 낚싯바늘에 미끼를 매달기 시작한 것은 여름이 거의 끝나갈 무렵이었다. 미끼는 언제나 일정한 장소에 투척하는 것이 가장 중요한 요령이었다. 그러나 미끼를 매달지 않았을 때는 같은 장소에 정확하게 떨어져 직립하던 찌가, 막상 미끼를 매달기만 하면 중구난방으로 갈피를 잡지 못하고 있었다. 허공에서 미끼가 분해되어 사방으로 흩어져버리는 수도 있었고, 바로 코앞에서 물 속에 곤두박질을 치거나 받침대에 감겨버리는 수도 있었다.

"열받네."

울화통이 치밀어 올라 낚싯대를 분질러버리고 싶은 충동에 사로잡혔던 적이 한두 번이 아니었다. 그야말로 사투였다. 이렇게 낚시질이 힘든 것이라면, 차라리 시장에 가서 돈을 주고 물고기를 사는 편이 훨씬 현명한 처사라는 생각이 들었다. 그러나 지성이면 감천이라는 말이 맞기는 맞는 모양이었다. 시일이 경과하자 그토록 중구난방이던 휘두르기도 차츰 안정되어 가더니, 마침내 던질 때마다 백발백중으로 일정한 장소에 투척되는 실력도 갖추어지게 되었다.

"이제는 마음을 고요하게 만들어 찌를 응시하면서 입질이 들어오기를 기다리는 일만 남았구나."

"입질이 들어오면 찌가 움직이나요."

"찌를 움직이지 않고 미끼를 도둑질해 갈 정도로 진화된 물고기는 아직 이 세상에 태어나지 않았느니라."

"입질을 하면 찌가 어떻게 움직이나요."

"물고기마다 다르게 움직이지."

"어떻게 움직일 때 채야 하나요"

"경험을 쌓아서 알아내도록 하여라."

오랜 경험을 쌓으면 모든 요령이 절로 터득된다는 가르침이었다. 찌의 움직임만 보고도 어떤 크기와 어떤 종류의 물고기인지를 대번에 알게 된다는 것이었다. 그러나 미끼를 매달고 며칠 동안 낚시질을 해보았지만, 나는 물고기를 한 마리도 잡아낼 수가 없었다. 날마다 찌는 물 속에 대못처럼 굳게 붙박혀 종일토록 미동조차 하지 않았다. 미끼만 달아놓으면 무조건 잡히리라고 예상했는데 의외였다. 할아버지는 며칠 동안 수온이 연속적으로 상승해서 조황이 좋지 않기 때문이라고 말했지만, 누군가 세상에서 가장 지겨운 일이 무엇이냐고 묻는다면 나는 서슴지 않고 낚시질이라고 대답할 준비가 되어 있었다.

"오늘은 약간 상류 쪽에다 자리를 잡아보자."

며칠간 날씨가 흐려 있었다. 그날도 하늘 전체가 회색으로 흐려 있었다. 그러나 할아버지는 절대로 비가 오지는 않을 거라는 예측이었다. 할아버지는 종전보다는 한결 상류 쪽에다 자리를 정하고 있었다. 수면 위에 듬성듬성 수초가 떠 있었다. 나는 그동안 지겹도록 휘두르기를 연습해 왔기 때문에 수초를 피해서 찌를 세우는 요령을 터득하는 데 그리 오랜 시간이 걸리지는 않았다. 그날의 체험을 어떻게 표현해야 좋을까. 그날은 낚시질에 대한 나의 선입견을 완전히 일소시켜 버리는 획기적인 사건이 발생한 날이었다.

"입질이 들어왔어요."

낚싯대를 서너 번밖에 던져놓지 않았는데도 찌가 들쑥날쑥 움직이고 있었다. 낚시질을 배우고 처음 목격하는 입질이었다. 나는 환희에 들떠 있었다. 가슴이 끊임없이 방망이질을 치고 있었다. 그러나 할아버지는 별로 달갑지 않다는 표정이었다.

"납자루다."

할아버지의 단정이었다.

나는 찌의 움직임에 따라 낚싯대를 바쁘게 잡아채보았으나 번번이 허탕이었다. 내려갈 때 잡아채도 허탕이었고, 올라갈 때 잡아채도 허탕이었다. 몇 시간을 씨름해 보았으나 바늘은 언제나 비어 있었다. 할아버지의 말에 의하면, 바닥에 납자루가 천여 마리는 족히 깔려 있다는 것이었다.

"납자루가 뭐예요."

"회수권만 한 물고기지."

"왜 잡히지 않나요."

"주둥이가 낚싯바늘보다 작기 때문에 잡기가 여의치 않은 물고기니라."

납자루는 조개의 몸 속에다 알을 낳는 물고기로서, 체형이 작아도 떼를 지어 세력권을 형성하며 다른 물고기들이 근처에 얼씬거리기만 해도 집단적인 공격을 감행하기 때문에 낚시꾼들이 별로 환대하지 않는 어종이라는 것이었다. 장시간 팔운동을 시키면서 밑밥만 받아먹기 때문이라는 것이었다. 그러나 나는 납자루와 수시간을 씨름하던 끝에 마침내 한 마리를 낚아 올릴 수가 있었다. 얼떨결이었다.

"잡았어요. 잡았어요."

할아버지의 표현대로 회수권만 한 크기의 물고기였다. 낚싯대에 전해져 오는 감촉이 거의 없었기 때문에 나는 잡힌 줄도 모르고 있었을 정도였다. 정말로 예쁘게 생긴 물고기였다. 등쪽은 청록빛이었고, 배 쪽은 분홍빛과 청록빛이 어우러져 있었다. 자디잔 금속빛 비늘을 가지고 있었다. 내 손으로 사로잡아 본 최초의 생명체였다. 나는 행여나 다칠세라 조심스럽게 납자루의 입에서 바늘을 빼내고 있었다.

"조력이 몇십 년인 낚시꾼도 흉내를 내지 못할 솜씨로구나."

대개 낚싯바늘이 턱에 걸리거나 배에 걸려서 나오기 십상인데, 용케도 입을 꿰어서 낚았다는 할아버지의 칭찬이었다. 나는 어찌나 기분이 황홀했던지 오래도록 입이 다물어지지 않을 지경이었다.

"어디다 넣어서 집으로 가지고 가지요."

나는 납자루를 한 손에 움켜쥐고 마땅한 도구를 찾아보기 위해 가방을 뒤적거리고 있었다. 그러나 마땅한 도구는 준비되어 있지 않았다.

"놓아주어라."

할아버지의 부드러운 권유였다. 그러나 내게는 부드러운 권유가 아니라 충격적인 명령으로 들렸다.

"너무 작아서 그러시는 건가요."

나는 아쉬움에 가득 찬 목소리로 묻고 있었다.

"무조건 놓아주어라."

할아버지는 계속 방생만을 권유하고 있었다.

나는 결단코 놓아주고 싶지는 않았으나 끝내 할아버지의 권유를 거역할 수는 없었다. 원망스럽기 짝이 없는 처사였다. 나는 납자루를 움켜쥔 손을 물 속에다 집어넣고 가만히 펴보았다. 납자루는 잠시 얼떨떨한 자세로 손바닥 위에 떠 있다가 이내 정신을 차렸는지 황망히 도망쳐버리고 말았다. 아쉬운 기분이 오래도록 손바닥 위에 남아 있었다. 나는 볼이 부은 상태로 계속해서 낚싯대를 휘두르고 있었다. 그러나 던지기가 바쁘게 입질이 들어오기는 했지만, 한번도 납자루가 걸려 나오지는 않았다. 그런데 어느 순간부터 갑자기 상황이 돌변해 있었다. 불시에 입질이 딱 끊어져버리더니 한동안 찌가 요지부동의 상태를 유지하고 있었다. 영문을 알 수가 없는 일이었다. 지루해서 견딜 수가 없었다.

"왜 갑자기 입질이 들어오지 않지요."

나는 조바심을 참지 못하고 할아버지에게 물어보았다. 조용히. 할아버지가 손가락 하나를 곧추세워 입술에 갖다대고 있었다. 심상치 않은 표정이었다. 그때였다. 찌가 몇번 아래위로 까딱거리더니 서서히 솟구쳐 오르고 있었다. 아까보다는 한결 느린 동작이었다. 나는 극도의 긴장감 속에서 자신도 모르게 황급히 낚싯대를 잡아당기고 있었다.

피잉.

낚싯줄이 울었다. 마치 낚싯바늘이 물 밑바닥의 바위에라도 걸려버린 것 같은 감촉이었다. 그러나 아니었다. 곧 강렬한 저항감이 몸 전체로 전해져 오고 있었다. 나는 다급하게 두 손으로 낚싯대를 부여잡으며 반사적으로 손아귀에 힘을 가하고 있었다. 낚싯대가 둥글게 휘어지고 있었다. 부러져버릴 지경이었다. 어떤 거대한 괴물이 낚싯바늘을 물고 요동질을 치고 있었다. 굉장한 저항이었다. 괴물은 나를 물 속으로 끌고 들어가기 위해 안간힘을 다하고 있는 것 같았다. 도저히 물고기라는 생각은 들지 않았다. 나는 정신을 차릴 수가 없었다. 호수 전체가 몸부림치고 있었다. 할아버지가 곁에서 낚싯대를 수직으로 세우라고 소리치고 있었다. 괴물은 한참 동안이나 정체를 드러내지 않고 있었다.

"잉어로구나."

"하, 할아버지. 어, 어떻게 하지요."

"물고기가 기운이 빠질 때까지 그 상태를 계속 유지하고 있거라."

나는 두 손으로 낚싯대를 부여잡고 혼신을 다해서 사투를 벌이고 있었다. 오랜 시간이 경과되고 있었다. 나는 괴물을 바깥으로 끌어내기 위해 조금씩 뒤로 물러서고 있었다. 그러나 괴물은 아직도 저항을 멈추지 않고 있었다. 낚싯줄이 끊어져 버릴 것 같았다. 시종일관 마음이 조마조마해서 견딜 수가 없었다. 괴물이 난폭하게 호수를 파열시키며 몇 번 수면 위로 머리를 솟구쳤다가는 다시 물 속으로 곤두박질을 치고 있었다. 점차로 저항이 약화되고 있는 것 같았다. 할아버지가 옆에서 틈틈이 내가 취해야 할 행동들을 지시해 주고 있었다. 얼마나 시간이 경과되었을까. 마침내 괴물은 하늘을 향해 입을 크게 벌린 채 내게로 투항해 오기 시작했다. 거의 저항을 포기한 상태였다.

"그놈 참 잘생겼구나."

괴물이 땅 위에까지 끌려 나오자 할아버지가 얼굴을 수건으로 덮어주며 그렇게 말했다. 어른 장딴지만 한 크기의 물고기였다. 할아버지가 잉어라고 가르쳐주었다. 입 가장자리에 한 쌍의 짤막한 수염이 붙어 있었다. 배는 은백색이었고, 등은 녹갈색이었다. 엄지손톱보다 약간 큰 비늘들이 가지런하게 배열되어 있었다. 황동색이었다. 나는 흥분으로 다리가 후들거리고 있었다.

"비늘이 떨어지거나 상처가 생기지 않도록 각별히 조심해야 한다."

할아버지가 바늘을 뽑는 시범을 보여주면서 주의사항을 숙지시키고 있었다. 잉어는 가쁘게 숨을 몰아쉬면서 몇 번 꼬리를 세차게 퍼득거리고 있었다. 나는 황홀감 때문에 심장이 터져버릴 지경이었다. 백두산 꼭대기에라도 올라가서 내가 잉어를 잡았노라고 소리치고 싶은 심정이었다. 그러나 황홀지경도 잠시뿐이었다.

"이젠 놓아주어라."

할아버지의 권유였다. 이렇게 큰 물고기를 잡았는데 놓아주라니. 나는 우선 귀부터 의심하지 않을 수 없었다. 그건 회수권만 한 납자루가 아니었다. 분명히 어른 장딴지만 한 잉어였다. 박제를 만들어서 자손만대에까지 물려주어도 시원치 않을 판국인데 놓아주라니. 농담이라고밖에는 생각할 수 없었다. 그러나 할아버지는 진지한 표정으로 같은 말만 되풀이하고 있

250

었다. 이젠 놓아주어라. 부드러운 목소리였으나, 그 속에는 거역할 수 없는 완강함이 내포되어 있었다. 하지만 이번에는 절대로 놓아주고 싶지 않았다. 할아버지가 어른만 아니라면 정강이라도 걸어차주고 싶은 심정이었다. 나는 원망스러운 눈초리로 할아버지를 오래도록 쳐다만 보고 있었다.

29

점령군들

"아뿔싸."

할아버지가 아침 식사를 하다 말고 흠칫 놀라는 시늉을 해 보이고 있었다.

"이 영감탱이가 먼저 황천으로 줄행랑을 놓아버리는구나."

할아버지는 그렇게 혼잣소리로 중얼거리고는 한동안 망연 자실한 표정으로 허공만 쳐다보고 있었다. 갑자기 심상치 않 은 사태라도 발생한 모양이었다. 그러나 사방을 둘러보아도 변 화라고는 눈에 뜨이지 않았다. 모든 것들이 그대로였다.

"어딜 좀 다녀와야겠구나."

할아버지는 아침 식사까지 중단한 채 외출을 서두르고 있 었다. 사태는 격외선당 밖에서 발생한 모양이었다.

"무슨 일로 그러시는데요."

"가깝게 지내던 영감탱이가 먼저 황천길로 떠나버렸다."

도대체 그 사실을 어떻게 알게 되었는지 나로서는 납득이 되지 않았다. 격외선당에는 무전기도 없었고, 전화기도 없었다. 부고조차도 배달된 적이 없었다.

"어떻게 아셨어요."

"절로 알았지."

나는 할아버지가 마침내 노망을 했는지도 모른다는 걱정에 사로잡히기 시작했다. 그러나 외형적으로 보기에 할아버지의 모습은 평소와 조금도 다름이 없었다.

"나는 세상을 잘 알고 있어도 세상은 나를 잘 모르고 있느니라."

할아버지는 내 심중을 눈치채기라도 했는지 그렇게 자신의 입장을 피력하고 있었다.

"저도 따라가면 안 되나요."

"짐만 더해질 뿐이다."

"며칠이나 걸리시나요."

"확실치는 않지만 최소한 사흘은 걸리겠지."

먼저 황천길로 떠난 노인에게는 부인이 유일한 연고자로 남아 있는데, 오래전부터 치매상태이기 때문에 할아버지가 모든 장례를 도맡아 치르지 않을 수 없다는 설명이었다.

"혼자서 견딜 수 있겠느냐."

"걱정하지 마세요."

물론 나는 혼자서도 얼마든지 견딜 자신이 있었다. 굳이 따라가겠노라고 떼를 쓸 이유는 없었다. 단지 혼자서 사흘 동안이나 격외선당을 지켜야 한다는 사실이 몹시 지겹게 생각되어질 뿐이었다. 하지만 아버지가 돌아가신 이후로 나는 누구의 죽음 곁에도 가까이 가고 싶지 않았다. 아버지에 관계된 아주 작은 기억까지도 내게는 가슴을 난도질하는 고문이었다. 아무것도 뒤돌아보고 싶지 않았다.

"오늘 오후에 서울에서 두 명의 손님이 나를 찾아올 것이니라. 허나 중대한 일이 생겨 만날 수가 없으니, 다음을 기약하고 이번에는 그냥 돌아가시라고 말씀드려라."

할아버지는 내게 그렇게 당부해 두고는 황망히 격외선당을 나서고 있었다. 인편으로도 편지로도 아무런 연락이 오지 않았는데 서울에서 손님이 온다는 사실은 또 어떻게 알았을까. 나는 사전에 어떤 약속이라도 해두었는지 모른다는 생각을 하고 있었다.

가을이었다. 청명한 날씨였다. 야산 단풍나무들이 가을 햇빛 속에서 짙은 선홍색으로 물들어가고 있었다. 나는 격외선당에 혼자 남아 있었다. 갑자기 온 천하가 텅 비어버린 듯한 느낌이었다.

나는 개미들이 분주하게 땅굴 속을 드나들거나 나비들이 한가롭게 꽃들 사이를 넘나드는 광경이나 구경하면서 가까스로 무료함을 달래고 있었다. 나는 그것들에게 아무런 장난도 칠 수가 없었다. 풀 한 포기도 벌레 한 마리도 조물주가 저술한 아름다운 책 한 권이니, 행여 하찮게 여기거나 함부로 손상치 않도록 하라는 할아버지의 당부가 생각났기 때문이었다.

"현판에 틀림없이 격외선당이라고 씌어 있지."

"틀림없습니다."

오후였다. 점심을 먹고 마루에서 쉬고 있는데, 할아버지가 출타하면서 일러주었던 대로 두 명의 손님이 격외선당 안으로 들어서고 있었다. 나는 순간적으로 어떤 불안감에 사로잡혔다. 형사들일지도 모른다는 생각 때문이었다.

한 명은 삼십대 초반쯤으로 보이는 사내였고, 다른 한 명은 사십대 중반쯤으로 보이는 사내였다. 모두들 양복 차림에 넥타이까지 매고 있었다. 다행히 아무런 전율감도 느껴지지 않는 것으로 보아 형사들은 아닌 모양이었다.

"여기가 무간선이라는 어르신이 계시는 격외선당이냐."

"그런데요."

"어르신 계시냐."

손수건으로 얼굴의 땀을 닦아내며 삼십대 초반쯤으로 보이는 사내가 내게 물었다. 안경을 쓰고 있었다. 마른 체형이었다.

"안 계시는데요."

"어디 가셨냐."

"어디 가셨는지는 모르지만, 서울에서 손님들이 오시면 중대한 일이 생겨서 만날 수가 없으니 그냥 돌아가시라고 말씀 드리랬어요."

두 사내는 내 말을 듣자 서로 얼굴을 마주 보며 잠시 어리둥절한 표정을 지어 보였다.

"의원님께서 제가 모르는 사이에 미리 연락이라도 해두셨습니까."

삼십대 초반쯤의 사내가 사십대 중반쯤의 사내에게 묻고 있었다.

"전화도 없고 주소도 불명인데 어떻게 미리 연락을 해둔단 말인가."

사십대 중반쯤의 사내는 당치도 않다는 표정을 지어 보이고 있었다. 유난히 땀을 많이 흘리고 있었다. 비만형이었다.

"그렇다면 다른 손님들과 약조가 되어 있었던 것일까요."

"아닐 걸세."

"아니라니오."

"사무장은 그렇게도 머리가 안 돌아가나."

"무슨 말씀이십니까."

"우리가 올 걸 미리 아시고 귀찮아서 어디론가 도망쳐버리셨다는 생각은 들지 않는가."

"설마 그럴 리야 있겠습니까."

"사무장은 도필이라는 말을 들어본 적이 있나."

"무슨 필기도구를 말하는 겁니까."

"그렇게 무식한 수준으로 어떻게 국회의원을 보좌하겠다는 건가."

"죄송합니다."

"우리가 안국동 강 회장 저택에 총재 사모님을 모시고 갔을 때, 강 회장 부인이 자랑삼아 꺼내놓았던 휘호 한 점을 기억하고 있는가."

"기억하고 있습니다."

"그때 동석하고 있던 금운사 일선대사가 추사도 견주지 못할 도필이라고 감탄하는 말을 사무장도 듣지 않았는가. 도필이란 문자 그대로 도통지경에 이른 사람의 글씨를 일컫는 말일세."

"강 회장 부인은 그 도필을 어떻게 입수했습니까."

"강 회장이 직접 무간선이라는 노인으로부터 얻은 거라네."

"평소에 서로 친분이 있었던 사이였습니까."

"강 회장이 낚시를 좋아해서 춘천에 자주 들르는 편이었지. 어느 날 춘천의 한 낚시터에서 범상치 않은 노인을 만나 낚시에 대한 가르침을 받게 되었는데, 인생관이 달라질 정도로 깊은 감명을 받았다는 걸세. 그때부터 춘천에 오기만 하면 낚시터에는 들르지 않고 격외선당이라는 암자부터 찾아들게 되었는데, 강 회장이 오는 날은 어떻게 아는지 노인이 매번 길목까지 마중을 나와 기다리고 있더라는 걸세. 그러니까 우리가 언제쯤 어떤 목적을 가지고 이곳을 방문하리라는 사실도 미리 알고 있지 않았을까."

"말씀을 듣고 보니 그럴 수도 있을 거라는 생각이 드는데요."

두 사람은 내가 전혀 알아들을 수 없는 내용의 이야기들을 잠시 주고받더니 이내 침묵 속으로 빠져들고 있었다. 낭패감이 확연히 드러나 있는 표정들이었다. 며칠째 청명한 날씨가 계속되고 있었다. 담 너머로 고추잠자리떼가 투명한 날개를 반짝거리며 한가롭게 선회하고 있었다.

"아저씨는 무슨 병을 전문으로 치료하시는 의원이신가요."

내가 비만형의 사내에게 물었다.

"나라의 병을 치료하는 국회의원이시다."

사무장이 대신 대답해 주었다.

그토록 높은 직책을 가진 사람이 무슨 일로 할아버지를 찾아왔을까. 나는 갈수록 궁금증이 부풀어 오르고 있었다. 내가 알기로도 국회의원은 대단히 힘겨운 일을 수행해야 하는 직책이었다. 국회가 열리면 나라를 위해 체면불구하고 서로 언성을 높이며 먹살을 부여잡거나 명패를 집어던지는 난동까지도 불사해야 하는 직책이었다. 나도 텔레비전을 통해서 여러 번 그 적나라한 활약상을 목격한 적이 있었다. 국회의원이란 시골에 파묻혀 아무런 직업도 없이 무위도식하는 할아버지를 만나러 다닐 만큼 한가로운 직책이 아니었다.

"어떻게 하실 작정이십니까."

"기다려보아야지."

"사무장은 다음번 선거 때 내가 무소속으로 출마하게 되면 어떤 고전을 치러야 하는지를 잘 알고 있겠지."

"사모님이 무간선이라는 노인의 휘호만 구해다 주면 정말로 공천을 받을 수 있도록 입김을 불어넣어주실까요."

"예술품을 수집하는 일이라면 결단코 강 회장 부인에게 뒤지는 걸 싫어하시니까, 확실히는 장담할 수 없지만 아마도 내 계산이 틀리지는 않을 거라는 생각일세."

"무간선이라는 노인의 휘호가 그렇게 대단한 위력을 가지고 있습니까."

"식견 있는 권력층들은 말썽 많은 현찰보다 뒤끝 깨끗한 예술품을 뇌물로 받기를 훨씬 더 좋아하는 법일세. 특히 요즘은 강 회장 부인의 영향력을 받아서 권력층 사모님들 사이에 무간선이라는 분의 휘호가 당대 최고의 가치를 가지고 있는 예술품으로 알려져 있을 정도라네."

"그렇다면 며칠이 걸리더라도 기다려보아야 하겠군요."

"일단 여기서 진을 치고 한 걸음도 물러서지 않을 각오일세."

국회의원은 결의에 찬 표정을 지어 보이고 있었다. 따가운 가을 햇살이 담벼락에 눈부시게 반사되고 있었다.

"꼬마야, 냉수 좀 얻어 마실 수 없을까."

국회의원은 쉴 새 없이 손수건으로 목덜미의 땀을 닦아내고 있었다. 나는 국회의원에게 냉수 한 바가지를 떠다 주었다. 그러나 국회의원은 겨우 한 모금을 삼키고는 미간을 찡그리며 바가지를 마루 위에다 내려놓고 말았다. 냉수가 아니라 온수라는 것이었다.

"냉장고에 넣어두었던 물은 없냐."

"냉장고가 없는데요."

격외선당의 모든 생활방식은 재래식이었다. 냉장고만 없는 것이 아니었다. 가스레인지도 없었다. 전기밥솥도 없었다. 전화기도 없었다. 가전제품이라고는 단 한 가지도 구비되어 있지 않았다. 할아버지는 인간이 만들어낸 문명의 이기들을 별로 좋아하지 않는 편이었다. 오로지 조물주가 만들어낸 자연 그대로에 만족하면서 살아야만 행복해질 수가 있다는 것이 할아버지의 생활철학이었다.

"사무장. 지금 당장 박 기사하고 시내에 나가서 소형 냉장고를 사다가 방 안에 설치토록 하고, 며칠간 진을 쳐야 하니까 필요한 물건들도 알아서 구비해 오도록 하게."

사태를 대충 파악한 국회의원이 결단력 있는 목소리로 사무장에게 명령을 내리고 있었다. 어딘가에 박 기사라는 또 한 명의 일행이 있는 모양이었다. 나는 그들의 계획을 저지할까 말까 망설이고 있었다. 하지만 사무장은 내게 저지할 만한 마음의 여유를 주지 않고 있었다.

"알겠습니다."

명령이 떨어지기가 바쁘게 메모지를 꺼내 들고 집 안팎을 샅샅이 살펴보면서 필요한 물건들을 하나하나 찾아내는 일에 몰두해 있었다.

"아직 멀었나."

"대충 끝냈습니다."

"여기 있으면 도대체 바깥 세상이 어떻게 돌아가는지 알 수가 없겠구만. 뉴스라도 좀 들어볼 수 있도록 라디오나 한 대구비해 놓았으면 좋겠는데."

"그렇게 하겠습니다."

"최소한 열흘 정도는 임전무퇴의 정신으로 버틸 예정이니까, 일절 불편함이 없도록 준비에 만전을 기해야 할걸세."

"어디서 주무실 작정입니까."

"마당에다 진을 칠 예정이니까 적당한 텐트도 구입하는 게좋을 걸세."

"어떻게 마당에서 주무신단 말입니까."

"그런 정신력도 없이 어떻게 재출마를 꿈꿀 수가 있단 말인가."

"알겠습니다."

국회의원은 마치 전투태세에라도 돌입하고 있는 듯한 표정이었다. 할아버지가 나타나기만 하면 사태의 추이에 따라 멱살잡이가 벌어지는지도 모른다는 생각까지 들 정도였다.

"다녀오겠습니다."

사무장은 전투에 필요한 장비들을 구입하기 위해 서둘러 격외선당을 빠져나가고 있었다. 나는 조용히 사태를 관망하는수밖에 없었다. 어디선가 풀무치 한 마리가 날아와 국회의원의 어깨 위에 내려앉았다. 풀무치는 할아버지가 보낸 척후병처럼 더듬이를 곤두세우고는 적의 진영을 정탐하기 시작했다. 국회의원은 한참 만에야 그 사실을 눈치챈 모양이었다.

"요놈 봐라."

국회의원이 손가락을 말아 쥐고는 조심스럽게 정조준을 하더니, 불시에 할아버지의 척후병에게 일격을 가해 버리고 있었다. 불쌍하게도 할아버지의 척후병은 무참히 날개가 파손된 채로 마당 가운데 내동댕이쳐져서 심하게 경련을 일으키며 버둥거리고 있었다.

"혹시 언제쯤 오신다는 말씀은 없으셨냐."

간단히 전공을 세운 국회의원이 이번에는 나를 심문하기 시작했다.

"사흘쯤 걸리신다고 말씀하셨어요."

나는 충성심이 결여된 포로처럼 묻는 대로 정보를 이실직고하고 있었다.

"왜 진작 그 얘기를 하지 않았냐."

국회의원이 힐난조로 묻고 있었다. 나는 아무 대답도 하지 않았다. 한 무리의 바람이 낮은 포복으로 야산 등성이를 기어오르고 있었다. 억새풀이 술렁거리고 있었다.

두 시간쯤 지나자 사무장이 전자대리점 직원들을 대동하고 격외선당으로 들어서고 있었다. 순식간에 할아버지를 공략하기 위한 작전사령부가 설치되었다. 마당 가운데 텐트가 설치되었다. 방 안에도 여러 가지 설비들이 갖추어졌다. 냉장고가 들어서고, 전기밥솥이 들어서고, 가스레인지가 들어섰다. 그러나 애석하게도 텔레비전은 보이지 않았다. 그 대신 소형 라디오 한 대가 마루 위에서 야구중계에 열을 올리고 있었다. 나는 할아버지가 돌아오면 이 점령군들의 일방적인 태도에 대해 어떤 반응을 나타내 보일는지 몹시 궁금해지고 있었다.

"이 아이의 말대로라면 사흘 후에는 노인이 돌아오실 모양인데, 여기서는 핸드폰이 터지지 않으니까 박 기사는 두 시간마다 한 번씩 마을에 내려가서 사무실에 전화를 걸어 연락사항이 있는가 확인해 보도록 하게."

"명심하겠습니다."

전자대리점 직원들이 떠나자 격외선당에는 서울에서 온 손님들만 남게 되었다. 박 기사라는 사람이 가세해 손님들은 도합 세 명으로 늘어나 있었다. 박 기사라는 사람은 유난히 날카로운 눈매에 다부진 체격을 가지고 있었다. 대체로 말이 없는 편이었다.

"시장기가 도는구만."

국회의원이 한마디를 던지자 박 기사와 사무장이 일사분란하게 움직이기 시작했다. 마당에 돗자리가 깔리고 버너에 불이 붙여졌다. 곧 돼지고기를 굽는 냄새가 사방으로 퍼져나가기 시작했다. 항시 적요하던 격외선당의 분위기가 갑자기 시장바닥처럼 어수선해져 있었다. 해가 저물고 있었다.

"냉커피 좀 마실 수 없을까."

"알겠습니다."

"오늘 석간신문을 구할 수 있으면 좋겠는데."

"알겠습니다."

"머리 좀 감을 수 없을까."

"알겠습니다."

"모기장이 있어야 하겠는데."

"알겠습니다."

내가 직접 목격한 대로라면 국회의원은 멱살잡이를 하거나 명패를 집어던져야 하는 고달픔만 가지고 있는 직책이 아니었다. 때로 필요한 것들을 말하기만 하면 박 기사나 사무장이 밤중에라도 시내까지 달려가서 얼마든지 구해다 줄 정도로 권위도 가지고 있는 직책이었다. 몇 번씩이나 똑같은 심부름을 시켜도 박 기사나 사무장은 짜증 한 번 내지 않고 굽실거리는 시늉을 하며 모두 들어주었다. 나는 그렇게 거룩한 대접을 받는 국회의원이 할아버지를 며칠씩이나 기다려야 하는 이유를 쉽사리 납득할 수가 없었다. 시간이 지날수록 할아버지의 정체에 대한 궁금증은 증대되고 있었다.

30

세상이라는 이름의 낚시터

"나는 아무한테나 글씨를 남발하는 먹쟁이가 아니오."

밤이 깊어가고 있었다.

"어르신의 도필을 얻을 수만 있다면 무슨 일이든지 불사하겠습니다."

벽 속에서 귀뚜라미가 울고 있었다.

"세상에는 소문난 명필들도 적지 않은데, 이런 누거에서 사흘씩이나 숙식을 하는 고역까지 치르면서 굳이 이 촌부의 글씨를 받으려 하는 이유를 모르겠으니, 무슨 사정이라도 있으면 한번 말씀해 보시오."

할아버지는 시종일관 부드러운 표정을 잃지 않고 있었다. 그러나 국회의원은 한참 동안 답변을 망설이고 있었다. 왠지 주눅이 들어 있는 표정으로 머리만 조아리고 있었다. 방 안에는 잠시 침묵이 흐르고 있었다.

"무슨 피치 못할 사정이라도 있으시오."

할아버지는 대답을 기다리고 있었다. 갑자기 귀뚜라미도 울음을 중단하고 있었다. 방 안에는 무거운 침묵만이 계속되고 있었다.

"제 공천에 지대한 영향력을 미칠 수 있는 분이, 어르신의 도필을 소장하기를 간절히 바라는 마음에서 개인적으로 제게 간곡히 입수를 의뢰한 적이 있었습니다. 그러나 어르신의 도필을 소장하고 있는 사람들을 만나기도 힘들었고, 설사 만난다고 하더라도 어찌나 귀중하게 여기는지 보여주기조차 꺼려 할 정도였습니다. 그래서 여러 가지로 방법을 모색하다가 이렇게 어르신을 직접 찾아뵙고 무례한 간청을 드리게 되었습니다."

한참 동안 망설이고 있던 국회의원이 가까스로 털어놓은 사연이었다.

"비록 내 글씨가 도필이라고 하기에는 아직 부족한 점이 많으나, 겨우 공천이라는 잡어를 낚는 미끼로 쓰려 한다니 어이가 없소이다."

"송구스럽습니다."

"몽당연필을 깎으려고 충무공의 장검을 훔치는 격이로구만."

할아버지는 별로 달갑지 않다는 어투였지만 그리 불쾌한 기색은 아니었다. 오히려 국회의원을 건너다보는 시선 속에 안쓰러움까지 담겨져 있는 듯한 느낌이었다.

"공천만 받게 된다면 어르신의 은혜는 죽어도 잊지 않겠습니다."

국회의원은 할아버지에게 자신이 얼마나 많은 난관들을 극복하고 초선의원에 당선되었으며, 공천이 당락에 얼마나 지대한 영향을 미치는가를 장황하게 설명해 주고 있었다. 다시 귀뚜라미가 울고 있었다.

"말씀은 잘 알아들었소."

시종일관 고개를 끄덕거리며 국회의원의 말을 들어주고 있던 할아버지가 입을 열었다.

"말씀은 잘 알아들었지만 지금은 피곤해서 화선지 한 장도 방바닥에 내려놓을 기력조차 없으니 우선 잠부터 한숨 자두어야겠소. 손님들도 사흘 동안이나 이런 누거에서 숙식을 하면서 나를 기다리고 있었다니 불편한 점이 한두 가지가 아니었을 거요. 오늘 밤은 어디 여관 같은 데라도 찾아가서 잠이나 편히들 주무시도록 하시오."

"저희들은 마당에서 자도 괜찮습니다."

국회의원은 할아버지가 어디로 도망이라도 치지 않을까 적이 염려되는 눈치였다.

"손님들을 마당에다 재우고 편안하게 잠을 청할 수 있는 주인이 도대체 이 나라에 몇 명이나 되겠소. 내일 아침 식사를 끝내고 아무 때나 오시오. 그러면 원하는 대로 글씨를 써드리도록 하겠소."

"정말로 고맙습니다."

국회의원은 머리가 방바닥에 닿을 정도로 허리를 깊이 숙여 보였다. 그러나 아직 만족스럽지는 않은 표정이었다. 할아버지 의 글씨를 손에 받아 쥐기 전까지는 조금도 마음을 놓을 수가 없다고 생각하는 모양이었다.

"그럼 내일 아침에 다시 찾아뵙도록 하겠습니다."

"이 촌부를 위해서 여러 가지 가전제품들을 사다 주신 마음 은 고마우나 나한테는 체질에 맞지 않는 물건들이외다. 추후 이것들을 양로원에다 기증할 생각인데 그래도 서운해 하지는 마시라고 미리 말씀을 드리겠소. 허나 모기장만은 내가 고맙 게 쓰겠소."

"어떻게 처리하시든 저희들은 상관하지 않겠습니다."

국회의원이 방문을 나서고 있었다. 마당 가득 양은색 달빛 이 고여 있었다. 사무장이 황급히 구두를 대령하고 있었다. 박 기사는 보이지 않았다. 시동을 걸어놓고 일행을 기다리기 위해 먼저 승용차가 있는 장소로 출발했다는 사무장의 보고였다.

손님들이 떠나자 할아버지는 이내 잠에 곯아떨어져버렸다.

다음날 아침 눈을 떠보니 할아버지가 먼저 자리에서 일어나 마루에다 지필묵을 준비해 놓고 있었다. 이미 아침밥까지 차 려져 있었다. 물론 전기밥솥을 사용한 흔적은 보이지 않았다.

다른 날보다 일찍 아침 식사를 끝내고, 할아버지가 마루에서 먹을 갈고 있을 때 손님들이 밀어닥쳤다.

"식사는 하셨습니까."

"이리들 올라와 내 말을 좀 들어보시오."

할아버지가 손님들을 마루로 올라오도록 간청했다. 마루는 전체가 그늘져 있었다. 손님들은 마루로 올라와 할아버지 앞에서 나란히 무릎을 꿇고 있었다. 마치 훈장님이 아끼는 연적이라도 깨뜨린 학동들 같았다. 그러나 훈장님은 학동들의 종아리를 때리지는 않았다. 오히려 인자한 목소리로 먹이 제대로 빛깔을 내려면 시간이 제법 걸릴 터이니 편히 앉아서 기다리고 있으라는 친절까지 베풀고 있었다.

"요즘은 모두들 세상이 썩었다고 말하는데, 손님들은 세상을 썩게 만드는 주범이 과연 무엇이라고 생각하시오."

할아버지의 질문이었다.

박 기사는 대답을 포기해 버린 표정이었다. 사무장도 국회의원의 얼굴만 쳐다보고 있었다. 국회의원은 세상을 썩게 만드는 주범이 자기라고 생각하는 사람처럼 자꾸만 이마의 비지땀을 닦아내고 있었다.

"나는 세상을 썩게 만드는 주범이 우리들 마음속의 탐욕이라고 생각하오."

할아버지가 말했다.

"그렇습니다."

국회의원은 자신이 주범으로 지목되지 않았다는 사실을 천만

다행으로 생각한다는 표정으로 재빨리 맞장구를 치고 있었다.

"나는 세상 전체를 낚시터로 보고, 세상 모두를 낚시꾼으로 보는 늙은이라오. 그런데 오늘날의 낚시터를 자세히 한번 들여다봅시다. 오염되지 않은 낚시터가 몇이나 있소이까. 정치계라는 낚시터. 경제계라는 낚시터. 문화계라는 낚시터. 종교계라는 낚시터. 예술계라는 낚시터. 교육계라는 낚시터. 학술계라는 낚시터. 체육계라는 낚시터. 도대체 악취를 풍기지 않는 낚시터가 몇이나 된다고 생각하시오. 또 낚시꾼들을 유심히 한번 살펴봅시다. 권력을 낚고 있는 낚시꾼. 부귀를 낚고 있는 낚시꾼. 명예를 낚고 있는 낚시꾼. 사랑을 낚고 있는 낚시꾼. 진리를 낚고 있는 낚시꾼. 자유를 낚고 있는 낚시꾼. 평화를 낚고 있는 낚시꾼. 모두들 골똘히 낚시질을 하고는 있습지요. 때로는 목숨까지 내던져버리는 낚시꾼도 있소이다. 허나 바른 낚시법을 구사하는 낚시꾼을 몇 명이나 보았소이까. 어떤 낚시꾼은 그물질을 하고, 어떤 낚시꾼은 농약을 풀고, 어떤 낚시꾼은 돌땅을 놓고, 어떤 낚시꾼은 폭약을 터뜨리고, 어떤 낚시꾼은 전기찜질을 해서 탐욕의 어망을 채우면서도 자신을 진정한 낚시꾼인 양 위장하고 있소이다."

할아버지는 오래도록 먹을 간 다음 담요 위에다 화선지를 펼쳐놓고 있었다. 화선지는 눈부신 순백의 공간을 텅 비워놓은 채로 할아버지의 일필휘지를 기다리고 있었다. 그러나 낚시꾼에 대한 할아버지의 설법은 아직 끝나지 않은 상태였다.

"진정한 낚시꾼은 물고기를 낚는 법을 배우기 전에 먼저 자기 자신을 낚는 법을 배워야 하오. 자기 자신을 낚는 법을 배운 다음에는 자기 자신을 방생하는 법을 배워야 하오. 자기 자신을 낚는 일은 온 우주를 낚는 일이며, 자기 자신을 방생하는 일은 온 우주를 방생하는 일이오."

아무리 조력이 오래된 낚시꾼이라 해도 마음속에 탐욕이 남아 있으면 방생의 경지에 도달할 수가 없다는 가르침이었다. 한평생 낚시질을 해도 탐욕의 감옥 속에 갇혀서 살 수밖에 없다는 것이었다.

"이 연적은 조금 전까지만 하더라도 새벽 이슬로 가득 채워져 있었소."

할아버지는 손님들에게 연적 하나를 들어 보였다. 손님들은 시종일관 아무런 대꾸도 하지 않고 할아버지의 설법만을 경청하고 있었다.

"지난밤 촌로는 세 시간밖에 잠을 자지 못했소이다. 남에게 글씨를 써줄 때마다 이른 새벽 풀잎에 맺혀 있는 이슬을 따서 연적에 가득 채운 다음 그걸로 먹을 가는 습관을 가지고 있기 때문이오. 굳이 그렇게 하는 이유는 우선 글씨를 쓰는 내 마음을 맑게 만들기 위함이며, 글씨를 쓰는 내 마음을 맑게 만드는 이유는 내 글씨를 소장하는 이의 마음을 맑게 만들기 위함이외다."

"노고를 끼쳐드려 대단히 송구스럽습니다."

"이런 누거에서 사흘씩이나 촌로를 기다려준 인내력을 생각하면 그런 노고쯤 즐거움이 될 수도 있소이다."

이윽고 할아버지는 붓에다 먹물을 듬뿍 적시고 있었다. 주변의 모든 사물들이 숨을 죽이고 있었다. 새들의 울음소리도 들리지 않았고, 벌레들의 울음소리도 들리지 않았다.

할아버지는 오래도록 화선지만 뚫어지게 응시하고 있었다. 일순 먹물을 듬뿍 머금은 붓이 화선지 위로 건너가고 있었다. 할아버지가 무아지경의 모습으로 춤추듯이 붓을 움직이고 있었다. 붓이 전후좌우로 움직일 때마다 글자들이 당장이라도 화선지 밖으로 튀어나와 사람들의 몸을 휘감아버릴 것처럼 꿈틀거리고 있었다.

龍飛鳳舞(용·비봉무)

순식간에 네 글자가 씌어졌다. 손님들 사이에서 나지막한 탄성이 들려오고 있었다. 할아버지가 조용히 붓을 내려놓고 있었다. 먹이 다 마를 때까지 아무도 말하는 사람이 없었다.

"글자만 해석하면 용이 날고 봉이 춤춘다는 뜻이외다. 출세지향적인 사람에게 소원성취하라고 써주는 휘호로 자칫 오해하기 십상이지만 사실은 깊은 경계의 뜻이 담겨져 있소이다. 용이니 봉이니 하는 짐승들은 탐욕에 가득 찬 세인들의 눈에는 보이지 않는 영물들이 아니겠소. 단언컨대 이 글씨는 소장자의 마음가짐에 따라 반드시 작용을 일으키는 영험을 가지고 있소이다. 만약 소장자가 아무런 탐욕이 없는 마음의 상태를 유지하려고 애쓴다면 필시 스스로 용이 되어 하늘에 오르고 스스로 봉이 되어 열락의 춤에 도취되는 경지에 이를 것이나, 만약 소장자의 마음이 탐욕으로 가득 차 있다면 스스로가 용이라고 자처하더라도 진흙탕의 미꾸라지 신세를 면치 못할 것이며 스스로가 봉이라고 자처하더라도 하수구의 굴뚝새 신세를 면치 못할 것이오. 부디 내 말을 명심토록 하시오."

할아버지는 진지한 표정으로 국회의원에게 당부하면서 글씨를 접어 국회의원에게 건네주었다.

"명심토록 하겠습니다."

국회의원은 머리를 조아리며 글씨를 받아들었다.

"그대가 아무리 어려운 난관이 닥쳐도 백성들 편에서 세상의 어둠을 몰아내기 위해 고군분투할 수 있는 국회의원이라는 생각에서 글씨가 절로 좋아졌소이다."

"어르신의 가르침을 평생토록 잊지 않겠습니다."

국회의원은 황송한 표정으로 할아버지에게 큰절을 올린 다음 글씨를 안주머니 속에다 소중하게 간직하고 있었다. 햇볕한 자락이 마루 언저리에 순금빛 휘장처럼 드리워져 있었다.

31

환경변이

나는 전자오락과도 인연을 끊은 지 오래였고, 만화책과도 인연을 끊은 지 오래였다. 친구라고는 말도 통하지 않는 청설모나 개미들뿐이었다. 그러나 그 친구들마저도 가을이 막바지에 달하면서부터 차츰 만나기가 힘들어졌다. 낚시질을 배워두지 않았더라면 무료함 때문에 질식해 버렸을지도 모른다는 생각이 들었다. 하루라도 낚시질을 하지 않으면 전생애를 몽땅 도둑질당해 버린 듯한 기분에 휩싸일 지경이었다. 불을 끄고 잠자리에 들어도 자꾸만 눈앞에서 찌가 어른거렸다. 잠이 들면 꿈속에서도 낚시질에 여념이 없을 정도였다.

도시에서의 모든 체험들은 시간이 지나면서 차츰 내 기억의 창고 속에서 희미한 색채로 퇴락해 가고 있었다. 다행스러운 일이었다. 나는 과거로부터 조금이라도 멀리 도망치고 싶었다. 거의 병적이었다. 과거에 대한 기억의 편린들은 한결같이 날카로운 사금파리들처럼 가슴에 아픈 상처로만 박혀 있었다. 영아원. 면담자들. 수리법. 낱말 카드. 보육원. 김땅콩. 진달래실. 강인탁. 양계장. 문은숙 선생님. 결혼. 탈출. 휠체어. 공중전화. 불고기. 광명시. 구름산. 아버지. 전자오락기. 천자문. 할머니. 장마전선. 앰뷸런스. 소주병. 수전증. 국화꽃. 조 선생. 맹도견. 소매치기. 진눈깨비. 간암. 번개손. 마네킹. 방울 소리. 핸드백. 공수요원. 응급실. 침묵. 죽음. 백화점. 알루미늄 도시락. 만화방. 잿더미. 자연농원. 뽀빠이 시계. 개인전. 팥빙수. 형사들. 토끼밥. 모두가 어둠을 배경으로 생성되어진 낱말들이었다. 오직 아버지라는 낱말 하나만이 빛을 발하고 있었다. 그러나 그 낱말은 내 곁에 그리 오래 머물러 있지 않았다. 어둠 속에서 한동안 바람 앞의 등불처럼 위태롭게 펄럭거리다가 이내 꺼져버리고 말았다. 나는 과거로부터 떠오르는 그 아픔의 낱말들을 날마다 낚싯줄에 매달아 의암호에 수장하는 일을 유일한 소일거리로 삼고 있었다.

나는 날마다 꼭두새벽에 잠에서 깨어났다. 낚시질을 하기 위해서였다. 가을이 막바지에 이르면서 춘천에는 유난히 안개가 자주 출몰했다. 특히 새벽에는 도시 전체가 안개에 점령당해 있었다. 낚시가방을 메고 의암호로 가는 길에는 언제나 안개의 복병들이 도사리고 있었다. 때로는 은밀하게 야산을 기어오르는 안개의 군단을 목격하는 수도 있었고, 때로는 황망히 주둔지를 빠져나가는 안개의 패잔병을 만나는 수도 있었다.

새벽의 의암호는 언제나 깊은 잠에 빠져 있었다. 끊임없이 안개의 분말들이 내 얼굴을 스쳐가고 있었다. 농무 때문에 지척을 분별할 수가 없는 날이 태반이었다. 그런 날은 적요만이 남아 있었다. 소리조차 모조리 안개 속에 묻혀버린 모양이었다. 낚싯대를 던져놓아도 호수는 잠에서 깨어나지 않았다. 이따금 봉돌이 수면 위로 떨어지는 소리가 나지막하게 들리기는 했지만, 이내 주위는 적막 속에 파묻혀버리고 말았다.

찌를 바라보고 있으면 아무 상념도 일어나지 않았다. 주변의 풍경들이 농무 속에서 희미하게 형체를 드러내 보였다가 어느새 사라져버리기를 반복하고 있었다. 삼라만상이 해체되어 안개로 기화하고 있었다. 내 육신도 해체되고 있었다. 내 영혼도 해체되고 있었다. 영원히 해가 뜨지 않을 것 같았다. 영원히 짙은 안개 속에서 새벽만 계속될 것 같았다.

"물고기를 놓아주고 싶지 않을 때는 그 눈을 유심히 한번 들여다보아라."

할아버지의 가르침이었다.

물고기의 눈 속에는 일체의 탐욕이 들어 있지 않았다. 일체의 적의도 들어 있지 않았다. 도저히 죽이거나 괴롭히고 싶은 생각이 들지 않게 만드는 눈이었다.

그러나 기온이 떨어지기 시작하면서부터 나는 좀처럼 방

생할 기회를 얻지 못하고 있었다. 조황이 매우 좋지 않은 날만 계속되고 있었다. 입질 한번 보지 못하는 경우가 다반사였다. 간혹 해가 뜰 무렵이면 멀리 호수 중심부에서 커다란 잉어한 마리가 힘차게 솟구쳐 올랐다가는 첨벙 하는 소리로 떨어져 내리는 광경을 목격할 때도 있었다. 그러면 내 가슴속에서도 첨벙 하는 소리가 들리면서 오래도록 파문이 번지고 있었다. 내가 처음으로 낚아서 방생해 주었던 잉어 한 마리가 어느새 내 가슴속에 들어와 살고 있다는 사실을 나는 비로소 알게 되었다.

다행스럽게도 시간이 지날수록 과거에 대한 기억들은 거의가 희미한 색조로 퇴락해 가고 있었다. 그러나 서울의 백화점을 주무대로 암약하던 기억들만은 아직도 선명한 색조로 남아 있었다. 때로는 소매치기를 하고 싶은 강렬한 충동에 사로잡히는 적까지 있었다. 하지만 나는 활동을 재개할 엄두를 내지 못하고 있었다. 며칠 전 할아버지와 홍천으로 가는 길에 대통령이 범죄와의 전쟁을 선포했다는 기사가 대서특필되어 있는 신문이 가판대에 꽂혀 있는 것을 목격했기 때문이었다.

32

내부수리중

춘천에서의 일상은 비교적 단조로운 편이었다. 아침 식사를 끝내고 나면 할아버지는 나를 데리고 홍천행 버스에 올랐다. 얼마 전에 먼저 저승으로 도망쳐버린 친지의 미망인을 돌보아주기 위해서였다. 미망인은 송정리라는 마을에 살고 있었다. 지독한 치매증에 걸려 있는 꼬부랑 할머니였다. 날마다 잡다한 사고들을 연속적으로 유발시켰다. 잠시라도 한눈을 팔면 무슨 사고를 일으킬는지 불안해서 견딜 수가 없을 지경이었다. 며칠만 그대로 방치해 두면 수습불능의 사고를 터뜨리고야 말 것 같은 불안감을 항시 간직하고 있는 인간 시한폭탄이었다. 뿐만 아니라 나와 할아버지의 근면성을 향상시켜 주기 위해 날마다 청소거리 빨래거리를 산더미처럼 양산해 내는 재능까지 가지고 있었다. 그러나 할아버지는 하루 종일 치닥거리를 해주면서도 전혀 짜증을 내지 않았다. 집으로 돌아오면 언제나 내 몸은 물에서 건져 올린 솜뭉치 같았다.

암하노불(岩下老佛).

할아버지는 치닥거리를 끝내고 돌아오는 길에 가끔 홍천 읍내에 있는 암하노불에서 솔잎차를 마시며 단소 소리를 듣는 습관을 가지고 있었다. 암하노불은 민속찻집이었다. 젊은 부부가 경영하고 있었다. 대학을 다닐 때 같은 동아리 활동을 하다가 서로 좋아하게 되어 결혼을 하기에 이르렀다는 부부였다. 기독교 신자인 남편은 교회에서 성가대를 지휘하고 있었고, 불교 신자인 아내는 단소에 뛰어난 재능을 가지고 있었다. 평소에는 서로 사이가 좋은 편이었다. 그러나 종교문제로 충돌을 일으키기만 하면 절대로 양보를 하지 않는 성격들을 가지고 있었다. 때로는 사생결단을 내고야 말겠다는 태세로 맹렬하게 싸움을 벌이는 적까지 있었다. 남편은 가끔 얼굴에 기다란 손톱자국이 그어져 있었고, 아내는 가끔 눈두덩에 시퍼런 멍이 들어 있었다.

할아버지는 암하노불에 들르면 아내와는 불경과 동양음악에 대한 이야기를 나누었고, 남편과는 성경과 서양음악에 대한 이야기를 나누었다. 부부는 모두 할아버지의 박학다식함에 절대적인 존경심을 나타내 보였으며, 이 세상에서 각자 자신들을 가장 잘 이해하는 선각자처럼 생각하고 있었다. 서로 할아버지를 독점해서 상대편의 종교에 대한 몰이해를 고자질하기에 여념이 없었다. 그러나 할아버지는 어느 한쪽 편만을 들어주지는 않았다. 부처에게도 맞장구를 쳐주었고, 예수에게도 맞장구를 쳐주었다. 격외선당으로 돌아오면 언제나 해가 서산머리에 한발 정도밖에는 남아 있지 않았다.

그날도 할아버지는 아침 식사가 끝나자마자 홍천으로 가서 하루 종일 송정리 꼬부랑 할머니를 돌보아주는 일에 여념이 없었다.

월동준비 때문에 유난히 일거리가 많았다. 돌아오는 길에는 파김치가 되지 않을 수 없었다. 가을이 종식되어 있었다. 날씨가 추워지고 있었다. 나무들은 어느새 이파리들을 모두 떨구어버린 채 가지만 앙상하게 남은 모습으로 시린 하늘을 떠받치고 있었다. 완전히 죽어 있는 모습들이었다. 봄이 되면 다시 살아나리라는 희망조차 보이지 않을 정도로 초라해져 있었다.

"단소나 한 가락 듣고 갈까."

할아버지는 그날도 암하노불이라는 민속찻집을 찾아가고 있었다.

암하노불은 홍천 읍내 중심가의 신축빌딩 이층에 자리잡고 있었다. 손님들은 별로 많지 않았다. 언제라도 계단을 네 개 정도 남겨놓은 자리쯤에 이르면 어김없이 스피커에서 흘러나오는 가야금 소리나 대금 소리가 희미하게 들리곤 했다. 할아버지는 그 소리들을 듣기만 하면 절로 피곤이 사라져버린다고 말한 적이 있었다. 특히 부인이 직접 불어주는 단소라면 똑같은 가락이라도 몇 번씩이나 싫증을 내지 않고 연속적으로 경청할 수 있는 인내심을 가지고 있었다. 그러나 나는 정반대였다. 그 소리들은 한결같이 따분하고 청승맞아서 내게는 아무런 감흥도 불러일으키지 못하는 수면제였다. 일 분만 경청하고 있어도 절로 졸음이 몰려들 지경이었다. 그러나 그날은 계단을 다 올라가서 출입문 앞에 바싹 다가섰을 때까지도 그 소리들은 들리지 않았다.

"오늘따라 문이 왜 이렇게 말을 듣지 않나."

할아버지가 출입문의 손잡이를 이리저리 흔들어보고 있었다. 그러나 출입문은 안으로 채워져 있는 것 같았다. 내부수리나 정기휴일이라는 안내문 따위는 붙어 있지 않았다. 할아버지는 문틈으로 실내를 정탐해 보고 있었다. 안에서 인기척이 들리고 있었다. 할아버지는 손바닥으로 출입문을 가볍게 두드리기 시작했다. 그러자 안에서 퉁명스러운 답변이 들려왔다.

"오늘은 장사 안 합니다."

남편의 목소리였다.

"목이 말라서 그러니 냉수라도 한 사발 적선한 다음에 내쫓으시면 안 되겠는가."

할아버지가 말했다.

목소리를 알아들었는지 걸림쇠를 푸는 소리가 들리면서 남편이 얼굴을 바깥으로 내밀어 보였다. 이마에 생긴 지 얼마 되지 않은 손톱자국이 선명하게 그어져 있었다.

그날은 부부싸움이 매우 과격했던 모양이었다. 출입문을 밀고 안으로 들어서니 전혀 예기치 않았던 사태가 발생해 있었다. 실내는 난장판이었다. 다리가 부러진 채로 꼬꾸라져 있는 탁자도 보였고, 사지를 하늘로 내뻗은 채 실신해 있는 의자도 보였다. 주방기구들도 박살이 나서 파편이 여기저기 흩어져 있었다. 처참한 광경이었다. 아내는 머리카락과 옷매무시가 흐트러진 모습으로 카운터에 엎드려 어깨를 가늘게 들먹거리고 있었다.

"무슨 이유로 이리도 극렬한 전쟁을 치르셨는가."

남편이 떠다 주는 냉수로 목을 축인 할아버지가 묻고 있었다.

"아무리 생각해도 암하노불이라는 간판이 촌스러우니 갈아치우는 것이 어떻겠느냐고 했더니, 손님들 앞에서 당신은 교회를 나갈 때마다 하나님이 무식만 축복으로 내려주시느냐고 면박을 주지 않겠습니까."

남편이 할아버지에게 고해 바치는 전쟁동기였다. 이번에도 역시 종교적인 문제가 핵심요인으로 내재되어 있었다. 하소연에 의하면 남편은 모든 교인들의 구설수에 올라 있었다. 결혼한 지 삼 년이 지났는데도 부처라는 이름의 우상을 섬기는 아내를 아직까지 주님의 품속으로 인도하지 못하고 있다는 이유에서였다.

"신도들이 심방이라도 오게 되면 죄스러워서 고개를 들 수가 없을 지경입니다."

방 안에는 언제나 향 냄새가 배어 있었으며, 서가에는 즐비하게 불경들이 꽂혀 있었다. 벽에는 부적과 탱화들이 붙어 있었고, 장식장 위에는 염주와 호신불이 놓여 있었다. 목사님은 심방을 와서 기도를 할 때마다 사탄의 집이라는 표현을 서슴지 않았다. 우상숭배는 교인들이 가장 혐오하고 경계하는 죄목 중의 하나였다. 남편은 심방을 오는 날만이라도 그 잡동사니들을 감추도록 하자고 아내에게 몇 번이나 간곡히 건의해 보았으나 아무런 실효를 거둘 수가 없었다. 번번이 격렬한 말다툼을 벌인 끝에 밤이면 동침을 거부당한 채 침대 밑에서 잠을 자야 하는 신세로 전락하기 일쑤였다.

"어제 자진해서 성가대 지휘자 자리에서 물러나고 말았습니다."

서로 연애를 할 때만 하더라도 남편은 자신의 신앙심을 과신하고 있었다. 결혼을 하면 아내를 개종시키는 일이 별로 어렵지 않으리라는 확신도 가지고 있었다. 그러나 오산이었다. 아내는 오직 불교만을 절대적인 종교로 생각하는 망집을 영원히 버리지 않을 태세였다. 자신의 종교적 행위가 우상숭배라는 사실도 절대로 인정하려 들지 않았다. 아내의 그러한 태도는 남편의 교회활동에 지대한 악영향을 끼치고 있었다. 자연히 말다툼이 빈번해졌고, 때로는 손찌검까지 오가게 되었다.

"종교적인 문제만 아니라면 갈등을 불러일으킬 만한 요소는 아무것도 없습니다."

남편은 장손으로서 부모로부터 물려받은 재산이 적지 않기 때문에 먹고사는 일로는 아무런 갈등을 느낄 필요가 없었다. 전통찻집은 아내의 취미와 소질을 살려서 생활에 여유를 가지기 위한 방편이었다. 그러나 간판을 암하노불로 정한 것이 문제였다.

"물론 암하노불이 강원도 사람의 순박하고 과묵한 성품을 나타내는 말이라는 사실쯤 저도 모르는 바가 아니지만, 하여튼 노불이라는 두 글자는 늙은 부처를 뜻하는 말이라 저에게 노골적으로 비아냥거림을 던지는 교인들도 적지는 않습니다. 그런 결과를 예상해서 아내가 상호를 암하노불이라고 정했을 때 처음부터 극구 반대를 했던 터였습니다. 하지만 아내는 그것 때문에 한 달 동안이나 친정으로 가서 돌아오지 않았습니다. 결국 제가 두 손을 드는 수밖에 없었지요. 한번 황소고집을 부리기 시작하면 아무도 꺾을 수가 없거든요."

남편의 신세타령이었다.

"불같은 자기 성질은 눈에 보이지 않고, 황소 같은 남의 고집만 눈에 보이는 게 무슨 큰 자랑거리라도 되는 줄 아세요."

아내가 고개를 들고 격앙된 어조로 소리치고 있었다. 눈 가장자리에 물기가 번져 있었다.

"그렇다면 당신은 남편이 말할 때마다 꼬투리를 물고 늘어지면서 면박을 주어야만 큰 자랑거리가 된다고 생각하나."

"그러는 당신은 어떤데요. 툭하면 아내에게 주먹질이나 일삼고 뻑 하면 가게나 때려부수는 일이 마치 예수님의 참된 가르침을 실천하는 일이라고 생각하세요. 자진해서 성가대 지휘자 자리를 내놓은 건 내 탓이 아니라 자업자득에 불과했어요. 아내를 두들겨 패던 야만적인 손으로 성스러운 찬송가를 지휘할 수는 없지 않겠어요."

아내는 기관단총을 난사하듯 빠른 목소리로 남편을 질타하고 있었다. 아직도 분이 다 풀리지 않은 표정이었다. 불같은 성질이 황소 같은 고집에게 손찌검을 가했음이 분명해 보였다. 아내의 한쪽 콧구멍을 틀어막고 있는 화장지가 명백한 증거였다. 하지만 아내가 손찌검을 당하고만 있지는 않았다는 증거도 분명해 보였다. 남편의 와이셔츠는 단추가 여러 개 떨어져 있었으며, 이마에도 가슴에도 손톱에 패인 자국이 선명하게 남아 있었다. 아내는 아직 부처님으로부터 사격중지 명령을 받지 못한 모양이었다. 남편을 향한 기총소사는 계속되고 있었다.

"대한민국은 헌법으로 종교의 자유를 보장하고 있는 나라예요. 누구도 저의 종교를 비방할 권리는 없어요. 그런데도 당신은 말다툼을 벌일 때마다 저를 사탄으로 몰아붙이기 일쑤였어요. 하지만 저는 날마다 꼭두새벽에 잠에서 깨어나야 했어요. 당신을 깨워서 새벽 기도에 내보내기 위해서였어요. 성가대 지휘자가 새벽 기도에 빠질 수는 없으니까요. 하지만 당신을 깨우기가 얼마나 힘든 줄이나 아세요. 아무리 흔들어 깨워도 소용이 없어요. 건성으로만 일어나겠노라고 대답을 해놓고는 이내 잠에 곯아떨어져버리니까요. 그러면서도 조금만 늦으면 저한테 있는 대로 신경질을 부리잖아요. 저는 청소도 빨래도 식사도 당신에 대한 애정의 표현으로 생각하고 기계나 세탁소나 식당에 맡겨본 적이 없어요. 따지고 보면 저 자신을 위해서 쓸 수 있는 시간은 거의 없어요. 당신은 제가 거들어주지 않으면 양말 한 켤레조차도 혼자서 찾아 신지 못하는 위인이에요. 당신은 가정을 위해 일하는 시간보다 교회를 위해 일하는 시간이 훨씬 더 많지요. 합창연습이다. 부흥회다. 기도원 방문이다. 수련회다. 심방이다. 그런 명분들이 생길 때마다 당신은 모든 준비물을 저한테 일임하는 습관을 가지고 있어요. 만약 조금이라도 차질이 생기면 난리가 나기 때문에 여간 신경이 쓰이는 게 아니에요. 따라서 저의 모든 시간이 당신의 종교를 위해서 바쳐지고 있다고 해도 과언이 아니에요. 그런데도 당신은 제가 개종을 하지 않는다는 이유로 하루에도 몇 번씩이나 저를 사탄으로 몰아세우곤 했어요. 하지만 체질에 맞지 않는 종교를 선택할 수는 없어요. 그건 저 자신을 속이는 일이에요. 뿐만 아니라 당신이 믿는 예수님을 속이고 제가 믿는 부처님을 속이는 일이에요. 하지만 당신은 영원히 종교적 이기주의를 버리지 못할 맹신자예요. 손님들에게 하루 종일 시달리다가 집에 돌아가도 당신은 따뜻한 위로의 말 한마디 해주는

286

법이 없었어요. 오히려 짜증을 부리는 경우가 더 많았어요. 뿐만 아니라 저를 대하는 교인들의 그 냉담한 눈초리는 견딜 수가 없을 정도였어요. 벌레를 대할 때도 그보다는 자비로운 눈초리일 거예요. 그래도 저는 아직까지 단 한번도 당신의 종교적 행위에 대해 비방을 하거나 불만을 토로해 본 적이 없어요. 하지만 당신은 갈수록 저를 난폭하게 대하고 있어요. 당신은 아무리 생각해도 암하노불이라는 간판 근처에 존재하기에는 과분한 인물이에요. 간판을 권투도장으로 바꾸어 달든지 폭력교실로 바꾸어 달아야만 제격일 거예요."

아내는 탄창을 새로 갈아 끼우기 위해 기총소사를 잠시 중단하고 있었다. 전쟁은 쉽사리 종식될 것 같지 않았다.

"불같은 성질 잘 알면서 계속 깐죽거릴 거야."

남편이 위협적으로 눈을 부라려 보이고 있었다.

"계속 깐죽거리면 어떻게 하시겠다는 건가요."

아내도 결코 물러서지 않겠다는 태세였다.

"내가 참아야지."

"매사를 이 지경으로 만들어놓고 이제야 참겠다니, 예수님의 제자답게 너그럽기 한량이 없으시네요."

"한 번만 더 예수님을 모독하는 말을 입 밖에 꺼내놓으면 그때는 정말로 가만 있지 않을 거야."

"나는 결코 예수님을 모독해 본 적은 없어요. 단지 성질이 더러운 예수님의 추종자를 각성시키려 들었을 뿐이에요."

"당신이 예수님을 믿지 않는 한 사탄을 응징하는 내 주먹질은 결코 중단되지 않을 거야."

"당신이 부처님을 믿지 않는 한 중생을 구제하는 제 깐죽거림도 결코 중단되지 않을 거예요."

두 사람의 언쟁은 계속되고 있었다. 한 치도 물러설 수 없다는 태도들이었다. 물러서는 순간에 부처나 예수가 자신들을 추종자의 명단에서 삭제시켜 버린다고 생각하는 사람들 같았다.

"주여, 저를 사탄의 시험에 들지 말게 하옵소서."

"사탄의 눈에는 사탄만 보이겠지."

"주여, 얼마나 더 인내심을 가져야 하나이까."

"부처님, 언제쯤 저 중생이 깨달음을 얻을 수가 있을까요."

"저걸 그냥."

남편이 주먹을 부르쥐고 아내에게로 달려갈 태세를 취하는 순간 누군가 바깥에서 출입문을 흔드는 기척이 들려오고 있었다.

"오늘은 장사 안 합니다."

남편이 다소 성질을 누그러뜨린 목소리로 바깥을 향해 소리치고 있었다. 그러자 사람들이 안에서 무슨 일이 일어났는지 보지 않아도 잘 알겠다는 듯 이내 되돌아서 계단을 내려가는 발자국 소리가 들리기 시작했다. 남편은 카운터의 서랍을 열고 몇 가지의 도구들을 찾아내었다. 그리고 내부수리중이라는 문구를 써서 바깥 문설주에다 붙여놓았다.

할아버지는 아까부터 아무 말도 하지 않고 난장판이 되어 있는 실내를 정돈하고 있었다. 나도 할아버지를 거들고 있었다. 남편이 송구스러운 표정으로 할아버지를 만류했으나, 할아버지는 계속해서 손길을 멈추지 않고 있었다. 결국 남편도 합세를 하기 시작했다. 일손을 멈추었을 때는 어느새 날이 어두워져 있었다.

"이 늙은이가 알기로 두 사람은 종교적인 문제로 티격태격 자주 다투게 되는 모양인데, 부부싸움은 칼로 물 베기라는 말도 있기는 하지만 서로가 조심하지 않으면 상대편의 마음을 베어 버리는 수도 있다네. 내일 이 늙은이가 두 사람에게 긴히 보여주고 싶은 것이 있네. 그것을 보게 되면 두 사람이 다시는 부부싸움을 하지 않게 될는지도 모르지. 이 늙은이가 내일 오전 아홉시까지 이리로 오겠네. 그때 두 사람이 함께 이 늙은이를 기다리고 있지 않으면, 다시는 이 늙은이를 만나고 싶지 않다는 뜻으로 알고 앞으로는 발길을 끊도록 하겠네. 어떠신가. 내일 오전 아홉시까지 두 사람이 이 늙은이를 기다려주시겠는가."

할아버지가 말했다. 진지한 표정이었다. 할아버지가 두 사람 모두에게 기다려주겠다는 확답을 얻어내는 데는 별로 오랜 시간이 걸리지 않았다.

격외선당에 도착하자 밤이 되어 있었다. 다른 날보다 훨씬 늦게야 저녁 식사를 끝낼 수밖에 없었다. 낚시질을 가고 싶었다. 그것만이 나의 유일한 낙이었다. 자리에 누워서 잠을 청하고 있는데 자꾸만 찌가 눈앞에서 어른거리고 있었다. 몇 번 밤낚시를 해본 경험은 있었지만, 물고기를 잡아본 경험은 전혀 없었다. 낮에도 조황은 마찬가지였다. 기온이 떨어지면서 찌는 계속 요지부동의 상태를 유지하고 있었다. 의암호의 모든 물고기들이 멸종되어 버렸는지도 모른다는 생각까지 들 정도였다.

33

부처편 예수편

다음날은 날씨가 한결 더 추워져 있었다.

할아버지와 내가 암하노불에 도착하자 약속대로 두 사람이 함께 출입문 앞에서 우리를 기다리고 있었다. 두 사람은 아직도 마음이 굳어져 있는 표정들이었다.

"이 늙은이가 오늘은 두 사람에게 예수를 믿어야 하는지 부처를 믿어야 하는지를 판가름해 주겠네."

할아버지는 앞장을 서서 시내버스 정류장으로 가고 있었다.

가으내 홍천의 국도는 설악산의 단풍을 구경하기 위해 몰려드는 차량들로 초만원을 이루고 있었다. 전국민이 설악산 단풍을 구경하지 않으면 나라가 망한다고 생각하는 모양이었다. 연일 정체현상이 계속되고 있었다. 그러나 이제 도로는 한산해 보였다.

할아버지는 일행들을 데리고 송정리로 향하는 시내버스에 올랐다. 승객들은 열 명도 되지 않을 정도였다. 자리가 많이 비어 있었다. 그런데도 젊은 부부는 각자 멀찍이 떨어져서 자리를 차지하고 앉아 있었다.

버스가 읍내를 벗어나자 차창 밖으로 들판이 보였다. 들판은 텅 비어 있었다. 몇 무더기의 짚단들만 웅크린 모습으로 텅 빈 들판을 지키고 있었다. 식은 햇빛 속에서 강물이 거대한 구렁이처럼 비늘을 번쩍거리며 먼 산모퉁이로 꼬리를 감추고 있었다.

버스에서 내려 한참을 걸었다.

할아버지는 도중에 구멍가게에 들러 빵과 우유와 통조림 따위를 준비했다. 빵과 우유는 날마다 구입하는 것들이지만 통조림은 처음 구입하는 품목이었다.

얼마쯤 걷다 보니 마을이 끝나고 산길만 이어져 있었다. 젊은 부부는 서로 한마디도 말을 건네지 않고 있었다. 다른 때는 내게 초목이며 곤충이며 짐승들의 생태를 가르쳐주기에 여념이 없었던 할아버지까지도 별로 말이 없었다.

비좁은 오솔길 하나를 따라서 산모퉁이를 돌아서자 약간 후미진 장소에 다 쓰러져가는 오두막 한 채가 웅크리고 있었다. 집 전체가 한쪽으로 위태롭게 기울어져 있었다. 왈칵 떠밀어버리면 풀썩 넘어져버릴 것 같은 느낌이었다. 젊은 부부가 어리둥절한 표정을 짓고 있었다. 방문 앞으로 다가서자 악취가 진동하고 있었다. 바깥으로 문고리가 걸려 있었다.

할아버지가 방문을 열자 깡마른 손 하나가 불쑥 튀어나오며 짤막한 단어 한마디를 내뱉었다.

"단팥빵."

젊은 부부가 아연실색을 하며 뒤로 물러서고 있었다. 악취가 더욱 코를 찌르고 있었다. 미이라처럼 피골이 상접해 있는 노파 하나가 멀뚱한 표정으로 바깥을 내다보고 있었다. 주름살투성이인 얼굴에는 저승꽃이 점점이 피어 있었다. 된서리가 하얗게 내린 머리카락이 유난히 짧게 깎여져 있었다. 꼬부랑 할머니였다. 눈에 초점이 흐려 있었다. 사방에 똥이 말라붙어 있었다. 머리에도 똥이 말라붙어 있었고, 얼굴에도 똥이 말라붙어 있었다. 방바닥에도 똥이 말라붙어 있었고, 벽에도 똥이 말라붙어 있었다. 이불에도 똥이 말라붙어 있었고, 요에도 똥이 말라붙어 있었다. 그러나 벽과 방바닥과 이불과 요에는 비닐이 씌워져 있었다.

"단팥빵."

꼬부랑 할머니는 응석이 섞인 목소리로 할아버지를 조르다가 아무런 반응이 없자, 바깥에 있는 젊은 부부에게로 똥이 말라붙어 있는 손을 휘저어 보이고 있었다. 할아버지는 벽과 방바닥과 이불과 요에 씌워져 있던 비닐을 벗겨서 바깥에 있는 빨래통 속에다 구겨 넣었다.

"들어오시게."

할아버지가 젊은 부부에게 말했다.

젊은 부부가 방 안으로 엉거주춤 들어서자, 꼬부랑 할머니는 겁먹은 표정을 지으며 앉은 채로 바삐 뒷걸음질을 치고 있었다. 도적놈이다. 도적놈이다. 나지막하게 소리치면서 구석배기에 몸을 최대한 바싹 밀어 넣고는 경계의 눈빛을 감추지 못하고 있었다.

"이 늙은이가 두 사람에게 한번 물어보겠네. 도대체 저 노인네를 저런 몰골로 전락시킨 장본인은 누구신가. 부처님이신가 예수님이신가."

할아버지가 불쑥 젊은 부부에게 던지는 질문이었다.

"누가 한번 대답해 보시게."

그러나 아무도 대답하지 않았다. 입을 굳게 다문 채 오래도록 침묵만 지키고 있었다. 할아버지는 굳이 대답을 기다리지는 않았다.

"선동아, 어서 일을 시작해야지."

내게 그렇게 일러주었을 뿐이었다.

나는 플라스틱 양동이에 채워져 있던 물을 마당가에 걸려 있는 가마솥에다 옮겨 붓고는 아궁이에 장작불을 지피기 시작했다. 오늘은 밀린 옷가지를 빨래하는 날이었다. 물이 데워질 때까지 할아버지는 전날 깨끗하게 빨아두었던 비닐을 꺼내어 벽과 방바닥과 이불과 요에 씌우고는 방향제를 뿌려서 악취를 제거하고 있었다.

"자네들은 구경만 하시게."

할아버지는 젊은 부부가 일을 거들려 하자 황급히 손을 내저으며 만류하고 있었다. 만약 일을 거들게 되면 젊은 부부를 이리로 데리고 온 할아버지의 계획에 어느 정도 차질을 가져올 수도 있기 때문이라는 것이었다.

"목욕 준비가 다 끝났는데요."

내가 그렇게 보고하자 할아버지는 꼬부랑 할머니를 부축해서 부엌으로 데리고 나왔다. 그리고 꼬부랑 할머니의 옷을 모두 벗긴 다음, 데워진 물이 가득 채워져 있는 플라스틱 통 속에다 앉혀놓고 비누칠을 해가며 정성껏 목욕을 시켜주기 시작했다. 나는 수시로 물을 갈아주어야 했다. 물이 식으면 꼬부랑 할머니는 어린애보다 더 투정을 부리는 습관을 가지고 있었다. 물을 자꾸만 할아버지에게 끼얹거나 춥다고 바락바락 악을 써대기 마련이었다. 나는 할아버지가 꼬부랑 할머니에게 목욕을 시켜주고 있는 사이 식사를 준비하고 있었다. 이제 이런 일에는 나도 숙달된 조교가 되어 있었다. 구멍가게에서 사온 통조림으로는 찌개를 끓였다. 그러나 찌개는 자신이 있었지만 밥은 자신이 없었다. 오인분을 해본 적이 없었기 때문이었다.

목욕이 모두 끝나자 할아버지는 꼬부랑 할머니에게 새 옷을 갈아 입히고, 기저귀를 채워주고 있었다. 꼬부랑 할머니는 고의춤에다 손을 집어넣어 기저귀를 도로 끄집어내려고 발버둥을 치고 있었다. 그러나 가만히 있지 않으면 단팥빵을 주지 않겠다는 할아버지의 말에 이내 조용해지고 말았다. 꼬부랑 할머니에게는 단팥빵이 만병통치약이었다. 막무가내로 떼를 쓰다가도 단팥빵 소리만 들으면 이내 누그러지는 신통함을 가지고 있었다.

할아버지는 목욕을 끝내고 꼬부랑 할머니의 얼굴이 트지 않도록 로션을 발라주기 시작했다. 그러는 사이 나는 방바닥에다 식사를 차려놓고 있었다. 밥상이 하나 있기는 했으나 다리가 성치 않은 상태였다. 밥이 약간 질기는 했지만 밥과 찌개는 그런대로 괜찮게 만들어졌다는 생각이 들었다. 모두들 방바닥에 둘러앉아 식사를 했다. 젊은 부부는 내 솜씨가 훌륭하다고 칭찬을 아끼지 않았지만, 그리 식욕이 동해 보이지 않는 표정들이었다.

"단팥빵."

꼬부랑 할머니는 숟가락을 내던지며 단팥빵 타령을 시작했지만, 할아버지가 밥을 먹고 나면 단팥빵을 주겠노라고 달래자 비로소 숟가락을 집어들었다. 꼬부랑 할머니는 숟가락질이 어린애보다 서툴렀다. 입 가장자리와 밥그릇 주변이 온통 밥알들로 어질러져 있었다.

식사를 끝내고 할아버지는 어질러진 밥알들을 말끔히 치우고 문을 바깥에서 걸어 채운 다음, 똥이 말라붙어 있는 비닐과 옷가지들을 모두 빨아서 처마밑에다 널어놓았다. 그리고

기온이 아무리 떨어져도 꼬부랑 할머니가 얼어죽지 않도록 군불도 넣어주었다. 젊은 부부는 할아버지의 지시대로 시종일관 견학만 하고 있었다. 줄곧 송구스러움에 몸둘 바를 모르겠다는 표정들이었다.

문고리를 벗기고 방 안으로 들어가 보니 꼬부랑 할머니는 아랫목에서 곤하게 잠들어 있었다. 천진하고 평화로워 보이는 모습이었다.

"자네들 눈에는 이 노인네가 처음 볼 때와 어떻게 달라져 있는가."

할아버지가 젊은 부부에게 묻고 있었다.

"전혀 다른 할머니로 보입니다."

남편의 대답이었다.

"이 노인네를 이렇게 딴판으로 만들어준 장본인이 누구신가. 부처님이신가 예수님이신가."

할아버지가 다시 묻고 있었다.

그러나 아무도 대답하지 않았다. 다만 고개를 깊이 떨구었을 뿐이었다. 할아버지는 젊은 부부에게 지난 이야기 하나를 들려주기 시작했다.

"이 노인네는 낚시를 좋아하는 한 촌로의 부인일세. 두 사람이 모두 이북에서 양가의 반대를 무릅쓰고 스물 몇 살에 결혼해서 월남을 하게 되었고, 이곳에 정착해서 화전밭을 일구어가며 가까스로 생계를 유지하는 입장이었네. 불행하게도 슬하에 자식조차 없어서 외롭기 짝이 없는 신세들이었지. 그러나 마음만은 누구보다 아름다운 분들이셨네."

할아버지의 회상에 의하면, 그 노인과 처음으로 인연을 맺게 된 장소는 소양호에 예속되어 있는 산막골이었다. 오 년 전 여름이었다. 노인 하나가 낚시터에서 하늘 멀리로 비둘기를 날리고 있었다. 할아버지는 그 노인의 조력을 대번에 짐작할 수 있었다. 그 노인은 이미 낚싯대를 버린 낚시꾼이었다. 그 정도의 경지에 도달한 낚시꾼은 평생에 한두 명을 만나기조차 힘들다는 사실을 할아버지는 누구보다 잘 알고 있었다.

"노인장은 내가 보기에 틀림없이 조력이 깊은 낚시꾼인데, 낚시질은 하지 않고 어인 일로 비둘기를 날리고 계시오."

할아버지가 먼저 말을 걸었다. 주변을 둘러보았으나 짐작대로 아무런 낚시장비도 갖추고 있지 않았다.

"세상에서 가장 아름다운 여인을 낚고 있는 중입네."

노인의 대답이었다.

"세상에서 가장 아름다운 여인이라니, 대저 누구를 두고 하는 말이오."

"우리 할망구를 두고 하는 말입네."

"노인장의 별난 낚시법을 이 늙은이한테도 좀 가르쳐줄 수가 있겠소."

"저보다 훨씬 조력이 깊으신 어르신이 분명하온데 겸손이 지나치십네."

노인은 결국 할아버지에게 자신의 별난 낚시법에 대한 내력을 들려주게 되었다.

"저는 낚시에 미쳐서 사십여 년 동안이나 조선팔도를 떠돌다가 작년에야 비로소 한 깨달음을 얻게 되었습네. 깨달음이라고 해보았자 대단치도 않습네. 우리 할망구가 세상에서 가장 아름다운 여인이었구나 하는 깨달음입네."

그 노인은 사십여 년이나 전국의 낚시터를 떠돌면서 일 년에 겨우 서너 번 정도밖에는 집에 들르지 않았던 낚시광이었다.

"어느 날 문득 정신을 차리고 보니, 어느새 칠십이라는 나이가 되어 있지 않겠습네까."

노인은 칠십이라는 나이가 되어서야 비로소 세상에서 가장 아름다운 여인이 자신의 부인임을 깨닫게 되었다는 것이었다.

"머리에 하얀 된서리가 덮이고, 얼굴에 깊은 주름살이 생길 때까지 다 쓰러져가는 오두막에서 이 못난 무지렁이 하나만을 기다리면서 살아온 할망구가 얼마나 위대하고 소중한 존재인가를 이제서야 알게 되다니, 얼마나 한심하고 죄스러운 일입네까. 그래서 비둘기 한 마리를 직접 훈련시켜서 작년부터 속죄의 편지를 날마다 한 통씩 보내고 있는 중입네."

"그렇다면 아까 그 비둘기가 노인장이 직접 훈련을 시킨 전서구란 말이오."

"그렇습네. 젊었을 때 전서구를 조련하는 일에 잠시 몰두했던 적이 있습네다."

노인은 칠십의 나이로 연애편지를 써서 비둘기의 발목에 매달아 부인에게로 띄우게 되었다는 고백이었다.

"그런데 날마다 편지가 그대로 되돌아오고 있습네다. 사십여 년 동안 얼어붙어 있던 시간의 강물이 겨우 일 년 동안의 편지 정도로 풀릴 턱이 있겠습네까. 오늘도 만약 편지가 그대로 되돌아오면 내일쯤 집으로 직접 찾아가서 제 심경을 털어놓는 수밖에 없다는 생각을 하고 있습네다."

아니나 다를까 비둘기는 전날과 마찬가지로 편지를 그대로 발목에 매달고 되돌아왔다는 것이었다. 그날 할아버지는 나이 차이를 불문하고 그 노인과 십년지기 같은 사이가 되었다는 것이었다.

"상처가 너무 깊은 물고기는 아무리 좋은 미끼를 던져주어도 입질을 하지 않는 법이라오."

할아버지는 다음날 그 노인과 함께 바로 이 오두막을 방문하게 되었고, 치매에 걸린 꼬부랑 할머니를 만나게 되었다는 사연이었다.

"그 노인은 올 가을에 노환으로 나보다 먼저 세상을 떠버리고 말았네. 원체 외로운 처지들이라 아무도 미망인을 돌보아주는 사람이 없어서 날마다 선동이와 내가 와서 이렇게 돌보아주고 있다네."

할아버지는 이야기를 끝내자, 꼬부랑 할머니의 머리맡에다 우유와 단팥빵을 놓아두고 밖으로 나와 문고리를 걸어 채운 다음 집 안을 한 바퀴 둘러보고 있었다. 젊은 부부는 시종일관 고개를 깊이 떨군 채로 아무 말이 없었다.

잠시 후 우리는 산길을 내려오기 시작했다. 날씨가 아까보다 더욱 냉랭해져 있었다. 한 무리의 바람이 산등성이를 거슬러 올라가고 있었다. 마른 수풀들이 나지막한 소리로 서걱거리고 있었다.

"이 늙은이가 살고 있는 서면에는 논밭과 마을을 사이에 두고 조그만 사찰과 교회가 서로 마주 보고 있네. 사찰은 산중턱에 자리잡고 있고, 교회는 산밑에 자리잡고 있지. 크리스마스가 가까워지면 사찰에서는 트리와 케익을 만들어 교회로 보내고, 초파일이 가까워지면 교회에서는 연등과 떡을 만들어 사찰로 보낸다네. 이웃에 큰 경사가 났는데 가만히 보고만 있을 수는 없지 않겠느냐고 주지와 목사는 신도들에게 축하하는 마음을 가질 수 있도록 이구동성으로 부추긴다네."

산길을 내려오며 할아버지가 젊은 부부에게 들려준 설법이었다.

"저어 부끄럽지만 드릴 말씀이 있는데요."

국도에 이르러 시내버스를 기다리고 있을 때였다. 지금까지 침묵을 지키고 있던 남편이 기어드는 목소리로 할아버지에게 말문을 열었다.

"그 할머니를 내일부터 저희들이 보살펴드리면 안 될까요."

진심 어린 표정이었다.

"그래요. 내일부터는 저희들이 보살펴드리도록 허락해 주세요."

아내도 동의하고 있었다.

부처편과 예수편이 그날 처음 경직되지 않은 표정으로 의견을 일치시키는 순간이었다. 할아버지가 정감 어린 눈빛으로 두 사람을 바라보고 있었다. 멀리 산모퉁이를 돌아 시내버스가 그 모습을 드러내고 있었다.

34

결빙의 계절

호수들이 얼어붙고 눈이 내렸다. 춘천은 폐항처럼 문을 닫은 채 깊은 침묵 속에 빠져 있었다. 오래도록 혹한이 계속되고 있었다. 나는 낚시를 중단한 채 봄이 오기만을 간절히 기다리고 있었다. 유난히 춥고 지루한 겨울이었다.

어느 날 나는 할아버지의 심부름으로 혼자 시내로 나갈 기회를 얻게 되었다. 어떤 귀부인 일행이 할아버지의 휘호를 얻기 위해 격외선당을 방문했는데, 때마침 화선지가 떨어져서 화방에 가야 할 일이 생겼기 때문이었다.

오래간만에 신문을 한 부 사서 정독해 보니, 대통령이 선포한 범죄와의 전쟁은 아직도 종식되지 않은 상태였다. 오히려 범죄와의 전쟁이 선포되기 전보다 더 많은 범죄가 발생하고 있다는 기사가 실려 있었다.

돌아오는 길에 공중전화로 조 선생에게 전화를 걸어보았다. 춘천에 와서 처음으로 걸어보는 전화였다. 의외로 조 선생이 직접 전화를 받았다. 나는 삼촌을 만나지 못했으며, 우연히 어떤 할아버지를 만나 삼촌을 찾을 때까지 시골에서 같이 살기로 했노라는 말을 전했다. 할아버지의 집에는 전화가 가설되어 있지 않기 때문에 자주 소식을 전할 수 없으며, 아직 여기 지명조차도 모르고 있다는 사실도 언급해 주었다.

조 선생은 며칠째 부인의 건강상태가 별로 좋지 않아서 치료를 해주고 있는 중이라고 말했다. 그런데 자주 형사들이 찾아와서 아버지가 중환자실에 입원해 있을 때 간병하던 꼬마가 있었다는데 어떤 관계냐고 집요하게 추궁을 하다가 돌아갔다는 것이었다. 조 선생이 끝까지 모르는 사실이라고 시치미를 떼니까 소매치기 일당을 감싸고 돌면 불고지죄로 쇠고랑을 차는 수도 있다고 엄포를 놓더라는 것이었다.

통화를 끝내자 등골에 식은땀이 흐르고 있었다. 조 선생도 어느 정도는 사태를 짐작하고 있으리라는 생각이 들었다. 나는 과거 쪽으로 더욱 견고한 담벼락을 쌓아놓지 않을 수 없었다.

춘천에서의 유배생활 중에서 가장 견디기 어려운 것은 무료함이었다. 할아버지는 독서를 하거나 글씨를 쓰는 일로 시간을 소일하고 있었지만, 나는 무료함 때문에 거의 질식해 버릴 지경이었다.

겨울이 깊어지면서 교통이 자주 두절되었다. 가까운 거리조차도 왕래하기가 힘들 정도였다. 폭설 때문이었다. 때로는 사나흘씩 쉬지 않고 폭설이 쏟아져 적설량이 내 허리를 넘어서는 경우까지 있었다. 그럴 때마다 격외선당은 외부로부터 완전히 고립되어 버렸다. 나는 무료함의 결정적인 원인이 전자제품을 싫어하는 할아버지의 생활철학에 있다는 결론에 도달해 있었다. 텔레비전만 확보되어 있더라도 이토록 무료하지는 않을 거라는 생각이었다.

　"할아버지는 왜 텔레비전을 들여놓지 않으서요."

　"생활에 별로 도움도 주지 못하는 바보 제조기를 거액의 돈까지 투자해서 들여놓고는 가뜩이나 비좁은 방을 더욱 비좁게 쓸 바보가 되고 싶지 않아서다."

　만약 돈이 없어서 들여놓지 않는다면 나는 전재산이라도 투자할 용의가 있었다. 그러나 할아버지는 생각보다 돈에 궁색한 입장이 아니었다. 휘호를 얻으러 오는 사람들은 절대로 빈손으로 오는 경우가 없었다. 돌아가는 길에는 언제나 수표나 현금이 들어 있는 봉투를 남겨놓았다. 할아버지가 거절을 하면 내 손에라도 쥐어주고 가는 경우가 대부분이었다. 텔레비전을 들여놓지 않는 이유가 결코 돈 때문이라는 생각은 들지 않았다. 문제는 텔레비전을 바보 제조기로 생각하는 할아버지의 사고방식이었다.

　"요새는 텔레비전을 보지 않는 사람이 바보 취급을 받는다구요."

"바보들끼리는 그럴 수도 있겠지."

"입시공부까지 시켜주는 교육방송도 있다구요."

"입시공부야말로 바보가 되기 위한 가장 빠른 지름길이니라."

할아버지는 인간이 만들어놓은 제도나 장치들에 대해서는 절대로 후한 점수를 주지 않았다. 할아버지는 대자연이라는 종교를 설파하기 위해 인간세계로 내려온 선지자 같은 존재였다. 대자연이야말로 만물을 보살피는 어버이며 만물을 가르치는 스승임을 하루에도 몇 번씩이나 내게 강조하기를 게을리하지 않았다.

"대자연 그 자체가 영원불멸의 프로를 끊임없이 방영해 주고 있는 텔레비전이라고 생각해 보아라."

인간의 과학이 아무리 발달한다고 하더라도 대자연보다 방대하고 대자연보다 흥미로우며 대자연보다 아름다운 내용을 방영할 수 있는 텔레비전을 만들어낼 수가 없다는 것이었다. 인간이 방영하는 텔레비전 프로를 이십사 시간 내내 들여다보고 있는 사람보다는, 대자연이 만들어낸 꽃 한 송이를 이십사 초간 들여다보고 있는 사람이 한결 인생을 행복하게 살아갈 수가 있다는 것이었다.

"할아버지는 조금도 심심하지 않으세요."

"대자연을 주유하면서 살아가는 사람은 심심함을 모르는 법이니라."

"주유가 뭔데요."

"대자연을 두루 떠돌면서 노니는 거다."

나는 세상을 두루 떠도는 일을 가장 고통스러운 형벌로 생각하고 있는데, 할아버지는 세상을 두루 떠도는 일을 가장 재미있는 놀이로 생각하고 있는 모양이었다.

그동안 할아버지는 나를 대동하고 몇 번 홍천을 다녀왔다. 꼬부랑 할머니의 안부가 궁금해서였다. 꼬부랑 할머니는 암하노불의 젊은 부부가 지극정성으로 보살펴주고 있었기 때문에 별고 없이 겨울을 나고 있었다. 젊은 부부는 꼬부랑 할머니를 보살펴주기 시작하면서부터 말다툼 한번 해본 적이 없노라는 보고와 함께 즐거운 표정을 지어 보이고 있었다. 나는 엄청나게 무거운 짐 하나를 그들에게 떠맡겨버린 듯한 홀가분함을 느끼지 않을 수 없었다.

"낚시하러 가고 싶으냐."

어느 날 할아버지가 내게 물었다. 귀가 솔깃해지는 말이 아닐 수 없었다. 그러나 놀리는 말로밖에는 들리지 않았다. 한동안 겨울 가뭄이 계속되고 있었다. 날씨도 많이 풀려 있었다.

"호수가 얼었잖아요."

내가 볼멘소리로 대답했다.

호수는 아직 견고하게 결빙되어 있었다. 빈틈이라고는 보이지 않았다. 물고기들은 자연이 설치해 놓은 완벽한 보호막 속에서 겨울 한철을 안전하게 보낼 수 있었다. 나는 견고하게 결빙된 호수를 바라볼 때마다 눈만 내리고 얼음은 얼지 않는 겨울을 창출해 내지 못한 대자연의 불합리를 원망하지 않을 수 없었다.

"얼음이야 깨뜨리면 되지."

할아버지가 말했다.

"뭘로 저 넓은 호수의 얼음을 다 깨뜨려요."

낚싯대 한 칸을 마음대로 휘두를 만한 면적을 확보하는 데도 며칠은 족히 걸려야 할 것 같았다.

"저 넓은 호수의 얼음을 다 깨뜨릴 필요는 없느니라."

할아버지가 대자연의 맹점 하나를 내게 가르쳐주었다. 도끼로 물고기 한 마리가 빠져나올 만한 크기의 구멍만 뚫어놓으면 된다는 것이었다. 그토록 간단한 방법을 왜 지금까지 나는 생각해 내지 못했을까. 당장이라도 도끼를 들고 호수로 달려나가고 싶은 심정이었다. 무료함을 퇴치할 수 있는 최상의 비결을 이제야 가르쳐주는 할아버지의 둔감함에 나는 울화통까지 치밀어 오를 지경이었다.

"어떤 물고기가 잡히는데요."

"주로 빙어가 많이 잡히지."

나는 빙어가 어떤 물고기인지 물어볼 겨를이 없었다. 단지 겨울에도 낚시질을 할 수 있다는 사실 하나 때문에 수소를 가득 채워 넣은 애드벌룬처럼 전신이 하늘로 두둥실 떠오르고 있는 듯한 기분에 사로잡혀 있었다.

"오늘은 빙어 낚시를 어떻게 하는 건지 구경이나 한번 해볼까."

그날 나는 할아버지를 따라 고탄이라는 낚시터에서 처음 빙어라는 물고기를 구경하게 되었다.

고탄은 춘천호에 예속되어 있는 낚시터였다. 도로변에 차량들이 즐비하게 정차되어 있었다. 낚시꾼들의 차량이었다. 번호판을 보니 서울에서 온 차량들이 가장 많았다. 절벽 아래 호수가 거대한 짐승처럼 사지를 내던진 채 나자빠져 있었다. 나자빠져 있는 호수 위로 사람들이 개미떼처럼 몰려다니고 있었다. 무슨 행사장 같은 분위기였다. 상류 쪽으로 올라가니 다소 경사가 완만한 길이 만들어져 있었다. 호수로 연결되는 길이었다.

호수는 낚시꾼들로 초만원을 이루고 있었다. 한 명이 열 마리씩만 잡아도 춘천호의 빙어가 멸절되어 버릴 것 같은 불안감에 사로잡힐 지경이었다. 얼음이 꺼져버리지나 않을까 적이 염려스러운 느낌도 없지 않았다. 빙판은 낚시꾼들이 뚫어놓은 얼음구멍과 쓰레기들로 지저분하게 어질러져 있었다.

"여기서 한번 견학을 해볼까."

할아버지는 장비를 요란하게 구비한 삼십대의 사내 두 명이 얼음구멍을 노려보고 있는 장소에서 걸음을 멈추었다. 한 사내는 자주색 방한복을 입고 있었고, 또 한 사내는 주황색 방한복을 입고 있었다. 자주색 방한복을 입고 있는 사내가 유경험자이고, 주황색 방한복을 입고 있는 사내가 초보자인 모양이었다. 자주색 방한복을 입고 있는 사내는 수시로 주황색 방

한복을 입고 있는 사내에게 빙어 낚시에 관한 지식을 전수해 주고 있었다.

"빙어 낚시는 우선 유영층을 포착하는 요령부터 터득해야 한다니까. 밑에서부터 견지를 놀리면서 조금씩 위로 올리다 보면 톡톡 건드리는 감촉이 느껴질 때가 있을 거야. 거기가 바로 유영층이라구."

그들은 견지라는 낚싯대를 사용하고 있었다. 전장이 겨우 한 자가 조금 넘을 정도의 짤막한 낚싯대였다. 그러나 내 눈에는 결코 낚싯대처럼 보이지 않는 도구였다. 실패와 조금도 다름이 없었다. 그들은 실패에다 낚싯줄을 감고 바늘을 여러 개 매달아 구더기를 미끼로 빙어를 낚아 올리고 있을 뿐이었다. 그것은 단지 물고기를 잡는 행위에 불과했다. 결코 낚시질이라는 생각은 들지 않았다. 유경험자는 때로 한꺼번에 세 마리씩이나 빙어를 낚아 올리는 수도 있었지만, 초보자는 매번 헛손질만 연발하고 있었다.

"텔레비전 뉴스에서 보았는데, 빙어가 많이 서식하는 지역에서는 하루에 그물로 몇 가마니씩이나 잡더라니까."

"일 년 내내 반찬 걱정은 하지 않아도 되겠구만."

"일본으로 전량 수출을 하는 모양이야."

"국가발전에 기여하는 애국적인 물고기를 우리가 잡고 있구만."

빙판 위에 웅덩이가 만들어져 있었고, 웅덩이 속에는 물이 가득 채워져 있었다. 그 속에 애국적인 물고기들이 포획되어 있었다. 매우 가늘고 작은 물고기였다. 피라미와 흡사한 체형을 가지고 있었다. 그러나 비늘이 없었다. 내장이 훤히 들여다보일 정도로 투명해서 마치 유리로 만들어진 물고기 같아 보였다.

"쐬주나 한잔 마실까."

입질이 한동안 뜸해지자 유경험자가 소주병과 종이컵을 집어 들고 있었다.

"먼저 할아버지부터 한잔 받으십시오."

초보자가 할아버지에게 종이컵을 내밀고 있었다.

"고맙기는 하지만 아직 한번도 소주를 입에 대본 적이 없소이다."

할아버지의 말이었다.

"약주를 전혀 못하시는 모양이로군요."

그들도 더 이상 권하려 들지는 않았다.

그러나 할아버지가 약주를 전혀 못하신다고 생각한 것은 그들의 잘못된 판단이었다. 할아버지는 곡식이나 과일이나 꽃잎으로 빚은 술이라면 밤을 새워서라도 즐기는 편이었다. 다만 주조회사에서 제조된 양주나 맥주나 소주 따위만 거들떠보지 않았을 뿐이었다.

"여기는 아직도 물이 오염되지 않아서 빙어회를 먹어도 괜찮은 지역으로 알려져 있지. 그래서 빙어철만 되면 낚시꾼들이 전국 각지에서 벌떼처럼 몰려온다니까."

"몇 년만 지나면 여기도 똥물로 변하고 말걸."

"그러기 전에 한 마리라도 더 먹어두자구."

유경험자가 소주를 한 잔 들이켠 다음, 빙어가 들어 있는 웅덩이 속에다 손을 집어넣고 있었다. 빙어들이 일제히 진저리를 치고 있었다. 나는 아까부터 그 작고 투명한 물고기들을 모조리 방생해 주고 싶은 충동에 사로잡혀 있었다.

"초고추장 가지고 왔지."

"가방 오른쪽 칸에 들어 있을 거야."

그들은 소주를 한 잔씩 들이켤 때마다 빙어를 두세 마리씩 초고추장에 찍어 먹고 있었다. 그들의 앞니 밑에서 국가발전에 기여하는 애국적인 물고기의 머리와 몸체가 잔인하게 끊어져 분리되고 있었다.

"빙어회 좀 드시겠습니까."

유경험자가 할아버지에게 빙어회를 권하고 있었다. 초고추장을 뒤집어쓴 빙어가 입 속으로 들어가기 직전 몸서리를 치는 바람에 초고추장이 그의 얼굴에 핏방울처럼 흩뿌려져 있었다.

"나는 물고기 회도 입에 대본 적이 없습니다."

이번에도 할아버지는 완강하게 손을 내저어 보이고 있었다. 순식간에 십여 마리의 빙어들이 머리만 남은 채로 빙판 위에 내버려져 있었다. 아직도 눈만은 영롱하게 살아서 나를 쳐다보고 있었다.

"즐겁게들 노십시오."

할아버지가 퇴장을 선언하고 있었다. 해가 서산머리에 기울고 있었다. 빙판 전체에 그늘이 드리워져 있었다. 기온이 떨어지고 있었다.

격외선당으로 돌아가기 위해 시내버스를 기다리면서 나는 이미 빙어 낚시를 포기하고 있었다. 머리만 남아 있는 빙어들이 자꾸만 눈앞에서 어른거리고 있었다. 나는 이 춥고 지루한 결빙의 계절을 어떤 방법으로 보내야 할는지 막막한 기분에 사로잡혀 있었다.

35

방패연

"네 손으로 직접 장난감을 한번 만들어보아라."

어느 날이었다. 할아버지가 망가진 비닐우산 하나를 구해 가지고 와서는 내게 장난감을 만들어보라고 제의했다. 나는 당치도 않은 제의라고 생각했다. 나는 그때까지 장난감을 내 손으로 직접 만들 수 있다고는 한번도 생각해 본 적이 없었다. 오로지 장난감 가게에서 돈을 주고 사는 방법밖에는 모르고 있었다. 더구나 완전히 망가져서 너덜거리는 비닐우산으로 장난감을 만들어보라니, 발명왕 에디슨조차도 엄두를 내지 못할 제의라는 생각이 들었다.

"이걸로 무슨 장난감을 만들어요."

나는 불만스러운 목소리로 할아버지의 제의를 묵살해 버리고 있었다. 아무리 좋게 보아주려 해도 그건 쓰레기통 속에 처박혀 있어야만 될 몰골이었다. 설사 그걸로 장난감을 만들어서 가지고 논다고 하더라도 재미보다는 짜증이 앞설 것 같은 느낌이었다.

"적어도 열 가지 이상의 장난감은 만들 수가 있지."

할아버지는 너덜거리는 비닐우산을 쳐들어 보이며 자신감에 넘치는 목소리로 장난감의 이름들을 열거하고 있었다.

"총도 만들고, 칼도 만들고, 활도 만들 수가 있다. 꿩도 만들고, 뱀도 만들고, 개도 만들 수 있다."

할아버지는 망가진 비닐우산과 도깨비 방망이를 혼동하고 있는 모양이었다. 마치 원하는 것이면 무엇이든지 만들어낼 수 있는 것처럼 말하고 있었다.

"언제 대나무로 장난감을 만들어본 적이 있느냐."

"없는데요."

"그렇다면 우선 방패연부터 만들어보는 것이 좋겠다."

다른 장난감들은 만드는 과정이 복잡하고 시간도 오래 걸리기 때문에 초보자에게는 적합하지 않다는 것이었다. 할아버지는 망가진 비닐우산에서 필요한 것들을 분리해 내기 시작했다.

"대나무도 칼만큼이나 예리한 성질을 가지고 있어서 잘못 다루다가는 손가락을 베이기 십상이니 각별히 조심해야 하느니라. 지금부터 내가 시키는 대로만 하여라. 그러면 너도 쉽사리 방패연 하나를 만들어 가질 수가 있느니라."

할아버지는 우선 화선지에 방패연의 모양을 그려놓고 만드는 방법과 유념해야 할 사항들을 상세하게 설명해 주었다. 나는 할아버지가 시키는 대로 손칼로 댓살을 가늘고 납작하게 다듬기 시작했다.

"댓살의 무게는 양쪽이 모두 같아야 한다."

댓살의 무게가 양쪽 다 동일하지 않으면 연이 공중에 뜨더라도 중심을 잡지 못하고 자꾸만 땅바닥으로 곤두박질을 치게 된다는 것이었다. 할아버지는 댓살의 중심점을 손칼 위에다 얹어놓고 수시로 무게를 가늠해 보는 방법을 가르쳐주었다. 머릿살이 만들어지고, 중살이 만들어졌다. 허릿살이 만들어지고, 장살이 만들어졌다.

"이제 종이를 재단할 차례다."

직사각형으로 화선지를 재단하고, 한가운데에 방구멍이라는 것을 적당한 크기로 뚫어주었다. 상단을 접은 자리에 머릿살을 붙이고 중살과 허릿살과 장살을 차례로 붙였다. 이마에 색지로 태극기도 만들어주었다. 명주실로 벌이줄을 매어 평형을 잡으니 방패연이 되었다. 약 두 시간 반 정도의 시간이 소요되었다.

"어릴 때부터 제 손으로 장난감을 만들어 가지고 놀아본 적이 없는 아이들은 어른이 되면 창의력을 상실해 버리게 되느니라."

할아버지는 오늘날 대부분의 어른들이 부러진 책상다리 하나조차 제대로 수선할 줄 모르는 허수아비들이라고 평가했다. 뿐만 아니라 물건을 아끼는 마음까지 결여되어 있어서, 가구 따위가 조금만 망가져도 내다 버리기를 서슴지 않는다고 탄식했다. 어릴 때부터 자신이 무엇인가를 애써 만들어본 적이 없기 때문이라는 것이었다.

"정말로 멋들어지게 만들었구나."

할아버지의 칭찬이었다.

내가 보기에도 훌륭한 모양을 가진 방패연이었다. 외형적으로는 아무런 흠도 잡을 수가 없었다. 전과정에 걸쳐서 할아버지의 세심한 지도를 받기는 했지만 순전히 내 손만으로 제작된 연이었다. 그렇게 너덜거리는 비닐우산으로 이렇게 훌륭한 모양을 가진 방패연을 만들 수가 있다니 믿어지지가 않는 일이었다. 나는 자신의 재능에 대해 스스로 탄복하지 않을 수 없었다.

"얼레가 있어야 연을 제대로 날릴 수 있느니라."

할아버지가 납작얼레라는 것을 만들어주었다. 거기다 명주실을 충분히 감고 방패연을 연결시키니 완제품이 되었다. 나는 만족감에 들떠 있었다. 이제 날리는 일만 남아 있었다. 그러나 할아버지와 야산 등성이로 오르면서 나는 조금씩 불안감을 느끼지 않을 수 없었다. 순전히 내 손에 의해서만 제작된 방패연이 과연 제대로 하늘을 날 수 있을지 의심스러웠기 때문이었다.

"오늘은 연을 날리기에 안성맞춤인 날씨로구나."

할아버지의 관측이었다.

때마침 야산 등성이에는 적당한 바람이 불고 있었다. 하늘이 약간 흐려 있었다. 연을 머리 위에 띄우고 몇 걸음을 내달으면서 조금씩 실을 풀어주었다. 연이 차츰 고도를 높이며 하늘로 치솟아 오르고 있었다. 아무런 결함도 없었다. 연은 어느새 삼악산보다 더 높은 고도를 유지하고 있었다. 나는 비로소 불안감에서 완전히 해방될 수가 있었다.

나는 그날부터 매일 혼자서 야산 등성이에 올라 날이 저물 때까지 방패연을 날리는 습관을 가지게 되었다. 얼레를 이용해서 연을 자유자재로 조종하는 요령을 터득하는 데도 그리 오랜 시간이 소요되지 않았다.

연은 결코 무생물이 아니었다. 얼레로 의사를 전달해 주기만 하면 즉각적으로 반응하는 생물체였다. 나는 자유자재로 연을 부릴 수가 있었다. 연은 나의 유일한 친구이자 심복이었다. 솔개처럼 빠른 속도로 비행하게 만들 수도 있었으며, 황새처럼 느린 속도로 비행하게 만들 수도 있었다. 하늘 전체를 분주하게 나돌아다니게 만들 수도 있었으며, 한자리에서 졸음에 겨운 모습으로 고개를 끄덕거리게 만들 수도 있었다. 하나님에게 보내는 장문의 편지를 쓰게 만들 수도 있었으며, 내 이름 석 자로 하늘을 가득 채우게 만들 수도 있었다. 연을 날리고 있으면 손도 시리지 않았다. 배도 고프지 않았다. 할아버지가 부르는 소리조차도 들리지 않았다.

"언제쯤 바람이 그칠까요."

며칠째 나는 연을 날리지 못하고 있었다. 강풍 때문이었다. 춘천은 겨울이 유난히 오래 머물러 있는 도시였다. 아직도 호수는 결빙되어 있었다. 결빙되어 있는 호수 위로 바람이 하얀 눈가루를 날리며 빠르게 질주하고 있었다.

"이틀은 더 기다려야 기세를 죽일 거다."

할아버지의 일기예보였다. 그러나 오후가 되자 바람이 현저하게 약화되고 있었다. 나는 연을 들고 밖으로 나갔다. 할아버지가 낮은 기층에는 바람이 많이 수그러들었으나 높은 기층에는 아직도 거세다고 말해 주었지만, 나는 들은 척도 하지 않았다.

야산 등성이로 올라가 연을 띄우고 조금씩 실을 풀어주기 시작했다. 얼레를 잡아당길 때마다 연은 우쭐거리며 하늘로 치솟아 오르고 있었다. 바람이 거세다는 생각은 들지 않았다. 나는 안심하고 계속적으로 실을 풀어주고 있었다. 연은 까마득한 높이에까지 치솟아 오르고 있었다.

그런데 어느 순간 갑자기 얼레를 쥐고 있는 손에 강렬한 저항감이 느껴져오기 시작했다. 고도를 낮추어보려 했으나 허사였다. 아무리 얼레를 움직여보아도 소용이 없었다. 전혀 조종이 되지 않았다. 엄청난 힘이 얼레를 잡아당기고 있었다. 실이 잘 감기지 않을 정도였다. 나는 당황하기 시작했다. 연은 미친 듯이 요동을 치면서 한사코 위로만 치솟아 오르고 있었다. 나는 조심스럽게 한 뼘씩 실을 잡아당기며 가슴을 졸이고 있었다.

툭.

갑자기 전신의 힘이 빠져나가고 있었다. 가슴이 철렁 내려앉고 있었다. 실이 끊어져버렸음이 분명했다. 연이 기우뚱거리며 멀어져가고 있었다. 땅이 한정없이 꺼져드는 느낌이었다. 믿을 수가 없는 일이었다. 미친 듯이 실을 감아보았으나 아무런 저항감도 느껴지지 않았다. 연은 조금씩 작아지더니 마침내 멀리 사라져버리고 말았다. 텅 빈 하늘만 남아 있었다. 불현듯 견딜 수 없는 설움이 복받쳐 오르고 있었다. 나는 야산 등성이에 혼자 웅크리고 앉아 오래도록 소리 죽여 흐느끼고 있었다.

"이렇게 소중한 것들을 한 가지씩 방생하다 보면 마침내는 천하를 방생하는 법도 배우게 되느니라. 천하를 방생하는 법을 배우게 되면 절로 천하를 가지는 법도 배우게 되느니라."

어느새 할아버지가 등뒤로 다가와 조용한 목소리로 나를 달래고 있었다.

36

특별보좌관

어느 날 할아버지의 수제자로 자처하는 인물이 격외선당에 출현함으로써 내 생활은 갑자기 많은 변화를 가져오게 되었다.

"오늘은 반가운 손님이 오시겠구나."

"누가 오는데요."

"까치한테 물어보아라."

겨울이 끝나갈 무렵이었다. 연일 포근한 날씨가 계속되고 있었다. 의암호의 얼음이 녹고 있었다. 얼음에 가리워져 있던 호수가 날마다 면적을 넓히며 실체를 드러내고 있었다. 그날은 아침부터 격외선당 근처 미루나무 숲에서 까치가 요란하게 우짖고 있었다.

"사부님 계십니까."

점심때가 조금 지나서 내가 장작을 나르고 있는데 낯선 청년 하나가 여행용 가방을 들고 격외선당으로 들어서고 있었다. 격외선당을 방문하는 손님들 중에서 가장 허름한 차림새를 하고 있었다. 휘호를 얻으러 온 손님이 아니라는 사실을 대번에 직감할 수 있는 차림새였다. 그러나 할아버지는 목소리만 들었는데도 신발조차 신지 않은 채 황급히 마당으로 달려 나오고 있었다. 마치 전쟁터에서 사망통지서를 보낸 손자가 다시 살아 돌아온 것 같은 표정이었다.

"이게 뉘신가."

"예비역 병장 정문재 국토방위의 의무를 끝내고 무사히 돌아와 사부님께 신고합니다."

할아버지의 소개에 의하면, 문재 형은 할아버지의 문하생들 중에서 가장 빨리 자신을 낚아서 방생한 인물이었다.

"이 아이는 누굽니까."

"인연 따라 떠돌다 잠시 내 곁에 머물게 된 선동이지."

춘천에서의 내 이름은 선동이가 되어 있었다. 할아버지가 선동이라고 부르니까 모두들 그렇게 부르고 있었다. 할아버지는 문재 형에게 내가 격외선당에 있게 된 내력을 간략하게 설명해 주고 있었다. 예비역 병장이 된 할아버지의 수제자는 군대에서 겪은 각양각색의 사건들과 앞으로 닥쳐올 여러 가지 문제들에 대해서 잠시 이야기를 나누다가, 코딱지를 후비고 있는 내가 몹시 무료해 보였는지 군대식 어투로 장난을 걸어오고 있었다.

"귀관의 관등성명이 뭔가."

"저는 관등성명이 무슨 말인지 모릅니다."

나는 얼뜬 고문관 같은 어투로 대답하고 있었다.

"귀관의 계급과 이름을 묻고 있지 않은가."

"저는 아직 계급이 없습니다."

"그럼 지금부터 귀관을 예비역 병장 정문재의 특별보좌관으로 임명하겠다."

문재 형은 예비역 병장이 오성장군 중에서는 가장 애국자적인 계급이며, 특별보좌관 역시 애국자적인 존재라는 사실을 내게 주지시켜 주기를 잊지 않았다.

"감사합니다, 대장님."

나는 그날부로 문재 형의 애국자적인 특별보좌관이 되었다. 애국자적인 특별보좌관의 역할이 구체적으로 무엇인지는 잘 몰라도 하여튼 심심치는 않으리라는 생각이 들었다.

문재 형은 경기도 여주 출신으로 서울에서 명문대를 다니다가 중퇴한 경력을 가지고 있었다. 삼학년 때 극렬시위에 가담했다가 주모자로 지명수배가 내려져 전국의 낚시터를 은신처로 삼아 도망을 다닌 적이 있었는데, 그때 소양호에서 할아버지를 만나 많은 가르침을 받게 되었다는 것이었다.

"사부님은 머리를 쓰면서 살아가는 인생보다는 마음을 쓰면서 살아가는 인생이 한결 아름답다고 말씀하셨지."

문재 형의 분석대로라면 오늘날 대부분의 교육기관들은 마음을 쓰면서 살아가는 방식은 가르치지 않고, 머리를 쓰면서 살아가는 방식만 가르치고 있었다. 유치원에서도 대학원에서도 마찬가지였다. 마음이 좋은 놈은 바보로 평가되고 있었고, 머리가 좋은 놈은 천재로 평가되고 있었다.

"대학이 나를 제명시키기 전에 내가 대학을 먼저 제명시켜 버렸다."

문재 형은 어렵게 들어간 대학이었지만 도중하차를 결행하지 않을 수 없었다. 대학에서 전수 받은 지식이 결코 인생의 본질을 깨닫게 만들어줄 수는 없다는 회의에 사로잡혔기 때문이었다.

"이제 병역의 의무도 필했으니까 홀가분한 마음으로 새로운 인생을 설계해 볼 작정이다."

문재 형은 격외선당에 거처를 정하고 취직자리를 알아보러 다니고 있었다. 그러는 동안에 겨울은 완전히 자취를 감추어 버리고 말았다. 훈풍이 불고 새싹이 돋고, 나비가 날고, 민들레가 피었다.

"취직자리가 몇 군데 나타나기는 했지만 조건이 맞지 않아서 보류해 두었다."

문재 형은 별난 사고방식을 가지고 있었다. 문재 형이 원하는 조건은 일반인들이 원하는 조건과 정반대였다. 일은 고달파야 하고, 급료는 빈약해야 하며, 고용주는 악랄해야 한다는 것이었다.

"그런 조건이 완벽하게 갖추어진 취직자리가 쉽사리 나타나지 않는 걸 보면 아직도 세상은 희망이 남아 있다."

기온이 점차로 높아지고 있었다. 도처에 개나리꽃이 만발해 있었다. 산비탈에도 도로변에도 주택가에도 무더기로 눈부시게 피어 있었다. 현기증이 날 정도였다. 마치 자디잔 햇빛 조각들을 한아름씩 모아서 도시를 장식해 놓은 것 같았다. 가까이 다가서면 끊임없이 꿀벌들이 날아다니는 소리를 들을 수 있었다. 춘천의 봄은 날마다 축제 같은 분위기였다.

"보좌관."

"네, 대장님."

"보좌관은 인간이 왜 살아간다고 생각하나."

어느 날 문재 형이 군대식 어투로 내게 홍두깨 같은 질문을 불쑥 내던지고 있었다.

"모르겠습니다."

나는 정직하게 대답해 주는 수밖에 없었다.

"오늘부터 보좌관은 그 질문에 대한 해답을 알아내도록 하라."

"명령입니까."

"명령이다."

참으로 별난 명령이었다. 나는 그날부터 인간이 왜 살아가는지에 대한 해답을 찾아내기 위해 수시로 머리를 쥐어짜기 시작했다. 인간은 명예를 얻기 위해 살아갑니다. 인간은 돈을 벌기 위해 살아갑니다. 인간은 권력을 얻기 위해 살아갑니다.

내가 찾아낸 모든 해답에 대해서 문재 형은 아니다, 아니다, 아니다라는 부정어만 연발하고 있었다.

"할아버지, 인간은 왜 살아가나요."

나는 할아버지에게 구원을 요청하는 수밖에 없었다.

"문재 형이 물어보더냐."

할아버지는 이미 출제자를 알고 있었다. 그러나 해답을 가르쳐주지는 않았다.

"내가 네 숙제를 대신 해주면 무슨 공부가 되겠느냐."

힌트조차 없었다.

나는 마침내 나 자신이 왜 살아가는지조차도 모르는 인간임을 확연히 알게 되었다. 인간은 왜 살아가나. 그 질문은 목구멍에 걸려 있는 생선가시처럼 수시로 내 의식 속에서 걸치적거리고 있었다.

"드디어 마음에 드는 일자리를 구했습니다."

어느 날 문재 형이 할아버지에게 취직자리를 구했다는 보고를 올리고 있었다. 문재 형의 보고에 의하면, 일은 고달프고 급료는 빈약하며 고용주는 악랄한 직장이었다.

"조양제라는 간판을 내걸고 사월 초하루부터 개장을 하게 될 유료 낚시터에서 잡역부로 일하게 되었습니다."

"조양제라면 해방 직후에 회현이라는 호를 가진 양반이 시인묵객들과 풍류를 즐기려고 사비를 들여 조성해 놓은 개인 저수지가 아닌가."

"지금 조양제의 소유주는 삼대독자로서 그분의 손자뻘이 되는 것으로 알고 있습니다."

"그때는 엄청난 재력을 가진 집안으로 소문이 나 있었지."

"후손들이 거의 다 말아먹기는 했지만, 사장이 사업에는 남다른 수완을 가지고 있어서 이제는 수십억 정도의 자산은 보유하고 있다는 소리를 들었습니다."

"조선의 경지에 이른 낚시꾼이 유료 낚시터에 잡역부로 취직을 해서 조졸들의 뒤치닥거리나 해주겠다니, 역시 내가 제자 하나는 제대로 얻은 셈이야."

"제 공부는 아직도 멀었습니다."

할아버지는 문재 형을 조선(釣仙)의 경지에 이른 낚시꾼으로 평가하고 있었다. 그러나 문재 형의 말에 의하면, 할아버지는 물고기를 낚는 일에 열중하는 낚시꾼이면 무조건 조졸(釣卒)로 분류하고, 자신을 낚는 일에 열중하는 낚시꾼이면 무조건 조선으로 분류한다는 것이었다.

조양제(朝陽堤)는 사흘 후에 개장하기로 예정되어 있었다. 문재 형은 서둘러 짐을 꾸리고 있었다. 개장 준비를 도와주어야 한다는 것이었다. 격일제로 스물네 시간을 근무하고, 숙식을 겸해서 월급 오십만 원을 받기로 한 모양이었다. 나는 서운함을 말로 표현할 수가 없을 지경이었다. 울면서 바짓가랑이라도 붙잡고 싶은 심정이었다. 그러나 날마다 놀러 와도 좋다는 말을 해주었기 때문에 다소 위안을 삼을 수가 있었다.

37

조양제(朝陽堤)

조양제는 원래부터 풍치림이 잘 조성되어 있어서 주변경관이 매우 빼어난 저수지로 소문이 나 있었다. 사십여 년이 넘는 수령을 간직하고 있었다.

본관 건물을 중심으로 매점과 관리인 숙소와 식당과 방갈로가 지어져 있었고, 가족놀이터와 휴게실과 오락장도 마련되어 있었다. 마치 유원지 같은 분위기였다. 좌대는 모두 백오십여 대가 준비되어 있었다. 조황도 매우 좋은 편이었다.

"여기 놀러는 오더라도 저 사람들의 낚시법은 배우지 않도록 하여라."

개장 직후 조양제를 둘러본 할아버지의 충언이었다.

조양제는 전국에서 몰려드는 낚시꾼들로 연일 문전성시를

이루고 있었다. 개장 당시 낚시꾼들의 사행심을 부추기기 위해 백여 마리의 물고기 등지느러미에 반돈짜리 금반지 한 개씩을 매달아놓았다는 소문이었다. 관리인들의 말에 의하면 아직도 사십여 개의 금반지가 저수지 속에서 헤엄쳐 다니고 있다는 것이었다.

"어떤 낚시꾼은 금반지가 매달려 있는 물고기를 낚으러 오고, 어떤 낚시꾼은 물고기가 매달려 있는 금반지를 낚으러 오지."

반돈짜리 금반지는 사장이 낚시꾼을 유인하기 위해 매달아놓은 밑밥이었다. 소문에 의하면 사장은 돈의 위력을 절대적으로 신봉하는 배금주의자였다. 삼십대 중반의 나이였다. 부친은 한평생을 주색잡기로 일관하면서 물려받은 재산을 축내기에 여념이 없었지만, 아들은 거지를 보아도 귀떨어진 동전한푼 주어본 적이 없는 자린고비로 알려져 있었다. 가까운 친척들까지 발길을 끊고 살아갈 정도라는 소문이 파다했다.

"부자가 천국에 들어가는 일이 낙타가 바늘구멍을 빠져나가는 일보다 힘들다는 말이 있는데 사장님은 어떻게 생각하십니까."

"저는 하나도 겁나지 않습니다. 돈만 있으면 수천 마리의 낙타도 쉽게 빠져나갈 수 있는 크기의 구멍을 가진 바늘을 만들수도 있지 않겠습니까."

어느 낚시꾼이 사장의 철두철미한 배금주의를 경계하여 성경의 한 구절을 들먹거리자, 사장이 태연한 목소리로 그렇게 답변하는 소리를 나도 들은 적이 있었다. 배금주의자에 대한 하나님의 편애도 돈만 있으면 방비할 수 있다는 것이었다. 하나님도 돈으로 매수하면 된다는 것이었다. 하나님을 돈으로 매수할 수 없다면 예수님을 돈으로 매수하고, 예수님을 돈으로 매수할 수 없다면 천사라도 돈으로 매수하면 된다는 것이었다.

사장으로 하여금 하나님을 매수할 수 있는 자금을 조성해 주기 위해서 날마다 조양제를 찾아오는 낚시꾼들이 증원되고 있었다. 좌대 사용료는 일인당 이만오천 원이었고, 방갈로 사용료는 일인당 만오천 원이었다. 다른 유료 낚시터에 비해서는 비싼 편이었다. 그런데도 좌대나 방갈로가 비어 있었던 적은 한번도 없었다.

"낚싯바늘 하나에 천 근의 탐욕이 매달려 있느니라."

할아버지의 가르침이었다.

할아버지의 가르침에 의하면, 낚시꾼이란 탐욕을 채우기 위해 낚시질을 하는 도락가가 아니라 탐욕을 버리기 위해 낚시질을 하는 수행자였다. 할아버지는 내게 탐욕을 줄이는 일환으로 외대에 외바늘을 쓰도록 권장하고 있었다. 그러나 조양제에서는 외대에 외바늘을 쓰는 낚시꾼은 한 명도 찾아볼 수가 없었다. 대부분이 겹바늘에 세 대 이상의 낚싯대를 펼쳐놓고 있었다. 할아버지의 가르침에 준한다면, 낚시꾼 한 명이 최소한 육천 근 이상의 탐욕을 물 속에 투척해 놓고 찌들을 노려보고 있는 셈이었다.

조양제에 종사하는 인물들은 모든 일을 총괄적으로 진두지휘하는 사장. 휴게실과 가족놀이터와 오락장을 관리하는 총무. 매점을 운영하는 사장 부인. 낚시터와 방갈로와 가두리를 관리하는 문재 형. 문재 형과 같은 일을 격일제로 수행하는 황씨. 식당을 경영하는 두촌아줌마. 두촌아줌마를 보조하는 화천댁이 전부였다. 매점이나 식당 쪽은 그런대로 일손이 달리지 않는 형편이었으나 다른 쪽은 턱도 없이 일손이 달리는 형편이었다. 그런데도 사장은 인건비가 비싸다는 이유로 인원을 보충할 의사를 내비치지 않고 있었다.

조양제의 구성원들 중에서 가장 바쁜 사람은 문재 형이었다.

당직인 날에는 오줌 누러 갈 틈조차 없을 지경이었다. 낚시꾼들은 문재 형을 많이 부려먹을수록 조황이 좋아진다고 생각하는 사람들 같았다. 커피가 필요하다. 어분이 필요하다. 컵라면이 필요하다. 캐미라이트가 필요하다. 파라솔이 필요하다. 맥주가 필요하다. 담배가 필요하다. 건전지가 필요하다. 소화제가 필요하다. 수건이 필요하다. 화장지가 필요하다. 생수가 필요하다. 지렁이가 필요하다. 뜰채가 필요하다. 낚시꾼들은 끊임없이 같은 심부름을 반복시키거나 새로운 심부름을 창출해 내었다. 자동차 키를 물속에 빠뜨렸으니 건져 달라. 집에서 나를 찾는 전화가 걸려오면 여기 없다고 말해 달라. 물고기가 낚싯대를 끌고 갔으니 찾아 달라. 김 사장한테 전화를 걸어서 한 시간만 더 기다리라고 말해 달라. 낚시꾼들은 일단 낚싯대를 펼쳐놓기만 하면 자기들은 꼼짝달싹도 하지 않고 문재 형만 종놈처럼 부려먹고 있었다.

그러나 낚시꾼들의 시중을 들어주는 일만 문재 형의 소관이 아니었다. 손님이 오면 요금을 받아내고 영수증을 끊어주는 일. 손님이 가면 쓰레기를 치우고 비품을 회수하는 일. 그날 잡힌 물고기를 좌대별로 집계해서 일지에 기록하는 일. 적절한 시기에 양식장에서 물고기를 조달해서 저수지에 방류하는 일. 방갈로를 관리하고 손님을 유치하는 일. 그런 일들이 모두 문재 형의 소관이었다. 그러나 문재 형은 한번도 피곤한 기색을 보인 적이 없었다.

"보좌관."

"부르셨습니까, 대장님."

"발바닥에서 고무 타는 냄새가 날 정도로 전력 질주하여 매점에서 어분 두 봉지를 사다가 오십사 번 좌대의 손님에게 착오 없이 전달토록 한다."

"알겠습니다."

조양제에 가면 특별보좌관인 내게도 적지 않은 임무들이 하달되었다. 나는 임무를 수행하면서도 낚시꾼들의 턱을 유심히 살펴보는 일을 소홀히 하지 않았다. 칼새라는 별명을 가진 사람. 계보상으로는 나에게 삼촌뻘이 된다는 사람. 그를 만날 목적으로 나는 춘천에 머물러 있었다.

그러나 턱에 멍이 들어 있는 사람은 본 적이 있어도, 턱에 칼자국이 나 있는 사람은 본 적이 없었다. 하기는 빚쟁이들의 눈을 피해 야반도주를 했다는 사람이 유료 낚시터에서 도락을 즐길 만한 마음의 여유가 있을 것 같지는 않았다.

"보좌관."

"말씀하십시오, 대장님."

"인간이 왜 사는가 하는 질문의 해답을 요즘도 찾아보고 있는가."

"찾아보고 있습니다."

"발견했는가."

"혹시 물고기를 잡아먹기 위해 살아가는 게 아닐까요."

"보좌관은 지금 가장 중대한 명제를 가지고 농담 따먹기나 하자는 건가."

"앞으로 주의하겠습니다."

아무리 바쁜 와중이라도 문재 형은 틈틈이 내 목구멍에 걸려 있는 철학적 명제의 생선가시를 건드리기를 잊지 않았다. 물론 나도 인간이 물고기를 잡아먹기 위해서 살아간다는 해답이 정답일 거라고 기대하지는 않았다. 그러나 조양제를 찾아오는 낚시꾼들을 보면 그런 생각이 들 때도 없지는 않았다. 그들은 낚시를 하고 있는 것이 아니라 전쟁을 하고 있는 것 같았다. 비가 내리는 날에도 전쟁의 열기는 조금도 저하되지 않았다. 낚시꾼들은 밤을 꼬박 새우며 저수지에다 쉬지 않고 밑밥을 폭탄처럼 투하하고 있었다. 나는 조양제를 찾아오는 낚시꾼들이 잡은 물고기를 방생하는 경우를 아직 한번도 목격한 적이 없었다. 조양제를 찾아오는 낚시꾼들은 포로들을 무조건 먹어치우는 방식만이 전쟁을 승리로 이끄는 최상의 비결이라고 생각하는 모양이었다.

그러나 아무리 전황이 좋은 날이라고 하더라도 패잔병은 있었다. 밤새도록 밑밥을 투척해 놓았지만 입질 한번 보지 못했다는 낚시꾼들도 적지는 않았다. 기술이 신통치 않거나 포인트를 잘못 선정한 경우였다. 어떤 낚시꾼은 조양제가 직장이라도 되는 듯이 하루도 빠지지 않고 출퇴근을 하는 열의까지 보일 정도였다. 그런 사람들에 비하면 문재 형은 정말로 불쌍해 보일 지경이었다.

그러나 나는 문재 형이 신세타령을 하는 소리를 한번도 들어본 적이 없었다. 문재 형은 내가 아는 사람들 중에서 가장 낙천적이고 부지런한 성품을 가지고 있었다. 비번인 날에도 쉬는 법이 없었다. 숙소에서 네 시간 정도 잠을 자고 나면 식사를 끝내고 격외선당으로 달려가 할아버지 밑에서 서너 시간 정도 서예 공부에 전념했다.

"피곤하지 않은가."

"정신이 건강해지면 육체도 건강해진다고 말씀하시지 않으셨습니까."

서예 공부가 끝나도 개인적인 일을 하지는 않았다. 무연고의 지체부자유자들이 수용되어 있는 자활센터로 가서 남은 시간을 자원봉사로 몽땅 다 써버리고 다시 조양제로 돌아가는 일상을 반복했다.

문재 형이 자활센터로 자원봉사를 나가면, 나는 혼자 의암호에 나가 낚시질을 했다. 그러나 아직 피라미의 입질밖에는 들어오지 않았다. 피라미도 빙어들처럼 유영층을 자주 바꾸는 물고기였다. 유영층에 정확하게 미끼를 떨어뜨리기만 하면 찌가 미친 듯이 춤을 추었다. 피라미는 구분이 잘 되지 않을 정도로 빙어와 외형이 흡사한 물고기였다. 나는 피라미를 낚아 올릴 때마다 겨울 빙판에 머리만 남은 채로 버려져 있던 빙어들이 눈앞에 어른거려서 도무지 낚시질에 흥미를 느낄 수가 없었다.

봄이 절정에 달해 있었다. 서면의 야산 비탈들은 대부분이 과수원으로 이루어져 있었다. 비탈 가득 꽃들이 만개해 있었다. 바람이 불 때마다 꽃잎들이 함박눈처럼 흩날리고 있었다.

38

동류항

　대부분의 물고기가 알에서 깨어나자마자 부모 곁을 떠나서 살아가야 한다는 사실을 알고 나서, 나는 나이를 열 살이나 더 먹은 듯한 기분에 사로잡혀 있었다.

39

쓰레기에 관한 보고서

날이 갈수록 햇빛이 투명해지고 있었다.

호반의 도시 춘천은 기온이 상승하고 신록이 짙어지고 아카시아 꽃이 눈부시게 피는 계절 속에 평화롭게 정박해 있었다. 이따금 바람이 불면 짙은 꽃향기에 현기증이 느껴질 정도였다.

담수어들의 산란기였다. 피라미나 납자루들은 관상용 열대어보다 더 오색찬란한 혼인색으로 비늘을 치장하고 있었다.

의암호 주변 도로는 낚시꾼들이 주차해 놓은 차량들로 연일 혼잡을 이루고 있었다. 일 년 중 가장 조황이 좋은 시기였다.

"아무리 눈여겨 살펴보아도 포획에만 혈안이 되어 있고, 보호에는 신경조차 쓰지 않는 낚시꾼들뿐이로구나."

할아버지의 탄식이었다.

심청이 아버지가 낚시질을 해도 빈 어망으로 돌아갈 염려가 없다는 계절이었다. 특히 붕어가 낚시의 주종을 이루는 시기였다. 그러나 내게는 겨우 이틀 정도만 낚시를 즐길 수 있는 기회가 주어졌다.

"낚시의 진미는 고요함에 있느니라. 경지에 달한 낚시꾼일수록 붕어를 선호하는 이유는, 붕어가 고요를 깨뜨리지 않는 성품을 가지고 있는 물고기이기 때문이지. 낚시질은 집중력을 통해서 고요함의 진미를 알게 만들고, 고요함의 진미를 통해서 망아의 경지를 알게 만들며, 망아의 경지를 통해서 적멸의 경지를 알게 만들고, 적멸의 경지를 통해서 우주의 본질을 알게 만드는 공부이니라."

할아버지는 입질이 자주 들어올 때보다는 입질이 전혀 들어오지 않을 때 오히려 낚시의 진미를 알게 된다는 이론을 가지고 있었다. 입질이 자주 들어오면 고요를 깨뜨리기 때문에 공부에 방해가 된다는 설명이었다.

할아버지는 붕어를 공부에 가장 방해가 되지 않는 물고기로 평가하고 있었다. 다른 물고기들은 입질을 할 때부터 어망 속으로 들어갈 때까지 난리법석을 떨어서 낚시꾼의 의식을 온통 어지럽게 흔들어놓는 속성들을 가지고 있었다. 그러나 붕어는 절대로 어수선을 떨지 않는 물고기였다. 입질을 할 때는 찌의 움직임이 경망스럽지 않으며, 일단 물 밖으로 끌려 나오기만 하면 일체의 몸부림을 포기한 채 의연한 태도로 운명을 감수하는 물고기였다.

"얼마나 입질이 자주 들어오는지 나중에는 팔이 다 아플 지경이었어요."

나는 이틀 내내 점심까지 거르고 낚시질에만 열중해 있었다. 전과는 판이하게 조황이 달라져 있었다. 찌가 미처 자리를 잡기도 전에 입질이 들어오고 있었다. 모두가 붕어였다. 잠시도 한눈을 팔 여가를 주지 않고 있었다. 의암호의 모든 붕어들이 염세주의에 빠져서 집단자살을 감행키로 작정하고 낚시꾼들 앞으로 몰려들고 있는지도 모른다는 생각까지 들 정도였다. 씨알들도 모두가 준척급이었다. 낚싯대를 당길 때마다 묵직한 중량감이 느껴지고 있었다.

"당분간 낚시질을 중단토록 하여라."

"지금까지 이렇게 잘 잡혀본 적이 없는데요."

"산란기이기 때문이니라."

"산란기에는 물고기를 잡으면 안 되나요."

"모름지기 지각을 가지고 있는 인간이라면, 비록 미물이라고 하더라도 뱃속에 자손을 잉태하고 있을 때는 자비심을 베풀어주어야 하느니라. 죽이거나 괴롭히면 자연의 섭리를 그르치는 일이니라. 너는 언제나 방생을 하는 습관을 가지고 있으니까 죽이지는 않겠지만, 낚시질을 하게 되면 어쩔 수 없이 한순간만이라도 물고기들을 괴롭히는 소치가 아니겠느냐."

할아버지는 나를 데리고 낚시꾼들이 운집해 있는 장소를

순례하면서 쓰레기를 수거하는 일로 붕어의 산란기를 허송세월하겠다는 계획이었다. 하필이면 한참 조황이 절정에 달해 있는 때에 낚시질을 중단토록 만들다니 정말로 놀부 같은 심보를 가진 할아버지였다.

"우리가 버린 쓰레기도 아닌데 왜 우리가 치워야 하나요."

"우리가 살고 있는 산천에 버려져 있으니까 우리가 치우는 거지."

"아무도 치우지 않으면 어떻게 되나요."

"몇 년이 경과되지 않아서 한 마리의 물고기도 살아남을 수 없을 정도로 호수가 오염되고, 종국에는 너조차도 살아남을 수 없을 정도로 산천이 오염되겠지."

낚시터마다 엄청난 양의 쓰레기들이 산재해 있었다. 하루 종일 수거해도 끝이 없었다. 처음에는 발목이 부어오르고 허리가 뻐근해서 몸을 제대로 움직일 수가 없을 지경이었다. 할아버지가 잠든 사이 어디로 도망이라도 쳐버리고 싶은 심정이었다. 호수 연변에 낚싯대를 펼쳐놓고 장사진을 이루고 있는 사람들이 내 눈에는 전혀 낚시꾼들로 보여지지 않을 정도였다. 낚시질을 빙자해서 쓰레기를 버리러 온 사람들로만 보여질 정도였다.

종류도 다양하기 그지없었다.

낚시도구에 관계되는 쓰레기로는 망가진 태클박스, 부러진 낚싯대, 고장난 받침대, 헝클어진 낚싯줄, 찢어진 돗자리, 폐기된 건전지, 부패한 어분 찌꺼기, 망가진 낚시의자, 접질러진 찌 따위가 주종을 이루고 있었으며 어분 봉지, 구더기 봉지, 지렁이 봉지, 스티로폼, 캐미라이트 봉지 따위도 포인트마다 산재해 있었다.

취사음주에 관계되는 쓰레기로는 고장난 버너, 찌그러진 코펠, 일회용 밥그릇, 플라스틱 수저, 일회용 접시 따위를 비롯해서 라면 봉지, 과자 봉지, 커피 봉지, 빵 봉지, 고추장 봉지, 우유팩, 종이컵, 껌종이, 컵라면통, 호일, 부탄가스통, 나무젓가락, 콜라병, 사이다병, 환타병, 소주병, 맥주병, 막걸리병, 캔커피, 캔맥주, 캔소주, 참치 깡통, 꽁치 깡통, 과일 깡통, 골뱅이 깡통, 마늘 깡통, 번데기 깡통, 햄 깡통 등속으로 열거하기가 힘겨울 지경이었으며 밥 찌꺼기, 라면 찌꺼기, 매운탕 찌꺼기, 양념 찌꺼기, 구토물, 배설물 따위도 악취를 풍기고 있었다. 그밖에 신문지, 비닐봉투, 휴지조각, 담뱃갑, 담배꽁초 따위도 낚시터마다 어지럽게 널려 있었다.

"지구상에서 쓰레기를 만들어내는 생명체는 인간밖에 없느니라."

할아버지는 쓰레기를 인간이 만들어내는 탐욕의 찌꺼기로 간주하고 있었다. 자연과의 조화로운 생명활동을 위해서 만들어진 창조물은 아무리 세월이 지나도 결코 쓰레기로 변하지 않지만, 자신만의 독단적인 생명활동을 위해서 만들어진 창조물은 조금만 세월이 지나도 전부 쓰레기로 변하고 만다는 것이었다.

"다른 생명체들이 만들어내는 창조물들은 절로 자연에 흡수되지만, 인간들이 만들어내는 창조물들은 좀처럼 자연에 흡수되지 않는다."

다른 생명체들이 만들어내는 창조물들은 자연의 순환을 촉진시켜 주지만, 인간이 만들어내는 창조물은 자연의 순환을 지연시킬 뿐이라는 것이었다.

조화는 곧 진화다.

할아버지의 이론이었다. 그 이론에 입각하면, 인간은 진화하고 있는 중이 아니라 퇴화하고 있는 중이었다. 자연이라는 주체에 인간이라는 개체가 조화되지 않고 있기 때문이라는 것이었다.

"생각하기에 따라서는 인간이 세균보다 열등한 존재들이지."

할아버지는 세균이 인간에 비하면 훨씬 진화된 존재라는 견해를 가지고 있었다. 바이러스와 같은 세균은 조건이 합당치 않을 때는 자신을 무생물적인 구조로 변환시켰다가, 다시 조건이 합당케 되면 자신을 생물적인 구조로 변환시키는 능력을 가지고 있다는 것이었다. 바이러스의 세계에서는 인간과 같은 유형의 죽음이 결코 존재하지 않는다는 것이었다.

"인간만큼 다양한 화학물질을 사용하는 생명체는 지구상에 존재하지 않느니라."

그러나 세균은 아주 간단한 화학물질을 사용하면서도 완벽하게 자연과의 조화를 이룰 수가 있지만, 인간은 그토록 다양한 화학물질을 사용하면서도 아직까지 자연과의 조화를 이루지 못하고 있다는 진단이었다.

"오늘날의 인간은 중생대의 공룡과 흡사한 위상을 가지고 있느니라."

할아버지는 빙하기가 도래하면서 대부분의 생물들이 일제히 자연의 법칙에 따라 개체적인 탐욕과 성장을 억제시키는 구조로 자신들을 변환시키는 일에 주력해 왔다는 이론을 가지고 있었다. 그러나 공룡은 먹이사슬의 가장 꼭대기에 위치해 있으면서도 개체적인 탐욕과 성장을 억제시킬 수 없는 구조로 자신을 방치해 두었다는 것이었다. 그 때문에 다른 생명체들은 오늘날까지 그 종을 존속시킬 수가 있었지만, 공룡은 멸종의 위기를 모면할 수가 없게 되었다는 것이었다.

할아버지는 오늘날의 인간이 비록 신체적으로는 탐욕과 성장을 억제시킬 수가 있어도, 정신적으로는 탐욕과 성장을 억제시킬 수가 없기 때문에 중생대의 공룡과 똑같은 운명을 피할 수가 없으리라는 예측이었다.

"그때는 잠자리도 일 미터가 넘는 크기를 가지고 있었느니라."

그러나 탐욕과 성장을 억제시킬 수 있었기 때문에, 그토록 작고 앙증스러운 모습으로 오늘날까지 무한히 푸르고 드넓은 하늘을 공유할 수가 있게 되었다는 설명이었다.

"인간이 만들어낸 탐욕의 찌꺼기가 결국 인간을 멸망의 길로 인도할 것이니라."

아무리 환경이 파괴되어도 세균은 결코 멸망하지 않을 것이며, 언젠가는 자연의 질서를 파괴하는 인간을 제거하는 일에 앞장을 서게 되리라는 경고였다.

나는 더욱 열심히 인간들이 만들어낸 탐욕의 찌꺼기를 수거하는 일에 전념하지 않을 수 없었다. 낚시터에 산재해 있는 쓰레기를 볼 때마다 인류의 멸망을 예고하는 전단들이 어지럽게 흩어져 있는 듯한 불안감을 떨쳐버릴 수가 없었기 때문이었다.

그러나 낚시꾼들은 물고기를 많이 잡을수록 탐욕과 성장을 빨리 억제시킬 수 있으며, 쓰레기를 많이 버릴수록 인간의 멸망이 지연된다고 생각하는 사람들 같았다. 할아버지와 내가 하루 종일 낚시터를 돌아다니며 쓰레기를 수거해도 거들떠보는 낚시꾼은 별로 없었다. 거의가 낚시질에만 전념하고 있었다.

멀리서 바라보면 그토록 아름다운 춘천도 가까이서 들여다보면 나날이 쓰레기로 부패해 가고 있었다. 호수가 좋아서 춘천을 찾아오는 사람들이 호수를 더럽히는 일에 선봉이 되고 있었다.

40

금일봉

"조양제에 긴급 비상사태가 발령되었으니 전직원은 관리실로 집합해 주시기 바랍니다."

사장이 이른 아침부터 관리실 전망대에서 마이크로 전직원을 호출하는 소리가 부산하게 들리고 있었다. 아직도 저수지 건너편 풍치림은 희미한 형체로 안개 속에 잠들어 있었다.

"여기서도 긴급 비상사태라는 말을 듣게 되다니. 어디를 가도 군사문화의 잔재는 남아 있구만."

문재 형은 밤새도록 낚시꾼들의 시중을 들어주느라 파김치가 되어 있는 모습이었다.

"무슨 일입니까."

문재 형이 관리실로 들어서자 총무가 이미 출근해서 기다리고 있는 중이었다.

"나도 잘 모르겠네."

총무는 사십대 후반의 나이였다. 그는 조양제에 오기 전에 사장 소유의 별장에서 잡역부로 일했던 경력을 가지고 있었다. 책임감이 강하고 부지런했으며 과묵한 성격을 가지고 있었다. 해소병으로 몸져누운 모친과, 신경통으로 다리를 저는 부인과, 좀도둑질로 교도소를 드나드는 형님과, 백수건달로 빈둥거리는 아들과, 대학입시로 골을 싸매고 있는 딸내미가 그의 무거운 짐들이었다.

"누가 저수지에다 농약이라도 뿌렸습니까."

황 씨가 잠이 가득한 눈꺼풀을 비비며 식당 아줌마들과 함께 관리실로 들어서고 있었다. 이제 전직원이 다 집합한 상태였다. 그러나 사장은 긴급 비상사태에 대해서는 언급을 회피한 채 직원들에게 금일휴업이라는 사실만 통보해 주었다. 전례가 없었던 일이었다. 모두들 의아해 하는 표정이었다.

사장은 문재 형에게 연속근무령을 하달하고 있었다. 역시 전례가 없었던 일이었다. 금일휴업은 금일휴식과 무관한 상태였다.

밤낚시를 했던 조사들에게도 이른 철수가 종용되었다. 곧 조양제의 모든 좌대는 텅 빈 상태를 유지하게 되었다.

정문에는 시설보완 문제로 금일 하루만 출입을 통제한다는 안내문이 나붙었다. 총무가 몰려드는 낚시꾼들을 돌려보내느라 안절부절을 못하고 있었다.

"이제 대청소를 합시다."

사장이 솔선수범해서 쓰레기를 수거하기 시작했다. 연속적으로 전례가 없었던 일들만 벌어지고 있었다.

"우리 사장님이 금일휴업을 선포하고 대청소를 하는 걸 보니, 고도리에서 흑싸리 껍데기를 쌍피로 쳐줄 날도 머지않았다는 생각이 드는구만."

황 씨의 빈정거림이었다.

황 씨는 손가락이 하나 없었다. 오른쪽 검지였다. 노름 때문에 패가망신을 하고 부인마저 도망쳐버린 뒤로, 다시는 화투장을 잡지 않겠다는 맹약으로 자신의 손가락을 작두로 싹둑 잘라버린 사람이었다. 서른일곱 살이었다. 아직도 혼자 살고 있었다.

"무슨 속셈일까."

사장이 대청소를 하기 위해 금일휴업을 선포하지는 않았을 거라고 황 씨는 추측하고 있었다. 사장은 저수지의 물고기가 죽어서 떠오르면 당직자의 월급에서 마리당 오천 원씩을 공제하는 자린고비였다. 총무가 노모의 병원비로 이백만 원을 가불했을 때는 삼부이자까지 붙여서 계산할 정도였고, 자기의 사촌형이 사업자금으로 빌려간 이천만 원을 기한 내에 갚지 않는다고 고소까지 제기했던 수전노였다. 그런 위인이 대청소 따위로 몇백만 원의 하루치 수입을 모조리 포기할 리가 만무하다는 것이었다.

그러나 직원들의 궁금증은 별로 오래 지속되지 않았다. 대청소가 끝나자 사장이 자초지종을 털어놓고야 말았기 때문이었다.

"오늘 극비리에 막강한 권력자의 자제분이 우리 조양제에 와서 낚시질을 하시겠다는 겁니다."

사장은 입이 근질거려서 도저히 참을 수가 없다는 표정이었다. 어제 모기관원으로 자처하는 사람들이 사전답사를 끝내고, 신분증을 보여주면서 막강한 권력자의 자제분이 비밀리에 낚시질을 하러 올 터인즉 준비에 만전을 기해 달라는 당부를 하고 갔다는 설명이었다.

"조금 전에 출발하셨다는 전갈이 왔습니다. 도착하시면 모두들 예의에 어긋나는 언행을 삼가도록 각별히 유념해 주시기 바랍니다."

사장은 가두리에 있는 물고기들을 모조리 저수지에 방류하고도 모자란다는 생각이 들었는지, 양식장에 전화를 걸어 백여 마리가 넘는 물고기들을 더 지원해서 방류하는 성의까지 보이고 있었다.

"도착할 시간이 되었는데."

전직원이 정문 앞에 일렬횡대로 도열해 있었다. 사장은 초조한 눈빛으로 자꾸만 손목시계를 들여다보고 있었다. 한 시간쯤 지나자 두 대의 검은색 승용차가 조양제로 진입해 들어오기 시작했다.

"박수를 쳐야 하나. 경례를 해야 하나."

사장은 어쩔 줄을 모르겠다는 표정이었다. 이마에 식은땀까지 흐르고 있었다. 승용차가 직원들 곁을 스쳐갈 때야 급작스럽게 경례를 선택하기로 마음을 굳힌 모양이었다.

"경례."

황급히 그렇게 소리치고 있었다.

그러나 승용차는 이미 저만치 지나가버린 뒤였다. 사장이 전속력으로 승용차의 꽁무니를 쫓아가기 시작했다. 직원들도 허겁지겁 사장의 뒤를 쫓아가기 시작했다.

승용차는 저수지 가까이에서 움직임을 멈추고 있었다.

앞에 정차해 있던 승용차의 문이 열리면서 검은색 양복을 입은 네 명의 수행원이 황급히 내리더니, 기계적인 동작으로 뒤에 정차해 있던 승용차를 호위하기 시작했다. 한결같이 오른손을 가슴에 찌르고 있는 자세였다. 약간 벌어진 양복 틈새로 권총 밴드가 보이는 수행원들도 있었다. 막강한 권력자의 자제분이 하차하고 있는 광경이 보였다. 그러는 사이 두 명은 가까이에서 경호를 담당했고, 나머지 두 명은 직원들의 접근을 가로막는 일을 담당했다.

"황 씨는 정문에서 출입자를 통제하고, 총무는 관리실에서 전화를 받도록 해요. 개미새끼 한 마리라도 얼씬거리지 못하도록 해야 합니다. 그리고 저분들 식사를 제때에 해대려면 두촌아줌마와 화천댁만으로는 일손이 여간 바쁘지 않을 테니까, 오늘은 정 군이 식당일을 좀 거들어주도록 해요. 점심은 매운탕으로 드시겠다니까 지금부터 준비를 서두르세요. 만약 누구라도 일을 그르치는 사람이 있으면 이번 달 월급은 포기한 것으로 간주하겠습니다."

사장의 명령이었다.

사장에게만 막강한 권력자의 자제분을 가까이에서 친견할 수 있는 특권이 부여되어 있었다.

막강한 권력자의 자제분이 거느리고 있는 일행은 운전기사와 비서와 수행원을 합해서 모두 일곱 명이었다. 그러나 막강한 권력자의 자제분 한 명만이 좌대를 차지한 채 낚시도구를 펼쳐놓고 있었다. 나머지는 모두 미리 설치해 놓은 파라솔 밑에서 구경만 하고 있었다.

모든 잔심부름을 사장이 도맡고 있었다. 사장은 오직 굽실거리는 일만이 자신의 영혼을 구원할 수 있는 최선의 방책이라고 생각하는 사람 같았다. 수박을 권하면서도 굽실굽실. 콜라를 권하면서도 굽실굽실. 그에게 만약 창세기를 다시 쓸 수 있는 권한이 주어진다면 태초에 굽실거림이 있었노라고 서두를 장식할 것 같았다. 그에게 만약 헌법을 개정할 수 있는 권한이 주어진다면 대한민국은 굽실공화국이다라고 제일조를 시작할 것 같았다.

"금력 앞에서는 피도 눈물도 없더니, 권력 앞에서는 간도 쓸

개도 없구나. 감투라도 한 자리 얻어 쓸 수 있다면 좆도 부랄
도 다 빼던지겠네."

두촌아줌마의 빈정거림이었다.

사장 부인은 두촌아줌마가 고등학교를 다닐 때 가장 절친했
던 친구의 동생으로 알려져 있었다. 두촌아줌마는 남자 같은
성격을 가지고 있었다. 술도 잘 마시는 편이었고, 욕도 잘하는
편이었다. 음식 솜씨도 일품이었다. 두촌아줌마를 싫어하는
낚시꾼들은 아무도 없었다.

"욕은 남편 때문에 배우게 되었고, 술은 딸년 때문에 배우게
되었지."

남편은 무명시인으로 무위도식하다가 몇 년 전 어느 가을에
갑자기 실종된 채로 아직까지 생사가 묘연하고, 딸년은 남편
이 실종된 이후로 귀신에게라도 홀렸는지 툭하면 집을 나가서
는 몇 달이 지나도록 들어오지 않는다는 것이었다.

"매운탕을 찾으시는데."

사장이 식당으로 들어와서 솥뚜껑을 열어보고 있었다.

막강한 권력자의 자제분이 낚싯대를 접고 있었다. 불과 두
시간 정도밖에는 낚시질을 하지 않은 상태였다. 점심때가 약간
지난 시각이었다. 더위가 몹시 기승을 부리고 있었다. 바람 한
점 없는 날씨였다. 저수지 한복판에 해 하나가 붙박혀서 날카
로운 파편들을 수면 위로 튕겨내고 있었다.

"저 양반 몇 마리나 잡았수."

두촌아줌마가 막강한 권력자의 자제분을 눈짓으로 가리키며 사장에게 묻고 있었다.

"조황이 좋지 않기 때문에 일찍 철수하는 모양입니다."

사장의 대답이었다. 풀 죽은 목소리였다. 겨우 한 마리밖에 잡지 못했다는 것이었다. 자기가 좌대를 잘못 선정해 주어서 그런 결과를 초래하게 된 것 같아서 고개를 들지 못할 지경이라는 것이었다. 다른 좌대로 옮겨보시라고 몇 번이나 권유했으나 듣지를 않은 모양이었다.

"물고기는 권력이 뭔지 모르니까 이해하시라고 말씀드리세요."

두촌아줌마의 처방이었다.

막강한 권력자의 자제분은 일행들과 함께 매운탕 그릇을 깨끗이 비운 다음, 봉투 몇 장을 사장에게 건네주고는 승용차를 타고 조양제를 떠나버렸다. 전직원이 분주를 떨었던 것을 생각하면 너무나 짧은 체류였다. 그러나 사장은 아까보다 몇 배나 기분이 좋아져 있는 얼굴이었다. 막강한 권력자의 자제분이 조양제가 마음에 들어서 한 달에 한 번씩 들르고 싶으니 불편하더라도 양해를 해달라고 말했다는 것이었다.

"여러분들에게도 금일봉이 하사되었습니다."

사장은 전직원을 다시 관리실에 집합시키고 봉투 한 장씩을 나누어주기 시작했다. 고급한 지질로 만들어진 봉투였다. 상단에 봉황 한 쌍이 금박으로 인쇄되어 있었다. 속에는 십만원권 자기앞수표 한 장씩이 들어 있었다.

"여러분들이 받은 금액 중에서 시설관리비조로 삼만 원씩을 공제하겠으니 그리 아십시오. 그분들이 전국에 널려 있는 유료 낚시터를 마다하고 군이 우리 조양제를 찾아온 것은 뛰어난 시설 때문이라는 사실을 유념해 주시기 바랍니다. 여러분들도 지금 당장 공제하면 기분이 좋지는 않으시겠지요. 그래서 월급에서 공제하기로 결정을 내렸습니다. 그때 가서 딴소리하시는 분이 없기를 빌겠습니다. 오늘 저는 여러분들을 대신해서 손님들의 시중을 들어드렸지만, 여러분들은 평소보다 한 일이 별로 없다는 사실도 아울러 유념해 주시면 대단히 고맙겠습니다."

직원들은 한결같이 그럴 줄 알았다는 표정들을 짓고 있었다. 아무도 이의를 제기하지 않았다. 전액을 회수하지 않은 처사만으로도 감복해 하는 눈치들이었다. 잠시 후 조양제는 다시 영업을 개시했다. 그러나 문재 형은 관리인 숙소에서 녹초가 된 채로 잠에 곯아떨어져 있었다.

며칠 후 전체 좌대료를 계산하고도 몇십만 원이 웃도는 금액의 봉투가 사장에게 주어졌다는 후문이 나돌기 시작했다. 부인의 입을 통해서 새어 나온 후문이었다.

41

단소 소리

점심때쯤에 암하노불의 아내가 직접 격외선당으로 찾아와서 꼬부랑 할머니의 부음을 전해 주었다.

낚시에 정신이 팔려 사십 년 동안이나 집을 나가 떠돌던 바깥노인을 다 쓰러져가는 오두막에서 홀로 기다리던 할머니. 나이 칠십에 비로소 가장 아름다운 여인이었음을 깨닫고 돌아와보니 치매에 걸려 있더라는 할머니. 문을 열면 불쑥 깡마른 손을 내밀며 단팥빵 하고 소리치던 할머니. 그러나 이렇게 빨리 세상을 떠나리라고는 생각해 본 적이 없었다.

암하노불의 아내는 얼마나 많이 울었는지 눈두덩이 부어서 눈동자가 전혀 보이지 않을 지경이었다.

"비록 저희들과 대화는 이루어지지 않는 할머니였지만 너무 많은 것들을 깨닫게 만들어주고 가셨어요."

언제나와 마찬가지로 부부가 아침 일찍 송정리 오두막을 방문했더니 할머니가 이미 절명해 있더라는 것이었다.

"병원에서는 단팥빵이 기도를 막아 호흡곤란으로 질식사를 했다는 진단이었어요."

도립의료원 영안실에 빈소를 마련하고 남편이 혼자 빈소를 지키며 상제노릇을 대신하고 있다는 것이었다.

"저희들이 소홀히 모셨다는 생각이 들어 죄스럽기 짝이 없어요. 용서해 주세요. 마음으로는 몇십 년이라도 친할머니처럼 모시고 싶었어요."

암하노불의 아내는 울먹거리며 고개를 들지 못하고 있었다.

"무슨 말씀을 그리 하시는가. 그동안 내가 한 달에 몇 번씩이나 가서 보았는데 혈육이라고 하더라도 그런 지극정성을 바치지는 못했을 걸세. 사람이 죽고 사는 일은 하늘의 공사이니 그대들의 힘으로야 어찌할 수가 없는 일이 아니겠는가. 먼저 세상을 떠난 바깥노인이 더 이상 기다릴 수가 없어서 극락으로 모셔갔노라고 생각하시게. 저승에서건 이승에서건 사랑하는 일보다는 기다리는 일이 몇 배나 더 어려운 법이라네."

할아버지는 외출할 준비를 서두르고 있었다.

"선동이도 같이 가도록 하여라."

밖에는 추적추적 비가 내리고 있었다. 가만히 있어도 마음이 울적해지는 날씨였다. 나는 다시 과거에 대한 기억들이 아

픈 상처로 되살아나는 것이 두려워 별로 마음이 내키지는 않
았지만 할아버지의 권유를 뿌리칠 만한 핑계거리를 찾아낼 수
가 없었다. 그러나 택시를 타고 도립의료원으로 가면서 나는
상처가 많이 아물어 있다는 사실을 알게 되었다. 해소병을 앓
던 할머니의 죽음과 간암을 앓던 아버지의 죽음이 떠오르기
는 했지만, 예전처럼 무자비하게 가슴을 난도질당하는 느낌은
아니었다.

"고생들이 많으셨네."

"저희들의 정성이 부족해서 불과 일 년도 모시지 못하고 이
런 과오를 초래하고 말았습니다."

"과오라니 당치도 않은 말일세. 누구한테 물어보아도 호상
이라고 대답할 걸세. 그대들의 노고를 하늘인들 몰라주시겠는
가. 그대들의 수고를 덜어주기 위한 방편이라고 생각하시게."

영안실에는 여러 망자들의 빈소가 칸칸이 설치되어 있었다.
비어 있는 영안실은 한 군데도 없었다. 하루에 이토록 많은 사
람들이 죽어간다는 사실에 나는 새삼 놀라움을 금치 못하고
있었다.

빈소들마다 화환들이 즐비하게 늘어서 있었다. 조문객들도
끊임없이 몰려들고 있었다. 가족들이 집단적으로 대성통곡을
하고 있는 빈소. 형제들끼리 먹살잡이를 하며 재산 문제로 언
성을 높이고 있는 빈소. 조문객들이 단체로 몰려와서 줄을 선
채 차례를 기다리고 있는 빈소. 어느 빈소에나 사람들이 웅성

거리고 있었다.

그러나 꼬부랑 할머니의 빈소는 썰렁하기 짝이 없었다. 암하노불의 남편이 상복을 입고 혼자서 빈소를 지키고 있었다. 친척들도 없었고, 조문객들도 없었다. 낡은 흑백사진 밑에는 꽃다발 하나만 고즈넉이 놓여 있었다. 오십도 되지 않은 나이에 찍어둔 사진 같았다. 입가에 가느다란 미소가 떠오르고 있었다.

"하늘에서 얻은 영혼은 하늘로 돌려주고 땅에서 얻은 육신은 땅으로 돌려주면 그만이지. 특별한 격식을 차린다고 떠난 사람이나 남은 사람이나 무슨 즐거움이 있겠나. 내일 화장을 치르도록 하세."

할아버지는 다음날 꼬부랑 할머니의 시신을 화장하기로 결정했다. 우리는 빈소에서 그날 밤을 뜬눈으로 보내고, 화장에 필요한 수속을 진행하기 시작했다. 영구차는 소형으로 선택되었고, 화장터는 학곡리로 결정되었다. 날씨가 맑게 개어 있었다.

"혹시 단소를 가지고 오셨는가."

"가지고 오지 않았는데요."

"그럴 경황이 없으셨겠지. 지금 시내에서 단소를 살 만한 데가 있는가."

"악기점에 가면 살 수가 있습니다."

"마지막 이승을 하직하는 길에 단소라도 한 곡조 불어드리도록 하세. 선동이를 시켜서 사오도록 해도 괜찮을까."

"아니에요. 제가 알고 있는 악기점이 있는데 직접 가서 불어 보고 소리가 좋은 걸로 하나 골라오도록 하겠어요."

단소를 준비하는 데는 별로 오랜 시간이 소비되지 않았다. 꼬부랑 할머니의 시신을 실은 영구차는 학곡리로 가기 위해 시동을 걸어놓은 채 대기 중이었다.

"출발합시다."

할아버지가 운전기사에게 말했다.

"다 오신 거란 말씀입니까."

운전기사가 물었다. 마흔이 조금 넘어 보이는 나이였다.

"그렇소이다."

"정말입니까."

"정말이오."

"제가 십여 년 동안 영구차 운전수로 일해 왔지만 오늘처럼 단출한 장례가족은 처음 보는 것 같습니다."

"우리들 중에서도 망자와 혈연관계에 놓여 있는 사람은 한 명도 없소이다."

"하긴 세상에는 별난 사연을 안고 죽어가는 사람들도 부지 기수지요. 다른 경우에는 푼돈을 뜯어내기 위해 제가 말썽을 좀 부린 적도 있었지만 어쩐지 오늘은 그럴 기분이 생기지 않는군요."

영구차는 도립의료원 정문을 빠져나가고 있었다.

"가는 길에 망자의 영혼을 달래기 위해 단소를 불어도 운전에 방해가 되지 않겠소이까."

할아버지가 운전기사에게 묻고 있었다.

"좋으실 대로 하십시오."

운전기사의 대답이었다.

나는 차창 밖을 내다보고 있었다. 지난밤 내린 비로 도시는 더욱 청결해져 있었다. 지금이라도 송정리에 가면 꼬부랑 할머니를 만날 수 있을 것 같은 느낌이 들었다. 문고리를 벗기면 깡마른 손을 불쑥 내밀고는 단팥빵 하고 소리칠 것만 같았다. 쓰러져가는 오두막. 지독한 악취. 더러운 빨래들. 똥칠이 되어 있는 방바닥. 모든 것들이 선명하게 되살아나고 있었다. 지금은 전혀 지겹게 생각되지 않았다. 그러나 영구차가 도시를 완전히 벗어났을 때야 나는 꼬부랑 할머니가 이 세상에 없음을 확연한 느낌으로 받아들이게 되었다. 단소 소리 때문이었다.

암하노불의 아내가 처연한 표정으로 단소를 불고 있었다. 예전에 듣던 소리와는 전혀 다른 느낌이었다. 지금까지 내가 들어본 소리들 중에서 가장 아프게 가슴을 파고 드는 선율이었다. 나는 어느새 눈시울이 젖어들고 있었다.

42

물고기는 눈을 뜬 채 잠을 잔다

"도대체 왜 이런 변고가 생기는 것일까."

조양제에 급격하게 낚시꾼들이 줄어들고 있었다. 장기간 조황이 좋지 않은 상태가 계속되고 있었다.

"처우개선을 해달라고 물고기들이 단식투쟁에 들어간 모양이지."

"지까짓 놈들이 안 처먹고 며칠이나 버티겠어. 기다리면 언젠가는 입질을 하게 되겠지."

처음에는 일시적인 현상이겠거니 하고 모두들 신경조차 쓰지 않았다. 그러나 날이 갈수록 상황은 악화되고 있었다. 조양제에 출입하면 삼족을 멸한다는 특별법령이라도 공표된 것일까. 좌대가 모자랄 정도로 연일 북적거리던 낚시꾼들이 요즘은 서른 명을 넘기가 어려울 정도였다.

"강 사장님, 요즘은 너무 발길이 뜸하신 것 같습니다."

"총무는 낚싯대를 메고 절간으로 가는 낚시꾼을 본 적이 있소."

"그런 낚시꾼이 있을 턱이 없지요."

"난봉꾼은 서방질 잘하는 화냥년들을 찾아다니는 것이 당연지사고, 낚시꾼은 입질 잘하는 물고기들을 찾아다니는 것이 당연지사요. 그래도 한 시간에 한 번 정도는 입질이 들어와야 재미가 있지. 하루 종일 죽치고 앉아 있어도 입질 한 번 들어오지 않는 낚시터를 누가 뻔질나게 드나들겠소. 총무는 내가 날마다 낚싯대를 펼쳐놓고 염불이나 외울 정도로 한가로운 사람 같아 보이시오."

하루도 빼놓지 않고 출조를 하던 단골들마저도 발길이 뜸해지고 있었다.

내막을 잘 모르는 낚시꾼들만 찾아들었다. 주로 외지에서 멋모르고 찾아드는 낚시꾼들이었다. 하루 종일 낚싯대를 던져놓고 찌를 노려보다가 빈 어망으로 돌아갈 때는 한결같이 사기라도 당한 듯한 표정을 짓기 일쑤였다.

조양제에 국한된 상황이었다. 다른 유료 낚시터는 조황이 그리 나쁘지 않다는 소문이었다. 그러나 장기간 입질이 들어오지 않는 이유를 알고 있는 사람은 아무도 없었다. 몇십 년의 조력을 자랑한다는 낚시꾼들에게 물어보아도 이토록 장기간 입질이 들어오지 않는 경우를 본 적이 없다는 대답이었다.

저수지에 방류되어 있는 물고기의 양은 엄청나게 많았다. 수백 마리의 향어들이 수면 위로 떠올라 등지느러미로 물살을 가르며 회유하는 광경을 하루에도 몇 번씩이나 목격할 수가 있었다. 따라서 물고기를 적게 방류해 놓았기 때문에 일어나는 현상은 결코 아니었다.

"물고기들이 낚싯대 가까이에서 돌아다니기만 해도 잡는 일은 문제가 되지 않겠는데, 아예 낚싯줄이 닿지도 않는 장소에서만 돌아다니고 있으니 환장을 할 노릇이지."

물고기들은 언제나 수심이 깊은 저수지 중심부에서 대단위 군집을 형성한 채 도도히 헤엄쳐 다니고 있을 뿐 변방으로는 절대로 접근해 오는 법이 없었다. 갑자기 지능이 뛰어난 물고기로 돌연변이가 되어서 낚시꾼들을 조롱하고 있는 듯한 느낌이었다. 낚시꾼들이 던져놓은 모든 찌들이 하루 종일 미동도 없이 수면 위에 붙박혀 있었다.

"씨팔, 돈만 날리고 가네."

노골적으로 욕설을 내뱉으면서 빈 어망으로 돌아가는 낚시꾼들이 날마다 늘어가고 있었다. 직원들은 불안한 기색을 감추지 못하고 있었다. 이 상태가 몇 달만 지속된다면 조양제는 틀림없이 문을 닫아야만 할 것 같은 분위기였다. 전직원이 틈만 나면 식당이나 관리실에 모여서 머리를 짜내어보았지만 해결책은 발견되지 않았다. 집에서 기르는 가축이라면 식욕촉진제 따위라도 강제로 투여해 볼 수가 있겠지만 상대는 저수지

속에 살고 있는 물고기였다. 속수무책일 수밖에 없는 노릇이었다.

"도대체 저수지를 어떻게 관리했길래 이 지경이 된 겁니까."

사장은 틈만 나면 직원들을 닦달하기에 여념이 없었다. 마치 직원들이 고의적으로 물고기들을 세뇌시켜서 입질을 하지 못하도록 조처해 놓았다고 생각하는 사람 같았다.

"월급을 받아가면 그만한 일들을 해야 마땅하지 않습니까. 날마다 적자가 늘어가는 줄 뻔히 알면서도 모두들 강 건너 불구경하듯 바라만 보고 있을 작정입니까."

사장은 직원들을 닦달할 때마다 감원이니 감봉이니 하는 단어들을 자주 들먹거리기 일쑤였다. 특히 일주일쯤을 전후해서 막강한 권력자의 자제분이 낚시를 하러 올 예정이라는 전갈을 받고 나서부터는 사태해결에 더욱 동분서주하는 모습이었다.

"어떤 일이 있더라도 전직원이 합심하여 이번 주 내에 조황을 정상적인 상태로 되돌려놓아야 한다는 사실을 명심하십시오."

사장은 그 방면에 전문가라는 사람들을 초빙해다 여러 가지로 대책에 골몰해 보았지만 언제나 결과는 마찬가지였다. 어떤 진단에 어떤 처방을 써도 상태는 호전되지 않았다. 아무리 조황이 좋은 날이라도 전좌대를 통틀어 하루에 열 마리 정도가 고작이었다. 그러나 낚여지는 물고기들은 그나마도 정상이 아니었다. 상처가 나 있거나 병이 들어 있는 경우가 대부분이었다.

"니미럴. 낚시꾼들이 많이 모이는 장소라 행여 서방 소식이라도 들을까 싶어 전재산을 털어서 이놈의 식당을 임대했는데, 이러다가는 서방 소식은 듣지도 못하고 파리나 날리다 굶어죽지 않을까 걱정스럽네."

두촌아줌마가 혼자서 식당일을 보고 있었다. 연일 파리만 날리는 실정이었으므로 화천댁은 날품팔이라도 해야겠다면서 집으로 돌아가버린 모양이었다. 전직원의 사기가 저하되어 있었다. 그중에서도 가장 사기가 저하되어 있는 사람은 총무였다. 설상가상으로 노모가 다시 입원을 하게 되었다는 것이었다.

"제가 사태를 수습할 수 있는 능력을 가지신 어르신 한 분을 모시고 오겠습니다."

어느 날 지금까지 사태를 관망하고 있던 문재 형이 사장에게 말했다.

"어떤 분이신데."

사장이 물었다.

"우리 스승님이신데 틀림없이 해결책을 알고 계실 겁니다."

문재 형의 대답이었다.

"그런데 왜 이제야 모시고 오겠다는 건가."

"이런 일로 번거로움을 끼쳐드리는 것이 그분에게는 큰 결례가 될 것 같아서 지금까지 망설이고 있었습니다."

"이런 일이라니."

"죄송합니다."

"물고기에 대한 전문적인 지식이라도 가지고 있는 분이신가."

"도인의 경지에 달하신 분이십니다."

"믿어도 좋겠지."

"물론입니다."

"만약 해결이 되면 사례금은 얼마나 달라고 하실 것 같은가."

"받지 않으실 겁니다."

"그건 무슨 이유에선가."

"보답을 바라고 남의 어려움을 도와주는 분이 아니십니다."

"정말인가."

"정말입니다."

"나중에 다른 소리를 하지는 않겠지."

"물론입니다."

"그렇다면 만사를 제쳐놓고 지금 당장 모시고 오도록 하게."

사장은 한시도 지체할 수가 없다는 표정이었다. 서둘러 문재형의 등을 떠밀고 있었다. 가급적이면 가장 빠른 방법을 이용해서 할아버지를 모셔오라는 것이었다. 사장은 자신의 호주머니 속에서 돈이 나갈 때는 언제나 딴전을 피우면서 망설이는 습관을 가지고 있었다. 그러나 이번에는 조금도 망설이지 않고 즉시 호주머니 속에서 택시비를 꺼내주었을 정도였다.

"할아버지는 물고기에 대해서 몇 년간이나 연구를 하셨습니까."

　할아버지를 직접 대면하게 되었을 때 사장이 처음으로 던진 질문이었다.

　"좋아는 해본 적이 있어도 연구는 해본 적이 없소."

　할아버지의 대답이었다.

　"물고기에 대해서 많이 알고 계십니까."

　"먹을 줄만 모르오."

　그래도 사장은 할아버지에게 별로 신뢰감을 느끼지 못하고 있는 듯한 표정이었다.

　"왜 이런 현상이 생기는지 아시겠습니까."

　"저수지를 한 바퀴 둘러본 다음에 말씀드리겠소이다."

　할아버지는 사장을 대동하고 저수지를 한 바퀴 둘러보고 있었다.

　지독하게 무더운 날씨였다. 난사되는 햇빛 속에서 쓰르라미들이 시끄럽게 울어대고 있었다. 나무들이 어깨를 축 늘어뜨린 모습으로 빈혈에 시달리고 있었다. 바람은 불지 않았다. 수면이 정지해 있었다. 정지해 있는 수면 위를 더위에 지친 잠자리들이 추락할 듯 위태로운 몸짓으로 날아다니고 있었다.

　"이 저수지에 살고 있는 어종들을 한번 망라해 보시오."

　저수지를 한 바퀴 둘러본 다음 할아버지가 사장에게 말했다.

　"교배종 향어와 교배종 잉어뿐입니다."

　사장의 대답이었다.

"다른 물고기들은 모두 어떻게 하시었소."

"잡어들은 낚시질에 방해가 된다고 해서 개장하기 전에 물을 빼고 모조리 제거해 버렸습니다."

"도대체 어떤 물고기를 일컬어 잡어라고 하시오."

"이름에 고기 어자가 들어가지 않는 물고기를 잡어라고 하지 않습니까. 피라미, 납자루, 미꾸라지, 빠가사리, 기름종개, 가물치, 왜몰개. 그런 물고기들을 잡어로 분류하는 걸로 알고 있습니다."

사장은 그 정도의 상식쯤은 자기도 알고 있다는 듯 자신감에 가득 찬 목소리로 대답하고 있었다.

"잘못 알고 있소이다."

할아버지가 사장의 상식을 일언지하에 허실로 만들어버리고 있었다.

"그럼 어떤 물고기가 잡어입니까."

사장이 의외라는 표정을 지어 보이고 있었다.

"눈을 뜬 채 잠을 자는 물고기는 모두 잡어가 아니라오."

할아버지의 단언이었다.

"눈을 감고 잠을 자는 물고기도 있습니까."

"있소이다."

"어떤 물고기입니까."

"눈먼 물고기라오."

언중유골(言中有骨). 할아버지의 말 속에는 의미심장한 뜻이 내포되어 있는 것 같았다.

"왜 입질이 들어오지 않는지 그 원인을 아시겠습니까."

"저수지의 특수한 구조 때문이오."

"특수한 구조라니오."

"이 저수지는 일반 저수지와 다른 구조를 가지고 있소. 가장자리를 보면 여러 군데의 만이 형성되어 있소. 이 저수지는 옛날에 시인묵객들을 불러다 나룻배를 띄워놓고 술을 마시며 풍류를 즐길 목적으로 조성해 놓은 저수지였소. 술에 만취되어 잠이 들거나 실수로 노를 빠뜨리더라도 나룻배는 물길을 따라 절로 만으로 흘러 들어가 정박할 수 있도록 설계되었소. 그러나 지금은 만이 형성되어 있는 가장자리 전체가 좌대로 이루어져 있는 실정이오."

할아버지는 입질이 들어오지 않는 여러 가지 요인들을 논리적으로 사장에게 설명해 주기 시작했다.

"여러 군데의 만이 형성되어 있는 가장자리는 지금 전혀 자정작용이 이루어지지 않고 있소이다."

저수지의 구조로 보아 만에 흘러 들어온 물은 순환을 지연시키면서 장시간 한자리에 머물러 있게 되는데, 낚시꾼들이 끊임없이 밑밥을 투하해서 수질이 극도로 오염되어 있다는 것이었다. 하루에 백여 명이 넘는 낚시꾼들이 몰려들어 몇 달간 집중적으로 어분을 투하해 놓았기 때문이라는 것이었다. 어분은 날씨가 더워지기 시작하면서 급격히 부패하게 되었으며, 거기서 다량의 부유생물들이 증식되어 열을 발생시키면서 산소를 희박하게 만드는 결과까지 초래하게 되었다는 것이었다.

"향어는 이차대전 때 히틀러가 식량문제를 해결하기 위해 과학자들을 강제동원해서 도이칠란트 가죽잉어를 변이시킨 물고기로 알려져 있소. 잡식성으로 가죽이 두껍고, 성장률이 빠르며, 병충해에 강한 장점을 가지고 있소."

할아버지의 설명에 의하면, 향어는 치어 때부터 대단위 군집을 형성해서 활동하는 습성을 가지고 있었다. 특히 산소요구량이 많은 물고기로서 청정수를 좋아하며 야행성이었다. 다른 물고기와 마찬가지로 수온의 변화나 날씨의 변화에 따라 식욕이 현저하게 달라지는 물고기였다.

"이런 날씨에 가장자리로 나와 어슬렁거리는 놈들은 대개 상처가 나 있거나 병이 들어 있어서 감각기관이 마비된 물고기들이오."

정상적인 물고기라면 높은 수온과 희박한 산소와 지독한 악취와 부글거리는 가스로 형성되어 있는 가장자리로 나오지 않을 거라는 추정이었다. 자정작용이 원활하고 수온이 적절하며 산소가 풍부하고 먹이가 신선한 중심부에서만 활동할 수밖에 없다는 결론이었다.

"물고기들의 생활양식이 단조로운 또 다른 이유는 생태계가 단조롭게 구성되어 있기 때문이오."

저수지에는 거의 같은 크기의 교배종 잉어와 교배종 향어밖에 방류되어 있지 않기 때문에, 행동의 다양성을 유발시킬 만한 동기가 부여되지 않고 있다는 것이었다.

"무슨 방법이 없겠습니까."

"가장자리에 있는 만을 줄이고, 물고기들의 종류와 크기를 다양하게 조정해 주면 별문제가 없을 거외다."

할아버지의 처방이었다.

"물고기에 대해서 연구하신 적이 없다고 하시더니, 언제 그렇게 많은 지식을 습득하시게 되었습니까."

"좋아하면 절로 그렇게 되는 법이오."

사장은 서둘러 저수지의 구조를 바꾸기 시작했다. 양식장에 연락해서 종류와 크기가 다른 물고기들도 방류했다. 조황이 달라지고 있었다. 낚시꾼들도 늘어나고 있었다.

막강한 권력자의 자제분이 낚시를 하러 왔을 때는 조황이 최상이었다. 사장의 기분도 최상이었다. 그러나 이번에도 사장은 막강한 권력자의 자제분이 직원들에게 하사한 금일봉에서 시설관리비조로 삼만 원씩을 공제하는 일만은 잊지 않았다.

43

내 마음의 빈 낚싯대

"우주만물을 낚는 법을 가르쳐줄까."

할아버지가 말했다.

아침나절이었다. 어제부터 비가 내리고 있었다. 시간이 표류하고 있었다. 장마가 시작되고 있었다.

"우주만물이라는 물고기는 어떻게 생겼는데요."

내가 물었다.

물론 오래전에 천자문을 모두 섭렵한 내가 우주만물의 뜻을 몰라서 그렇게 물어본 것은 아니었다. 단지 심통을 부려보고 싶었을 뿐이었다. 나는 장마가 그치기 전에는 낚시질을 가지 못하리라는 생각 때문에 기분이 몹시 심드렁해져 있었다.

"우주만물은 물고기가 아니라 우주 안에 존재하는 모든 물건을 말하느니라."

"그걸 낚으려면 무슨 낚싯대를 써야 하는데요."

"네 마음의 빈 낚싯대를 써야 하지."

할아버지는 물고기만 낚시의 대상이라고 생각하는 사람이 아니었다. 우주 안에 이름 붙여진 모든 것들을 낚을 수 있다고 생각하는 사람이었다. 허공도 낚을 수 있고, 먼지도 낚을 수 있다고 생각하는 사람이었다. 세월도 낚을 수 있고, 바람도 낚을 수 있다고 생각하는 사람이었다. 달빛도 낚을 수 있고, 소망도 낚을 수 있다고 생각하는 사람이었다.

"저는 물고기나 낚고 싶어요."

"내가 촛불을 낚는 시범만 보여주어도 다시는 그런 소리를 하지 않을 거다."

할아버지는 엉뚱하게도 초 한 자루를 켜서 목침 위에다 고정시켜 놓고 있었다.

"어둡지도 않은데 왜 촛불을 켜세요."

격외선당은 문들마다 창호지가 발라져 있어서 채광량이 유리보다는 못한 편이었지만 촛불을 켜야 할 정도로 어두운 상태는 아니었다.

"촛불을 낚는 시범을 보여준다고 하지 않았느냐."

"촛불을 낚아서 어디다 쓰시려구요."

"네 마음을 낚는 미끼로 쓸 작정이지."

나는 그때까지도 심드렁한 기분이 가시지 않고 있었다.

"지금부터 촛불을 잘 주시해 보도록 하여라."

할아버지는 촛불에서 멀찍이 떨어진 자리에 정좌한 채 반개한 눈으로 촛불을 응시하고 있었다. 방 안 가득 침묵이 차오르고 있었다. 방 안 가득 차오르는 침묵 속에서 사물들도 일제히 눈을 반개한 채 촛불을 응시하고 있었다. 빗소리가 기세를 죽이고 있었다. 시간이 하얗게 희석되고 있었다. 그때였다. 할아버지가 입을 열었다.

"낚는다."

할아버지가 검지손가락을 가만히 들어 올리더니 가볍게 잡아당기는 시늉을 해보였다. 그러자 놀랍게도 촛불이 눈 깜짝할 사이에 사라져버리고 말았다. 그건 분명히 꺼진 것이 아니라 사라져버린 것이었다. 심지 끝에서 연기조차 피어오르지 않고 있었다. 기이한 현상이었다.

"장풍이다."

나는 자신도 모르게 소리쳤다.

"무간선의 낚시법을 그런 하찮은 무공 따위에 비유하다니."

할아버지는 한심스럽다는 표정을 지어 보이고 있었다. 장풍이 아닌 모양이었다.

"그럼 마술인가요."

내가 물었다.

"갈수록 태산이로구나."

할아버지는 더욱 한심스럽다는 표정을 감추지 못하고 있었다. 마술도 아닌 모양이었다.

그래도 나는 틀림없이 사전에 무슨 장치라도 해두었으리라는 의심을 품지 않을 수 없었다. 상식적으로는 도저히 납득할 수가 없는 현상이었다. 나는 방 안을 세심하게 둘러보기 시작했다. 할아버지가 사전에 무슨 장치라도 해두었을 거라는 생각에서였다. 하지만 아무런 의심의 근거도 발견할 수가 없었다.

"한 번만 더 보여주세요."

나는 할아버지가 던져놓은 미끼에 바싹 다가서고 있었다.

"그럴까."

할아버지는 아까와 똑같은 행위를 한 번 더 반복해 보였다. 결과는 마찬가지였다. 나는 마침내 입질을 하지 않을 수 없었다.

"저한테도 가르쳐주세요."

"아까는 물고기나 잡겠다고 하지 않았느냐."

"잘못했어요."

손가락 하나를 가볍게 움직여서 눈 깜짝할 사이에 촛불을 사라져버리게 만들 수만 있다면, 그까짓 물고기를 잡는 일 따위야 얼마든지 유보할 수가 있다는 생각이 들었다.

"그럼 오늘부터 촛불과 너를 하나가 되도록 만드는 방법부터 배우도록 하여라."

"어떻게 하면 촛불과 저를 하나가 되게 만들 수가 있는데요."

"자고로 정신일도 하사불성이라는 말이 있느니라."

정신을 한군데 집중시킬 수만 있다면 무슨 일이든지 이루어

374

낼 수가 있다는 것이었다. 나는 그날부터 촛불을 켜놓고 정신을 집중하는 일에만 전념하기 시작했다.

그러나 내 의식의 창고는 잡념의 쓰레기로 가득 차 있었다. 그것들은 어딘가에 감추어져 있다가 촛불을 응시하기만 하면 나타나서는 분열을 하거나 가지를 치면서 의식을 어지럽히기 일쑤였다.

"정신통일을 하기 전에 잡념통일부터 해야 한다는 사실을 알아야 하느니라."

할아버지는 잡념이 생기면 그것을 없애려고 하지말고 그대로 방치해 두라는 것이었다. 그러다 보면 잡념이 일괄적 형태로 통일성을 가지게 되면서 어느 한순간에 통째로 말끔히 사라져버리게 된다는 것이었다.

"촛불의 중심부에 초점을 맞추도록 하여라."

촛불의 가장자리를 보게 되면 시력을 망치는 결과를 초래하게 되니 유념하라는 당부였다.

"언젠가는 촛불에게서 한없는 아름다움을 느끼게 될 것이니라."

촛불에게서 한없는 아름다움을 느끼게 되면 촛불을 한없이 사랑하는 마음이 생기게 되고, 비로소 촛불과 나를 일치시킬 수가 있다는 것이었다.

그 어떤 대상이든지 아름다움을 느낄 수가 없으면 사랑도 느낄 수가 없다는 것이었다. 사랑은 아름다움에 의해서만이

싹을 틔우고, 아름다움에 의해서만이 꽃을 피우며, 아름다움
에 의해서만이 열매를 맺을 수가 있다는 것이었다.

나는 날마다 두문불출하고 내 마음의 빈 낚싯대를 만드는 일
에 몰두해 있었다. 촛불에게서 한없는 아름다움을 느끼는 일에
몰두해 있었다. 한없는 사랑을 느끼는 일에 몰두해 있었다.

날마다 가물거리는 시간 속에서 내 정신의 뼈가 녹아 내리
고 있었다. 내 영혼의 심지도 타들어가고 있었다.

44

점심시간

"특별보좌관."

"네, 대장님."

조양제 식당에서였다.

"가연이 누나에게 인사드려라."

문재 형이 내게 한 여자를 소개시켜 주었다. 어디선가 본 듯
한 얼굴이었다. 그러나 쉽사리 기억해 낼 수가 없었다.

"안녕하세요. 저는 문재 형의 특별보좌관입니다. 나이는 열
다섯 살입니다. 원래 이름은 김동명이지만 다들 선동이라고
부릅니다. 앞으로 잘 부탁드리겠습니다."

나는 군대식 어투로 자신을 소개하고는 거수경례로 마무리
를 지었다.

"대장보다는 보좌관이 한결 의연해 보이는구나."

가연이 누나가 내게 악수의 손을 내밀고 있었다.

점심때가 조금 지나 있었다. 조양제가 가장 한가로운 시간이었다. 식당도 한산했다. 비로소 문재 형이 점심을 먹을 수 있는 시간이었다.

"오빠는 특별보좌관을 데리고 다니면서 병정놀이나 하는 그 유아기적 작태를 아직도 버리지 못하셨네요."

"세계평화가 도래하는 그날까지는 절대로 버리지 않을 작정이야."

장마가 끝난 뒤로도 더위는 여전히 기세를 죽이지 않고 있었다. 식당 안에 비치되어 있는 에어컨마저도 더운 바람을 뿜어내며 가쁘게 숨을 헐떡거리고 있었다.

"왕자병보다 더 무서운 난치병이 뭔줄 아세요."

"모르겠는데."

"성자병이에요."

"그런 병이라면 전염성이 강할수록 세계평화가 빨리 도래하겠구만."

"난치병이 아니라 불치병이시네."

그때였다.

"사돈네 남의 말 하고 있구나."

두촌아줌마가 식사를 차리던 손을 멈추고 가연이 누나에게 빈축을 던지고 있었다.

"지렁이 먹는 떡붕어가 물벼룩 먹는 참붕어를 욕하는 격이지."

"엄마는 또 나만 미워하신다."

"자기는 성자병보다 몇 배나 더 무서운 불치병에 걸려 있으면서 도대체 누구를 흉보고 있는 거냐."

"성자병보다 몇 배나 더 무서운 불치병이 뭔데요."

"툭하면 집을 나가서 돌아오지 않는 탕자병이지."

할아버지의 처방 이후로 조양제는 다시 낚시꾼들로 문전성시를 이루고 있었다. 식당도 마찬가지였다. 그러나 화천댁은 돌아오지 않고 있었다. 시내에 있는 어느 식당에서 조양제보다 높은 보수로 일하게 되었다는 소문이었다. 때마침 종무소식이라던 두촌아줌마의 딸이 돌아와 바쁜 일손을 거들어주고 있는 중이었다. 내가 며칠간 촛불을 마주하고 무아지경에 빠져 있는 사이에 일어난 변화였다.

"한 번만 더 집을 뛰쳐나가기만 해봐라."

두촌아줌마는 기필코 두 다리를 절단내 버리고야 말 터이니 그리 알라고 단호한 어조로 으름장을 놓고 있었다.

"아빠가 어느 날 갑자기 메모 한 장도 남겨놓지 않고 집을 나간 채 종무소식인데 무사태평으로 기다리고만 있는 엄마가 오히려 비정상이지, 아빠의 소식을 알아보려고 산지사방으로 떠돌아다니는 제가 어째서 비정상이란 말이에요."

"끊임없이 현실로부터 도망치려고 발버둥 치던 인간이 마침내 소원성취를 했는데 도대체 무슨 걱정이란 말이냐. 너는 어린 마음에 행여 무슨 변이라도 당하지 않았을까 걱정이 되기도 하겠지만, 만약 그런 일이 있었다면 줄곧 내 마음이 그렇게 편하지는 않았을 거다. 어디 여행을 가서 감기만 걸려도 꿈자리가 어수선하고 마음이 불안하던 내가 아무렇지도 않은 걸 보면, 분명 인적이 닿지 않는 어느 깊은 산중에 토굴이라도 파놓고 평생소원이던 무위자연 안빈낙도나 실천하면서 살아가고 있을 거다."

"그렇다고는 하더라도 앞으로는 아빠가 자신의 안락만을 위해서 가족들을 팽개친 채 현실로부터 도망쳐버린 도피자나 되는 것처럼 매도하지는 마세요."

"그러면 여편네한테 모든 생계를 일임한 채, 자기는 한평생 원고지나 파먹으면서 빈 낚시대로 명산대천이나 떠돌던 인간을 무슨 공덕비라도 세워서 자손만대에까지 널리 기리도록 만들어주어야 한다는 말이냐."

"그래도 제가 보기에 아빠는 증류수처럼 투명한 영혼을 간직한 채 살아온 이 시대의 마지막 서정시인이었어요. 당연히 낭만과 예술이 매몰되어 가는 현실을 남보다 몇 배나 고통스러워하면서 살아갈 수밖에 없었을 거예요."

"지나치게 맑은 물에서는 물고기가 살 수 없다는 말도 들어보지 못했냐. 그놈의 증류수처럼 투명한 영혼 때문에 내가 얼마나 힘들게 살아왔는지도 한번 생각해 보아야지."

두촌아줌마의 회상에 의하면, 남편은 현실과 도저히 융화

될 수 없는 의식구조를 간직한 인격체였다. 그는 인간이 육안적(肉眼的)인 인간과 뇌안적(腦眼的)인 인간을 탈피하여, 심안적(心眼的)인 인간과 영안적(靈眼的)인 인간으로 살아가야만 행복해질 수 있다는 확신을 가지고 있었다. 한 알의 사과에 대해 사유할 때 육안적인 인간은 침을 흘리고, 뇌안적인 인간은 만유인력을 떠올리며, 심안적인 인간은 예술을 꿈꾸고, 영안적인 인간은 사랑을 찬미하게 된다는 것이었다.

그는 환상과 현실 사이를 끊임없이 방황하고 있었다.

그는 자신이 만물과 합일될 수 있다고 생각하는 사람이었다. 따라서 식물이나 동물과도 마음이 내통할 수 있으며, 바람이나 구름과도 마음이 내통할 수 있다고 생각하는 사람이었다. 그러나 인간만은 예외라는 것이었다. 합일도 될 수 없으며, 마음도 내통할 수 없다는 것이었다. 그는 직장에서도 열흘 이상을 넘겨본 적이 없었고, 집에서도 열흘 이상을 넘겨본 적이 없었다. 오직 자연 속에서만 열흘 이상을 넘길 수가 있었다.

그는 집을 나갈 때는 반드시 낚싯대를 지참하는 습관을 가지고 있었다. 낚싯대에는 바늘도 없었고, 줄도 없었다. 따라서 한번도 물고기를 잡아본 적이 없었다. 그는 강에서도 산에서도 빈 낚싯대를 펼쳐놓았다. 들판에서도 숲속에서도 빈 낚싯대를 펼쳐놓았다. 무엇을 낚고 있느냐고 물으면 시를 낚고 있노라고 대답했다. 그러한 그를 대부분의 사람들은 정신이상자로 취급하고 있었다. 실종되기 며칠 전에는 안개 속을 헤엄쳐 다니는 물고기를 보았노라고 말하면서 비늘 한 개를 보여주었다. 황금비늘이었다. 눈부신 광채를 발하고 있었다. 처음 보는 비늘이었다. 그러나 그의 말을 믿어주는 사람은 아무도 없었다.

"그때 집을 나가서는 지금까지 종무소식이야."

삼 년 전의 일이라는 것이었다.

두촌아줌마는 공무원생활을 청산하고 칼국숫집을 차렸다가 경기가 신통치 않아서 작년에 가게를 처분해 버리고, 남편의 시들을 정리해서 춘천회상이라는 시집을 묶은 다음 이리로 자리를 옮기게 된 모양이었다.

어디서 보았더라.

나는 식사를 하면서 아까부터 가연이 누나를 어디서 보았는지만 골똘히 생각하고 있었다. 분명히 초면이 아니었다. 나는 분주하게 기억의 서랍 속을 뒤적거려보고 있었다. 그러다 마침내 색이 바래지 않은 채로 선명하게 남아 있는 파일 하나를 끄집어내게 되었다. 버스에서 본 적이 있었다. 그때보다는 머리카락이 한결 길어져 있었다. 이하윤(李夏潤) 조행시집(釣行詩集) 춘천회상(春川回想)이라는 활자들도 떠오르고 있었다.

"누나, 저 누군지 모르시겠어요."

"잘 기억이 안 나는데."

작년 여름이었다. 홍천에서 춘천으로 오는 새벽 버스에서였다. 바로 내 옆자리에 가연이 누나가 동석하고 있었다. 전자제품 대리점을 한다는 남자가 집요하게 추근거리자 안개 속을 헤엄쳐 다니는 물고기를 아느냐고 물어보았던 여자. 그 물고기의 이름이 무어라고 가르쳐주었던 여자. 나는 그때의 기이한 전율감을 떠올리고 있었다. 백화점에서 현금이 많이 들어 있는 핸드백을 포착했을 때와는 전혀 다른 전율감. 그러나 지금은 아무런 전율감도 느낄 수가 없었다. 과연 그 전율감의 정체는 무엇이었을까.

"작년 여름 홍천에서 춘천 오는 버스를 탔었는데 누나가 바로 제 옆자리에 앉아 있었어요."

내가 당시의 상황을 비교적 자세하게 설명해 주자 가연이 누나는 그제서야 반기는 표정을 지어 보였다. 기억이 나는 모양이었다.

"그래. 이제야 생각이 나는구나. 안개 때문에 지척을 분간할 수 없는 날이었지."

"창밖에는 아무것도 보이지 않았어요."

할아버지를 만난 것도 바로 그 버스에서였다. 나는 비로소 세상이 좁다는 말을 실감할 수 있었다.

"너는 그때보다 키가 조금 커진 것 같구나."

비록 조금이라는 부사어가 사용되기는 했지만, 그래도 키가 커진 것 같다는 소리를 들으니 기분이 나쁘지는 않았다. 당장이라도 대형거울 앞에서 내 모습을 한번 확인해 보고 싶은 심정이었다.

"정말이세요."

"거짓말을 한다고 얼굴이 예뻐지는 건 아니잖니."

그때의 기억이 분명히 되살아나고 있음을 증명해 주는 화법이었다. 내 나이가 정말로 열네 살이냐고 물었을 때, 내가 나이를 속인다고 키가 커지겠느냐고 가연이 누나에게 반문한 적이 있었기 때문이었다.

"나보다 먼저 알게 된 사이로구나."

"오빠는 언제 알게 되었는데요."

"사부님께 제대 신고하러 갔다가 만나게 되었지."

"사부님이라니오."

"내게 인생의 참된 의미를 깨닫게 해주신 어르신이지. 가연이한테는 한번도 말해 준 적이 없었나."

"금시초문인데요."

"얘는 그분 밑에서 공부하고 있는 시동이야."

"시동이 뭔데요."

"귀인을 수발하는 아이를 지칭하는 말이지."

"문재 오빠가 인생의 참된 의미를 깨달았다면 지금 저한테도 가르쳐줄 수 있겠네요."

"나는 아직 남에게 가르쳐줄 만한 입장이 못 되고, 언젠가 기회가 있으면 사부님을 소개시켜 주기로 하지."

"그런데 인생의 참된 의미를 깨닫게 되면 그렇게 허겁지겁 밥을 먹어도 체하지 않을 정도로 위장이 튼튼해지는 모양이지요."

"언제나 일거리가 산더미처럼 밀려 있으니까 나도 모르는 사이에 이런 습관을 가지게 되었어."

문재 형은 밥을 먹고 어디론가 급히 도망치지 않으면 목숨을 부지할 수 없는 범법자처럼 서둘러 수저를 놀리는 습관을 가지고 있었다. 격외선당에 잠시 머물러 있을 때만 하더라도 볼 수 없었던 습관이었다. 조양제에서 일하게 되면서부터 생겨난 습관이었다. 문재 형의 밥그릇은 어느새 말끔히 비어 있었다.

"미스터 정, 일회용 라이터 하나만 갖다 주게."

"미스터 정, 오호짜리 낚싯줄 하나만 갖다 주게."

"미스터 정, 시원한 콜라 한 병만 갖다 주게."

문재 형이 밖으로 나가자 낚시꾼들은 기다리고나 있었다는 듯이 미스터 정을 연발하기 시작했다. 낚시꾼들은 일단 낚싯대를 한번 펼쳐놓기만 하면 절대로 자리를 뜨지 않으려는 습성들을 가지고 있었다. 아무리 대소변이 마려워도 최대한의 인내심을 가지고 버티다가 바지에 실례를 범할 지경에 이르러서야 자리에서 일어서는 사람들이었다. 만약 자리에서 일어서는 순간에 입질이 들어오면 바지에 실례를 하는 한이 있더라도 다시 주저앉아버리는 사람들이었다. 문재 형은 그러한 사람들을 위해 조양제에 상주하는 국산 슈퍼맨이었다. 그러나 아직 망토가 장착되지 않은 슈퍼맨이었다. 그래도 산더미 같은 임무를 착오 없이 수행하고 있었다.

사장은 부재중이었다.

그동안 막강한 권력자의 자제분이 몇 번 더 조양제를 드나들었고, 사장의 아부근성이 마음에 들었는지 삼천동 부근 어딘가에 특급 관광호텔을 신축해서 사장에게 그 경영권을 맡기기로 했다는 소문이었다. 요즘은 그 일 때문에 분주하게 서울을 왕래하느라 조양제는 사흘에 한 번 정도밖에는 나타나지 않는다는 것이었다. 사장은 보안유지에 특별히 신경을 곤두세우고 있는 입장이지만 조양제의 직원들은 모두 다 알고 있었다. 며칠 전에는 청와대에서 근무하는 무슨 사무관을 만나고 왔다는 소문도 나돌고 있었다. 이번에도 입이 가벼운 사장의 부인이 비밀을 누설했다는 설이 있었다.

45

나쁜 놈

"오늘은 수인리로 한번 들어가 볼까."

아침에 소양호 출조를 위해 할아버지와 격외선당을 나설 때는 날씨가 맑게 개어 있었다. 지난밤까지만 하더라도 출조는 엄두조차 내지 못하고 있었다. 억수 같은 비가 쏟아져 내렸기 때문이었다.

"수인리도 배를 타고 들어가야 되나요."

"물론이지."

나는 기분이 몹시 들떠 있었다.

소양호의 낚시터들은 대부분 배를 타야만 되는 장소에 조성되어 있었다. 나는 낚시터로 가면서 펼쳐지는 소양호의 절경을 볼 때마다 꿈을 꾸고 있는 듯한 황홀감에 사로잡히지 않을 수 없었다. 암록빛 호수에 허리를 담그고 묵상에 잠겨 있는 산들. 새하얀 날개를 너울거리며 수면을 스쳐가는 왜가리들. 가슴팍으로 떼지어 몰려와서 아우성치는 바람들. 수면 위로 쓸려 다니는 눈부신 해의 비늘들. 얼굴을 간지럽히며 스쳐가는 물보라의 미립자들. 도시의 기하학적 풍경에만 길들여져 있는 나로서는 신비롭기만 한 정경들이었다. 배를 타면 언제나 정신이 투명해지는 느낌이었다.

"오늘은 우리 선동이가 제법 바쁘겠구나."

소양호는 다른 호수들에 비해서 비교적 조황도 좋은 편이었고, 씨알도 굵은 편이었다. 그러나 당일치기로는 적합하지 않아서 출조하는 빈도는 낮은 편이었다. 그러나 할아버지는 호황을 예측하고 있었다. 할아버지의 예측은 한번도 틀린 적이 없었다. 그래서 시내버스가 여우고개를 넘어 샘밭을 경유할 때까지도 나는 기분이 몹시 들떠 있었다. 지난밤 비 때문인지 이제 더위도 기세가 많이 죽어 있었다. 여름이 기울어지고 있었다.

"이런, 내가 조황에만 신경을 쓰다가 다른 사태는 미처 예측하지 못했구나."

시내버스가 종착지에 도착했을 때였다. 할아버지가 창 밖을 내다보며 탄식조로 말했다. 창 밖에는 전혀 예기치 않았던 사태가 발생해 있었다. 나는 불길한 예감에 사로잡히지 않을 수 없었다.

"아무리 좋은 조황이 예측되는 날씨라 하더라도 이렇게 많은 낚시꾼들이 몰려들 수가 있나."

할아버지의 탄복이었다.

소양댐은 전국 각지에서 몰려든 낚시꾼들로 인산인해를 이루고 있었다. 정류장에서부터 선착장에 이르기까지 발디딜 틈조차 없을 지경이었다. 배표를 사기 위해 늘어서 있는 낚시꾼들의 장사진이 만리장성을 방불케 하고 있었다. 거기에 관광객들과 출사원들과 안내원들과 잡상인들까지 가세해서 소양댐은 무슨 축제라도 벌어지고 있는 듯한 북새통을 이루고 있었다.

"오늘 소양호에서 무슨 낚시대회라도 있습니까."

할아버지가 낚시꾼 하나를 붙잡고 사연을 물어보고 있었다.

"가두리가 터졌답니다."

지난밤 집중호우로 인해 양식장의 가두리가 터져서 몇억 원어치의 향어가 소양호에 방류되었다는 것이었다. 수천 마리는 족히 되고도 남으리라는 추산이었다. 낚시점을 통해서 정보를 입수한 낚시꾼들이 전국에서 떼를 지어 몰려들어 배를 타기 위해 차례를 기다리고 있는 중이었다.

"도대체 행렬이 줄어들지를 않는구만."

"싸가지 없는 놈들이 자꾸만 새치기를 하기 때문이여."

"나는 아침도 못 먹고 달려왔는디."

새치기 때문에 언성을 높이며 멱살잡이를 벌이는 낚시꾼들도 있었고, 낚시가방을 깔고 앉아 무료한 표정으로 담배를 피우고 있는 낚시꾼들도 있었다. 벌써부터 술에 취한 얼굴로 횡설수설을 늘어놓는 낚시꾼들도 있었고, 낚시점 총무에게 차례를 분담시키고 봉고차 안에서 고스톱을 치고 있는 낚시꾼들도 있었다.

"배가 언제쯤에나 도착하는 거야."

"선장도 중간에서 낚시질을 하고 있는 모양이지."

"금년 안으로는 도착하겠지."

"먼저 떠난 사람들이 모조리 싹쓸이를 해버리면 어쩐다냐."

"한번 가두리가 터지고 나면 대개 사나흘씩은 재미를 볼 수가 있는 법이여."

낚시꾼들은 한결같이 기대감에 부풀어 있는 표정이었다. 마치 물고기 배급을 준다는 소문을 듣고 몰려든 난민들 같았다.

"신포리로 가야겠다."

할아버지는 춘천호로 계획을 수정하고 있었다. 불길한 내 예감이 적중하고 있었다. 나는 서운했지만 소양호를 뒤로 하고 시내버스에 오르는 수밖에 없었다.

"지금 병원에 입원해 있는데 생명이 위독한 모양이야."

"농약을 먹었으면 가망이 없다고 봐야지."

"전재산을 털어서 차린 양식장이던데."

"서른 몇 살밖에 안 된 사람이라면서."

"누구는 망해서 음독자살을 하는 판국에 누구는 낚시질로 신선놀음이라니."

"요새는 남의 불행이 나의 행복이라잖아."

"지랄 같은 세상이지."

승객들 중의 몇 명이 양식장 주인에 대해서 이야기를 나누고 있었다. 차림새로 보아 시골 사람들인 것 같았다. 나는 얼굴이 화끈거려서 고개를 깊이 떨구고 있었다. 낚시가방을 차창 밖으로 내던지고 싶은 심정이었다. 승객들의 이야기는 계속되고 있었다.

"요새는 콩나물에도 농약을 친다니, 내 손으로 농사를 지은 게 아니면 밥상에 올려놓기가 겁난다니까."

"톱밥에 빨간 물감을 들여서 고춧가루하고 섞어 파는 놈들도 있더구만."

"자기가 돈을 벌 수만 있다면 남이야 먹고 죽든지 말든지 도대체 상관하지 않겠다는 심뽀지."

"하나님은 왜 그런 놈들을 가만 내버려두시는지 몰라."

"그놈들이 하나님인들 그대로 내버려두었겠나. 벌써 오래전에 가짜로 바꿔치기해 두었겠지."

버스가 출발하자 그들의 대화는 엔진 소리에 섞여 더 이상 알아들을 수가 없었다. 나는 어른들이 만들어가는 세상을 이해할 수가 없었다. 국민을 우롱하는 정치가. 재산싸움을 일삼는 종교인. 뇌물을 받아먹는 공직자. 범법자와 결탁하는 경찰관. 제자를 농락하는 교육자. 공금을 횡령하는 회사원. 직권을 남용하는 법관. 권력과 결탁하는 재벌. 모방을 일삼는 예술가.

직무를 유기하는 의사. 허위사실을 보도하는 언론인. 도덕적
으로 모범을 보여야 할 사람들이 범법을 서슴지 않는 경우도
있었고, 양심적으로 직무를 수행해야 할 사람들이 타락에 앞
장을 서는 경우도 있었다.

교통사고. 유괴사건. 토지사기. 문서위조. 은행털이. 열차전
복. 대기오염. 정체현상. 인권유린. 노상강도. 부실공사. 인신매
매. 연쇄살인. 공갈협박. 강간사건. 가스폭발. 학교폭력. 약물중
독. 산업재해. 존속살해. 음주운전. 보신관광. 허례허식. 공장
폐수. 매점매석. 상습도박. 풍기문란. 변태영업. 입시부정. 이루
헤아릴 수 없이 많은 사건들이 하루에도 수십 건씩 발생하고
있었다. 집에 있어도 불안하고 밖에 나가도 불안한 세상이었
다. 속수무책이었다. 아무도 개선하지 못하고 있었다.

삼거리에서 내려 신포리행 버스를 기다리면서도 나는 어른
들이 만들어가는 세상에 대해서 생각하고 있었다. 이대로 몇
년만 더 방치해 두면 온 세상이 난장판으로 변해 버릴 것 같
은 느낌이었다.

"나쁜 놈이 생기지 않게 하는 방법을 알고 계시나요."

나는 할아버지에게 물어보았다.

"알고 있지."

"어떻게 하면 되는데요."

"사람들 모두가 나쁜인 놈이 되지 않으려고 노력하면 절로
나쁜 놈은 생기지 않게 되지."

할아버지의 대답이었다

"나뿐인 놈이라니오."

나는 할아버지의 대답을 쉽게 이해할 수 없었다.

"오직 자기밖에 모르는 인간을 나뿐인 놈이라고 하지."

할아버지는 나뿐인 놈이라는 말이 변해서 나쁜 놈이라는 말이 되었다는 것이었다.

"우주만물은 어떤 것이든 혼자서는 존재할 수 없느니라."

그런데도 나뿐이라고 생각하면서 살아가는 놈은 나쁜 놈이 될 수밖에 없다는 것이었다. 나뿐인 놈은 자기 하나를 존재케 만들어주기 위해서 얼마나 많은 존재들이 희생을 감수해야 하는가를 전혀 생각지 않으면서 살아간다는 것이었다. 따라서 자신을 조금도 희생시키려 들지 않을 뿐만 아니라, 다른 존재에 대한 사랑도 고갈되어 있다는 것이었다. 오직 자신을 위한 욕망만이 비대해져 있다는 것이었다.

"한 끼의 밥이 네 앞에 놓여지기까지 얼마나 많은 사람들의 노고가 필요하며, 한 뼘의 키가 자라기까지 얼마나 많은 생물들의 목숨이 사라져야 하는가를 곰곰이 한번 생각해 보아라."

나는 할아버지의 말을 듣고 오래도록 깊은 생각에 잠겨 있었다. 지금까지 나를 존재케 만들어주기 위해 얼마나 많은 존재들이 희생되어 왔는가를 비로소 깨닫지 않을 수 없었다. 나는 부끄러워서 할아버지의 얼굴을 똑바로 쳐다볼 수가 없었다. 갑자기 낚시에 대한 의욕까지 반감될 지경이었다.

46

통화

조양제에 있는 공중전화를 통해 조 선생과 통화를 하게 되었다. 오래간만에 들어보는 목소리였다. 여전히 정이 가득 담겨 있었다.

의식의 창고 깊숙이에 사장되어 있던 기억들이 일제히 되살아나고 있었다. 전화를 통한 목소리로도 조 선생이 내 신변에 대해서 얼마나 근심하고 있는가를 확연히 느낄 수가 있었다.

"아줌마는 자주 네가 보고 싶다는 말을 하신다."

가슴이 뭉클해지는 느낌이었다. 조 선생 부인의 모습이 떠오르고 있었다. 지병이 도져서 자리에 누워 있다는 소식이었다. 여전히 병원에서는 원인을 알아내지 못하고 있다는 것이었다. 얼마 전까지 병원에서 입원치료를 받고 있었는데, 차도가 없어서 지금은 조 선생이 집에서 간병을 하고 있다는 것이었다.

"부디 몸조심해야 한다."

조 선생의 당부였다.

며칠 전에도 형사들이 와서 내가 아직도 백화점에서 소매치기를 계속하고 있으니, 소재를 알게 되면 즉시 연락을 해달라는 부탁을 하고 갔다는 것이었다. 나는 절대로 아니라고 강경한 어조로 부인했지만 조 선생은 반신반의하고 있는 듯한 느낌이었다. 물론 내가 아직도 백화점에서 소매치기를 계속하고 있다는 말은 형사들이 꾸며낸 이야기일 거라는 생각이 들었다. 그러나 의외였다. 그토록 집요하리라고는 생각지 못했었다. 문득 도청을 할지도 모른다는 생각에서 통화를 서둘러 끝내고 말았다. 울고 싶은 심정이었다. 나는 전화를 끊고 나서 오래도록 암울한 기분에 젖어 있었다. 아줌마는 자주 네가 보고 싶다는 말을 하신다. 자꾸만 그 말이 귓전을 맴돌고 있었다. 그러나 기약할 수 없었다. 언제쯤 돌아갈 수 있을는지 지금으로서는 아무도 알 수가 없는 일이었다.

47

마음 안에 촛불 켜기

나는 촛불을 응시하고 있었다.

의식의 무한공간 속으로 어지럽게 날아오르던 잡념의 쓰레기들이 말끔히 자취를 감추고 있었다. 내가 알고 있던 일체의 존재들이 허상이었다. 내가 알고 있던 일체의 진실들이 허구였다. 시간이 투명해지고 있었다. 공간도 투명해지고 있었다.

촛불이 흔들리고 있었다. 나도 흔들리고 있었다. 촛불이 정지하고 있었다. 나도 정지하고 있었다. 촛불이 사라지고 있었다. 나도 사라지고 있었다. 온 세상이 황홀한 빛으로 가득 차 있었다. 나도 황홀한 빛으로 가득 차 있었다.

48

몰락의 가을

"갈수록 낚시꾼들이 줄어드는구만."

총무가 탄식조로 말했다.

식당이었다. 일손이 바쁜 사람은 아무도 없었다. 밖에는 겨우 스무 명 정도의 낚시꾼이 좌대를 차지한 채 낚시질을 하고 있을 뿐이었다. 조양제는 최소한 일주일에 한 번 꼴로 저수지에 물고기를 방류해야만 정상적인 상태를 유지할 수 있었다. 그러나 한 달이 지나도록 물고기를 방류할 수가 없었다. 당연히 낚시꾼들이 줄어들 수밖에 없었다.

"니미럴. 사장이 불쌍하기는 하지만 재물에 눈이 멀어서 나부대다가 이런 결과를 초래했으니 위로해 줄 기분도 나지 않네. 양심이 썩어 문드러져서 푸세식 변소간처럼 악취를 풍기면 당연히 똥파리들이 날아들기 마련이지. 내 언젠가는 이런 날이 올 줄 알았다니까. 이년의 박복한 팔자라니. 도대체 전생에 무슨 죄를 지었길래 인생길이 이다지도 험난한 거야. 벌판을 지나면 자갈밭. 자갈밭을 지나면 가시덤불. 가시덤불을 지나면 첩첩산중. 첩첩산중을 지나면 낭떠러지. 앞으로는 또 무슨 일이 생길는지 걱정부터 앞서는구만. 먹고 살아갈 일도 난감한데 쐬주라도 아니 마시면 무슨 수로 견디겠나. 니미럴."

두촌아줌마는 소주잔만 기울이고 있었다. 소주잔을 기울이는 일만이 먹고사는 일의 난감함을 해결해 줄 수 있는 유일한 방책이라고 생각하는 사람 같았다.

가을이 문을 닫고 있었다. 바람이 불 때마다 저수지 건너편 풍치림은 낙엽이 우수수 흩어지고 있었다. 조양제 전체가 황량한 분위기에 휩싸여 있었다. 직원들은 날이 갈수록 실의에 빠져들고 있었다. 계절 때문이 아니었다. 조양제는 조만간 문을 닫아야 할 위기에 처해 있었다. 사장이 사기를 당했기 때문이었다. 아무도 예상치 못했던 사건이었다.

"미스터 정은 월급도 받지 못하는 처지인데 어디 다른 일자리라도 알아보도록 하지."

총무의 말이었다.

"괜찮습니다. 저는 처음부터 인생 공부를 하기 위해 취직을 했지 월급 때문에 취직을 하지는 않았습니다."

문재 형의 대답이었다.

"미안해서 말이여."

"식구들끼리 미안하기는요."

"내가 사장님을 제대로 보좌하지 못해서 일어난 일이여."

"저도 책임을 통감하고 있습니다."

그러나 누구의 잘못도 아니었다. 단지 재물에 대한 사장의 분별없는 욕망이 이런 결과를 초래했을 뿐이었다. 날마다 조양제는 몰려드는 빚쟁이들로 조용할 날이 없을 지경이었다.

"도대체 경찰들은 왜 범인들을 찾을 생각은 하지 않고 사장님을 찾을 생각만 하고 있는지 모르겠구만."

총무는 공연히 경찰들만 원망하고 있었다.

"범인들이 우리나라에 숨어 있어도 잡기가 힘들 텐데 미국까지 도망을 쳐버렸다면 더욱 잡기가 힘들 겁니다."

문재 형의 말이었다.

"잡더라도 돈은 돌려받지는 못할 거예요. 벌써 어떤 방법으로든 적당히 처분해 버렸을 테니까요."

가연이 누나의 비관적인 예측이었다.

"오뉴월에 마른 벼락을 쫓아가서 맞아죽을 놈들."

총무는 생각할수록 치가 떨린다는 어투였다.

막강한 권력자의 자제분은 가짜였다. 그러나 속았다는 사실을 알았을 때는 이미 상황이 끝나버린 뒤였다. 경찰에서도 아직까지 범인 검거에 별다른 진전을 보이지 못하고 있었다. 일당들이 완벽한 시나리오로 사장을 안심시키고, 호텔 경영권이

라는 미끼를 던져 거액을 가로챈 다음 미국으로 도망쳐버렸다
는 사실만 알아내었을 뿐이었다.

"재물에 눈이 멀면 권력에도 눈이 멀기 마련이지."

두촌아줌마의 말이었다.

권력을 가진 자와 재물을 가진 자는 개미와 진딧물처럼 공
생관계를 유지하기 마련이라는 것이었다. 재물을 가진 자들은
더 많은 재물을 모으기 위해서 권력의 비호가 필요하고, 권력
을 가진 자들은 더 오랜 권력을 유지하기 위해서 재물이 필요
하기 때문이라는 것이었다. 그러나 두촌아줌마의 분석에 의하
면, 사장은 뱃속에 단물을 간직하고는 있었으나 아직까지 개
미를 만나지는 못한 진딧물이었다.

"우리들의 한심한 진딧물은 속아 넘어갈 수밖에 없는 상황
이었을 거야. 똥구멍의 단물을 빨아먹는 대가로 자신을 비호
해 줄 수 있는 개미가 간절히 필요한 시기에 놈들이 나타나주
었으니까."

사장으로서는 하늘이 자신에게 보내준 구세주라고 생각할
수밖에 없었을 거라는 두촌아줌마의 추론이었다.

후일담에 의하면, 사장은 그동안 수차 서울을 드나들면서
호텔 경영권 관계로 고위층을 사칭하는 인물들과 접견을 가지
기도 했다는데, 그들 역시 모조리 가짜였다는 것이었다. 경찰
들은 그들을 지능적이고 조직적으로 구성된 대규모 사기단으
로 단정하고 있었다.

사장은 자신의 재산뿐만이 아니라 남의 재산까지 끌어들여 감당하기 어려운 빚더미에 올라앉게 되었다는 소문이었다. 지방신문 사회면에 대문짝만하게 보도된 적도 있었다. 관련 공무원 몇 명도 이번 사건을 계기로 밥줄을 잃어버리게 되었다는 소문도 나돌고 있었다.

사장은 이제 도마 위에 올려져 있는 물고기 신세였다. 비늘도 제거되고, 지느러미도 잘라져 있었다. 날마다 빚쟁이들이 몰려들어 식칼로 그를 난도질하려 들었다. 재물이 있을 때는 그에게 굽실거리며 아부를 일삼던 무리들도 등을 돌린 채 비난과 손가락질을 서슴지 않았다. 그가 절대적으로 신봉했던 종교는 붕괴되어 있었다. 이제 그에게는 타인들의 냉소만이 일용할 양식으로 남아 있었다. 비정한 현실만이 신앙의 대가로 남아 있었다. 그는 왜소하고도 무기력해 보였다. 마치 인생을 완전히 포기해 버린 사람 같았다. 자기보다 나이가 어린 빚쟁이가 천박한 욕설을 퍼부으며 얼굴에 침을 뱉어도 그대로 수모를 감내하고 있었다.

그러나 사장에게도 장점은 있었다. 바로 조상을 섬기는 마음이 각별하다는 사실이었다. 사기꾼들의 농간으로 수십억의 재산을 하루아침에 날려버리는 어리석음을 자행하면서도 조양제만은 연루시키지 않은 이유도 거기에 있었다.

사장은 사태의 위급함을 깨닫자, 사실이 세상에 노출되기 이전에 서둘러 부인과 전략적으로 이혼을 감행함으로써 조양제가 빚쟁이들에게 넘어가는 사태를 미연에 방지할 수가 있었다. 그러나 빚쟁이들도 전략적인 이혼이라는 사실을 모를 리가 없었다. 하루에도 몇 번씩 몰려와서 아우성을 치다가 결국 사장을 사기죄로 고소하는 수밖에 없다는 결론에 도달하게 되었다. 사장은 마침내 어디론가 종적을 감추어버리고야 말았다. 경찰은 이제 범인들의 행방에 대해서보다는 사장의 행방에 대해서 더 많은 관심을 표명해 보이고 있었다.

"그렇게 많은 재산을 하루아침에 모조리 날려버리다니."

총무는 아직도 믿을 수가 없다는 표정이었다.

"몇 세기에 걸쳐서 세계를 지배하던 강대국들도 망할 때는 순식간인데, 반 세기도 미치지 못하는 개인의 영화야 두말할 나위가 있겠어요."

가연이 누나의 말이었다.

그러나 이번 사건에서 직원들로 하여금 가장 경악을 금치 못하게 만들었던 인물은 황 씨였다. 그는 노름 때문에 패가망신을 하고, 다시는 화투장을 만지지 않겠다는 결심으로 오른손 검지를 직접 자기가 작두에 넣고 잘라버렸다는 인물이었다. 언제나 성실한 태도로 자기 일에만 전념하는 생활습관을 가지고 있었다. 문재 형과 격일제로 교대근무를 하는 잡역부였다. 겸손하고 과묵해서 누구나 신뢰감을 가지고 있었다.

그러나 그는 사건의 내막이 밝혀지기 며칠 전에 아무런 이유도 없이 자취를 감추어버리고 말았다. 그때까지도 그를 의심했던 사람은 아무도 없었다. 그러나 경찰들의 조사 결과에 따르면, 그는 놀랍게도 일당들과 같은 조직에 속해 있었으며 네 번이나 사기로 수감된 경력을 가진 전과자였다. 조양제에 채용될 당시 형식적으로 받아두었던 서류 또한 일체가 허위로 기재되어 있다는 사실도 뒤늦게야 밝혀지게 되었다.

"이런 판국에 사모님까지 병원 신세를 지고 있으니, 설상가상이라는 말은 이럴 때 써먹으라고 생겨난 모양이로구만."

총무는 수시로 긴 한숨을 토해 내고 있었다.

사장은 슬하에 자식이 없었다. 손이 귀한 집안이었다. 그런데 하필이면 이런 때 부인이 임신중이었다. 이제 삼 개월째로 접어들고 있었다. 극도로 신경이 쇠약해져서 한 달 전부터 한림대 부속병원에 입원하고 있었다. 그러나 수시로 빚쟁이들이 입원실까지 쳐들어가서 부인을 괴롭히는 모양이었다.

"사장님은 어디 계세요."

가연이 누나가 총무에게 물었다.

"사모님도 모르는 일을 내가 무슨 수로 알겠는가."

총무는 정색을 하며 완강하게 도리질을 해보이고 있었다. 어쩐지 알고 있으리라는 느낌을 가지게 만드는 행동이었다. 사장의 유일한 충복이었다. 염라대왕이 불러다 추궁을 하더라도 절대로 이실직고는 하지 않을 듯한 표정이었다.

"니미럴. 양심이나 피땀을 밑천으로 살아가는 인간들은 아무리 발버둥을 쳐도 비참지경을 면할 길이 없고, 한평생 협잡이나 사기를 밑천으로 살아가는 인간들은 별고생 안하고도 떼돈을 버는 세상이니. 도대체 이따위 세상을 만들어놓은 작자들이 누구야. 어떤 우라질 놈들이야. 당장 내 앞으로 데리고 와. 똥물에 튀겨서 똥개들 간식으로나 던져줄 모양이니까. 똥물에 튀길래도 똥이 자기들 명예를 더럽힌다고 화를 낼 거야. 그런데 조양제는 앞으로 어떻게 되는 건지 걱정이 태산이로구만. 니미럴."

두촌아줌마는 혀가 꼬부라져 있었다. 어느새 이홉들이 소주가 두 병이나 비어 있었다.

"사부님께 여쭈어보면 사태를 수습할 수 있는 방안을 가르쳐주실지도 모릅니다."

문재 형의 말이었다.

그러나 기대를 걸고 있는 사람은 아무도 없는 것 같았다.

식탁 위를 기어 다니고 있는 파리들마저도 실의에 빠져 있는 모습이었다. 모두들 오래도록 말이 없었다.

"우라지게 입질이 안 들어오는 낚시터로구만."

낚시꾼 하나가 투덜거리면서 식당 안으로 들어서고 있었다. 서른이 조금 넘어 보이는 나이였다. 선글라스를 쓰고 있었다.

"물고기를 많이 방류하지 못했다고 미리 말씀드리지 않았습니까."

총무의 변명이었다.

"내가 보기에는 빈 저수지 같은데."

"그럴 리야 있겠습니까."

그러나 총무는 난감한 표정을 감추지 못하고 있었다.

"소주나 한 병 주시오."

낚시꾼은 선글라스를 벗어 조끼 주머니에 걸치며 소주 한 병을 주문하고 있었다. 불만에 가득 찬 목소리였다. 총무가 슬그머니 자리를 뜨고 있었다. 현관문 밖으로 내다보이는 하늘이 유난히 청명해 보였다.

나는 문재 형이 언젠가 내게 던져준 명제의 해답을 푸는 열쇠가 어디에 있을까를 아까부터 생각해 보고 있었다. 도대체 인간은 왜 살아가고 있는 것일까. 아직도 그 명제의 해답을 푸는 열쇠는 발견되지 않고 있었다. 그 명제는 어떤 열쇠도 다 들어가는 구멍을 가진 자물쇠였으나, 어떤 열쇠를 끼워도 열리지 않는 특성을 가지고 있었다. 그러나 이제 나는 누구에게나 확신에 찬 목소리로 말해 줄 수가 있었다. 인간은 재산을 모으기 위해서 살아간다는 대답으로는 절대로 그 자물쇠를 풀지 못한다는 사실을.

49

지렁이

할아버지는 마음이 소중하다는 사실을 하루에도 몇 번씩이나 내게 강조하기를 게을리 하지 않는 습관을 가지고 있었다. 나는 전신이 마음이라는 단어로 포화상태를 이루고 있을 지경이었다. 뇌에도 마음이라는 단어가 포화상태를 이루고 있었고, 심장에도 마음이라는 단어가 포화상태를 이루고 있었다. 뼈에도 마음이라는 단어가 포화상태를 이루고 있었고 혈관에도 마음이라는 단어가 포화상태를 이루고 있었다. 아무리 깊은 상처를 낸다고 하더라도 피는 흐르지 않을 것 같았다. 마음이라는 단어만 줄줄이 쏟아져 내릴 것 같았다.

"생각을 멀리하고 마음을 가까이하면 절로 도에 이르게 되느니라."

그러나 나는 좀처럼 생각과 마음을 제대로 구분할 수가 없었다. 낚시질을 가고 싶다. 저녁놀이 아름답다. 갈대숲이 흔들린다. 아버지가 보고 싶다. 가을은 쓸쓸하다. 하늘이 청명하다. 납자루가 예쁘다. 사방이 적막하다. 나는 키가 작다. 도대체 어떤 것이 생각이고, 어떤 것이 마음인지 갈피를 잡을 수가 없었다.

"흥부가 다리를 다친 제비를 보고 불쌍함을 느껴서 치료를 해준 것은 마음에서 기인된 행동이지만, 놀부가 멀쩡한 제비의 다리를 분질러서 치료를 해준 것은 생각에서 기인된 행동이니라."

할아버지는 자신과 대상이 합일되었을 때의 감정은 마음에서 기인되고, 자신과 대상이 분리되었을 때의 견해는 생각에서 기인된다고 설명해 주었다.

"인도에서 실제로 일어났던 일이니라. 어떤 사람이 다리 위에서 강물을 내려다보고 있는데 배 한 척이 지나가고 있었느니라. 그 배에는 두 사람이 타고 있었지. 한 사람은 상전이었고, 한 사람은 노예였느니라. 상전은 호화로운 의상을 걸치고 있었지만 노예는 벌거벗은 차림새였지. 그런데 상전이 무슨 일로 화가 났는지 가죽채찍으로 노예의 등가죽을 세차게 후려치기 시작했느니라. 그때 다리 위에서 그 광경을 내려다보고 있던 사람의 등가죽에도 시뻘건 채찍자국이 선명하게 그어지기 시작했는데 무슨 연유겠느냐."

할아버지는 그것이 바로 마음에서 기인된 현상이라는 것이었다. 대상과 자신이 분리되어 있을 때는 결코 그런 현상이 일어날 수가 없다는 것이었다. 오직 대상과 자신을 합일시켰을 때만 그런 현상이 일어날 수가 있다는 것이었다.

"육조 혜능이 남해의 법성사에 이르렀을 때 마침 인종법사가 열반경을 강의하고 있었지. 그때 바람이 불어 절의 깃발이 나부끼자 논쟁이 벌어졌느니라. 어떤 스님은 깃발이 나부낀다는 주장이었고, 어떤 스님은 바람이 나부낀다는 주장이었지. 논쟁은 좀처럼 끝날 기미가 보이지 않았느니라. 그때 슬며시 혜능이 끼어들어 이렇게 말했지. 깃발이 나부끼는 것도 아니요, 바람이 나부끼는 것도 아니다. 바로 그대들 마음이 나부끼는 것이다. 혜능은 대상과 자신을 합일시킨 상태였기 때문에 그런 법문을 할 수가 있었느니라."

나는 그 말을 들으면서 촛불을 응시하던 때를 생각하고 있었다. 촛불이 흔들리면 나도 흔들렸다. 촛불이 안정되면 나도 안정되었다. 때로는 온 세상이 황홀한 빛으로 가득 차 있었다. 때로는 나 자신도 황홀한 빛으로 가득 차 있었다. 나는 비로소 만물이 눈물겹게 아름답다는 사실을 알게 되었다. 그 순간이 합일된 상태였을까. 나는 그런 상태라면 채찍을 맞아도 아프지 않으리라는 생각을 하고 있었다. 그러나 일상 속에서는 한번도 그런 상태가 도래해 준 적이 없었다.

"생각에 기인해서 인생을 살아가면 번뇌 속에 흔들리게 되고, 마음에 기인해서 인생을 살아가면 평온 속에 안주하게 되느니라."

할아버지는 생각이 놀부를 만들어내고, 마음이 흥부를 만들어낸다는 주장이었다. 그런 맥락에서 보면 조양제의 사장은 다리가 부러진 제비였고, 문재 형은 다리를 치료해 주려는 흥부였다. 사장의 입장을 마치 자신의 입장처럼 간주하고 있음이 분명해 보였다. 할아버지도 마찬가지였다. 문재 형이 자문을 구하러 오자 진지한 표정으로 수습책을 모색해 보고 있었다.

"어차피 한번 맺어진 인연인데 어찌 외면할 수가 있겠습니까. 저대로 인생을 포기한 채 폐인처럼 살아가도록 내버려두고 싶지는 않습니다. 만약 기사회생만 시켜드린다면 누구보다 인간답게 살아갈 수가 있다는 생각이 듭니다. 우선 조양제라도 정상적인 상태로 돌려놓을 수 있다면 숨통은 트이게 만들 수가 있을 것 같습니다."

"모름지기 인간이라면 원수가 물에 빠져 허우적거린다고 하더라도 일단 건져준 다음에 선악을 따지는 법이거늘, 어찌 그냥 지나칠 수가 있겠는가. 장차 태어날 아이를 생각해서라도 해결책을 모색해 보아야지."

"어떤 해결책이 있겠습니까."

"당장으로서야 돈으로 막는 도리밖에 없겠지."

"적지 않은 금액이라 제 능력으로는 도저히 엄두가 나지 않습니다."

"우주만물은 낚을 수가 있으면서 어찌 그까짓 돈 따위를 낚을 수가 없단 말인가."

"어떤 미끼를 쓰면 되겠습니까."

"역시 지렁이를 쓰면 되지 않겠나."

할아버지는 지렁이를 매우 도자적(道子的)인 생물로 간주하고 있었다. 할아버지가 알고 있는 지렁이는 절대로 미물이 아니었다. 위대한 대지의 경작자였다. 지렁이는 끊임없이 흙을 삼켜서 토해 내는 생물이었다. 지렁이의 장 속을 통과한 흙은 특유의 기관인 석회선에 의해 토양을 기름지게 만들어주며, 질산을 현저하게 증가시키는 특성을 가지고 있었다. 따라서 식물의 생육을 촉진시키는 일에도 지대한 영향을 미치고 있었다.

그러나 지렁이는 어떤 생물보다도 겸손하고 온순한 성품을 가지고 있었다. 다른 생물들은 자신의 생존을 위해서 각종 공격무기나 보호장치를 가지고 있었지만, 지렁이는 아무런 공격무기나 보호장치도 가지고 있지 않은 생물이었다. 독침도 없었고, 이빨도 없었고, 발톱도 없었다. 상대편을 속이는 위장술도 없었으며, 재빨리 도망치는 능력조차 없었다. 공중을 나는 새들도 지렁이를 먹을 수 있었다. 물 속을 헤엄치는 물고기들도 지렁이를 먹을 수가 있었다. 땅바닥을 기어다니는 개미들도 지렁이를 먹을 수가 있었다. 그러나 지렁이는 어떤 동물도 공격하는 법이 없었다. 먹다가 어느 정도만 남겨놓으면 다시 복원될 수 있도록 자신을 진화시켜 두었기 때문이었다. 할아버지는 누구에게나 지렁이를 가장 지혜롭고 덕성스러운 대자연 속의 스승으로 추대하기를 서슴지 않았다.

"저는 아직도 공부가 부족해서 지렁이로 어떻게 돈을 낚을 수가 있는지 잘 납득이 가지 않습니다."

문재 형은 부끄럽다는 듯이 머리를 조아려 보이고 있었다.

"마음이 조급하기 때문이라네."

할아버지는 여유를 두고 생각해 보면 알 수 있으리라는 여운을 남기고 그날의 대화를 마무리 지었다.

그러나 다음날 문재 형은 다시 격외선당을 방문했다. 하루라도 빨리 수습할 수 있는 방안을 알아내고 싶다는 표정이었다. 이제 조양제는 낚시꾼의 발길이 거의 끊어져버린 상태여서 총무 혼자서도 별로 일손이 달리지 않는 모양이었다. 문재 형의 얼굴은 전날보다 더 수척해져 있는 것 같았다.

"지렁이를 만들면 되겠습니까."

문재 형이 조심스러운 목소리로 할아버지에게 물어보고 있었다.

"그러면 지렁이의 목숨을 얼마간이라도 구제해 줄 수가 있겠네."

할아버지는 매우 흡족한 표정을 지어 보이고 있었다.

"어떤 점에 유의를 해야 되겠습니까."

"물을 오염시키지 않아야 하네."

"명심하겠습니다."

"서양 쪽으로 낚싯대를 겨냥하는 것이 좋겠네."

"명심하겠습니다."

대화는 그뿐이었다. 문재 형은 희망에 찬 표정으로 돌아갔고, 다음날부터는 얼굴을 보기조차 힘들어지고 말았다. 가연이 누나의 말에 의하면, 그날로 컴퓨터를 한 대 구입하더니 방갈로 하나를 임시 연구소로 정하고 두문불출 무슨 연구에만 몰두해 있다는 것이었다.

문재 형이 다시 격외선당에 그 모습을 드러낸 것은 겨울이 시작될 무렵의 어느 날이었다. 해가 지고 있었다. 시커먼 산그림자가 의암호를 잠식해 들어가고 있었다. 날씨가 쌀쌀해지고 있었다.

문재 형은 몰라볼 정도로 얼굴이 수척해져 있었다. 환자 같았다. 턱수염도 무성하게 자라 있었고, 피부도 유난히 꺼칠해져 있었다.

"전반적인 계획도 완료되었고, 기초적인 실험도 끝난 상태입니다. 이제 구체적인 일들만 남아 있는데, 완벽을 기하려면 아무래도 이천만 원 정도의 자금은 있어야 될 것 같습니다. 우선 오백만 원 정도는 가까스로 마련해 놓았습니다. 그런데 나머지가 도저히 해결되지 않고 있습니다. 어떻게 하면 해결이 되겠습니까."

문재 형이 경과를 보고하면서 자금에 대한 걱정을 하고 있었다.

"돈을 한번 좋아해 보도록 하게."

할아버지의 처방이었다.

할아버지는 이 세상 만물들이 모두 기운에 의해서 모이고 흩어지는데, 어떤 것이든 좋아하면 가까이에 있게 되고 싫어하면 멀어지기 마련이라는 것이었다.

"도대체 돈이 인간에게 무엇을 잘못했단 말인가."

할아버지는 유사 이래로 돈이 인간에게 잘못을 자행한 경우는 한번도 없다는 주장이었다. 단지 돈을 잘못 사용하는 인간들 때문에 억울한 누명을 쓰고 있을 뿐이라는 것이었다. 어떤 경우에는 원수로 취급되기까지 한다는 것이었다. 그러나 돈을 원수로 취급하는 사람에게는 돈이 가까이 올 리가 없다는 주장이었다. 돈을 불러들이는 기운을 만들어내려면 돈을 좋아하는 방법이 제일이라는 것이었다. 그러나 돈을 좋아하기 이전에 돈을 이해하지 않으면 안 된다는 것이었다.

"명심하겠습니다."

문재 형이 다시 머리를 조아려 보이고 있었다. 명심하겠습니다. 할아버지가 무슨 조언을 해주기만 하면 추임새처럼 항용하는 구호였다. 명심만 하면 매사가 저절로 해결된다고 생각하는 사람 같았다.

"내 예지력이 아직도 녹슬지만 않았다면 분명히 출처가 분명치 않은 돈뭉치가 조만간 자네한테 굴러 떨어지기는 하겠는데, 어떤 인연으로 그렇게 되는지는 구체적으로 잘 떠오르지가 않는구만. 이럴 때 글씨를 받으러 오는 손님이라도 있었으면 좋겠는데, 두 달 이내에는 그런 행운이 없을 듯하니 우선 적지만 이 돈이라도 받아두도록 하게."

할아버지는 벽장 속에서 봉투 하나를 꺼내어 문재 형에게 내밀고 있었다. 문재 형은 막무가내로 사양의 뜻을 표명해 보였다. 그러나 할아버지는 그 봉투를 오랜 실랑이 끝에 기어이 문재 형의 호주머니 속에다 집어넣었다.

내 육감에 의하면, 그 봉투 속에는 이백만 원 정도의 현찰이 들어 있었다. 나는 할아버지가 혼자 홍천으로 출타했을 때 야산 오리나무 밑에 파묻어두었던 돈 뭉치를 생각하고 있었다. 육백만 원 정도가 되는 액수였다. 그러나 그 돈을 보태도 아직 칠백만 원 정도가 모자란다는 계산이 나오고 있었다.

50

하늘이 내리신 선물

"샘플은 완벽하게 만들어졌는데 가지고 있던 돈은 모두 바닥이 나버렸지. 다음 계획을 진행할 밑천이 없어서 요즘은 아까운 시간만 낭비하고 있는 실정이야. 사부님께서는 돈을 한번 좋아해 보도록 하라고 말씀하셨지만 나는 아직도 돈을 진심으로 좋아하지 않는 모양이지. 세상에는 눈먼 돈도 많이 나돌아다닌다던데 도대체 왜 내 근처에서는 얼씬도 하지 않는 거야."

어느 날 문재 형이 보고 싶어서 조양제로 찾아가보았다. 문재 형은 식당에 있었다. 우울한 표정이었다.

조양제는 이제 폐업상태에 돌입해 있었다.

할아버지의 예언은 적중하지 않았다. 할아버지는 어느 정도의 시일을 조만간이라고 표현했는지 몰라도, 할아버지가 예언했던 출처불명의 돈뭉치는 저수지가 모두 얼어붙었을 때까지도 문재 형에게 굴러 들어오지 않았다.

"도대체 무얼 만들고 있는지 왜 아무한테도 말해 주지 않는 거예요."

두촌아줌마는 소주를 마시고 있는 중이었고, 가연이 누나는 설거지를 하고 있는 중이었다. 총무는 관리실에 있었다.

"특허가 나기 전까지는 비밀이야."

요즘 문재 형은 음식 쓰레기를 수거해서 무슨 성분을 추출하는 일에 열중해 있었다. 냄새가 지독해서 연구소로 쓰고 있는 방갈로 근처에 접근만 해도 악취가 진동해서 숨을 제대로 쉴 수가 없을 지경이었다.

"성공하면 떼돈이라도 챙길 수 있는 건가요."

"떼돈은 어떨지 몰라도 최소한 조양제 정도는 원상복구해 놓을 수 있을 거야."

"내가 룸살롱에서 아르바이트라도 해야 할까봐."

가연이 누나의 말이었다.

"저 미친년."

지금까지 혼자서 말없이 소주잔을 기울이고 있던 두촌아줌마가 당장이라도 머리끄덩이를 잡아당길 듯이 가연이 누나를 노려보고 있었다. 당연히 식당도 폐업상태였다. 몇 달간 날려보낼 파리 한 마리조차도 얼씬거리지 않았다.

그러나 폐업상태에 돌입해 있는 조양제에도 단 한 명의 손님은 언제나 확보되어 있었다. 장태근(張泰根)이라는 이름을 가진 삼십대 중반의 사내였다. 그는 조양제가 개장하던 날부터 지금까지 단 하루도 결근을 해본 적이 없는 낚시꾼이었다. 조양제에서는 그를 장개근 조사라는 별명으로 부르고 있었다. 당사자도 그 사실을 알고 있었다.

안중근 의사는 하루라도 독서를 하지 않으면 입에 가시가 돋는다지만, 장개근 조사는 하루라도 출조를 하지 않으면 뇌에 폭발이 일어난다고 말한 적까지 있을 정도였다. 그는 자신을 낚시에 미친 백수건달로 자처하고 있었다. 부인은 시내에서 미장원을 경영하고 있었다.

그는 한번 포인트를 결정하면 절대로 자리를 뜨지 않는 습성을 가지고 있었다. 입질이 들어오지 않더라도 며칠씩 한 자리만을 고수했다. 저수지가 얼어붙어도 마찬가지였다. 얼음구멍 하나를 뚫어놓고 초지일관 찌만 노려보고 있었다.

저수지에는 아직도 물고기가 몇 마리 정도는 남아 있는 모양이었다. 그는 최소한 일주일에 서너 마리 정도의 물고기는 낚아 올릴 수가 있었다. 물론 공룡 아가리에다 날파리 한 마리를 넣어주는 격이지만, 따지고 보면 조양제는 그의 호주머니를 유일한 수입원으로 삼고 있었다. 그는 날마다 빠짐없이 좌대료를 지불했다. 아무리 사양을 해도 소용이 없었다. 무료로 낚시질을 하면 마음이 편치가 않다는 것이었다.

고백에 의하면, 그는 접적지구의 어느 작은 마을에서 유년 시절을 보낸 적이 있었다. 그가 살고 있던 오두막은 군악대 연병장이 내려다보이는 산중턱에 자리잡고 있었다. 어른들이 모두 일을 나가버리고 나면 언제나 그가 혼자 텅 빈집을 지키고 있어야 했다.

그의 유일한 즐거움은 군악병들의 예행연습을 구경하는 일이었다. 행사복을 말끔하게 차려입고 질서정연하게 도열해서 행진곡을 연주하는 군악병들의 모습은, 그의 정신을 송두리째 빼앗아버리기에 조금도 손색이 없었다. 그때부터 그는 군악병을 꿈꾸기 시작했다. 특히 그는 악대 맨 뒤에 배치되어 있는 수자폰에 가장 지대한 관심을 기울이고 있었다. 가장 웅장해 보이는 금관악기였다. 영혼을 뒤흔들어놓는 소리를 가지고 있었다.

그는 교회를 다니지는 않았지만 날마다 하나님께 수자폰 주자가 될 수 있게 해달라고 간절히 기도했다. 혼자서 열심히 음악 공부에도 전념했다. 그의 기도는 십 년 동안이나 계속되었다. 그리고 마침내 하나님은 그의 기도를 들어주었다.

그는 입대해서 군악대에 배속되어 수자폰 주자로 활약할 수 있게 되었다.

수자폰은 졸병들에게만 전담되는 악기였다. 엄청난 무게를 가지고 있었다. 처음에는 혼신을 다해서 바람을 밀어 넣어도 소리조차 나지 않았다. 튜바를 대신해서 만들어진 베이스 악기였다.

튜바는 실내에서 끌어안고 연주하기에는 편리한 악기였다. 그러나 행진을 하면서 연주하기에는 불편한 악기였다. 그래서 몇 번의 개량을 거쳐 대체된 행진용 악기가 수자폰이었다. 물론 실내에서는 거의 사용하는 경우가 드물었다. 그래도 그는 제대를 할 때까지 수자폰이라는 악기 하나만을 고수했다.

"어느 날 마누라가 차라리 색소폰을 불었더라면 밤무대에 나가서 밥벌이라도 할 수 있었을 거라고 말했을 때, 저는 처음으로 인간에 대한 살의를 느끼게 되었습니다."

제대를 하자 그는 무용지물이 되고 말았다. 수자폰 주자를 위해 준비된 의자는 아무 데도 없었다. 그는 점차로 세상과의 친화력을 상실해 가고 있었다. 직장을 가지더라도 이내 쫓겨나는 일들이 빈번했다. 그는 날이 갈수록 무력감에 빠져들고 있었다. 그러다 우연히 친구를 따라 처음으로 낚시질을 가서 팔뚝만 한 잉어 한 마리를 잡게 되었다. 그것이 세상과의 친화력을 상실한 그가 낚시에 미치게 된 동기였다.

"저는 아파트에서 직접 구더기와 지렁이를 양식하고 있습니다. 낚시점에서 파는 구더기들은 대체로 싱싱하지 못하지요. 제가 기르는 구더기들은 대추씨만 한 크기를 가지고 있습니다. 생장촉진제를 투여하기 때문입니다. 활동력이 왕성해서 낚시점에서 파는 구더기들과는 입질의 차이가 현저하게 다릅니다."

그는 아파트 주민들의 농성에 의해 몇 번이나 이사를 다닌 경력을 가지고 있었다. 지렁이나 구더기는 매우 신축성 있는 동물이었다. 관리가 소홀해서 바늘구멍만 한 틈이라도 생기게 되면 산지사방으로 흩어져서, 같은 아파트에 살고 있는 여인네들을 자지러지게 만들기 일쑤라는 것이었다.

때로는 욕조 바닥에 붙어서 전라의 모습으로 체액을 번들거리며 기어다니고 있는 지렁이들. 때로는 낮은 포복으로 침실까지 침투해서 고개를 이리저리 내저으며 귀밑머리를 간지럽히는 구더기들. 아파트 주민들은 반상회가 열릴 때마다 추방론에 열을 올리기 마련이라는 것이었다.

남들은 지렁이나 구더기들을 보면 혐오감을 참을 수가 없는 모양이지만, 자기는 그것들을 보면 낚시에 대한 기대감으로 전신이 황홀해질 지경이라는 것이었다. 그러나 그가 낚시를 하는 모습은 언제나 쓸쓸해 보였다.

"내가 이번 일에 성공을 거두기만 하면, 저 장개근 조사를 더 이상 아파트에서 쫓겨나지 않게 만들 수도 있는데."

얼어붙은 저수지 한복판에 혼자 외로운 모습으로 웅크리고 앉아 얼음구멍을 들여다보고 있는 장개근 조사를 내다보며, 문재 형이 혼잣소리로 중얼거린 말이었다.

며칠 후였다.

나는 춘천역에서 서울행 열차가 출발하기를 기다리고 있었다.

"조양제에서 놀다 와도 되나요."

"겨우 사흘도 되지 않았는데 그새 문재 형이 보고 싶은 모양이로구나."

할아버지는 전혀 나를 의심하지 않는 눈치였다.

나는 전날 밤 할아버지가 잠든 틈을 타서 호미로 비닐가방이 은닉되어 있는 오리나무 밑을 파고 있었다. 땅이 얼어 있었다. 상당히 많은 시간이 소모되었다. 현찰은 건재했다. 나는 거기서 삼십만 원 정도를 덜어낸 다음 비닐가방을 다른 비밀장소에 다시 은닉해 두었다.

나는 열차를 타고 가면서 마네킹에다 방울을 달아놓고 소매치기를 연습하던 과정을 차례로 떠올려보고 있었다. 서울이 가까워지면서 점차로 긴장감이 고조되고 있었다.

토요일이었다. 서울에 도착하니 점심시간이 약간 지나 있었다. 중국집에 들어가서 오래간만에 짜장면을 사 먹었다.

서울은 몰라보게 달라져 있었다. 몇십 년이나 다른 나라에서 살다가 돌아온 듯한 느낌이었다. 나는 아이들의 의상을 눈여겨 살펴보았다. 어딘지 모르게 내 모습에 촌티가 배어 있다는 생각이 들었다. 이런 의상으로는 백화점에 들어가면 관심의 대상이 되리라는 사실이 일말의 불안감을 야기시키고 있었다.

나는 의류점에 들러 새 옷으로 촌티를 덮어버렸다. 모자를 쓰고 배낭을 멘 모습이었다. 알루미늄 도시락도 빠뜨리지 않고 준비해 두었다. 백화점을 물색하는 도중에 조 선생에게 전화를 걸어 목소리라도 듣고 싶었으나 참아두기로 마음먹었다. 최대한 안전을 강구하기 위해서였다.

나는 거리를 배회하며 잠시 마음을 안정시킨 다음 서울에서의 계획을 세밀하게 검토해 보기 시작했다. 가급적이면 당일치기로 모든 일을 끝내고 돌아갈 심산이었다. 그러나 한 군데서 한 건 이상의 작전을 수행하지는 않을 작정이었다.

작전은 명동에 있는 어느 백화점에서부터 개시되었다. 잠들어 있던 촉수들이 눈을 뜨고 있었다. 혈관들이 뜨거워지고 있었다. 세포들이 술렁거리고 있었다. 주말이었기 때문에 백화점은 손님들로 인산인해를 이루고 있었다. 작전을 수행하기에는 더없이 좋은 분위기였다. 나는 최대한 안전에 유념하면서 목표물을 탐색하고 있었다. 이상한 일이었다. 시간이 지날수록 예전보다 감각이 더 예민하게 살아나고 있는 듯한 느낌이었다. 백화점들은 감시가 예전보다 한결 강화되어 있었다. 공안원들도 증원되어 있었고, 감시카메라도 늘어나 있었다. 그러나 내가 임무를 수행하는 데는 아무런 장애도 될 수가 없었다.

명동을 한 바퀴 순례하고 난 다음에는 강남으로 진출했다. 역시 아무런 방해도 받지 않고 목적을 달성시킬 수가 있었다. 나는 공수요원이었다. 어떤 실수도 용납될 수가 없었다. 그러나 하루 만에 이렇게 여러 차례 작전을 수행해 보기는 이번이 처음이었다. 강남에 있는 백화점 몇 군데를 순례하면서 목표금액을 약간 초과했는데도, 나는 자꾸만 작전을 연장시키고 싶은 충동에 사로잡히고 있었다. 아버지가 왜 하루에 한 건 이상은 수행하지 말라고 했던가를 어렴풋이는 짐작할 수 있을 것 같았다. 나는 충동을 자제하면서 청량리역을 향해 퇴각하고 있었다.

그러나 작전이 완전히 종료되지는 않은 상태였다.

나는 청량리역으로 가는 도중 간판들을 눈여겨 살펴보고 있었다. 문방구 하나가 시야에 포착되었다. 피노키오라는 간판을 내건 문방구였다. 나는 실내에 손님이 없다는 사실을 확인한 다음 피노키오의 유리문을 밀고 안으로 들어섰다.

"대학노트 한 권 주세요."

대학생 같아 보이는 여자 하나가 문방구를 지키고 있었다. 다행스럽게도 친절해 보이는 인상이었다.

"어떤 게 마음에 드니."

여자는 여러 종류의 대학노트들을 내 앞에다 진열해 보이고 있었다.

"이걸로 주세요."

나는 빨간색 표지의 대학노트 한 권을 선택했다. 그러나 대금을 지불하고 나서도 잠시 난처한 기색으로 여자 앞에서 주춤거리고 있었다.

"더 필요한 물건이라도 있니."

여자가 물었다. 나는 그렇게 물어주기를 기다리고 있었다.

"그런 게 아니라 한 가지 부탁드릴 게 있어서요."

"무슨 부탁인데."

"누구한테 이 노트를 선물할 작정인데 여기다 글씨 한 줄만 써주시겠어요."

나는 노트의 첫장을 펼쳐서 여자에게 내밀었다.

"글씨를 쓸 줄 모르니."

여자가 호기심에 찬 표정으로 나를 바라보고 있었다. 나는 고개를 깊이 떨군 채 아무 대답도 하지 않았다.

"너 몇 학년이니."

여자가 거듭 질문을 던지고 있었다. 그러나 여전히 나는 고개만 깊이 떨군 채 입을 다물고 있었다.

"며칠 전에 텔레비전을 보니까 아직도 한글을 해독하지 못하는 중학생도 한두 명이 아니라고 하더라. 너는 초등학생이니까 그럴 수도 있겠지. 그렇지만 지금부터라도 열심히 익히도록 해라. 그래 뭐라고 써줄까."

"'하늘이 내리신 선물이니 마음대로 쓰시도록 하세요'라고 적어주세요."

"노트 한 권을 하늘이 내리신 선물이라고 하기에는 너무 거창하구나."

하지만 여자는 내가 부르는 대로 적어주었다.

"고맙습니다."

나는 인사를 하고 문방구를 나왔다. 어느새 날이 저물고 있었다. 건물들마다 불이 켜지고 있었다. 거리마다 사람들이 넘치고 있었다. 오래도록 잊어버렸던 풍경들이었다. 나는 갑자기 혼자 버려져 있는 듯한 기분에 사로잡히고 있었다.

춘천에 도착했을 때는 밤이 되어 있었다. 비밀장소로 가서 우선 옷부터 갈아입었다. 서울에서 산 의복들을 비닐가방 속에다 쑤셔 넣고, 미리 준비해 온 호미로 땅을 파서 은닉해 두었다.

나는 잠시 후 배낭을 메고 조양제를 향해 걸음을 옮겨놓기 시작했다. 배낭 속에는 일곱 개의 알루미늄 도시락이 들어 있었다. 도시락마다 이백만 원씩의 현찰이 들어 있었다. '하늘이 내리신 선물이니 마음대로 쓰시도록 하세요'라는 문구가 적혀 있는 빨간색 대학노트 한 권도 같이 들어 있었다.

51

소망과 욕망

"사부님의 예언이 적중했습니다."

"무슨 소린가."

"지난밤 잠들어 있는 사이 누군가 제 방에다 배낭 하나를 놓아두고 갔습니다."

"배낭이라니."

"배낭 속에는 알루미늄 도시락 일곱 개가 들어 있었는데 도시락마다 거금 이백만 원씩이 들어 있었습니다. 현찰이었습니다. 제가 필요로 했던 금액을 약간 초과하는 액수였습니다. 완벽한 샘플은 만들어졌지만 자금난으로 다음 단계를 진행시킬 수 없는 상태에 놓여 있었습니다. 그런데 적기에 돈이 생겨난 것입니다."

문재 형이 격외선당을 방문했다. 아침나절이었다. 날씨가 찌푸려져 있었다. 그러나 바람은 불지 않았다. 연을 날리기에는 아주 적당한 날씨였다. 나는 방에서 망가진 비닐우산으로 방패연을 만들고 있었다. 이번 겨울에만 벌써 네 번째 만들어보는 방패연이었다. 그러나 이제 나는 연줄이 끊어져도 처음처럼 그렇게 복받치는 울음을 터뜨리지는 않았다. 방패연을 만들어 날리기 시작하면서 마침내 나는 알게 되었다. 이 세상에 존재하는 그 어떤 대상이라도 영원히 내 곁에 머물러 있을 수 없다는 사실을.

"누군지는 모르지만 참으로 고마운 일이로구만."

할아버지는 이미 예측하고 있었기 때문인지 별로 놀라워하는 기색이 아니었다.

"정말 사부님도 모르십니까."

"무얼 말인가."

"누가 제 방에 돈뭉치가 들어 있는 배낭을 갖다 놓았는지 말입니다."

나는 갑자기 긴장하지 않을 수 없었다.

할아버지는 지상에서 일어나는 모든 일들도 아주 소상하게 들여다볼 수 있었고, 수중에서 일어나는 모든 일들도 아주 소상하게 들여다볼 수 있었다. 서울에서 손님들이 격외선당을 방문하리라는 사실을 미리 알아낸 적도 있었고, 홍천에서 친지가 사망했다는 사실을 미리 알아낸 적도 있었다. 할아버지가 경로당에서 흔히 만날 수 있는 평범한 노인이 결코 아니라는 사실을 눈치채지 못할 정도로 내 감각이 아둔한 편은 아니었다.

특히 멀찍이서 손가락 하나를 가볍게 움직여 촛불을 꺼버리는 장면을 목격한 뒤로, 나는 할아버지에 대한 견해를 전폭적으로 수정해 놓고 있었다. 할아버지가 신선이라고 자처하는 부분만은 아직도 의구심이 가시지 않고 있었지만, 할아버지가 남다른 능력을 소유하고 있다는 사실만은 부인할 수가 없었다. 그런데도 나는 할아버지를 왜 경계하지 않았을까. 문재 형을 도와야 한다는 일념에 사로잡혀 미처 할아버지에 대해서는 신경을 쓸 여유가 없었기 때문인 것 같았다. 공수요원으로서는 일생일대의 실수라는 생각이 들었다. 나는 모골이 송연해지는 느낌이었다.

"세상에는 의인들이 많이 살고 있는데 아마도 그중의 하나가 자네를 도와준 것이겠지."

"배낭 속에는 빨간색 대학노트도 한 권 들어 있었는데, 첫 장에 하늘이 내리신 선물이니 마음대로 쓰시도록 하라고 적혀 있었습니다. 여자 글씨체였습니다."

문재 형은 혹시 두촌아줌마나 가연이 누나가 아닐까 하는 생각이 들어 격외선당으로 오기 전에 몰래 식당장부를 뒤적거려보았지만 모두 글씨체가 완전히 딴판이더라는 것이었다.

"아무래도 사부님께서 꾸미신 일이라는 심증만 굳어지고 있습니다."

"단언컨대 절대로 내가 꾸민 일은 아닐세."

"그러면 지금이라도 누군지 알아내는 방법이 없겠습니까."

"굳이 그럴 필요까지야 있겠는가."

"출처도 모르는 돈을 쓰기가 거북해서입니다."

나는 문재 형이 출처를 알아낼 때까지 물러서지 않겠노라고 떼를 쓸 것만 같은 불안감에 사로잡히기 시작했다. 할아버지가 은밀히 손가락을 들어 올려 나를 가리켜 보이고 있는 듯한 기분이 들어 자꾸만 뒤통수가 근질거릴 지경이었다. 나는 방패연을 만들면서도 할아버지의 다음 말에 온 신경을 곤두세우고 있었다. 금방이라도 선동이의 소행이니라 하는 말이 할아버지의 입에서 튀어나올 것만 같았다.

"알아야 면장을 한다는 속담도 있지만 모르는 게 약이라는 속담도 있지. 자네의 말을 듣고 보니 아무래도 신분을 드러내고 싶어하지 않는 의인 같으니, 자네가 부득불 알려고 든다면 오히려 불편을 주는 소치가 되지 않겠는가."

"적은 돈이 아니라서 부담스럽습니다."

"만약 거부의 돈이라면 소잔등에서 터럭 하나 뽑아낸 격일 수도 있지 않겠는가."

"그래도 제 계획이 성공하면 반드시 갚아야 한다는 생각을 하고 있습니다."

"자신을 위해 벌어들인 돈에는 욕망의 기운이 실려 있고, 남을 위해 벌어들인 돈에는 소망의 기운이 실려 있는 법이라네. 욕망의 기운이 실려 있는 돈은 자신의 영화만을 위해서 축적되는 특질을 가지고 있지만, 소망의 기운이 실려 있는 돈은 남을 위해서 베풀어지는 특질을 가지고 있다네. 내가 알기로 필시 그 돈에는 소망의 기운이 실려 있으니, 어떻게 갚아야 할까를 생각하기 이전에 어떻게 베풀까를 먼저 생각해 보도록 하게. 욕망과 소망은 일견 같은 의미를 가지고 있는 듯이 생각되기 쉽지만, 알고 보면 각기 상반된 토양에서 자라난 나무들로서 그 열매 또한 상반된 성분을 가지고 있다네."

할아버지의 비유에 의하면 욕망이라는 이름의 나무는 탐욕의 토양에서 뿌리를 내리고 자라난 나무였고, 소망이라는 이름의 나무는 미덕의 토양에서 뿌리를 내리고 자라난 나무였다.

"한쪽 나무의 열매는 독성이 강하고, 한쪽 나무의 열매는 약성이 강한 법이라네."

탐욕의 토양에서 뿌리를 내리고 자라난 나무에는 악과(惡果)가 열리고, 미덕의 토양에서 뿌리를 내리고 자라난 나무에는 선과(善果)가 열린다는 설명이었다. 악과는 자신과 타인을 모두 상하게 만들지만, 선과는 자신과 타인을 모두 이롭게 만든다는 것이었다.

"명심하겠습니다."

문재 형은 이번에도 할아버지의 말이 끝나기가 바쁘게 명심하겠다는 전용 구호를 복창하고 있었다.

"계획은 어느 정도나 진척되었는가."

"얼마 전에 국내외 특허청에 출원수속을 끝마쳤습니다."

최근에는 여러 가지 수속이 간소화되어서 생각보다는 빨리 특허권을 얻게 될지도 모른다는 전망이었다. 지금부터라도 연구실에서 두문불출하고 상품개발에만 몰두할 작정이라는 것이었다.

다행스럽게도 문재 형은 그 돈의 출처에 대해서는 더 이상 관심을 기울이고 있지 않은 듯한 표정이었다. 그러나 나는 아무래도 할아버지가 모든 사실을 소상하게 알고 있는 듯한 느낌을 도저히 떨쳐버릴 수가 없었다.

52

선당문답(仙堂問答)

춘천은 겨울의 군병들이 가장 일찍 침공해서 가장 늦게 퇴각하는 도시였다. 다른 지역보다 먼저 얼음이 얼고, 다른 지역보다 늦게 얼음이 녹는 도시였다. 삼월 초순이었다. 그런데도 밖에는 때아닌 눈보라가 흩날리고 있었다.

"할아버지는 키를 빨리 크게 만들 수 있는 방법도 알고 계시나요."

나는 춘천에 와서 신장이 무려 삼 센티나 늘었지만, 그래도 같은 또래의 아이들에 비하면 여전히 열등감을 면할 수가 없는 신장이었다.

"가만히 내버려두면 절로 커지게 되니 서두를 필요는 없느니라."

할아버지의 대답이었다.

"저는 키가 작아서 손해를 보는 적이 너무 많아요. 어떤 때는 제가 아무 쓸모도 없다는 생각이 들 때도 있어요."

나는 일부러 처량한 목소리를 만들어내고 있었다. 그러나 할아버지는 별로 나를 동정하지 않는 표정이었다.

"때로는 단점으로 알았던 부분이 장점이 되기도 하고, 장점으로 알았던 부분이 단점이 되기도 하느니라. 여우는 부드럽고 아름다운 털을 가지고 있기 때문에 사냥꾼들의 표적이 되어 목숨을 쉽사리 잃게 되고, 고슴도치는 억세고 날카로운 털을 가지고 있기 때문에 누구나 경계하여 목숨을 오래 보존할 수가 있지 않느냐. 몸집이 작고 털빛이 새까만 굴뚝새는 비좁고 어두운 돌틈에 숨을 수가 있기 때문에 매의 발톱을 피할 수가 있지만, 몸집이 크고 털빛이 화려한 장끼는 아무리 숨어도 쉽사리 노출되기 때문에 매의 발톱에 전신을 발기발기 찢기게 되느니라."

할아버지는 만물이 저마다의 장단점을 가지고 있기는 하지만, 그것을 보는 관점에 따라서 얼마든지 견해가 달라질 수가 있다는 것이었다.

"하지만 같은 종류끼리 서로 대결시키면 대개 큰놈들이 이기게 되잖아요."

"경쟁이나 투쟁의 결과만으로 어떤 존재의 가치와 우수성을 평가해서는 안 되느니라. 대자연의 입장에서 보면 모든 존재는 동일한 가치와 우수성을 가지고 있기 때문이지."

대자연의 눈으로 보면 만물에게는 일등도 꼴찌도 없다는 것이었다. 다람쥐가 나무를 잘 타기는 하지만 땅속에서는 두더지를 당할 수가 없고, 제비가 하늘을 빨리 날기는 하지만 물속에서는 송사리를 당할 수가 없다는 것이었다.

"왜 하필이면 저는 키가 작게 태어났을까요."

"조화되기 위해서니라."

"무슨 말씀인지 모르겠어요."

"저 눈송이들을 보아라."

할아버지는 방문을 열어 보였다.

어지럽게 눈발들이 흩날리고 있었다.

"만물의 본질적 가치와 우수성은 동일해도 작용이나 형상은 다른 법이니라. 그래야만 조화롭기 때문이니라. 일견 저 눈송이들이 똑같아 보일 수도 있지만, 돋보기로 자세히 들여다보면 모두가 각기 다른 모양을 하고 있느니라."

과거에 내린 눈도 현재에 내리는 눈도 미래에 내릴 눈도 같은 개체는 없다는 것이었다. 모두가 다른 형상을 가지고 있다는 것이었다. 저마다가 차지하고 있는 시간과 공간이 다르기 때문이라는 것이었다. 엄밀히 따지고 보면 우주만물이 모두 천차만별이며 인간도 예외일 수는 없다는 것이었다. 따라서 그것들을 똑같은 자나 저울로 재거나 평가하는 일이야말로 어리석기 짝이 없는 소치라는 것이었다. 할아버지는 인간들이 시행하고 있는 시험제도를 어리석기 짝이 없는 소치의 대표적인 예로 지적하고 있었다.

가나다라마바사아자차카타파하

할아버지는 노트를 펼쳐서는 빈 공간에다 한글 열넉 자를 써놓았다. 그리고 그중에서 가장 마음에 들지 않는 글자를 골라보라고 말했다. 나는 잠시 망설이다가 카자를 손가락으로 짚어 보였다. 키에 대한 열등감 때문에 골라낸 글자였다. 점 하나만 빼버리면 키자로 변해 버리기 때문이었다.

"잠깐만 기다려보아라."

할아버지는 한참 동안 노트에 무엇인가를 골똘히 끄적거리고 있었다.

장조카가 카우보이 모자를 쓰고 아카시아 나무 아래서 밤낚시를 하고 있다. 낚싯대는 두 칸 반짜리다. 장조카는 물고기를 잡으면 회칼로 다듬어서 초고추장에 찍어 먹겠다고 벼르고 있다. 그러나 캐미라이트는 꼼짝도 하지 않는다. 캐미라이트는 편리한 발명품이다. 캐미라이트가 나오기 전에는 카바이트로 찌를 비추었는데 무척 불편했었다.

카터가 심심한지 자꾸만 장조카의 옷자락을 물고 늘어진다. 카터는 장조카가 기르고 있는 캐나다산 사냥견의 이름이다. 카터는 수캐인데 앙칼진 성질을 가지고 있다. 자꾸만 옷자락을 물고 늘어지니까 장조카가 발칵 성을 내면서 머리를 한 대 쥐어박는다. 카터는 날카로운 소리로 캥 하는 비명을 지르며 뒤로 물러선다.

건너편에서 캠핑을 하는 사람들이 모닥불을 피워놓고 노래를 부르고 있다. 캄캄한 이 거리 나 여기 왜 왔나 하는 노래를 발악적으로 부르고 있다. 장조카가 신경질적으로 가래침을 카악 내뱉는다.

조황이 신통치 않은 날이다. 칠흑보다 새카만 밤하늘에는 별빛 한 점도 보이지 않는다.

"지금부터 이 문장 속에서 카자가 들어 있는 글자는 무조건 모조리 빼버리고 읽어보도록 하여라."

할아버지의 지시였다.

칼이라는 글자나 캠이라는 글자나 캥이라는 글자나 칵이라는 글자 역시 카자를 포함하고 있으니까 완전히 삭제해 버리고 읽으라는 지시였다. 할아버지의 글은 어떤 사람이 장조카와 밤낚시를 갔던 조행기의 일부 같다는 느낌을 주고 있었다. 나는 노트에 적힌 장문의 글을 할아버지의 지시대로 카자를 완전히 삭제한 상태에서 읽어보기 시작했다.

장조가 우보이 모자를 쓰고 아시아 나무 아래서 밤낚시를 하고 있다. 낚싯대는 두 반짜리다. 장조는 물고기를 잡으면 회로 다듬어서 초고추장에 찍어 먹겠다고 벼르고 있다. 그러나 미라이트는 꼼짝도 하지 않는다. 미라이트는 편리한 발명품이다. 미라이트가 나오기 전에는 바이트로 찌를 비추었는데 무척 불편했었다.

터가 심심한지 자꾸만 장조의 옷자락을 물고 늘어진다. 터는 장조가 기르고 있는 나다산 사냥견의 이름이다. 터는 수인데 앙진 성질을 가지고 있다. 자꾸만 옷자락을 물고 늘어지니까 장조가 발 성을 내면서 머리를 한 대 쥐어박는다. 터는 날로운 소리로 하는 비명을 지르며 뒤로 물러선다.

건너편에서 핑을 하는 사람들이 모닥불을 피워놓고 노래를 부르고 있다. 한 이 거리 나 여기 왜 왔나 하는 노래를 발악적으로 부르고 있다. 장조가 신경질적으로 가래침을 악 내뱉는다.

조황이 신통치 않은 날이다. 칠흑보다 새만 밤하늘에는 별빛 한 점도 보이지 않는다.

"카라는 글자들을 모조리 빼고 읽으니까, 도무지 무슨 말인지 잘 연결이 되지 않아요."

"조화가 깨졌기 때문이다."

할아버지는 만물이 조화를 위해서 존재한다는 것이었다. 황새의 다리가 긴 것도 조화를 위해서이며, 뱁새의 다리가 짧은 것도 조화를 위해서라는 것이었다. 땅콩이 왜소한 것도 조화를 위해서이며, 킹콩이 비대한 것도 조화를 위해서라는 것이었다. 인간이 죽어가는 것도 조화를 위해서이며, 씨앗이 싹트는 것도 조화를 위해서라는 것이었다. 그리고 대자연이 그 조화의 주재자라는 것이었다.

"대자연은 한 치의 오류도 범하는 법이 없느니라."

할아버지가 알고 있는 대자연은 바로 완벽 그 자체였다. 어떤 존재가 태어나더라도 만물의 조화는 깨뜨려지지 않으며, 어떤 존재가 사라지더라도 만물의 조화는 깨뜨려지지 않는 구조를 가지고 있었다. 어떤 존재의 수가 늘어나더라도 만물의 조화는 깨뜨려지지 않으며, 어떤 존재의 수가 줄어들더라도 만물의 조화는 깨뜨려지지 않는 구조를 가지고 있었다. 개체적인 수량이나 질량도 마찬가지였다.

"이번에는 카자가 들어가는 물건을 한 가지만 말해 보아라."

"카메라요."

"그럼 이 세상에서 카메라를 모조리 없애버린다면 어떤 현상이 생길까를 한번 생각해 보아라."

나는 할아버지의 지시에 따라 우선 카메라를 이 세상에서 간단하게 지워버렸다. 자연히 카메라에 관계된 부속품도 사라졌고, 그것들을 만드는 공장도 사라졌다. 이어서 그것들을 판매하는 회사도 사라졌고, 그것들과 관계된 인간들도 사라졌다. 촬영기사도 사라졌고, 사진작가도 사라졌다. 사진관도 사라졌고, 영화관도 사라졌다. 인화지도 사라졌고, 스크린도 사라졌다. 당연히 그것들과 관계된 인간들도 사라졌다. 뿐만 아니라 그 인간들과 관계된 수많은 사물들도 연쇄적으로 사라졌다. 관계되고 관계되고 관계된 것들이 사라졌다.

그러다가 일순 나는 깜짝 놀라고 말았다. 계속되는 사라짐 속에서 놀라운 사실 하나를 깨닫게 되었기 때문이었다. 사라지고 사라지고 사라짐을 계속하다 보면, 결국은 나도 사라질 수밖에 없다는 사실을 알게 되었기 때문이었다. 나뿐만이 아니라 지구 전체가 사라질 수밖에 없다는 사실을 알게 되었기 때문이었다.

"카메라만 모조리 없어져 버려도 이 세상에는 아무것도 남아 있지 않을 거예요."

내가 말했다.

"그렇다. 이 세상의 모든 존재는 아무리 하찮은 미물이라 하더라도 저마다 소중한 가치를 지니고 있으며, 대우주를 형성하는 필수적인 구성요소라는 사실을 알아야 하느니라."

할아버지는 하나의 개체는 하나의 소우주라는 견해를 가지고 있었다. 따라서 한 점의 먼지도 한 점의 소우주이며, 한 알의 사과도 한 알의 소우주라는 것이었다.

나는 날이 저물 때까지 여러 종류의 소우주들을 이 세상에서 삭제해 보았다. 파리라는 이름의 소우주를 삭제해 보고, 나비라는 이름의 소우주를 삭제해 보았다. 걸레라는 이름의 소우주를 삭제해 보고, 비단이라는 이름의 소우주를 삭제해 보았다. 그때마다 마찬가지였다. 온 우주가 텅 비어버리는 결과를 초래했다. 이 세상에는 수많은 존재들이 생성되고 소멸되지만 아무런 혼란이 야기되지 않는 것은, 대자연이 그만큼 완벽하게 조화를 이루고 있기 때문이라는 할아버지의 말을 어렴풋이는 이해할 수 있을 것 같았다.

할아버지의 이론대로라면 나 역시 대자연 속에서는 필요불가결한 존재였다. 왜소한 체구마저도 대자연의 조화를 유지하기 위해서라는 사실이 크나큰 위안으로 느껴지고 있었다. 밤이 되자 눈보라가 기세를 죽이고 있었다. 잠이 오지 않았다. 나는 습관적으로 촛불을 켜고 정좌한 자세로 밤의 중심부를 지켜보고 있었다.

53

무원동설화(霧源洞說話)

바람이 날개를 접고 있었다. 결빙된 호수가 풀리고 있었다.

포근한 날씨가 계속되고 있었다.

봄이 도래해 있었다.

꽃들이 피어나고 있었다. 나무들이 소생하고 있었다.

춘천이 기지개를 켜고 있었다. 산 너머로 졸음에 겨운 구름들이 하품을 하며 돌아눕고, 눈부신 해의 비늘들이 호수 가득히 떨어져 내려 은빛 고기떼처럼 쓸려 다니고 있었다. 봄은 날마다 화사함을 더해 가고 있었다.

기온이 조금씩 상승하고 있었다.

며칠째 짙은 안개가 춘천을 점령하고 있었다. 지척을 분간할 수 없을 지경이었다. 모든 풍경이 안개 저편에서 흐리게 소멸되고 있었다.

조양제에 가보니 문재 형은 부재중이었다. 가연이 누나의 말에 의하면, 문재 형의 발명품이 마침내 특허권을 획득하게 되었고 예상보다 빨리 서울에 소재한 어느 기업체로부터 상품계약에 대한 제의가 들어와서 샘플을 가지고 서둘러 상경했다는 소식이었다.

"무얼 발명했는데요."

"지렁이래."

"보신 적이 있나요."

"아직 보여주지 않았어. 오늘 사부님께 보여드릴 계획이었지. 그때 나도 같이 가서 보기로 약속했는데 아침에 서울에서 연락이 온 거야."

"어떤 지렁이를 발명했을까요."

"나도 모르지."

아직도 조양제는 개장을 하지 못한 상태였다. 모든 좌대들이 텅 비어 있었다. 그러나 오직 한 좌대만은 임자가 정해져 있었다. 팔십일 번 좌대였다. 그 좌대는 장개근 조사가 즐겨 찾는 좌대였다. 거의 전용이나 다름이 없었다. 안개 때문에 보이지는 않지만, 장개근 조사는 지금도 틀림없이 팔십일번 좌대를 차지하고 동상처럼 요지부동의 자세를 고수하고 있을 거였다.

"문재 오빠 말로는 느네 사부님이 낚시를 통해서 우주만물의 참다운 진리를 깨달은 도인이시라던데 정말이니."

"정말일 거예요."

"신통력 같은 것도 보여주신 적이 있니."

"할아버지는 이 세상에 일어나고 있는 일들이 모두 기적이래요. 그래서 신통력 같은 건 아주 특별한 경우가 아니면 쓸 필요가 없대요. 쓰게 되면 오히려 만물의 질서를 그르치게 되고, 결국은 그 책임이 자신에게로 돌아오고야 만대요."

할아버지는 신통력 따위를 수행의 껍질에 불과하다고 말해준 적이 있었다. 그런 따위에 관심을 기울이게 되면 진정한 수행의 본질을 망각하고 자기과시나 일삼는 술사로 전락하기 십상이라는 충언이었다.

"나는 안개가 이렇게 짙은 날은 몽유병자처럼 안개 속을 방황하는 병에 걸린 여자란다. 하지만 멀리 가면 이번에는 정말로 엄마가 내 다리 몽뎅이를 분질러놓을 거야. 느네 사부님이나 잠깐 만나보고 돌아와야지. 이대로 집에 붙어 있으면 문재오빠가 돌아오기도 전에 나는 미쳐버리고 말 거야."

가연이 누나가 내게 말했다.

"네가 아직 안 미친 걸로 알고 있었냐."

두촌아줌마의 편잔이었다. 하지만 할아버지를 만나고 오는 일을 적극적으로 말릴 태세는 아니었다. 두촌아줌마는 며칠째 술을 한 방울도 입에 대지 못하고 있었다. 위장에 염증이 생겼으니 절대로 술을 마시지 말라는 의사의 지시 때문이었다.

"낚시에 달통한 어르신네라니까, 혹시 아버지에 대해서 알고 계시는 일이 있을지도 모른다는 생각이 들어요."

"도대체 네 고집을 무슨 수로 꺾겠니."

"이젠 속 안 썩여드린다니까요."

"더 이상 썩을 속이나 있는 줄 아냐."

"금방 다녀올께요."

가연이 누나가 자기 방에서 옷을 갈아입고 내실로 건너왔을 때였다. 나는 다시금 이상한 전율감에 사로잡히고 있었다. 처음 버스 안에서 만났을 때와 똑같은 전율감이었다. 이번에도 역시 가슴을 냉각시키는 전율감이 아니라 가슴을 가열시키는 전율감이었다. 현찰이 들어 있는 핸드백을 발견했을 때와는 판이하게 다른 느낌이었다.

가연이 누나는 어깨에 헝겊으로 만든 가방을 걸치고 있었다. 내 육감이 정확하다면 그 가방이 전율감의 진원지였다. 도대체 가방 속에 무엇이 들어 있을까. 나는 격외선당으로 가면서도 오직 한 가지 생각만 하고 있었다.

"느네 사부님은 엄격하신 분이시니."

격외선당으로 가는 도중에 가연이 누나는 할아버지의 성품에 대해서 내게 질문하기 시작했고, 나는 할아버지가 누구에게나 친절한 분이시니 겁먹을 필요는 없노라고 말해 주었다.

안개 속에 매몰되었던 풍경들이 희미하게 형체를 드러내었다가는 이내 사라져버리곤 했다. 정신을 차리지 않으면 다른 공간 속으로 흘러 들어가버릴 듯한 느낌이었다. 나는 격외선당에 도착할 때까지도 전율감에 대한 실체를 파악하지 못하고 있었다.

"세속에서는 만나기 어려운 선가의 인연이로다."

가연이 누나의 인사를 받고 할아버지가 혼잣소리로 중얼거린 말이었다.

"오래전부터 말씀은 많이 들었는데 오늘에야 인사를 드리게 되었습니다."

가연이 누나는 매우 조심스러운 언행으로 할아버지를 대하고 있었다.

"선동이가 오늘 귀한 손님을 모시고 왔으니, 차 달이는 솜씨를 한번 발휘해 보아라."

할아버지가 나를 부추기고 있었다.

할아버지는 작년 여름부터 내게 차 달이는 법을 가르쳐주었다. 녹차였다. 그러나 처음에는 전혀 종잡을 수가 없었다. 간발의 차이에 의해서 맛이 달라지는 까다로움을 가지고 있었다. 봄빛이 언뜻 스쳐간 맛을 내어야 한다고 할아버지는 말해 주었지만, 나는 한동안 갈피를 잡지 못하고 있었다. 조금만 늦어도 생밤 속껍질 우려낸 맛이 나고, 조금만 빨라도 아무런 맛도 나지 않는 맹물이 되어버리고 말았다. 어른들은 왜 찻집까지 찾아다니며 이렇게 까탈스럽고 맛대가리 없는 음료수를 마셔야 하는지 나로서는 도무지 이해할 수가 없었다. 차라리 보리차나 설탕물이 한결 낫다는 생각이 들었다. 그러다가 지난 겨울에야 겨우 봄빛이 언뜻 스쳐간 맛을 유지할 수가 있었다.

"우리 선동이의 차에 갈수록 청명한 영기가 서리는구나."

내가 달인 차를 한 모금 마셔본 할아버지가 흡족한 표정을 지어 보이고 있었다. 그러나 가연이 누나는 이야기에 열중한 나머지 아직 차에는 손을 대지 않고 있었다.

"제 아버님은 시인이셨는데 사 년 전에 실종되신 후로 지금까지 아무 소식도 없으십니다. 사부님께 자초지종을 말씀드리고 어떤 조언이라도 한 말씀 듣고 싶어서 이렇게 불쑥 찾아뵙게 되었습니다."

할아버지와의 인사를 끝내고, 가연이 누나는 자신이 격외선당을 찾아오게 된 연유를 설명하기 시작했다. 나는 가연이 누나 곁에 놓여 있는 헝겊 가방에만 관심을 집중시키고 있었다.

"아버님은 눈물이 유난히 많으신 분이셨습니다. 이른 봄 양지바른 비탈에 피어 있는 연분홍 진달래만 보아도 눈물을 흘리시는 분이셨고, 초여름 먼 산에서 우는 뻐꾸기 소리만 들어도 눈물을 흘리시는 분이셨지요. 자연이 너무나 아름다워서 눈물을 흘리시고, 각박한 세상이 안타까워서 눈물을 흘리시고, 몽매한 사람들이 불쌍해서 눈물을 흘리시는 분이셨습니다. 뿐만 아니라 아무런 탐욕도 없으신 분이셨지요. 아무리 식구들이 아끼는 물건이라도 탐내는 사람이 있으면 서슴지 않고 주어버리시면서도, 정작 당신은 한번도 남의 물건을 탐내어보신 적이 없는 분이셨습니다."

그러나 가연이 누나의 말에 의하면 세상은 그 시인을 정상적인 상태라고는 생각지 않고 있었다. 혹자는 지능이 모자라는 사람으로 치부하기도 했고, 혹자는 정신이 이상해진 사람으로 치부하기도 했다.

"아버님은 느티나무하고도 대화를 주고받으셨고, 억새풀하고도 대화를 주고받으셨습니다. 때로는 외양간에서 소들하고 동숙을 하시는 적도 있으셨고, 때로는 무덤가에서 혼령들과 동숙을 하시는 적도 있으셨지요. 자주 식음을 전폐하시고 며칠 밤을 하얗게 새우시며 원고지라는 이름의 밭고랑에다 시어들을 심곤 하셨습니다. 하지만 세상은 한번도 아버님의 시를 거들떠보지 않았습니다."

그는 시가 세상을 썩지 않게 만드는 최상의 방부제라고 생각하는 시인이었다. 마음이 부패하면 시도 부패하고, 시가 부패하면 세상도 부패한다고 생각하는 시인이었다.

그러나 세상에는 많은 사이비들이 판을 치고 있었다. 문단도 예외는 아니었다. 다른 나라의 시인들이 몇십 년 전에 향유하던 이즘의 껍데기들을 게걸스럽게 핥아먹고 있는 시인들도 있었고, 아예 시는 시궁창에다 내던져버리고 자신의 세력을 확장하는 일에 혈안이 되어 있는 시인들도 적지 않았다.

"아버님은 아무나 농사를 지을 수는 있어도 아무나 농사꾼은 될 수 없으며, 아무나 시를 쓸 수는 있어도 아무나 시인이 될 수는 없다고 말씀하셨습니다."

피땀을 흘리지 않는 농사꾼이 풍성한 수확을 기대할 수 없듯이, 고통을 감내하지 않은 시인이 아름다운 시를 기대할 수는 없다는 것이었다. 시는 무통분만이 불가능한 예술이라는 것이었다.

"아버님은 언제부터인가 낚싯대를 가까이하기 시작하셨어요. 그러나 낚싯바늘도 없고 낚싯줄도 없는 낚싯대였습니다. 아버님은 반드시 물에다만 낚싯대를 드리워놓지는 않으셨습니다. 때로는 산비탈에다 낚싯대를 드리워놓기도 하셨고, 때로는 들판에다 낚싯대를 드리워놓기도 하셨지요. 사람들이 강태공처럼 세월을 낚고 있느냐고 비아냥거리면, 아버님은 대자연의 시를 낚고 있노라고 대답하셨습니다. 그러한 아버님을 세인들은 결코 이해하지 못했습니다. 정신병원에 입원시켜야 한다는 사람들이 대다수였지요."

그런데 어느 날 시인은 무어를 보았노라고 말하더라는 것이었다. 안개 속을 헤엄쳐 다니는 물고기라는 것이었다. 아무도 믿지 않자 황금빛 광채를 발하는 비늘 하나를 꺼내 보이더라는 것이었다.

"바로 이 비늘이었습니다."

가연이 누나는 헝겊 가방 속에서 조그만 손지갑 하나를 꺼내서 지퍼를 열었다. 나는 아까보다 더욱 강렬한 전율감을 느끼기 시작했다. 나는 긴장하고 있었다. 손지갑 속에서 몇 겹으로 접힌 비단 손수건 하나가 꺼내어졌다. 가연이 누나가 그것

448

을 펼치자 눈부신 황금빛 광채를 발하는 비늘 하나가 나타났고, 나는 비로소 전율감의 정체를 알아내게 되었다. 비늘을 목격하는 순간 나는 전신이 황금으로 감전되어 버리는 듯한 황홀감에 휩싸이고 있었다.

"금선어의 비늘이로구만."

할아버지가 말했다.

할아버지는 매우 정겨운 눈빛으로 그 비늘을 들여다보고 있었다. 감회가 새롭다는 표정이었다.

"정말로 세상에 이런 비늘을 가진 물고기가 살고 있나요."

가연이 누나가 놀라움에 찬 목소리로 다급하게 소리치고 있었다. 자신도 반신반의하고 있었다는 듯한 표정이었다. 가연이 누나의 얼굴이 희열로 상기되고 있었다. 어쩌면 아버지를 만날 수 있을지도 모른다는 기대감이 내포되어 있는 눈빛이었다.

"세인들은 절대로 믿지 않겠지만, 소양호 상류로 올라가면 사시장철 물안개에 허리를 감추고 있는 산봉우리 하나가 있는데, 그 물안개 속으로 들어가면 무원동이라는 마을이 하나 있지. 천지의 기운이 세속과는 판이하게 달라서 초목과 짐승과 인간이 서로 마음을 내통하며 살아가는 도인의 마을이지."

할아버지의 말에 의하면, 금선어(金仙魚)는 무원동(霧源洞)에 살고 있는 물고기였다. 무원동은 오직 천지의 기운만으로도 모든 생명체가 불로장생할 수 있는 공간이었다. 천적도 없었으며, 살상도 없었다. 언제나 자비로운 기운으로 가득 차 있었다. 일체의 존재가 영원불멸의 아름다움을 간직하고 있으며, 서로가 공존하고 있다는 사실 하나만으로도 충만한 행복감에 도취될 수가 있었다. 그러나 오직 자신의 자와 저울만으로 삼라만상을 측량하는 세속의 인간들은 아주 가까운 어느 공간에 그러한 마을이 실재한다는 사실을 전혀 믿으려 들지 않는다는 것이었다. 설사 믿는다고는 하더라도 기운이 맞지 않아서 그 공간으로는 도저히 들어갈 수가 없다는 것이었다.

"거기에 살고 있는 동식물들을 세속에 내다 놓으면 대부분이 바스러져버리거나 기화되어 버리는데, 이는 서로 기운이 조화되지 않기 때문일세."

그러나 인간들을 비롯한 몇 가지의 동식물들은 세속에서도 그 생명을 유지할 수 있으며, 그중의 하나가 금선어라는 물고기였다.

"금선어는 안개 속을 헤엄쳐 다니는 물고기라네. 오늘처럼 안개가 짙은 날에는 이따금 무원동 바깥으로 헤엄쳐 나오기도 하지만, 절대로 세속의 인간들 앞에는 나타나지 않는 물고기일세. 세속의 인간들이 발산시키는 기운을 가장 꺼려 하기 때문이지. 허나 영혼이 투명한 인간들 앞에는 자주 나타나는 물고기일세. 서로가 가까이하여 조화되려는 기운을 가지고 있기 때문이라네. 어떤 수행을 통해서건 도의 경지에 이른 사람들은, 금선어를 보게 되면 정신과 영혼을 온통 빼앗긴 채로 자신도 모르는 상태에서 무원동으로 이끌려 가게 되지. 아무래

도 부친은 금선어를 따라서 무원동으로 들어가셨으리라는 짐
작일세."

할아버지는 아직도 비늘이 눈부신 황금빛 광채를 발하고
있는 것으로 보아 방 안에 있는 사람들 모두가 마음이 탐욕으
로 찌들지는 않은 상태라는 것이었다. 마음이 탐욕으로 찌들
어 있는 사람들이 가까이 있으면, 금선어의 비늘은 죽은 납빛
으로 변해 버린다는 것이었다.

"할아버지, 어떻게 하면 영혼이 투명해질 수 있나요."

내가 물었다.

"만물을 사랑하여 나를 버리려고 애쓰는 자는 절로 그 영
혼이 청명해지느니라."

할아버지의 대답이었다.

"사부님은 무원동에 대해서 어떻게 그토록 소상히 알고 계
시나요."

이번에는 가연이 누나가 묻고 있었다.

"수년 전에 거기서 살다가 세속의 일들이 궁금해서 구경을
나온 늙은이라고 말하면 과연 진실이라고 믿어주시겠는가."

할아버지의 반문이었다.

그러나 가연이 누나는 대답하지 않았다. 다만 놀라움에 찬
표정으로 입을 다물지 못한 채 할아버지의 얼굴만 멍하니 주
시하고 있었다. 가연이 누나 앞에 놓여 있는 찻잔은 이미 싸늘
하게 식어 있었다. 나는 차를 다시 대령하기 위해서 다기를 들

고 다시 밖으로 나왔다. 여전히 짙은 안개가 부유하고 있었다. 나는 사방을 한번 둘러보았다. 그러나 금선어는 보이지 않았다. 오직 지척을 분별할 수 없는 안개만이 모든 풍경들을 잠식하고 있을 뿐이었다.

54

꼬물이

"요놈들이 완제품입니다."

문재 형이 종이상자 속에 들어 있는 내용물을 방바닥에 쏟아 보이고 있었다.

"이 상태로는 아직 모르겠는걸."

할아버지가 말했다.

종이상자 속에서 쏟아져 나온 내용물들은 새끼손가락만한 길이의 인조 지렁이들이었다. 낚시용 미끼였다. 외형상으로는 진짜 지렁이와 조금도 다름이 없어 보였다. 문재 형이 겨우내 연구실에서 두문불출하고 만들어낸 발명품이었다.

"재질이 무엇인가."

"음식 쓰레기에서 추출된 녹말이 주된 재질입니다."

"냄새도 나는가."

"납니다. 역시 음식 쓰레기에서 추출된 기름이 내장되어 있기 때문입니다. 모두 물속에 들어가서 오 분 정도만 경과하면 용해될 수 있도록 만들어져 있습니다. 음식 쓰레기가 주된 재질이기 때문에 원가가 저렴할 수밖에 없다는 장점을 가지고 있습니다. 뿐만 아니라 사부님 말씀을 토대로 물을 오염시키지 않도록 최대한의 노력을 기울였기 때문에 환경단체에서도 권장품목으로 선정할 계획입니다. 업계에서도 획기적인 판매 전망을 기대하고 있습니다. 계약금 전액을 사장님께 드렸습니다. 판매에 따른 할당금이 지급되면 단계적으로 사장님의 빚도 갚아나갈 작정입니다. 낚시면허제를 실시하고 있는 독일과도 계약을 추진하고 있는 중입니다."

조양제는 갑자기 축제 분위기에 휩싸여 있었다. 그동안 총무의 친척집에서 은거하고 있던 사장이 돌아와 있었고, 총무의 밀린 월급도 지급되었으며, 새로운 직원들도 세 명이나 더 채용되었다. 조양제는 개장을 서두르고 있었다.

"자네의 노고 덕분에 안으로는 사장이 인생관을 바꾸게 되었고 밖으로는 많은 지렁이들이 목숨을 건지게 되었으니 얼마나 기쁜 일인가."

"모두 사부님께서 아둔한 제게 영감을 심어주신 덕분입니다."

"아직 한 가지 보완해야 할 부분이 없지는 않네."

"어떤 부분입니까."

"물고기를 낚을 때는 물 밖의 조건 세 가지와 물속의 조건 세 가지를 고려해야 하지. 물 밖의 조건 세 가지는 기압의 변화와 인력의 변화와 기온의 변화일세. 대체로 급격히 기압이 낮아지는 날이나 급격히 기온이 떨어지는 날이나 보름을 전후해서는 조황이 신통치 않은 법일세. 이는 자연이 만들어내는 조건이므로 인간의 힘으로는 어찌할 수가 없네."

그러나 물속의 조건 세 가지는 촉각과 시각과 후각인데 얼마든지 인간의 힘으로도 조정이 가능하다는 것이었다. 물고기는 특유의 세 가지 예민한 감각기관으로서 먹이를 판단하는데 첫째 기관은 진동을 감지하는 옆줄이고, 둘째 기관은 형태를 감지하는 어안이며, 셋째 기관은 냄새를 분별하는 코라는 것이었다. 물고기는 그 세 가지 조건에 만족감을 주지 않으면 먹이를 외면해 버리는 습성을 가지고 있다는 것이었다. 특히 냄새나 형태보다는 진동에 더 왕성한 식욕을 느낀다는 것이었다. 시각과 촉각을 동시에 자극하기 때문이라는 것이었다.

"자네가 만든 지렁이는 시각과 후각을 만족시켜 줄 수는 있으나, 애석하게도 촉각은 만족시켜 줄 수가 없는 것 같구만. 만약 움직일 수만 있다면 그 이상 완벽한 미끼가 없을 테니 기회가 있는 대로 그 점을 한번 보완해 보도록 하게."

할아버지의 조언이었다.

그러나 문재 형은 입가에 빙그레 웃음을 떠올리고 있었다.

"움직이는 지렁이입니다."

문재 형의 대답이었다.

"지금 말인가."

할아버지는 도무지 믿기지 않는다는 표정을 지어 보이고 있었다.

"특별보좌관."

문재 형이 내게로 고개를 돌리고 있었다.

"말씀하십쇼."

"세수대야에 물을 반 정도만 부어서 이리 가지고 오도록 하게."

"비누도 가지고 옵니까."

"물만 있으면 된다. 실시."

"실시."

나는 즉각 세수대야에 물을 반 정도만 부어서 문재 형 앞에다 대령해 놓았다. 그러자 문재 형이 방바닥에 널려 있던 인조 지렁이들을 모조리 쓸어서 세수대야에 집어넣기 시작했다. 그때였다. 갑자기 세수대야 속에서 이변이 일어나고 있었다.

"움직인다."

내가 소리쳤다. 인조 지렁이들이 세수대야에 들어가자마자 일제히 꼬물꼬물 움직이기 시작했다. 마치 살아 있는 진짜 지렁이들 같았다.

"내가 성급했구만. 이제 보니 정말로 완벽한 미끼일세. 역시 자네는 물고기를 잘 간파하고 있었네."

할아버지는 매우 흡족한 표정이었다.

"꼬물이라는 이름을 붙여주었는데 괜찮습니까."

"친근감이 느껴지는 이름일세."

"하지만 한 가지 마음에 걸리는 일이 있습니다."

"내가 보기에는 완벽한 미끼일세."

"꼬물이에 관해서가 아닙니다. 배낭 속에다 돈을 넣어서 보낸 의인에게는 아직 아무런 보답도 해드리지 못했습니다."

"인연에 따라 언젠가는 보답할 기회가 올는지도 모르지. 허나 자네가 목적했던 바를 이루었다는 사실만으로도 얼마간은 보답이 될 수가 있을 걸세."

나는 가슴이 뜨끔해지는 기분이었다. 그러나 전혀 내색은 하지 않았다. 세수대야 속의 꼬물이들만 천연덕스럽게 들여다보고 있었다. 아무래도 할아버지가 알고 있으리라는 생각을 떨쳐버릴 수가 없었다.

"태엽도 감아주지 않았는데 어떻게 움직이지요."

나는 화제를 다른 데로 돌리고 있었다.

"성냥개비 다섯 개를 분질러서 방바닥에 맞대어 놓고 한복판에 물방울을 떨구어서 별을 만들어본 적이 있니."

나는 있다고 대답했다. 보육원에서 해본 적이 있는 놀이였다. 성냥개비 다섯 개를 분질러서 방바닥에 맞대어 놓고 한복판의 부러진 자리에 물방울을 떨구면, 성냥개비들이 서서히 벌어지면서 별이 만들어지는 놀이였다.

"그 원리를 발전시켜 만들어낸 마술이야. 특수 화학물질을

첨가해서 물속에 들어가면 수축과 팽창현상을 교차하여 부위
별로 유발시키도록 고안되었다. 하지만 시간을 어떻게 연장시
킬 수 있느냐가 앞으로의 관건이야."

문재 형의 설명이었다. 그러나 나는 제대로 납득이 되지 않
았다. 꼬물이는 시간이 오 분 정도 경과하자 움직임이 둔화되
기 시작했다. 그리고 몸체가 점차로 투명해지더니 마침내는 아
무런 형체도 보이지 않게 되었다.

"사부님, 오늘은 제가 사부님을 모시고 시내에 나가서 식사
라도 대접해 드리고 싶은데 드시고 싶으신 게 있으시면 말씀
해 주십시오."

"비싼 걸 말해도 괜찮은가."

"물론입니다."

"나는 비빔밥을 먹고 싶네."

"너무 비싼 걸로 선택하셨습니다."

문재 형의 목소리는 행복감에 가득 차 있었다.

"특별보좌관은 어떤 음식을 먹고 싶은가."

내게 던져진 질문이었다.

나는 불고기 백반이 먹고 싶었다. 그러나 그렇게 말하지는
않았다. 아버지가 돌아가신 후로는 한번도 불고기 백반을 먹
어본 적이 없었다. 돈이 없었기 때문이 아니었다. 울면서 먹을
수가 없었기 때문이었다. 불고기 백반이라는 단어를 떠올리기
만 해도 가슴이 미어지면서 눈시울이 젖어왔기 때문이었다.

"아주 비싼 걸로 말해도 좋다."

문재 형이 재촉하고 있었다.

"짜장면."

나는 기어드는 목소리로 그렇게 말해 버리는 수밖에 없었다.

55

일체유심조(一切唯心造)

전에는 촛불이 흔들리면 내가 흔들렸다.

지금은 내가 흔들리면 촛불이 흔들린다.

일체유심조(一切唯心造).

우주만물을 낚을 수 있는 낚싯대를 나는 태어나기 전부터 마음속에 간직하고 있었음을 이제야 확연히 깨달을 수 있게 되었다.

56

칼새파

전날 밤 꿈속에서 조 선생을 보았다.

나는 사력을 다해 도망치고 있었다. 벌판이었다. 적들이 시퍼런 칼을 휘두르면서 나를 추적하고 있었다. 갈대밭이 보였다. 나는 숨을 헐떡거리며 갈대밭으로 숨어들고 있었다. 서걱거리는 적들의 발자국 소리가 사방에서 어지럽게 들리고 있었다. 점차로 포위망이 좁혀지고 있었다. 나는 사지가 얼어붙고 있었다. 갈대 사이로 불쑥불쑥 적들의 얼굴이 튀어나오고 있었다. 흉측한 얼굴들이었다. 나는 소리를 지르고 싶었다. 그러나 목구멍조차 얼어붙어 있었다. 바람이 머리카락을 산발한 채 갈대밭을 흔들어대고 있었다. 나는 극도의 공포심으로 질식해 버릴 지경이었다. 그때였다. 어디선가 조 선생이 나타나 적들에게 기관단총을 난사하기 시작했다. 적들이 갈대밭에 피를 흩뿌리며 무기력하게 쓰러지고 있었다. 순식간에 적들은 모조리 섬멸되었다. 나는 비로소 안도감을 느끼며 조 선생의 품속으로 뛰어들고 있었다. 따스한 온기가 느껴지고 있었다. 그런데 무슨 조화일까. 자세히 보니 놀랍게도 조 선생은 맹인이 아니었다. 두 눈이 모두 정상이었다. 나는 꿈속에서도 몹시 기이하다는 생각을 하고 있었다.

잠에서 깨어나니 실내에는 아직도 석탄가루 같은 어둠이 짙게 누적되어 있었다. 쫓기는 꿈은 어쩐지 싫었다. 나는 개꿈이기를 기원하고 있었다. 다시 눈을 감았으나 좀처럼 잠이 오지 않았다.

아침 식사를 끝내고 조양제로 갔다. 광명에 전화라도 한번 걸어보아야겠다는 생각에서였다. 수목들마다 초록빛이 짙어가고 있었다. 담수어들의 산란기가 다가오고 있었다. 그러나 이제 나는 낚시질을 가더라도 물고기를 잡는 일에는 별로 집착하지 않았다. 그저 망아의 상태에서 찌를 바라보는 일만으로도 행복감을 느낄 수가 있었다. 나는 촛불을 바라보는 일이나 찌를 바라보는 일이 결코 다르지 않다는 사실을 알게 되었다.

"어떤 사물이든지 망아의 상태에서 바라보면, 아름답지 않은 것은 이 세상에 존재할 수 없다는 사실을 알게 되느니라."

할아버지가 가르쳐준 존재의 조건이었다.

할아버지는 이 세상의 모든 사물들이 아름다움을 담보로

존재하고 있다는 것이었다. 쓰레기는 쓰레기이기 때문에 아름 답고, 구정물은 구정물이기 때문에 아름답다는 것이었다. 물 벼룩은 물벼룩이기 때문에 아름답고, 날파리는 날파리이기 때 문에 아름답다는 것이었다. 단지 망아가 되지 않으면 마음의 눈을 뜰 수가 없기 때문에 육신의 눈만으로 그것들의 겉모양 에 머물러 있을 수밖에 없으며, 그것들의 내부에 간직되어 있 는 본질적 아름다움에는 도달할 수가 없다는 것이었다.

"언제나 마음 안에 촛불을 환하게 밝혀두고 살아가면 언제 나 만물이 아름답게 보이고, 언제나 만물이 아름답게 보이면 언제나 인생이 행복해지는 법이니라."

할아버지는 아름다움을 느낄 수가 없으면 행복도 느낄 수 가 없다는 사실을 내게 가르쳐주기 위해서 촛불을 낚는 모습 을 보여주었음을 이제야 나는 확연히 깨닫고 있었다.

나는 전화를 걸기 위해 휴게실로 들어갔다.

휴게실에는 사람들이 별로 없었다. 공중전화는 한가로운 표 정으로 낮잠에 빠져 있었다. 송수화기를 들고 동전을 투입하 자, 자신이 절명한 상태가 아님을 증명해 보이듯 요금 표시등 에 빨간불이 켜졌다. 나는 가슴팍에 돌출되어 있는 버튼을 누 르기 시작했다. 그때마다 버튼이 나지막한 소리로 비명을 연 발했다. 발신음이 몇 번 반복되더니 동전이 덜커덕 목구멍을 넘어가는 소리가 들려왔다.

"여보세요."

나는 전날 밤 꿈을 떠올리고 있었다. 제발 나쁜 소식을 듣지 않기를 바라는 마음이 간절했다.

"동명이구나."

조 선생의 목소리였다. 반가움이 넘치고 있었다. 오래도록 들어보지 못했던 내 이름이었다. 지난날의 기억들이 한꺼번에 가슴 밑바닥에서 물풀처럼 흔들리며 자라 오르고 있었다.

"그러지 않아도 날마다 네 전화가 오기만을 기다리고 있었다."

조 선생의 목소리는 흥분으로 고조되고 있었다. 심상치 않은 분위기였다. 나는 어떤 사태가 발생했음을 직감적으로 느낄 수가 있었다. 그러나 직감대로라면 결코 기분 나쁜 사태는 아니었다.

"백화점을 주무대로 소매치기를 해온 상습범들이 일망타진 되었단다."

조 선생은 며칠 전에 라디오를 통해서 알게 되었노라고 말해 주었다. 형사들에게 전화를 걸어 자초지종을 알아보니, 범인들은 칼새파라는 소매치기 조직으로 얼마 전에 실시되었던 일제단속에 의해 그 정체가 드러나게 되었다는 것이었다.

"두목의 별명이 칼새라던가."

나는 아연해지는 기분이었다.

"절대로 면도날을 쓰지 않고 맨손으로만 소매치기를 했다는 구나."

짐작이 가는 인물이었다.

조 선생의 말에 의하면, 두목은 아버지의 수하로서 오래전에 손을 씻고 지방에 내려가 사업을 벌이고 있었는데 부도를 내게 되어 조직을 결성하고 재범을 결행하게 되었다는 것이었다. 형사들은 수법이 유사하다는 사실을 근거로 아버지와 관계된 인물들을 추적하다가 칼새를 용의선상에 올려놓게 되었다는 것이었다.

"신문에도 대서특필이 되었다고 하더라."

왜 나는 그 신문을 보지 못했을까. 최근에는 신문에 너무 관심을 기울이지 않고 살았다는 생각이 들었다.

나는 형사들이 그토록 집요하게 추적을 계속했던 이유를 비로소 알 수 있을 것 같았다. 내가 서울을 떠난 이후에도 동일한 수법의 소매치기는 계속되고 있었다. 칼새파에 의해서였다. 두목은 바로 계보상으로 내게 삼촌뻘이 된다는 인물이었다. 틀림없이 턱에 칼자국이 선명하게 그어져 있을 거였다.

"세인들 중에는 의적으로 생각하는 사람들까지 있다고 하더라."

나는 그 인물을 찾아서 춘천으로 왔었다. 그러나 그 인물은 서울에 있었다. 서울에서 조직을 결성하고, 백화점을 주무대로 소매치기를 하고 있었다.

"너한테 미안하구나. 형사들의 말만 듣고 처음에는 우리도 너를 의심하지 않을 수 없었다. 그런데 알고 보니 이번에 검거된 일당들 중에는 너보다 나이가 두 살이나 아래인 미성년자가 한 명 포함되어 있더구나. 형사들이 그동안 번거롭게 해드려서 죄송하다고 사과조로 말하기는 했지만, 공연히 너를 의심했던 걸 생각하니 절로 분통이 터지더라. 어쨌든 너에 대한 우리들의 오해가 풀리게 되어 정말로 천만다행이라는 생각이다."

그러나 나는 별로 마음이 개운치는 않았다. 내가 저지른 일에 대해서 내가 책임을 지기 전에는 부담스러움을 면할 수가 없을 것 같았다.

"맹도견에 대한 이야기를 아직도 기억하고 있는지 모르겠구나."

다행스럽게도 조 선생이 화제를 바꾸고 있었다.

"우리나라에서도 어느 대기업에서 맹인안내견학교를 설립하고, 맹도견 기증사업을 본격적으로 추진하고 있다는 소식이다."

조 선생에게는 새로운 희망이 생겼다는 것이었다. 그러나 초기에는 일 년에 겨우 세 마리 정도가 맹인들에게 기증될 전망이므로 거의 십만 명에 가까운 시각장애자들 중에서 언제쯤 차례가 돌아오는지 요원하다는 것이었다.

"아줌마는 아직도 편찮으신가요."

나는 새로운 동전을 전화기에 투입하면서 아줌마의 안부를 물어보고 있었다. 이제 호주머니 속에는 동전이 한 개도 남아 있지 않았다.

"아줌마는 많이 좋아졌단다. 잠깐만 기다리거라. 그러지 않아도 아줌마가 네 목소리를 듣고 싶다는구나."

잠시 침묵이 흐르고 있었다. 아줌마의 얼굴이 떠오르고 있었다. 아줌마의 걸음걸이가 떠오르고 있었다. 아줌마의 목소리가 떠오르고 있었다. 비록 얼굴은 일그러지고 걸음걸이는 불안정했지만 마음씨만은 솜이불처럼 따스했다는 생각이 들었다.

"동. 명. 이. 니."

아줌마의 목소리였다. 음절들이 힘겹게 이어지고 있었다. 그러나 정겨운 목소리였다.

"안녕하셨어요."

나는 공연히 목이 메고 있었다. 구름산 밑에 외따로 떨어져 있는 단층 양옥집. 마당에는 지금쯤 무슨 꽃이 피어 있을까. 돌아가면 아버지도 그대로 살아 있을 것 같은 느낌이었다.

"네. 가. 너. 무. 보. 고. 싶. 구. 나."

나는 목소리만 듣고도 알 수 있었다. 아줌마의 눈시울이 젖어 있음을.

"며칠만 있으면 갈 거예요."

나는 그렇게 말해 버리는 수밖에 없었다.

"정. 말. 이. 지. 정. 말. 이. 지."

아줌마는 몇 번이고 다짐을 거듭하고 있었다.

나는 가지고 있던 동전이 바닥나 버렸으므로 더 이상 긴 이야기를 나눌 수가 없었다. 통화를 끝내고 휴게실을 나오면서 착잡한 기분을 떨쳐버릴 수가 없었다. 모든 풍경들이 갑자기 낯설어 보이고 있었다.

조양제는 이제 정상적인 상태로 활기를 되찾고 있었다. 연일 낚시꾼들이 몰려들고 있었다. 빈 좌대가 거의 보이지 않을 정도였다. 문재 형은 유명해져 있었다. 꼬물이 때문이었다. 꼬물이는 시판되기가 바쁘게 낚시꾼들에게 인기품목으로 자리를 잡아가고 있었다. 외국에서도 계약을 체결하자는 연락이 오고 있었다. 그러나 문재 형은 꼬물이에 대한 일체의 권한을 사장에게 양도해 주었다는 소문이었다.

사장의 태도는 완전히 달라져 있었다. 거드름이라고는 전혀 찾아볼 수가 없었다. 직원들에게도 손님들에게도 언제나 겸손한 태도를 보이려고 노력했다. 세 명의 잡역부가 더 증원되었음에도 불구하고 직접 좌대를 돌아다니며 손님들의 시중을 들어주는 일에 여념이 없었다. 며칠 전에는 직원들에게 회식까지 열어주고 보너스까지 지급해 주었을 정도였다.

"이 꼬물이를 바로 저 친구가 발명했습니다. 제가 사기를 당해서 조양제마저 말아먹을 위기에 처해 있었는데, 저 친구 덕분에 기사회생을 하게 되었습니다. 아직도 어분을 쓰십니까. 꼬물이를 한번 써보십시오. 평소보다는 몇 배나 입질을 자주 볼 수가 있습니다. 꼬물이만 전용해 주신다면 물고기는 얼마든지 잡아가셔도 좋습니다."

사장은 낚시꾼들의 시중을 들어주면서도 꼬물이를 선전하는 일을 게을리 하지 않았다.

팔십일번 좌대는 여전히 장개근 조사가 차지하고 있었다. 조양제는 장개근 조사에게 일 년짜리 특별우대권을 지급해 주었다. 조양제가 폐장된 상태에 놓여 있었음에도 불구하고, 한결같은 마음으로 날마다 출조해 주었다는 사실에 사장은 크게 감동을 받았다는 것이었다.

"아파트에서 생장촉진제까지 주어서 기르던 놈들을 모두 방생해 버렸습니다. 물고기들이 진짜보다 가짜를 더 선호하니 어쩌겠습니까. 이제는 꼬물이 덕분에 아파트 주민들의 원성을 사서 쫓겨다니는 신세도 면하게 되었습니다. 선생님도 한번 써보시면 아실 겁니다."

장개근 조사는 누구보다 꼬물이 선전에 열을 올리고 있었다.

식당도 연일 북적거리고 있었다. 두촌아줌마는 그토록 좋아하는 소주도 한잔 마셔볼 겨를이 없을 정도로 바쁜 나날을 보내고 있었다. 조양제 전체가 생동감이 넘쳐나고 있었다.

나는 그러한 조양제를 둘러보면서 이제 떠나야 할 때가 되었다는 생각을 하고 있었다. 네. 가. 너. 무. 보. 고. 싶. 구. 나. 자꾸만 힘겹게 이어지던 음절들이 귓전을 맴돌고 있었다. 나의 현주소는 광명이었다. 춘천은 피난처에 불과했다. 한동안 그 사실을 잊고 있었다. 그러나 차마 발길이 떨어지지 않을 것같았다. 나는 오래도록 허탈감에 빠져 있었다.

57

고해성사

"네가 그분들에게로 돌아가 맹도견의 역할을 대신하겠다니 참으로 대견스럽다는 생각이 드는구나."

할아버지는 내 결정에 동의하고 있었다.

며칠간 나름대로 심사숙고한 끝에 내린 결정이었다.

"고백할 게 있는데요."

"말해 보아라."

나는 할아버지에게 고백하고 싶었다. 지금까지 할아버지에게 숨겨온 일들을 빠짐없이 털어놓고 싶었다. 그래야만 홀가분한 마음으로 춘천을 떠날 수가 있을 것 같았다. 할아버지 곁에 있으면 언제나 마음이 투명해져서 도저히 속일 수가 없었다.

"어릴 때부터 저를 낳아주신 부모님을 미워했어요."

나는 한참을 망설이다가 기어드는 목소리로 고백하기 시작했다.

내가 생후 이개월쯤 되었을 때 어느 부잣집 대문 앞에 버려져 있었다는 사실도 고백했고, 영아원 시절부터 부모님에 대한 증오심을 간직하고 있었다는 사실도 고백했다. 원장은 내게 특별한 관심을 가지고 있었다. 나를 입양시키기 위해 많은 노력을 기울이고 있었다. 그러나 면담자들은 번번이 나를 실격시켰다.

면담자들이 나를 실격시킬 때마다 증오심의 질량도 배가되었다. 부모님이 중환자가 되기를 바란 적도 있었고, 부모님이 감옥소에 가기를 바란 적도 있었다. 땅콩이라는 별명으로 놀림을 받을 때마다 증오심의 부피도 배가되었다. 부모님이 불구자가 되기를 바란 적도 있었고, 부모님이 지옥으로 가기를 바란 적도 있었다. 그러나 순간적인 증오심이지 지속적인 증오심은 아니었다. 언제나 증오심 뒤에는 부모님이 나를 데려가기를 간절히 소망하는 마음이 도사리고 있었다. 나를 선택하는 양부모도 끝내 나타나지 않았고, 나를 낳아준 친부모도 끝내 나타나지 않았다. 참담한 유년시절이었다. 아직 누구에게도 고백하지 않았던 비밀이었다.

"하늘이 큰 인물을 만들고 싶을 때는 대개 어릴 때부터 큰 아픔을 먼저 알도록 만드느니라. 하늘의 공사로 자식을 버려야 하는 부모님의 아픔을 어린 네가 어떻게 짐작할 수 있겠느

냐. 봉황도 알에서 깨어나지 않으면 하늘을 날 수 없고, 옹달
샘도 산을 떠나지 않으면 대해에 이르지 못하는 법이니라."

할아버지가 내린 보속(補贖)이었다.

나의 고백은 계속되고 있었다.

"보육원에 있을 때 저를 괴롭히던 아이가 있었어요."

강인탁이었다.

그애는 나를 철두철미하게 괴롭혔고, 나는 그애를 철두철미
하게 저주했다.

나는 날마다 진저리를 치면서 그애가 지구상에서 영원히 사
라지기를 간절히 바라고 있었다. 그애는 결국 서커스단에 들어
가 초죽음이 되도록 매를 맞았고, 서커스단을 탈출한 뒤에도
신경정신과에 입원까지 하게 되었다. 나의 증오심에 의한 결과
라는 생각이 들었다. 한편으로는 고소한 마음이었고, 또 한편
으로는 죄스러운 마음이었다.

몇 년 뒤 어느 꽃 피는 일요일에 자연농원에서 만난 적이 있
었다. 그애는 초라하게 변해 있었다. 성격도 판이하게 달라져
있었다. 나는 진심으로 사과하고 싶었다. 그애를 철두철미하게
증오했던 지난날들을. 그러나 그애는 잠깐의 해후를 끝으로
내 앞에서 사라져버리고 말았다. 나는 끝내 사과하지 못했다.
그애가 준 뽀빠이 시계만 시간이 멈춰버린 상태로 아직도 내
수중에 간직되어 있었다.

"하늘이 너를 더욱 선량한 재목으로 키우기 위해 선택한 스

승이니라."

할아버지는 교육부 장관이 발행한 교원자격증을 취득한 자만이 스승은 아니라는 지론이었다. 할아버지의 지론에 의하면, 그애는 남을 괴롭히는 소행이 얼마나 나쁜가를 내게 가르쳐주러 온 스승이었다.

"꿀벌에게 쏘여본 적이 있느냐."

할아버지가 내게 물었다.

보육원에 있을 때 쏘여본 적이 있었다. 가을이었다. 양계장 변두리에 코스모스가 무더기로 피어 있었다. 끊임없이 꿀벌들이 날아와 꽃술을 더듬고 있었다. 아이들은 종이로 집게골무를 만들었다. 꿀벌들을 잡아서는 침을 빼고 꿀을 빨아먹기 위해서였다.

"한번은 침이 빠진 줄 알고 꽁무니를 빨았다가 쏘이고 말았어요."

혀끝에 침이 박혀 있었다. 며칠간 부어서 욱신거렸다. 밥을 제대로 먹지 못했을 정도였다. 그러나 할아버지는 꿀벌의 침이 절대로 남을 공격하기 위한 무기가 아니라는 견해를 가지고 있었다.

"꿀벌은 자신이 애써 따 모은 꿀을 도둑들로부터 보호하기 위해서 침을 간직하고 있을 뿐이니라."

할아버지는 꿀벌이야말로 남을 괴롭힌다는 사실이 얼마나 죄스러운 소행인가를 잘 알고 있다는 것이었다. 단 한번만 침을 사용해도 목숨을 잃어버리도록 자신을 진화시킨 곤충이라는 것이었다. 할아버지는 이 세상 전체가 나를 완성시키기 위한 스승들로 가득 차 있다는 것이었다. 만사물도 스승이며, 만인간도 스승이라는 것이었다.

"저는 남의 돈을 훔치는 소매치기였어요."

나는 마침내 결정적인 비밀을 누설하기 시작했다.

그러나 할아버지는 별로 놀라는 기색이 아니었다. 오히려 흥미롭다는 표정이었다. 방문이 열려 있었다. 바깥 풍경이 내다보였다. 할아버지의 어깨 너머에 망초꽃이 무더기로 피어 있었다. 저애가 소매치기였대. 망초꽃들은 올망졸망 이마를 맞대고 곁눈질로 방 안을 기웃거리고 있었다.

"보육원을 탈출했어요."

나는 과거지사를 할아버지에게 털어놓고 있었다.

보육원을 탈출해서 허기진 상태로 거리를 헤매다 아버지를 만나게 되었다. 아버지를 만나서 광명에 정착하게 되었다. 그러나 돌이켜보면 내게 부여된 행복은 한 움큼이었고, 내게 부여된 불행은 한 아름이었다. 할머니의 죽음을 계기로 아버지에게는 폭음의 세월이 연속되고 있었다. 결국 아버지는 병고에 시달리게 되었고, 마침내 간암 선고를 받게 되었다. 조 선생의 간병. 소매치기 수업. 백화점 순례. 홍천으로의 토끼발. 할아버지에게 숨기고 있었던 부분들이었다. 나는 고백하면서도 아버지의 전직이 소매치기였다는 이유로 할아버지가 나쁜 평가를 내리지 않기를 간절히 빌었다.

"나무는 풍상에 시달리면 그 줄기가 뒤틀리고, 인고에 시달리면 그 뿌리가 쓴 법이라. 허나 줄기가 뒤틀렸다고 그 꽃이 아름답지 않은 나무가 어디 있으며, 뿌리가 쓰다고 그 열매가 향기롭지 않은 나무가 어디 있더냐."

아버지에 대한 할아버지의 보속이었다.

어디선가 뻐꾹새가 울고 있었다.

"문재 형 방에다 배낭을 갖다 놓은 것도 제 소행이었어요."

나는 이제 마지막으로 가장 최근에 만들어진 비밀 하나를 털어놓았다. 이번에도 할아버지는 별로 놀라는 기색이 아니었다. 할아버지의 어깨 너머로 가느다란 바람이 지나가고 있었다. 저애의 소행이었대. 잠시 망초꽃들이 술렁거리고 있었다.

"무원동에 꽃 한 송이가 새로 피었겠구나."

할아버지는 한마디를 남긴 채 문 밖으로 시선을 돌리고 있었다.

마당 가득히 황금빛 햇살이 범람하고 있었다. 온 세상이 투명해지고 있었다.

58

회귀(回歸)

춘천역 대합실.

아직 개찰이 시작되지 않고 있었다.

춘천에는 안개주의보가 발령되어 있었다. 바깥에는 아무것
도 보이지 않았다. 일체가 안개 속에 매몰되어 있었다. 개찰이
임박해 있었다. 차츰 사람들이 많아지고 있었다.

"특별보좌관."

"말씀하십시오, 대장님."

"아직도 인간이 왜 살아가는지를 알아내지 못했는가."

문재 형의 채근이었다.

"알아내었습니다."

나는 자신 있는 목소리로 대답해 주었다.

"말해 보게."

문재 형은 설마 하는 표정을 지어 보이고 있었다. 내 의식의 목구멍 속에 생선가시로 박혀서 오래도록 걸치적거리던 명제였다.

"인간은 행복해지기 위해 살아갑니다."

나는 생선가시를 뽑아서 문재 형에게 내밀어 보였다.

문재 형이 놀라움에 찬 시선으로 나를 물끄러미 들여다보고 있었다. 마치 말문이 열린 벙어리를 들여다보고 있는 듯한 시선이었다.

"어떻게 알았는가."

"마음 안에 촛불을 환하게 켜놓으면 누구든지 저절로 알게 됩니다."

나는 이제 알고 있었다. 어떤 대상이라고 하더라도 그 대상에게서 아름다움을 느끼고 그 대상을 진심으로 사랑하게 된다면, 저절로 마음 안에 촛불이 환하게 켜진다는 사실을.

"나는 몇 년 정도 걸릴 줄 알았는데."

문재 형은 잠시 생각에 잠겨 있다가 이제야 내막을 알아내었다는 듯 할아버지 쪽으로 시선을 돌리고 있었다.

"나는 절대로 가르쳐주지 않았네."

할아버지가 발뺌을 하는 표정으로 완강하게 고개를 가로저어 보이고 있었다.

개찰이 시작되고 있었다.

"자주 놀러 올 거지."

가연이 누나가 서운한 표정으로 내게 물었다. 나는 고개를 끄덕거려 보였다.

"사장님이 이걸 너한테 전해 주라고 하시더라."

가연이 누나가 내 손목에 시계를 채워주고 있었다. 고급 디지털 시계였다. 저수지에 물고기가 한 마리 죽어서 떠올라도 당직자의 월급에서 오천 원씩을 공제하던 사장이 내게 전하는 선물이었다. 사장은 전송을 나오고 싶었지만 갑자기 부인이 진통을 일으키는 바람에 산부인과로 가게 되었다는 전갈이었다. 오늘쯤 아기가 태어날 예정이라는 것이었다.

"안녕히들 계세요."

나는 개찰구를 빠져나가고 있었다.

몇 걸음을 걷다가 손을 흔들기 위해 뒤를 돌아다보았다. 그러나 안개 때문에 아무것도 보이지 않았다. 나는 아주 잠깐 동안 안개 속에 망연히 서 있다가 열차 쪽으로 걸음을 옮겨놓았다.

열차는 비교적 한산했다.

오른쪽 창문 쪽으로 자리를 잡았다. 바깥을 내다보니 안개의 장벽이 시야를 가로막고 있었다. 승객들은 모두 침묵에 빠져 있었다. 열차가 움직이기 시작했다. 서행이었다. 차창 밖으로 끊임없이 안개의 장벽이 이어지고 있었다.

나는 일순 강렬한 전율감에 휩싸이고 있었다. 생경하지 않은 전율감이었다. 나는 차창 밖을 내다보고 있었다. 안개 속에 어떤 발광체가 떠다니고 있었다. 황금빛이었다. 약간 높은 고도를 유지하고 있었다. 나는 등불로 착각하고 있었다. 그러나 등불이 아니었다. 발광체는 자유롭게 유영하고 있었다. 마치 안개의 혼령 같았다.

열차가 속력을 내기 시작했다. 발광체는 잠시 열차를 따라오다가 안개 저편으로 사라져가고 있었다. 나의 영혼은 아름다운 황금빛으로 황홀하게 물들어가고 있었다.

〈끝〉

1946년   경남 함양군 수동면 상백리에서 태어났다.

1958년   강원도 인제군 기린국민학교를 졸업했다.

1961년   강원도 인제군 인제중학교를 졸업했다.

1964년   강원도 인제군 인제고등학교를 졸업했다.

1965년   화가 지망생이었으나 집안 사정과 교사인 아버지의 추천으
　　　　로 춘천교육대학에 입학했다.

1968년   육군에 입대했다.

1971년   육군 병장으로 만기제대했다.

1972년   춘천교육대학 입학 7년 만에 학문 연구에 대한 회의와 집
　　　　안 사정이 겹쳐 결국 중퇴했다.

1972년   《강원일보》 신춘문예에 단편 「견습어린이들」이 당선되면서
　　　　데뷔했다.

1973년   강원도 인제남국민학교 객골분교 소사로 근무했다.

1975년   《世代》에 중편 「훈장(勳章)」으로 신인문학상을 수상했고,
　　　　《강원일보》에 잠시 근무했다.

1976년   단편 「꽃과 사냥꾼」을 발표했고, 11월 26일 '미스 강원' 출신
　　　　의 미녀 전영자와 결혼했다.

1977년   춘천 세종학원 강사로 근무했다. 장남 이한얼이 세상에 나
　　　　왔다.

1978년   원주 원일학원 강사로 근무했다. 당시 신인작가에게는 파격

적인 조건으로 첫 장편『꿈꾸는 식물』을 전작으로 출간해 당대 최고의 문학평론가였던 김현 선생의 극찬을 받았다. 또한 이 작품은 30만 부 이상 판매되며 문단에 신선한 바람을 일으켰다.

1979년 단편「고수(高手)」와「개미귀신」을 발표했다. 이때부터 모든 직장을 포기하고 창작에만 전념하기 시작했다.

1980년 소설집『겨울나기』를 출간했다. 단편「박제(剝製)」「언젠가는 다시 만나리」「붙잡혀 온 남자」를 발표했다. 같은 해 차남 이진얼이 출생했다.

1981년 중편「장수하늘소」, 단편「틈」과「자객열전」을 발표했다. 또 두 번째 장편인『들개』를 출간해 70만 부 이상 판매되며 문단의 화제가 되었다.

1982년 만 1년 만에 장편『칼』을 세상에 내놓으면서 60만 이상의 독자에게 사랑을 받았다.

1983년 직접 그리고 쓴 우화집『사부님 싸부님』(전2권)을 출간해 '보고 읽고 깨닫는' 에세이집의 가능성을 보여주었고, 이 책은 20만 부 이상 판매되었다.

1985년 삶에 대한 개인적 소회와 감성적인 문장들을 모은 산문집『내 잠 속에 비 내리는데』를 출간했다.

1986년 산문집『말더듬이의 겨울수첩』을 출간했다.

1987년 그동안 발표한 중단편 소설들을 모아 두 번째 소설집『장수하늘소』를 세상에 내놓았고, 서정시집『풀꽃 술잔 나비』를 출간하며 각박한 삶 속에서도 감성을 잃지 않아야 함을 간접적으로 보여주었다.

1990년 나우갤러리에서 마광수, 이두식, 이목일과 4인의 에로틱 아트전을 개최했다.

1992년 삶과 문학에 대한 고민으로 수년을 방황하다 부인의 권유

로 방문에 교도소 철문을 설치하는 기행까지 서슴지 않으
며 드디어 독자들이 기다리던 네 번째 장편이자 이외수 문
학의 2기를 여는 장편 『벽오금학도』를 세상에 내놓았다. 이
외수 소설에 대한 독자들의 갈증으로 이 작품은 출간하자
마자 120만 부 이상 판매되며 밀리언셀러가 되었다.

1994년　사물과 상황에 대한 작가만의 감성을 써내려간 산문집 『감
　　　　성사전』을 출간했다. 같은 해 선화(仙畵) 개인전을 신세계
　　　　미술관에서 개최했다.

1997년　장편 『황금비늘』(전2권)을 출간하며, "인간이 인간다운 이
　　　　유는 아름다움을 알기 때문이다"라는 화두로 스스로를 구
　　　　원해야 세상을 구할 수 있다는 메시지를 전하였다. 독자들
　　　　의 폭발적인 반응으로 100만 부 이상 판매되었다.

1998년　가난한 문학청년에서 베스트셀러 소설가가 되기까지 괴짜
　　　　작가로서 겪어낸 사랑과 청춘의 기억을 담은 산문집 『그대
　　　　에게 던지는 사랑의 그물』을 출간했다.

2000년　아름다운 감성의 언어들이 돋보이는 시화집 『그리움도 화
　　　　석이 된다』를 출간했다.

2001년　『사부님 싸부님』 이후 18년 만에 우화집 『외뿔』을 출간해
　　　　글과 그림의 예술적 조화를 선보이며 "자신의 내면을 아름
　　　　다움으로 가득 채울 수 있다면 진실로 거룩한 존재"임을 설
　　　　파했다.

2002년　여섯 번째 장편이자 조각보 기법을 활용한 『괴물』(전2권)을
　　　　출간해 70만 이상의 독자들에게 사랑을 받았다.

2003년　일상의 단상과 사랑에 대한 예찬을 담은 에세이인 사색상자
　　　　『내가 너를 향해 흔들리는 순간』과 산문집 『뼈』를 출간하며
　　　　왕성한 집필욕을 내보였다. 7월에는 대구 MBC 사옥 내 갤러
　　　　리 M의 초대로 〈이외수 봉두난발 특별전〉을 개최했다.

2004년 직접 그리고 쓴 이외수표 에세이인 소망상자 『바보바보』를 출간했다. 같은 해 실직이나 취업, 학업 등으로 실의에 빠진 청년들을 위로하는 편지글로 구성된 산문집 『날다 타조』를 세상에 내놓았다.

2005년 일곱 번째 장편으로 이외수 문학 3기로 명명되는 장편 『장외인간』(전2권)을 출간해 40만 독자들에게 사랑받았다. 또 제2회 천상병예술제에서 〈이외수 특별초대전〉을 열었다.

2006년 강원도 화천군의 유치로 다목리에 '감성마을'을 구성해 '감성마을 촌장'으로 입주하였다. 국내 최초로 생존 작가에게 제공된 집필실 겸 기념관 건립사업은 문화계 내에서뿐 아니라 사회적으로도 화제가 되었다. 같은 해 문장비법서 『글쓰기의 공중부양』을 세상에 내놓으며 문학청년들에게 실전적인 글쓰기 방법을 전수하였다. 또한 그동안 발표한 중단편 소설들을 모아 소설집 『장수하늘소』 『겨울나기』 『훈장』을 새로이 단장했다. 『훈장』에는 발표 이후 최초로 책에 담은 데뷔작 「견습어린이들」이 수록되어 30여 년 작가생활 동안 잃지 않은 초심을 고스란히 보여주었다. 이외에도 수차례의 개인전에서 선보인 선화들을 모아 선화집 『숨결』로 묶어 내놓았고, 12월에는 시집 『풀꽃 술잔 나비』와 『그리움도 화석이 된다』를 합본해 재편집한 시집 『그대 이름 내 가슴에 숨 쉴 때까지』를 출간해 시심(詩心)을 새로이 했다.

2007년 소통법 『여자도 여자를 모른다』를 정태련 화백과 함께 출간해 새로운 형태의 산문집을 세상에 선보였다. 출판사 사정으로 판권을 옮기게 된 문장비법서 『글쓰기의 공중부양』과 산문집 『뼈』를 해냄출판사에서 개정 출간하였다. 『뼈』

는 재편집하여 『사랑 두 글자만 쓰다가 다 닳은 연필』로 개
정하였다.

2008년 생존법 『하악하악』을 정태련 화백과 함께 출간했다. 이 책
은 70만 부 이상 판매되며 침체된 도서시장에 활력을 불어
넣었다고 평가된다. 또한 선화(仙畫) 개인전을 포항 포스코
갤러리에서 개최하였다. 7월에는 시트콤 〈크크섬의 비밀〉
에 출연해 신선한 즐거움을 선사했고, 10월부터는 1년 동안
MBC 라디오 〈이외수의 언중유쾌〉를 진행하며 '사람답게
사는 법'에 대해 청취자들과 의견을 나누기도 했다.

2009년 이전에 출간한 산문집 『날다 타조』에 새 원고를 추가하고
정태련 화백의 그림을 수록해 『청춘불패』로 새 단장하여
독자들에게 선보였고, 이 책은 20만 부 이상 판매되었다.

2010년 '내가 흐르지 않으면 시간도 흐르지 않는다'는 뜻의 제목을
붙인 산문집, 이외수의 비상법 『아불류 시불류』를 출간해
20만 이상의 독자들에게 사랑받았다.

2011년 『흐린 세상 건너기』(1992)의 원고 일부에 새 원고를 합하고
박경진 작가의 수채화를 수록한 에세이 『코끼리에게 날개
달아주기』를 출간하였다. 12월 '인생 정면 대결법'이라는 부
제로 『절대강자』를 정태련 화백과 함께 출간해 20만 이상
의 독자에게 사랑받았다.

2012년 '세상 모든 아름다운 것들을 위하여'라는 주제로 정태련 화
백과의 다섯 번째 에세이 『사랑외전』을 출간했고, 이 책은
20만 부 이상 판매되었다.

2013년 하창수 작가와 함께 대담집 『마음에서 마음으로』를 출간
했다.

2014년 소설집 『완전변태』를 출간하며 "예술가는 세상이 썩지 않
게 하는 방부제 역할을 해야 한다"는 화두로 금전만능주

의 사회에서 삶의 가치를 바꿀 것을 독자들에게 전파했고, 10월 정태련 화백과의 여섯 번째 에세이 『쓰러질 때마다 일어서면 그만,』을 출간해 자기 극복의 메시지를 전하고 있다.

황금비늘

초판 1쇄 1997년 6월 10일
제2판 1쇄 2005년 6월 15일
제2판 5쇄 2008년 5월 25일
제3판 1쇄 2008년 6월 30일
제3판 7쇄 2013년 2월 5일
제4판 1쇄 2014년 12월 20일

지은이 | 이외수
펴낸이 | 송영석

펴낸곳 | (株)해냄출판사
등록번호 | 제10-229호
등록일자 | 1988년 5월 11일(설립일자 | 1983년 6월 24일)

121-893 서울시 마포구 잔다리로 30 해냄빌딩 5·6층
대표전화 | 326-1600 **팩스** | 326-1624
홈페이지 | www.hainaim.com

ISBN 978-89-6574-470-2